中國語言文字研究輯刊

二七編

第 **8** 冊

出土戰國文獻疑問詞及疑問句式研究

彭偉明 著

花木蘭文化事業有限公司

國家圖書館出版品預行編目資料

出土戰國文獻疑問詞及疑問句式研究／彭偉明 著 -- 初版 --
新北市：花木蘭文化事業有限公司，2024〔民113〕
目 2+282 面；21×29.7 公分
（中國語言文字研究輯刊　二七編；第 8 冊）
ISBN 978-626-344-834-6（精裝）
1.CST：漢語語法 2.CST：文獻分析 3.CST：戰國時代
802.08   113009384

中國語言文字研究輯刊
二七編　第 八 冊　　　　　ISBN：978-626-344-834-6

出土戰國文獻疑問詞及疑問句式研究

作　　者　彭偉明
總 編 輯　杜潔祥
副總編輯　楊嘉樂
編輯主任　許郁翎
編　　輯　潘玟靜、蔡正宣　美術編輯　陳逸婷
出　　版　花木蘭文化事業有限公司
發 行 人　高小娟
聯絡地址　235 新北市中和區中安街七二號十三樓
　　　　　電話：02-2923-1455／傳真：02-2923-1452
網　　址　http://www.huamulan.tw 信箱 service@huamulans.com
印　　刷　普羅文化出版廣告事業
初　　版　2024 年 9 月
定　　價　二七編 13 冊（精裝）新台幣 42,000 元

出土戰國文獻疑問詞及疑問句式研究

彭偉明　著

作者簡介

彭偉明，廣東技術師範大學文學與傳媒學院講師，華南師範大學文學博士。近 5 年以第一作者在《中國社會科學報》（語言學版）《勵耘語言學》等核心期刊發表論文多篇，涉及甲骨文、金文、竹簡、帛書等多種古文字和出土文獻的研究。主要從事出土文獻語言學、漢語史、古文字學研究，參與編纂《出土戰國文獻詞典》（張玉金主編）。

提　要

　　《出土戰國文獻疑問詞及疑問句式研究》是一部對戰國時期漢語疑問句的語法和語用特徵進行全面考察的專著，作者彭偉明博士在著名語言學學者張玉金教授的指導下完成了該書的撰寫。該書以出土戰國文獻為主要研究語科，兼顧傳世戰國文獻，涵蓋了疑問代詞、疑問副詞、疑問語氣詞、詢問句、反問句、測問句、問字句等疑問句式的形式和功能。該書採用語法分析和統計方法，從語義語法和語用等視角，對疑問句的詞彙量分布規律、語義指向、語用層級、交際功能等方面進行了深入的探討，發現了一些重要的現象和規律，對上古漢語疑問句研究有一定的創新和貢獻。該書不僅展現了作者紮實的古漢語語法研究功底，也為疑問句研究提供了新的研究視角，是一部意義重大的語法研究專著。該書的學術價值和創新主要體現在以下幾個方面：一、選材廣泛系統，兼顧出土和傳世文獻，資料全面，反映了戰國時期漢語的多樣性和複雜性。二、方法科學嚴謹，運用語法分析和統計方法，對題目進行多角度、多層次的考察，分析結果具有說服力，避免了主觀臆斷和片面論斷。三、視角新穎，不僅考察疑問詞和疑問句的語法形式，還從語用學角度研究其語用功能，拓寬了研究視野，增加了研究的深度和廣度。四、內容豐富系統，全面考察了疑問代詞、疑問副詞、疑問語氣詞、不同類型疑問句式，梳理清晰，有較高學術價值。五、有重要發現，如發現疑問詞早有非疑問功能、提出反問句的四個語用層級等，對疑問句研究有一定貢獻，揭示了上古漢語疑問句的內在規律和特點。

目次

第一章 緒 論

第一節 研究意義

出土文獻具有時地明確的特點，反映了典範文言文的原始語言面貌。以往學術界對傳世戰國文獻疑問詞和疑問句的研究成果頗豐，但對於出土戰國文獻及西漢簡帛戰國古書中的疑問詞和疑問句的研究則相對有限。因此本課題具有原創性。本文對於以往相關研究立足做到調查充分、對原始語料規範整理並如實解釋，力爭在研究理論方法和結論上有突破。

正如王維賢（1996）指出，疑問句在句法結構上具有特殊形式，在思維和交流中也占有獨特的地位〔註 1〕。因為陳述句在日常語言中所占的比例非常大，人們對客觀事物的理解也主要以陳述句的形式表達，所以語法研究主要集中在陳述性句子上。日常口語交際中疑問句占的比重雖不能與陳述句相比，但是疑問句在句法結構上具有特殊形式，在思維和交流中也占有獨特的地位。在近二十年來，現代漢語語法研究中疑問句疑問詞一直是學術界的焦點問題，新理論、新觀點層出不窮。然而，學者在上古漢語疑問詞及疑問句式方面的研究，耕耘甚少，成果也不能與中古漢語、近代漢語相比，相較現代漢語的研究成果更顯得不足。因此從事上古漢語中戰國秦代這個時間段的疑問詞疑

〔註 1〕邵敬敏：《現代漢語疑問句研究》（序言），北京：商務印書館，2014 年，第 1 頁。

問句式研究是有其語法學價值的。

　　立足於出土文獻的語言實際（指的是出土戰國漢語），吸收外來新理論，在充分理解的基礎上發掘出土語言的規律，其價值與意義不可估量。本課題運用語法研究的焦點理論、當代描寫語法學理論對出土戰國文獻及西漢簡帛戰國古書中的疑問詞及疑問句式進行微觀分析。

　　上古漢語史研究語料對象，由於年代過於久遠，加上可信、準確的書面文獻材料非常有限，形成了目前學界「後時資料」不可信（它們已成為語言研究的障礙），但是「同時資料」又未被充分重視、利用的局面〔註2〕。為了破除這個幾乎使用「後時資料」而得出的漢語史規律潛在失真的尷尬局面，只有將「同時資料」（出土戰國文獻）與「後時資料」（西漢簡帛中的戰國古書、傳世戰國文獻）相互對讀、相互結合，進行上古漢語描寫才能得出相對客觀並且令人信服的結論。因此做疑問詞及疑問句式的研究，從歷時的角度，可以先從出土戰國文獻下手，而後再上溯西周金文疑問詞及疑問句式研究，乃至於殷商甲骨文疑問詞及疑問句式研究等等，深入下去。從事出土語言語法研究可以彌補僅僅依靠傳世書面語料研究存在的諸多局限。這個研究方法無疑是具有重要的語法學意義。

　　相對傳世戰國文獻而言，出土戰國文獻具有保持語言原貌、時代地域明確等優勢，有利於進一步從語言語法角度，比較戰國時期各系之間，疑問詞、疑問句區域性的特徵，以此得出的結論，不僅有利於漢語史的斷代語言描寫，而且還對漢語史歷時語言描寫起到良好的基礎作用，給上古漢語疑問範疇的系統描寫帶來新的內容與新的面貌。總之，該論題具有學術理論價值和現實應用價值。

第二節　語料的選擇問題

一、出土文獻語料選擇問題

　　戰國漢語作為一個共時的上古漢語晚期的語言，在分析其語言特點、語法

〔註2〕太田辰夫將古文獻分為「同時資料」和「後時資料」兩大類。所謂「同時資料」，指的是某種資料內容和它的外形（即文字）是同一時期產生的，例如甲骨、金石、木簡、作者手稿等；所謂「後時資料」，是指資料外形的產生比內容的產生晚的那些東西，即經過轉寫轉刊的資料。參考：（日）太田辰夫：《中國語歷史文法》，北京：北京大學出版社，1987年，第380～382頁。

特徵時，有必要將出土戰國文獻按出土所在地與古文字資料的書寫風格分為：秦系文獻、楚系文獻（包括曾國文獻）、三晉文獻、齊魯文獻以及燕系文獻等五種具有區域性特徵的文獻〔註3〕。而目前研究出土戰國文獻語法的學者一般按文獻書寫物質材料的不同對戰國文字進行分類：銅器文字、簡牘文字、縑帛文字、漆器文字、石器文字、貨幣文字、璽印文字以及陶器文字共八類〔註4〕。很明顯，前者按地域給出土戰國文獻作總體的分類是較為科學可信的，相信將來研究出土文獻的語法學者能將戰國時代這個漢語史重要時期的出土語料實現按地域特徵作科學的劃分。

　　本課題關於出土文獻語料的選擇問題，主要參考從戰國和秦代的墓葬中出土的形成於戰國時代的文獻。我們調查的出土戰國語料共有九種：金文、簡牘文、楚帛書、玉石文、漆木文、貨幣文、封泥文、璽印文、陶文。

　　需要說明的是，部分文獻雖在戰國墓葬中出土，但形成時代並非戰國時代的，也予以排除，這些文獻有：1.《上博楚簡》中的《周易》《采風曲目》和《逸詩》三篇。2.《清華楚簡》中的《尹至》《尹誥》《程寤》《保訓》《耆夜》《金縢》《皇門》《祭公》《說命》《周公之琴舞》《芮良夫毖》《良臣》《祝辭》《赤鵠之集湯之屋》《厚父》《封許之誥》及《命訓》等十七篇性質屬於《尚書》與《逸周書》的文獻。由於我們在楚帛書、漆木文、貨幣文、封泥文、璽印文、陶文等六種文獻都沒涉及到與本課題相關的辭例，因此研究本課題實際使用的僅有金文、簡牘文、玉石文三種性質的語料。上述三種語料對本課題從出土所在地、書寫風格以及文本形成時代等因素的不同綜合考慮，提出分域分期的出土戰國語料概念〔註5〕，具體包括：

1. 戰國秦系語料

（1）簡牘語料

a. 戰國中期：僅王家臺秦簡《歸藏》一種，成書年代為戰國中期〔註6〕。

〔註3〕 何琳儀：《戰國文字通論》（訂補），上海：上海古籍出版社，2017年，第31～41頁。

〔註4〕 張玉金：《出土戰國文獻虛詞研究》，北京：人民出版社，2011年，第29～40頁。

〔註5〕 本課題研究所使用的出土戰國文獻語料截止時間為2018年12月31日。本文所使用戰國簡牘語料，如無特別說明，主要參考陳偉：《秦簡牘合集》（釋文修訂版），武漢：武漢大學出版社，2016年；陳偉：《里耶秦簡牘校釋》（第一卷），武漢：武漢大學出版社，2012年；陳偉：《楚地出土戰國簡冊十四種》，武漢：武漢大學出版社，2016年。

〔註6〕 王輝：《王家臺秦簡〈歸藏〉校釋28則》，載《江漢考古》，2003年第1期，第75頁。

一說簡文形成時代在戰國晚期（西元前 278 至西元前 221）。

b. 戰國中晚期：僅放馬灘秦簡《日書》一種，放馬灘秦簡文本的形成時代在戰國晚期至秦王政元年（西元前 278 至西元前 246）約 30 年間，其中《日書》為古書類文獻，其形成時代應比較早，因此我們推測《日書》形成於戰國中晚期。

c. 戰國晚期至秦代：有睡虎地秦簡、睡虎地秦牘以及嶽麓秦簡三種。其中睡虎地秦簡《法律答問》《爲吏之道》《封診式》以及《秦律十八種》四篇簡文形成時代在秦昭襄王五十一年（西元前 256）至秦始皇三十年（西元前 217）約 40 年間；睡虎地秦牘（6 號、11 號木牘）文本形成時代在秦昭襄王五十一年（西元前 256）至秦統一（西元前 221）〔註7〕；嶽麓秦簡《爲吏治官及黔首》《數》以及案件、秦律令等篇，一般認為簡文抄寫年代在睡虎地秦簡之後〔註8〕。

d. 秦代：有里耶秦簡、北大秦簡兩種。本文使用《里耶秦簡壹》《里耶秦簡貳》以及《里耶秦簡博物館藏秦簡》簡文的形成時代在秦王政二十五年（西元前 222）至秦二世年（西元前 208）約 12 年間〔註9〕。目前尚未完整公佈的北大秦簡，本文討論了《魯久次問數於陳起》《算書》《田書》《禹九策》《公子從軍》《教女》《木觚》等篇，其簡文抄寫年代在秦始皇後期〔註10〕。

（2）玉石語料

僅秦駰玉牘（又稱秦駰玉版）一種，其銘文形成時代在戰國晚期至秦代，一說在秦惠文王早期（西元前 337 至西元前 311）〔註11〕。

2. 戰國楚系語料

（1）簡牘語料〔註12〕

a. 戰國早期：共有四種，即上博楚簡〔註13〕、郭店楚簡、信陽楚簡、葛陵

〔註 7〕王輝，楊宗兵：《秦文字編》，北京：中華書局，2015 年，第 2277～2278 頁。
〔註 8〕陳松長：《嶽麓書院所藏秦簡綜述》，載《文物》，2009 年第 3 期，第 75～88 頁。
〔註 9〕王輝，楊宗兵：《秦文字編》，北京：中華書局，2015 年，第 2279 頁。
〔註 10〕方勇：《秦簡牘文字編》，福州：福建人民出版社，2012 年，第 8～9 頁。
〔註 11〕王輝，楊宗兵：《秦文字編》，北京：中華書局，2015 年，第 2276 頁。
〔註 12〕關於楚簡成書年代分期主要參考李均明，劉國忠，劉光勝，鄔文玲：《當代中國簡帛學研究（1949～2009）》，北京：中國社會科學出版社，2011 年，第 167～172 頁。
〔註 13〕上博楚簡釋文參考俞紹宏：《上海博物館藏楚簡校注》，北京：中國社會科學出版社，2016 年。

楚簡。具體而言上博楚簡使用了《孔子詩論》《紂衣》《民之父母》《容成氏》《魯邦大旱》《子羔》《仲弓》《彭祖》《亙先》《昔者君老》《柬大王泊旱》《昭王毀室昭王與龔之脽》《曹沫之陳》《相邦之道》《內豊》《弟子問》《姑成家父》《三德》《鬼神之明融師有成氏》《季庚子問於孔子》《競建內之》《君子爲禮》《鬼神之明》《鮑叔牙與隰朋之諫》《競公瘧》《莊王既成申公臣靈王》《孔子見季桓子》《平王問鄭壽》《平王與王子木》《用曰》《吳命》《武王踐阼》《君人者何必安哉》《凡物流形》《鄭子家喪》《成王既邦》《子道餓》《蘭賦》《李頌》《志書乃言》《有皇將起》《顏淵問於孔子》《命》《文王訪之於尚父舉治》《成王爲城濮之行》《史蒥問於夫子》《邦人不稱》《陳公治兵》《堯王天下》共計 49 篇；郭店楚簡使用了《老子》《六德》《緇衣》《成之聞之》《窮達以時》《性自命出》《魯穆公問子思》《太一生水》《語叢》共計 9 篇；另外，還有信陽楚簡的《竹書》以及葛陵楚簡《卜筮祭禱》。上述語料我們認為其成書時代在戰國早期。

b. 戰國中期：共有六種，即清華楚簡〔註 14〕、包山楚簡、望山楚簡、秦家嘴楚簡、天星觀楚簡以及安大楚簡。其中清華楚簡有 17 篇：《繫年》《赤鵠之集湯之屋》《筮法》《湯在啻門》《湯處於湯丘》《殷高宗問於三壽》《子儀》《鄭文公問太伯》《鄭武夫人規孺子》《管仲》《子犯子餘》《趙簡子》《越公其事》《邦家之政》《邦家處位》《治邦之道》《心是謂中》；還有包山、望山、秦家嘴以及天星觀中的楚卜筮簡。綜上所述，本課題使用了四批戰國早期與六批戰國中期楚簡，其中秦家嘴楚簡、天星觀楚簡、清華楚簡以及安大楚簡，目前尚未完全公佈，因此僅使用了目前整理者已刊布的釋文〔註 15〕。

3. 戰國晉系語料〔註 16〕。

僅中山王嚳鼎一種，該器銘文形成時代屬戰國中期。

〔註 14〕清華楚簡釋文參考李學勤：《清華大學藏戰國竹簡》（壹～捌），上海：中西書局，2010～2018 年。

〔註 15〕本文使用的《秦家嘴楚簡》《天星觀楚簡》《安大楚簡》釋文分別參考晏昌貴：《秦家嘴卜筮祭禱簡釋文輯校》，載《簡帛數術與歷史地理論集》，北京：商務印書館，2010 年，第 156～165 頁；許道勝：《天星觀 1 號楚墓卜筮禱祠簡釋文校正》，載《湖南大學學報》，2008 年第 3 期，第 8～14 頁；蔡麗利：《楚卜筮簡文字編》，北京：學苑出版社，2015 年，第 1827～2004 頁；黃德寬：《安徽大學藏戰國竹簡概述》，載《文物》，2017 年第 9 期，第 54～59 頁。

〔註 16〕該器收錄於《集成》編號為：02840，本文釋文主要參考吳鎮烽：《商周青銅器銘文暨圖像集成》，上海：上海古籍出版社，2016 年。

另外，關於出土戰國文獻分期與斷代的整理工作，裘燮君（2008）也曾按時期的前後分為三期，今簡述如下：

1. 戰國前期：東周金文（戰國前期）、《郭店楚簡》《銀雀山漢簡·晏子》《銀雀山漢簡·孫子兵法》《上博楚簡·孔子詩論》。

2. 戰國中期：東周金文（戰國中期）《銀雀山漢簡·孫臏兵法》。

3. 戰國後期：東周金文（戰國後期）、《睡虎地秦墓竹簡》〔註17〕。

我們認為裘燮君對戰國文獻的分期存在兩個問題：（一）裘燮君僅僅使用了部分出土戰國材料，並且在出土地域問題上沒有意識到分域語言描寫的重要性。（二）裘燮君對語料的分類過於寬泛。如《銀雀山漢簡》這些語料一定程度上已經漢人隸寫，研究者僅以此作為基本語料則難以呈現戰國語言的面貌，斷代語言描寫尤其應看重其時代的準確性，因此漢簡中大量的古書語料僅能作為旁證的語料，不能作為基本語料使用。

由於本課題研究的對象是疑問詞與疑問句，因此尤其需要選擇語錄體的出土語料。而據目前統計，符合我們的研究範圍的西漢簡帛戰國古書主要有以下幾種：1.漢簡帛《老子》。2.銀雀山漢簡戰國兵書及古佚書。3.馬王堆漢墓帛書古佚書《戰國縱橫家書》《春秋事語》。4.張家山漢墓竹簡《蓋廬》。下面對上述語料的情況作精要介紹：

1. 漢簡帛《老子》

（1）西漢竹書《老子》（簡稱：漢簡《老子》）。2009 年北京大學受贈獲取了一批從海外回歸的西漢竹簡，這批竹簡全部屬於古代書籍即包括漢簡《老子》兩篇，據整理者推測該批簡牘抄寫年代應在漢武帝的後期，下限不晚於漢宣帝時期。漢簡《老子》分為上經、下經兩篇，《上經》相當於今本《德經》，《下經》相當於今本《道經》。據統計，漢簡《老子》正文存五千二百字，推測原漢簡《老子》正文應有五千二百六十字，其中殘缺的文字有不少可據上下文補出，對理解文義有影響的闕文總計不超過全書的百分之一，就目前我們所見出土簡帛《老子》古本中篇章結構保存最為完整的本子〔註18〕。（2）馬王堆帛書甲乙本《老子》（簡稱：帛書《老子》）。據整理者的意見，《老子》甲本抄

〔註17〕裘燮君：《商周虛詞研究》，北京：中華書局，2008 年，第 30～39 頁。

〔註18〕北京大學出土文獻研究所：《北京大學藏西漢竹書〈老子〉》（貳），上海：上海古籍出版社，2014 年，第 2，121 頁。

寫在漢高祖末期之前，相較於戰國中期偏晚的郭店楚簡《老子》而言，帛書《老子》甲本是《老子》全書現有的最古寫本。而《老子》乙本抄寫年代可能在文帝時期。《老子》的甲乙兩種本子抄寫並非來自同一底本，但是他們各自的底本應該有一個時間相距並不遠的共同祖本。據裘錫圭、郭永秉指出，這個祖本應是戰國時代楚人的寫本〔註19〕。因此本課題主要選擇了漢簡《老子》與帛書《老子》這兩種出土漢人抄寫的「後時資料」作為旁證語料具有非常重要的斷代語言描寫價值。

2. 銀雀山漢簡戰國兵書及古佚書

1972 年山東臨沂銀雀山 1 號漢墓出土了大批戰國書籍簡，該墓的下葬年代學界一般認為是漢武帝早年。據學者研究這批竹簡是在西漢時期文帝、景帝、武帝初年歷經共三朝時期內書寫的戰國古書〔註20〕。從內容上說大部分是古兵書，其中包括了孫武與孫臏的兵法佚籍（即《孫子兵法》《孫臏兵法》）以及《晏子春秋》。（1）銀雀山漢簡《孫臏兵法》。該書前四篇記錄了孫子與威王的問答內容，極有可能是孫臏所撰的原始文本，而其後的《強兵篇》所記錄的語言，可能不是孫臏原始文本，第五到第十五每篇的篇首都稱「孫子」，這些篇目既可能是《孫臏兵法》，也有可能是《孫子》佚篇。因此，本課題祇把前四篇作為我們的研究語料，對於學界有爭論的篇目，暫不列為我們的研究範圍之內。（2）銀雀山漢簡《孫子兵法》。銀雀山漢墓出土的竹簡本《孫子兵法》是目前所見最早的《孫子兵法》抄本。然而該書的成書時代及其作者問題，學者意見，眾訟紛紜，有學者提出解決這個問題具體辦法主要有兩點：一是從該書的所使用的字詞句所反映的時代性作研究，另一方面是綜合全書的內容，從全書中所見到的戰爭題材、軍事思想等方面作綜合考察判斷該書時代。在現有的研究成果中，依據後者來判斷成書時代的論著非常豐富，而從語言學角度進行論證《孫子兵法》成書時代的成果寥寥。近年吳春生、武振玉從詞語的歷時階段性的特徵角度研究，指出：《孫子兵法》成書應不早於戰國中期、不晚於戰國末年，最遲不晚於西漢初期〔註21〕。我們認為「最遲不晚於西漢初期」這個結論還有待考量，

〔註19〕裘錫圭：《長沙馬王堆漢墓簡帛集成》（肆），北京：中華書局，2014 年，第 1～2 頁。

〔註20〕吳九龍：《銀雀山漢簡釋文》，北京：文物出版社，1985 年，第 13 頁。

〔註21〕吳春生、武振玉：《〈孫子兵法〉成書年代補說》，中南大學學報（社會科學版），2015 年（03）期，第 255～261 頁。

但將銀雀山漢簡《孫子兵法》成書定在戰國中期問題應該不大。（3）銀雀山漢簡《晏子春秋》。該書分為十六篇，散見於傳世本八篇中的十八章。篇章分合方面，簡本和傳本的內容有很大差異。整理者駢宇騫、吳九龍指出：簡本《晏子》僅存十六章，疑屬節選本〔註22〕。李天虹從文獻整理的角度研究認為：簡本《晏子》各章多數和今本屬於同一文本的結論〔註23〕。據李玉對銀雀山漢墓竹簡《孫臏兵法》的句法研究指出，《孫臏兵法》的語言現象反映了簡牘文獻時代的口語特徵〔註24〕。因此，本課題認為銀雀山漢簡戰國兵書及古佚書作為研究出土戰國文獻疑問詞與疑問句的旁證語料是有必要的。

3. 馬王堆漢墓帛書古佚書《戰國縱橫家書》《春秋事語》〔註25〕

關於《戰國縱橫家書》文本形成時代，整理者認為是公元前一九五年前後的寫本。關於它的性質問題，最初整理者將它的釋文刊布在《文物》一九七五年第四期，並為其題名《戰國策》。從《戰國縱橫家書》內容而言，其結構、性質皆與今本的《戰國策》相當。《戰國縱橫家書》凡廿七章，為今本《戰國策》的語言研究提供了更加可信的語料。《戰國縱橫家書》收錄了戰國時期縱橫家的信件、游說辭、對話語錄等帶有部分口語性質的語料〔註26〕，需要指出的是由於其中十封信件均用「獻書某王曰」開頭，發話者自稱「臣」，因此從嚴格意義上說應該是上書，再者這批語料並非是一手的戰國時人的口語，而是經過轉述、整理、修飾過的書信。所以日本學者大西克也研究《戰國縱橫家書》的語言問題時，也指出《戰國縱橫家書》是東方各國實際通用的書面語〔註27〕。總之，與今本的《戰國策》相比，《戰國縱橫家書》的語言更加接近戰國時代的文

〔註22〕駢宇騫、吳九龍：《〈晏子春秋〉十八章校議》（節選），《社會科學戰綫》1984 年 1 期，329 頁。

〔註23〕李天虹：《簡本〈晏子春秋〉與今本文本關係試探》，載《中國史研究》，2010 年第 3 期，13～22 頁。

〔註24〕《簡帛文獻語言研究》課題組：《簡帛文獻語言研究》，北京：社會科學文獻出版社，2009 年，第 42～78 頁。

〔註25〕本文《戰國縱橫家書》《春秋事語》釋文，參考裘錫圭：《長沙馬王堆漢墓簡帛集成》（叁），北京：中華書局，2014 年，第 201～266 頁；第 167～200 頁。

〔註26〕馬雍：《帛書〈戰國縱橫家書〉各篇的年代和歷史背景》，載《戰國縱橫家書》，北京：文物出版社，1976 年，第 173～201 頁。

〔註27〕（日）大西克也：《從方言的角度看時間副詞「將」「且」在戰國秦漢出土文獻中的分佈》，載《紀念王力先生百年誕辰論文集》，北京：商務印書館，2002 年，第 154～156 頁。

獻，加上由於是地下文獻，千年塵封，未被漢代以後的文人學者修改，真實性較傳世戰國語料要更高，所以本課題認為《戰國縱橫家書》作為研究西漢簡帛戰國古書中的疑問詞與疑問句的旁證語料是有重要的語言學價值的。此外，《春秋事語》與《左傳》《國語》文本形成關係密切。所記之事為春秋時代重要的史事，從文體角度而言，屬於政論類文本，有較強的口語性。從帛書的字體以及避諱用字角度分析，裘錫圭指出《春秋事語》大概抄寫於高祖稱帝之前〔註28〕。因此我們推測其文本形成時代應該早於楚漢相爭時期，因此將《春秋事語》十六篇看成是漢簡戰國古書類的旁證語料。

4. 張家山漢墓竹簡《蓋廬》

1984 年，湖北江陵張家山 M247 號漢墓出土竹簡，其中有 55 支竹簡，其內容為《蓋廬》，載吳王闔閭（蓋廬）與伍子胥（申胥）的對話語錄，從對話內容性質而言，屬於兵家典籍，包含了伍子胥軍事家的兵法思想以及陰陽術數等內容。其書共有九章，每一章都以吳王闔閭提出的問題開頭，伍子胥的答話為主體，儘管書名為《蓋廬》，但從該書的作者而言，應該是伍子胥。因此張家山漢簡《蓋廬》這類對話性質的兵書也是研究出土戰國文獻疑問詞與疑問句的重要旁證語料之一。

此外，西漢簡帛古書中還有一些屬於儒家語錄體典籍，如定州漢簡《論語》等，雖然有些內容已經殘缺，但仍有很重要的參考價值，我們在引用今本《論語》例句時，仍加以參考。

二、傳世文獻語料選擇問題

為了避免陷入傳世文本時代問題、作者問題、流傳問題複雜而無邊際的討論，本文使用的語料即華建光（2013）提出的「傳世戰國的基本語料」概念以及對應文獻及其版本，具體包括《左傳》《國語》《論語》《墨子》《晏子》《孟子》《莊子》《荀子》《韓非子》《呂氏春秋》以及《戰國策》等十一種古書〔註29〕。他認為《尚書》《周禮》和《詩經》因為和戰國相去較遠，所以不列為研究語

〔註28〕裘錫圭：《帛書〈春秋事語〉校讀》，載《裘錫圭學術文集》（簡牘帛書卷），上海：復旦大學出版社，2012 年，第 401 頁。

〔註29〕華建光：《戰國傳世文獻語氣詞研究》，北京：光明日報出版社，2013 年，第 15～16 頁。

料。《論語》《國語》《左傳》成書於春秋戰國之交，所以列為研究語料，暫定為戰國初期語料。此外，為了儘量排除格律因素的影響，《老子》和《楚辭》等韻文均不列為研究語料。儘管華建光並沒有意識到傳世戰國文獻語料區域分類的重要性，但該書已做到對傳世戰國的基本語料按時代早晚與文體類別進行了紮實的考察與描寫。

高小方、蔣來娣（2005）在其專著《漢語史語料學》中《戰國語料》一節中明確提出戰國語料包括：戰國金文、戰國簡牘帛書以及重要典籍三類。這裡主要談後者重要典籍，他們認為《禮記》《大戴禮記》《墨子》《司馬法》《吳子》《商君書》《尉繚子》《六韜》《竹書紀年》《孟子》《莊子》《孫臏兵法》《申子》《慎子》《公孫龍子》《荀子》《韓非子》《世本》《戰國策》《管子》《晏子春秋》《呂氏春秋》《公羊傳》《穀梁傳》《孝經》《屈原賦》《宋玉賦》《景差賦》《黃帝內經》《山海經》《爾雅》等也屬於戰國語料〔註30〕。我們不同意高小方、蔣來娣提出《禮記》《大戴禮記》《公羊傳》《穀梁傳》《孝經》等文本形成時代明顯晚於戰國秦代的語料。《屈原賦》《宋玉賦》《景差賦》等文獻則屬於韻文研究斷代語言應該排除在外，《黃帝內經》《山海經》《爾雅》等文本形成時代比較複雜，書成於眾手，非一人一時所作，因此不能籠統地看作是戰國時代的語料使用。

另外，裘燮君（2008）也曾嘗試對傳世戰國文獻進行了分期與斷代的整理，並將戰國時代分為三個時期：1.戰國前期：《論語》《左傳》《國語》《晏子春秋》《墨子》以及《尚書》四篇（即《禹貢》《湯誓》《甘誓》《牧誓》）。2.戰國中期：《孟子》《莊子》。3.戰國後期：《韓非子》《呂氏春秋》《老子》（帛書本、今傳本）以及《尚書》兩篇（即《堯典》《皋陶謨》）〔註31〕。本課題也不使用裘燮君提出的《尚書》等篇目作為傳世戰國語料的說法。

第三節　相關概念與種類

一、疑問語氣的表達形式

疑問語氣的表達手段是多種多樣的，但是最先使用哪一種手段表示疑問語

〔註30〕高小方、蔣來娣：《漢語史語料學》，北京：高等教育出版社，2005年，第77～117頁。

〔註31〕裘燮君：《商周虛詞研究》，北京：中華書局，2008年，第30～39頁。

氣，哪一種方式是最基本的，學者們看法不一，但都離不開其中的兩種方式：
1.詞彙手段（如用疑問代詞），2.語法手段（疑問語氣詞、疑問副詞）。

第一種觀點認為，語調作為構成句子的最基本的手段，其他手段並不是必須的。如呂叔湘（1982）指出語氣的表達，語調是必需的，語氣詞則可有可無〔註32〕。黃伯榮（1957）則認為，影響句子語氣或用途的分類的主要有四種因素：1.語調；2.語氣助詞；3.語序；4.說話人的態度表情，其中語調起到重要的作用〔註33〕。張斌（2010）在第十五章《語氣範疇》提出，語調作為構成句子的一種標記，是任何句子表達任何語氣意義所必須使用的一種最基本的、最主要的手段，其他手段（重疊、語氣詞、語氣副詞、助動詞、疑問代詞、嘆詞等）則不一定是必須使用的〔註34〕。

第二種觀點認為，疑問語調祇是在語段中沒有表疑問的詞彙或語法手段時才是必須和強制的。例如徐傑（2001）通過對若干國家的口語以及漢語中的疑問句進行了分析，發現各語言要表達疑問時，一般先使用詞彙手段（疑問代詞），再使用語法手段（添加語氣詞、重疊、位移等等），最後才會啟用語調、重音之類的語音手段〔註35〕。范曉、張豫峰（2003）也指出，疑問語氣的表達形式有疑問代詞、語氣詞、語調、句法格式等〔註36〕。

另外，還有一些看法與第一種觀點相近，但也值得關注。以石毓智（2006）為代表，其《語法的概念基礎》提出，漢語的疑問手段有四種：疑問代詞、疑問語氣詞、正反問句和選擇問句。一個句子中祇能使用一種疑問手段，即兩種不同的疑問手段不能在一個句子中共現〔註37〕。

石毓智關於「兩種不同的疑問手段不能在一個句子中共現」觀點，本文是不能讚成的，因為古代漢語中既使用疑問代詞又用疑問語氣詞還是較為常見的一類表達疑問手段。在出土戰國文獻及西漢簡帛戰國古書中的疑問語氣表

〔註32〕呂叔湘：《中國文法要略》，北京：商務印書館，1982 年，第 257～259 頁。
〔註33〕黃伯榮：《陳述句、疑問句、祈使句、感歎句》，上海：新知識出版社，1987 年，第 12～34 頁。
〔註34〕張斌：《現代漢語描寫語法》，北京：商務印書館，2010 年，第 854～855 頁。
〔註35〕徐傑：《普遍語法原則與漢語語法現象》，北京：北京大學出版社，2001 年，第 167 ～194 頁。
〔註36〕范曉、張豫峰：《語法理論綱要》，上海：上海譯文出版社，2003 年，第 359 頁。
〔註37〕石毓智：《語法的概念基礎》，上海：上海外語教育出版社，2006 年，第 214～215 頁。

達手段可以使用疑問代詞、疑問副詞、疑問句式、疑問語調等方法，或用其中一種，或多種合用。

二、疑問詞的分類

語法著作的草創時期，疑問代詞往往與疑問副詞難以區別。如陳承澤（1982）《國文法草創》把出現在狀語位置上的指示代詞、疑問代詞稱為指示副詞、疑問副詞〔註38〕。其後的學者或多或少都有受其影響。

研究古代漢語語法的學者提出了疑問詞包括疑問代詞、疑問語氣詞的觀點。例如王力（1999）指出，句子一般須有疑問詞的幫助，方能發出疑問。有時用疑問代詞，有時用疑問語氣詞，有時是二者都用。疑問詞分為兩大類：第一類是疑問代詞，第二類是疑問語氣詞。王力逐一介紹了古代漢語中常見的疑問代詞（誰、孰、何、安、惡、焉、胡、奚、曷），疑問語氣詞（乎、諸、與、歟、邪、耶、哉）用法及語法意義〔註39〕。

那麼，疑問副詞是不是被學者遺漏了呢？早在上個世紀八十年代初其實呂叔湘的《現代漢語八百詞》便已提及「豈」「難道」「難道說」「莫非」等疑問副詞。並對這些疑問副詞進行語法分析，它們的特點可以概括為：加強反問語氣、表示反詰，意思相當於「難道」。作狀語，可放在主語前，也可放在主語後〔註40〕。

王力（1999）《古代漢語》也多次使用「疑問副詞」這個名稱：1.在《寡人之於國也》篇中「是何異於刺人而殺之」注解「何」語法性質時，便使用了「疑問副詞」這個名詞。原文為「何，疑問副詞，等於說有甚麼」。2.《古漢語通論》（七）原文為「如果句中有疑問代詞或疑問副詞，『也』似乎也帶了疑問語氣」。3.同上章節，原文為「『矣』又可以用於疑問句，⋯⋯由於句子裡有疑問代詞或疑問副詞，所以『矣』似乎也幫助表示疑問語氣罷了」〔註41〕。另外王力（1989）在《漢語語法史》的《語氣詞的發展》章也討論了「疑問副詞」（又

〔註38〕陳承澤：《國文法草創》，北京：商務印書館，1982 年，第 43～45 頁。
〔註39〕王力：《古代漢語》（第 1 冊），北京：中華書局，1999 年，第 268～281 頁。
〔註40〕呂叔湘：《現代漢語八百詞》，北京：商務印書館，1980 年，第 18～19 頁。
〔註41〕王力：《古代漢語》（第 1 冊），北京：中華書局，1999 年，第 244～251 頁；第 252～261 頁；第 286～288 頁。

稱為「反詰副詞」）的用法介紹說明〔註42〕。關於個別反詰副詞來源與虛化的過程，由於吳福祥、劉子瑜、黃小玉以及郭錫良皆有專門討論，不再贅述〔註43〕。

王海棻（2015）從語義角度將疑問詞語分為十五類〔註44〕，該書解決了古漢語研究的諸多問題，如問人物時，有哪些疑問詞語，有哪些問法；問事物時，又用哪些疑問詞語，有哪些問法等等。王海棻的分類是科學的並且具有開創性。但其使用的語料僅限於傳世文獻，涉及的出土文獻也僅有《睡虎地秦墓竹簡》一種。因此對疑問詞的研究還不算全面，其歸納的疑問句句型雖體大思精，但並不能完全反映戰國秦代的疑問詞及句型實際面貌。例如，用於情狀詢問的，動賓式複音疑問詞「如台」。據王海棻（2015）研究，祇見到《尚書·湯誓》一例「主語＋如台」這種句型，其中「如台」作謂語〔註45〕。據我們統計，在出土戰國楚地文獻中（僅在楚簡《尚書》類文獻）疑問詞「如台」出現了5次，傳世戰國語料卻未見。因此我們對這個疑問詞會有更清晰的認識：「如台」作為性狀疑問代詞來源古老，僅在戰國楚簡中西周古書語料中零星存留，戰國以後消亡。並且從古書流傳中可知「如台」在漢代已經被「奈何」替換。

疑問語氣詞是語氣詞系統的重要成員之一。這個集體還包括一些子系統，如句尾語氣詞、句中語氣詞等。句尾語氣詞又可以分為陳述語氣詞、疑問語氣詞、感嘆語氣詞等。但是這些子系統並不是一開始就都有的，而是逐漸發展、成熟起來的。

在出土商代文獻中，只有疑問語氣詞「抑」和「執」；在出土西周文獻中，只有感嘆語氣詞「哉」；在出土春秋文獻中，除了有感嘆語氣詞「哉」和「已」外，已經可以見到陳述語氣詞「兮」。戰國時代漢語語氣詞則表現出以下幾個特點：1.數量迅速增多；2.類別豐富；3.產生了兩個新的疑問語氣詞「乎」「與」。在出土戰國文獻中，則疑問語氣詞、感嘆語氣詞、陳述語氣詞都有了，可以見到「與」「殹（也）」「矣」「乎」「哉」「焉」「耳」「爾」「已（巳）」「兮」「而已」等

〔註42〕王力：《漢語語法史》，北京：商務印書館，1989年，第295～321頁。

〔註43〕劉子瑜，黃小玉：《語氣詞「不成」的來源及其語法化補議》，載《語法化與語法研究》，吳福祥，汪國勝主編，北京：商務印書館，2015年；郭錫良：《先秦語氣詞新探》，載《漢語史論集》，北京：商務印書館，2005年。

〔註44〕王海棻：《古漢語疑問詞語》，杭州：浙江教育出版社，1987年，第4頁。

〔註45〕王海棻：《古漢語範疇詞典》（疑問卷），北京：社會科學文獻出版社，2015年，第218、240～241頁。

12 個語氣詞，而且它們都是比較常用的〔註46〕。按，據統計應該至少有三個新的疑問語氣詞，即除了上述「乎、與」兩個之外，還有「邪（耶）」，可能還有合音詞「諸（之乎）」。

綜上可知，出土與傳世的戰國文獻疑問詞應該包括疑問代詞、疑問副詞、疑問語氣詞三類。

三、疑問句的分類

張斌（2010）在《現代漢語描寫語法》第八章《句類》指出，表達疑問語氣的句子，叫做疑問句。疑問句有疑和問兩個方面，疑惑和詢問往往是緊密結合在一起的，說話人心中有了疑惑，需要得到解答，往往會通過詢問來尋求答案，所以一般的疑問句都包含雙重功能：傳達疑惑、提出詢問〔註47〕。傳統語言學一般把句子分為四種類型：1.陳述句。2.疑問句。3.祈使句。4.感嘆句。關於句子的類型，最早提出來的學者應該是章士釗，其書《中等國文典》第一次把句子分為陳述句、疑問句、命令句和感歎句四類〔註48〕。目前這種看法在學界被普遍接受，並且沿用至今。

那麼，疑問句在漢語研究中是作為語氣類型還是句子類型？據石定栩（2011）在《名詞和名詞性成分》中指出，外語學者通常譯為陳述句、疑問句以及感嘆句，算是句子的類型。漢語學者則將陳述句、疑問句、感嘆句都算作語氣〔註49〕。陸儉明（2016）對陳述句、疑問句、祈使句，把字句、被動句、話題句、存在句等討論分別也使用了「句子類型、特殊句式」這些術語〔註50〕。

因此，疑問句應該按句子的語氣、功能分出來的句類。邵敬敏（2009）認為按句子的語氣、功能分類，又叫句類，例如陳述句、疑問句、祈使句、感嘆句〔註51〕。所以按句子的語氣給漢語的句子分類可得到不同的「句類」。另外，關於運用當代語言學理論研究現代漢語疑問句的論著還有邵敬敏（2014）《現代

〔註46〕張玉金：《出土先秦文獻虛詞發展研究》，廣州：暨南大學出版社，2016 年，第 297
　　　 ～298 頁。
〔註47〕張斌：《現代漢語描寫語法》，北京：商務印書館，2010 年，第 497 頁。
〔註48〕章士釗：《中等國文典》北京：商務印書館，1922 年，第 1～27 頁。
〔註49〕石定栩：《名詞和名詞性成分》，北京：北京大學出版社，2011 年，第 249～250 頁。
〔註50〕陸儉明：《漢語和漢語研究十五講》，北京：北京大學出版社，2003 年，第 9～10
　　　 頁。
〔註51〕邵敬敏：《漢語語法專題研究》，北京：北京大學出版社，2009 年，第 91～103 頁。

漢語疑問句研究》〔註52〕、伍雅清（2002）《疑問詞的句法和語義》〔註53〕等。
其次，專題性的、理論性的理論著作與論文有不少，例如：宋國明《句法理論概
要》詳細討論了「疑問詞組移位」問題。徐傑《疑問範疇與疑問句式》以「原則
本位」的語法體系為理論基礎，重新分析了跟疑問範疇和疑問句式相關的種種語
法問題〔註54〕。最後，對漢語的某一時代或專書疑問句研究的相關論著及學位論
文有周玟慧《上古漢語疑問句研究》、劉開驊《中古漢語疑問句研究》等〔註55〕。

下面擇要介紹漢語語法學界對疑問句分類的一些重要觀點：

黎錦熙（1985）《新著國語文法》繼承了馬建忠以助詞為綱分析句子語氣
的觀點，將疑問句分為「表然否的疑問句」「助抉擇或尋求疑問」和「無疑而
反詰語氣」三種〔註56〕。呂叔湘（1982）指出，詢問句（下文稱為真性詢問句）
是有疑而且有問的句子，詢問、反詰、測度，總稱為疑問句。他對疑問句從結
構、特點、作用等方面作了詳細分析。並認為特指問與是非問是兩大基本類
型，而正反問與選擇問是從是非問中派生出來的〔註57〕，邵敬敏稱之為「派生
系統說」〔註58〕。朱德熙（1982）根據疑問句與陳述句之間的轉換關係提出了
「是非問、特指問、選擇問」三類問句，並把這三類問句都看成是由陳述句
轉換來的句式。反復問句祇作為選擇問句裡的一種特殊類型，將謂語的肯定
形式與否定形式並列在一起作為選擇的項目。他將反問句與前述三類問句獨
立開來論述，認為反問句是形式上的疑問句，祇是用疑問句的形式表示肯定
或否定〔註59〕，邵敬敏稱之為「轉換系統說」〔註60〕。王力（1989）認為，現
代疑問語氣詞和古代疑問語氣詞不能成為簡單的對應〔註61〕。他說上古的疑

〔註52〕邵敬敏：《現代漢語疑問句研究》，北京：商務印書館，2014 年。

〔註53〕伍雅清：《疑問詞的句法和語義》，長沙：湖南教育出版社，2002 年。

〔註54〕宋國明：《句法理論概要》，北京：中國社會科學出版社，1997 年，第 212～254
　　　頁；徐傑：《疑問範疇與疑問句式》，載《語言研究》，1999 年（第 2 期），第 22
　　　～36 頁。

〔註55〕周玟慧：《上古漢語疑問句研究》，臺北：國立臺灣大學碩士論文，1996 年；劉開
　　　驊：《中古漢語疑問句研究》，哈爾濱：黑龍江人民出版社，2008 年。

〔註56〕黎錦熙：《新著國語文法》，北京：商務印書館，1992 年，第 241～246 頁。

〔註57〕呂叔湘：《中國文法要略》，北京：商務印書館，1982 年，第 281～300 頁。

〔註58〕邵敬敏：《漢語語法專題研究》，北京：北京大學出版社，2009 年，第 104～126 頁。

〔註59〕朱德熙：《語法講義》，北京：商務印書館，1982 年，第 228～231 頁。

〔註60〕邵敬敏：《漢語語法專題研究》，北京：北京大學出版社，2009 年，第 104～126 頁。

〔註61〕王力：《古代漢語》，北京：中華書局，1999 年，第 316～317 頁。

問句可以分為四種：1.純粹傳疑（乎），在現代漢語裡往往用正反並列法。在上古用「乎」的地方，現代也可以用「嗎、呢」，沒有疑問代詞或疑問副詞的時候用「嗎」，有疑問代詞或疑問副詞（包括反詰副詞）的時候用「呢」。2.純粹反詰（哉），在現代漢語裡用「呢」。3.要求證實（與、邪），在現代漢語裡用「嗎」。有些「邪」也是表示純粹傳疑或反詰的，當句中有疑問代詞或疑問副詞的時候，譯成現代漢語就不是「嗎」而是「呢」。4.要求選擇（乎、與、邪），在現代漢語裡用「呢」。上述可知，現代疑問語氣詞和古代疑問語氣詞的用途是錯綜複雜的，現代疑問語氣詞不是簡單繼承古代疑問語氣詞，而是來自其他的詞。周玟慧（1996）從語用角度分析疑問句，將疑問句分為真正傳疑的徵詢問句、疑信之間的測度句以及不疑而問的反詰句三種〔註 62〕。並進一步將句子依語用將上古漢語的疑問句分為兩類：徵詢問句、非徵詢問句，包括了反問與測度的問句。其分類原則分別是從結構與語用兩方面分析進行，對疑問句進行四分：1.選擇問，以結構為主可將漢語疑問句分為並列兩選項的選擇問句。2.正反問，並列肯否項的正反問句，或稱反復問句。3.是非問，以語助詞或升調表達疑問的是非問句，又稱語助詞問句。4.特指問，以特指問詞表達疑問的特指問句，又稱疑問詞問句。邵敬敏（2009）曾對疑問句的六大分類系統進行了歸納與總結，他介紹了漢語疑問句的六大分類系統，並強調了「選擇系統說」、疑問語氣詞研究、疑問點與答問的研究、疑問程度和疑問功能的研究，疑問句四大類型的特點研究等問題〔註 63〕。

　　邵敬敏在理論研究方面是集大成的，介紹原理與方法論有歷史層次感，他對前賢的理論總結與該書的構思與方法皆值得借鑒。總之，漢語語法研究中疑問句的分類越來越走向多樣化與精密化，也反映出漢語語法研究越來越深入與越來越科學。

　　因此從形式或結構來看，疑問句可以分為四類：是非問、選擇問、正反問和特指問。

〔註62〕周玟慧：《上古漢語疑問句研究》，臺北：國立臺灣大學碩士論文，1996 年，第 6～22 頁。

〔註63〕邵敬敏：《漢語語法專題研究》，北京：北京大學出版社，2009 年，第 104～126 頁。

第四節　研究概況

一、疑問詞的研究概況

出土與傳世戰國文獻疑問詞包括疑問代詞、疑問語氣詞、疑問副詞三類，那麼，戰國漢語中的疑問詞有哪些？下面簡要論述其研究情況：

（一）疑問代詞的研究概況

按照代詞的指代功能，張斌（2010）把代詞劃分為人稱代詞、指示代詞和疑問代詞。疑問代詞的作用主要是表達疑問，能構成各種類別的特指問句。疑問代詞通常是用來詢問的，在疑問句裡，疑問代詞的指代對象是待解的、未知的〔註64〕。出土與傳世戰國漢語中已出現疑問代詞不表疑問的用法。部分疑問代詞的指代對象跟人稱代詞、指示代詞的指代對象是對應的。下列分出土文獻與傳世文獻擇要概述各家研究成果。

1. 出土戰國文獻疑問代詞的研究概況

目前對出土戰國文獻疑問代詞研究的成果，主要有劉春萍（2006）、劉春萍（2011）其取得的創新與存在的不足〔註65〕，具體表現在：（1）其選定的出土戰國語料，分期明確，但其研究使用的語料非常有限，僅包括了：戰國金文（《殷周金文集成》收錄關於戰國時代的金文）、楚帛書、七批戰國竹簡（長臺關、九店、包山、仰天湖、曾侯乙、郭店、上博楚簡）以及兩批漢代簡戰國書籍（銀雀山《孫臏兵法》、馬王堆帛書《戰國縱橫家書》）。僅依靠上述語料祇能局部反映出土戰國文獻疑問代詞的使用情況。劉文對重要的秦簡、三晉金文等文獻基本沒有論及，因而導致其論文有「出土文獻中疑問代詞少見」等結論。（2）疑問代詞分類較為科學。據其統計，出土戰國文獻的單音疑問代詞7個（「誰」「孰」「何」「奚」「胡」「曷」「焉」），複音疑問代詞8個（「如何」「何如」「如之何」「若何」「何若」「奈何」「幾何」「奚如」）。根據我們統計，單音疑問代詞實有8個（「誰」「孰」「何」「曷」「奚」「焉」「胡」「幾」），複音疑問代詞實有9個（「何如」「何若」「奚如」「奚若」「如何」「如之何」

〔註64〕張斌：《現代漢語描寫語法》，北京：商務印書館，2010年，第184～194頁。

〔註65〕劉春萍：《戰國時代疑問代詞研究》，廣州：華南師範大學碩士論文，2006年；劉春萍：《出土戰國文獻疑問代詞研究》，載《廣西社會科學》，2011年第2期，第125～128頁。

「如台」「幾何」「奈何」)。由於劉春萍與我們使用的出土戰國文獻種類與數量可能存在差距，因此在戰國時代疑問代詞的數量、頻率、詢問功能、句法功能、時代性、地域性等問題的結論上出現差異，我們認為仍需以新材料來檢驗與修正疑問代詞的研究。

2. 傳世戰國文獻疑問代詞的研究概況

貝羅貝、吳福祥（2000）考察了西周到東漢的常見傳世文獻的疑問代詞發展與演變規律，指出上古漢語疑問代詞的使用主要表現在兩個方面：（1）詞項的頻率變化、功能發展以及詞彙興替；（2）系統結構的變化。上古後期伴隨舊有疑問代詞在實際語言中的逐漸消失，疑問代詞系統得到了較大程度的調整和簡化〔註66〕。貝吳兩位從宏觀的視角，對傳世的上古漢語的疑問代詞的發展與演變進行了系統的描寫與總結，這對我們斷代語言描寫研究有一定的借鑒意義。

劉春萍（2006）也對傳世戰國文獻的疑問代詞進行整理，對疑問代詞的數量、頻率、詢問功能、句法功能、時代性、地域性等問題都進行初步考察。其研究創新表現在：（1）對疑問代詞作出窮盡統計，難度較大，得出的結論基本可信。（2）選定的戰國語料，時代斷代明確。具體包括：《左傳》《論語》《墨子》《孟子》《荀子》《莊子》《韓非子》《戰國策》《呂氏春秋》《楚辭》共9種。（3）對疑問代詞分類較為科學。按音節將疑問代詞分為單音疑問代詞、複音疑問代詞，其中單音疑問詞10個（「誰」「孰」「何」「奚」「胡」「曷」「盍」「惡」「安」「焉」）；複音疑問詞12個（「如何」「何如」「如之何」「若何」「何若」「若之何」「奈何」「幾何」「奚如」「奚若」「曷若」「胡如」）。目前對戰國秦代複音疑問代詞的研究仍存在的局限較多：第一，疑問代詞句法功能上並沒有作全面描寫，尤其是對複音疑問代詞；第二，研究詞彙史的學者對複音疑問代詞的研究仍顯得不足；第三，部分學者使用的語料仍局限於幾種常見的傳世古書，並沒有結合全面的出土文獻作功能的描寫、句法分布等方面的深入研究。

綜上所述，學者對戰國秦代文獻疑問代詞研究的情況是：研究傳世文獻的

〔註66〕貝羅貝，吳福祥：《上古漢語疑問代詞的發展與演變》，載《中國語文》，2000年第4期，第311～326頁。

論著多，而研究語料能結合出土文獻的論著仍十分少，其次研究角度能結合當代語言學尤其是語用學、語義學等理論來研究傳世戰國漢語疑問詞以及句式的論著少。因此開展出土與傳世戰國文獻單音、複音的疑問代詞研究是非常必要的。

（二）疑問語氣詞的研究概況

在瞭解疑問語氣詞之前，我們應該樹立一點共識：古今漢語的語氣詞使用上差別不大。齊滬揚（2002）把現代漢語的語氣分成兩大類，即功能語氣和意志語氣。功能語氣包括陳述語氣、疑問語氣、祈使語氣、感嘆語氣，意志語氣包括可能語氣、能願語氣、允許語氣、料悟語氣。現代漢語中的語氣詞與古代漢語中的語氣詞差別不大〔註67〕。齊滬揚的觀點是可信的。

疑問語氣詞是用在疑問句句末表達疑問語氣的語氣詞，句末語氣詞是表示功能語氣的。有學者提出，句末是否有疑問語氣詞還能決定句子成分位移與否的觀點。如陸儉明（2016）指出，世界上的語言構造疑問句主要靠兩種辦法：1.如果句末沒有語氣詞，就必須靠成分移位；2.如果句末有語氣詞，就不需要成分移位。

關於「漢語疑問句不需要移動任何成分，這就是因為漢語句末有疑問語氣詞」以及「如果句末沒有語氣詞，就必須靠成分移位」等觀點〔註68〕，在出土語言中是難以成立的。例如：

（1）夏句（后）乃傒（訊）少（小）臣曰：<u>女（如）尔天晉（巫），而智（知）朕疾？</u>少（小）臣曰：我智（知）之。（《清華楚簡叁·赤鵠之集湯之屋》）

語譯：如果確實是天巫，那麼你知道我的病情？

例（1）中夏后的問話屬於典型的是非疑問句，句末並不存在疑問語氣詞，這個句子如果沒有小臣的答語，那麼理解為陳述句也講得通，然而此處之所以讀者能理解為疑問句也並非依靠成分移位。在出土語言的疑問句中，由此可知「如果句末沒有語氣詞，就必須靠成分移位」等觀點是站不住腳的。

其次在現代漢語中也難以成立。在現代漢語的「你去上海？」與「你去上海嗎？」前者是沒有疑問詞的，直接通過疑問語調引起疑問的句子，而後一句

〔註67〕齊滬揚：《語氣詞與語氣系統》，合肥：安徽教育出版社，2002 年，第 21 頁。
〔註68〕陸儉明：《漢語和漢語研究十五講》，北京：北京大學出版社，2003 年，第 18～31；192～247 頁。

則在前句的基礎上添加語氣詞「嗎」表示是非問。語氣詞「嗎」是來標記疑問句的，屬於句末標記。因此現代漢語關於疑問語氣詞的某些觀點或理論，可能也不完全適用於研究戰國漢語中的疑問語氣詞。

那麼，出土與傳世戰國文獻疑問語氣詞有哪些？下列擇要概述各家觀點：

1. 出土戰國文獻疑問語氣詞研究回顧

張玉金（2016）首先考察了出土先秦文獻語氣詞的發展情況，他認為疑問語氣詞在出土先秦文獻共有「乎、與、抑、執」等。其中「抑」和「執」祇出現在甲骨文中，均為表示真性疑問的語氣詞。「乎」在疑問語氣的基礎上，產生了表感嘆語氣的用法〔註69〕。張玉金（2011）曾指出，出土戰國文獻中的語氣詞分為三類：（1）陳述語氣詞。（2）疑問語氣詞。（3）感嘆語氣詞。疑問語氣詞有「乎、與」兩個，其中「乎」表真性疑問，「與」表半信半疑〔註70〕。

關於表示疑問語氣的「乎」能產生表示感嘆的語氣「乎」，齊滬揚（2002）指出，現代漢語「呢」的最基本語義是表疑問語氣，由此衍生出了表反詰的語氣，表反詰語氣再次衍生為表感嘆語氣。由「嗎」和「呢」來看，上古漢語的「乎」也可以由表疑問語氣的「乎」發展出表達感嘆語氣的「乎」〔註71〕。石毓智（2006）也認為，現代漢語的「嗎」是一個專門表示疑問的語氣詞，另外還有一個專職表感嘆的語氣詞「嘛」。因此不論從表達功能上、分布上，還是從語音形式上來看，都可以證明表感嘆的「嘛」是從表疑問的「嗎」發展出來的〔註72〕。張玉金（2011）借鑒前兩者對現代漢語語法規律的看法，指出可以從現代漢語的由疑問的「嗎」發展出感嘆的「嘛」中得到印證〔註73〕。疑問句末的「乎」（包含單用的「乎」和「也」連用的「乎」）可表疑問語氣，並且疑問語氣比較強，它是一個真性疑問語氣詞。在出土戰國文獻中，句末語氣詞「乎」主要是表疑問語氣的，可以單用，也可以與「也」「而已」「哉」「嗚」等語氣詞連用。

〔註69〕張玉金：《出土先秦文獻虛詞發展研究》，廣州：暨南大學出版社，2016年，第211～251頁。

〔註70〕張玉金：《出土戰國文獻虛詞研究》，北京：人民出版社，2011年，第522～632頁。

〔註71〕齊滬揚：《語氣詞與語氣系統》，合肥：安徽教育出版社，2002年，第135頁。

〔註72〕石毓智：《語法的概念基礎》，上海：上海外語教育出版社，2006年，第220～222頁。

〔註73〕張玉金：《出土戰國文獻虛詞研究》，北京：人民出版社，2011年，第612～613頁。

在先秦漢語裡，當這兩種語氣詞連用時，一般都是疑問語氣詞放在感嘆語氣詞之前。連用的語氣詞都分別擔負了表達語氣的任務，但語氣的重點落在了最後一個語氣詞上，最後一個語氣詞決定了一個句子的句類。張玉金（2011）認為在出土戰國文獻中，表示半信半疑的語氣詞「與」不用於感嘆句，祇用於是非問句、特指問句、選擇問句和反問句〔註74〕。

另外，還有一些研究出土戰國文獻疑問詞或語氣詞的論文，如張珍珍（2016）收集學者關於出土戰國文獻語氣詞的考釋成果，探討了語氣詞書寫形式的多樣性、地域性以及發展演變等問題〔註75〕。程文文（2016）考察了簡帛醫書中的9個語氣詞（「也」「矣」「焉」「耳」「乎」「邪」「夫」「哉」「殹」）〔註76〕。他認為語氣詞「乎」「邪」主要用在疑問句中助疑問語氣，「也」的功能最全面，兼表判斷、陳述和疑問語氣，因此其生命力也較強。最後，我們也可看到一些以研究出土先秦或傳世先秦漢語中某一個時段語氣詞的論文，如張振林（1986）、陳永正（1992）以及羅祥義（2017）等，皆是研究出土先秦文獻語氣詞的力作〔註77〕。

2. 傳世戰國文獻疑問語氣詞研究回顧

王力（1999）認為在古代漢語中，疑問語氣詞單用的有「乎」「諸」與（歟）「邪」「耶」「哉」「為」，連用則有「乎哉」等〔註78〕。張玉金（2016）指出在傳世戰國文獻中，疑問句末語氣詞有「乎」「與」「其」「而」四個〔註79〕。下面對一些歷來有爭議的疑問句末語氣詞進行回顧。

（1）句末的疑問語氣詞「乎」。張玉金（2016）《出土先秦文獻語氣詞「乎」的發展》認為，疑問句末的「乎」，包括單用的「乎」、與「也」連用的「乎」

〔註74〕張玉金：《出土戰國文獻虛詞研究》，北京：人民出版社，2011 年，第 527～528，522～523 頁。

〔註75〕張珍珍：《出土戰國文字資料中的語氣詞》，廣州：中山大學碩士學位論文，2016 年。

〔註76〕程文文：《簡帛醫書虛詞研究》，重慶：西南大學博士學位論文，2016 年。

〔註77〕張振林：《先秦古文字材料中的語氣詞》，載《古文字研究》（第 7 輯），北京：中華書局，1982 年，第 93～104 頁；陳永正：《西周春秋銅器銘文中的語氣詞》，載《古文字研究》（第 19 輯），北京：中華書局，1992 年，第 565～578 頁。羅祥義：《出土先秦文獻語氣詞研究》，重慶：西南大學碩士學位論文，2017 年。

〔註78〕王力：《古代漢語》，北京：中華書局，1999 年，第 268～281 頁。

〔註79〕張玉金：《出土先秦文獻虛詞發展研究》，廣州：暨南大學出版社，2016 年，第 211～251，294～297 頁。

皆可表示疑問語氣，而且疑問語氣比較強，屬於真性疑問語氣詞〔註80〕。

（2）句末語氣詞「與」。王力（1999）認為「與」除了用於特指問句和選擇問句而外，一般不表示純粹的疑問。在多數情況下，用「與」的時候是說話人猜想的事情，並不是深信不疑的，要求對話人加以證實〔註81〕。王克仲（1984）也指出句末語氣詞「與」可以分為選擇問、反問、試探問、是非問四類，並且在表示反問的這一類裡，又兼有表示感嘆的語氣〔註82〕。何樂士（2006）指出語氣詞「與」主要有兩種用法：疑問、感嘆。當用作疑問語氣詞時，可以用在疑問句和選擇問句句末，表示疑問語氣；用在反問句句尾時，表反問語氣；用在測問句句尾時，表示測度疑問語氣〔註83〕。

（3）句末的疑問語氣詞「乎、與、耶」。華建光（2013）指出「乎、與、耶」最基本的功能是表示說話者「不確信」情態，屬於傳疑語氣詞，其中「乎」較多用於質疑（反詰），「與、耶」較多用於求證，但是一個句子使用了以上的語氣詞具體是表達質疑還是揣測，需要結合具體語境來分析。關於「與、耶」的語法意義，他提出了「與、耶＝也＋乎」看法〔註84〕。關於這個問題，張玉金（2011）不同意華建光「與、耶＝也＋乎」的觀點。前者認為兩個語氣詞連用時，其語氣的重點落到最後一個語氣詞上，最後一個語氣詞決定整個句子的句類〔註85〕。

（4）句末語氣詞「焉（安）」是否表疑問語氣的問題。洪波（2005）、張玉金（2016）都認為句末語氣詞「焉（安）」是表肯定語氣的，同時有將事態往大處說的意思〔註86〕。語氣詞「焉（安）」跟「爾」功能基本一致，因此兩者有時連用。張玉金據出土文獻指出「焉（安）」祇出現在陳述句中，是個陳述語氣詞，並不表示疑問、測度、感嘆等語氣。即使「焉（安）」出現在疑問句、測度

〔註80〕張玉金：《出土先秦文獻虛詞發展研究》，廣州：暨南大學出版社，2016 年，第 239 ～242 頁。

〔註81〕王力：《古代漢語》，北京：中華書局，1999 年，第 280～281 頁。

〔註82〕王克仲：《先秦虛詞「與」字的調查報告》，載《古漢語研究論文集 2》，北京：北京出版社，1984 年，第 139 頁。

〔註83〕何樂士：《古代漢語虛詞詞典》，北京：語文出版社，2006 年，第 551～553 頁。

〔註84〕華建光：《戰國傳世文獻語氣詞研究》，北京：光明日報出版社，2013 年，第 102～146，122～128 頁。

〔註85〕張玉金：《出土戰國文獻虛詞研究》，北京：人民出版社，2011 年，第 529 頁。

〔註86〕洪波：《立體化古代漢語教程》，北京：高等教育出版社，2005 年，第 186～187 頁；張玉金：《出土先秦文獻虛詞發展研究》，廣州：暨南大學出版社，2016 年，第 246～247 頁。

句、感嘆句的末尾，也不表疑問、測度、感嘆等語氣，而仍表示它原來的意義。

（5）疑問句末的「為」性質問題。此處我們要討論的是「何以……為」這樣的句式的「為」詞類性質問題。朱運申（1979）認為，句末的「為」作動詞用當「做」講。而「何」是疑問代詞，充當「為」的賓語〔註87〕。徐福汀（1980）對這種句式也曾做過分析。他的結論是：a.「何以……為」這個格式的「以」是主要動詞；b.「何」作動詞的狀語；c.「為」是一個疑問語氣詞〔註88〕。張玉金（2011）讚成朱運申「為」是動詞的說法。他指出類似疑問句「何以麻為？」與答句「以為衣」（《上博楚簡六・平王與王子平》）。其中「何以為」中的「以」是介詞，「為」是動詞，「何」是動詞「為」的前置賓語〔註89〕。

（6）疑問句末的「者」（即「謂＋者」式）性質問題。如「誰敢者？」（《左傳・襄公二十八年》）學者一般將「者」看作是「指代詞」。方有國（2001）認為是轉指代詞〔註90〕。何樂士（2006）認為「者」是疑問語氣詞，處於疑問句或反問句尾，與句中「誰」「孰」「何」「安」疑問代詞共現，可譯為「嗎」「啊」等〔註91〕。張玉金（2011）不同意上述的看法〔註92〕。其理由如下：a.以「誰＋謂者」句式為例，它可以變換為「謂者，誰也」。b.「誰＋謂者」的「謂者」是作同一性主謂結構的判斷謂語部分。c.「誰＋謂者」的「誰」作判斷句主語，而「謂者」作判斷句謂語。d.「者」與其它「謂＋者」中的「者」語法意義一樣，並不表達疑問語氣。e.「誰＋謂者」句式的疑問語氣是由句中的疑問代詞和語調帶來的。本文也同意張玉金的觀點。

（7）疑問句句末的「則」與「其」性質問題。如「蓋鍾子期死，伯牙終身不復鼓琴，何則？」（司馬遷《報任安書》）。學者一般將「則」看作是「語助詞」，與「何哉」「何也」看成是同一種語法形式。何樂士（2006）指出「則」有疑問語氣詞的用法，常與疑問詞「何」連用，構成問句〔註93〕。疑問句句末「何其」中的「其」，學者一般將「其」看作是「指代詞」。社科院語言研究所

〔註87〕朱運申：《兩個跟「若」有關的句法》，載《語言學通訊》，1982年第6期，第177頁。

〔註88〕徐福汀：《「何以…為」試析》，載《中國語文》，1980年第5期，第386～387頁。

〔註89〕張玉金：《出土戰國文獻虛詞研究》，北京：人民出版社，2011年，第224～225頁。

〔註90〕方有國：《上古漢語語法研究》，成都：巴蜀書社，2002年，第122頁。

〔註91〕何樂士：《古代漢語虛詞詞典》，北京：語文出版社，2006年，第590頁。

〔註92〕張玉金：《出土戰國文獻虛詞研究》，北京：人民出版社，2011年，第450～480頁。

〔註93〕何樂士：《古代漢語虛詞詞典》，北京：語文出版社，2006年，第582頁。

（1999）既認為是助詞，同時又認為表示疑問的語氣詞〔註94〕。何樂士（2006）、張玉金（2016）皆認為可看作是疑問語氣詞，可譯為「呢」〔註95〕。因此，將疑問句句末的「則」「其」兩個看成是「疑問語氣詞」的觀點是可信的。

最後，我們還可以看到一些漢語史的著作，即其研究涉及到傳世戰國漢語中疑問語氣詞的論著，如陳順成（2011）以及李小軍（2013）等〔註96〕。類似論著較常見，不再贅述。

（三）疑問副詞的研究概況

疑問副詞是從副詞系統中劃分出來的小類。疑問副詞不能充當句子的主語、賓語等句法成分，並且不能修飾名詞，一般位於句首，祇能修飾動詞及其短語、形容詞及其短語和某些副詞及其短語，不起到區別或限制作用，而是在語氣上起到一種表示反詰的作用。疑問副詞的概念首先是由陳承澤（1922）在《國文法草創》提出，他把副詞分為：限制副字、修飾副字、疑問副字三大類〔註97〕。楊伯峻（1936）把副詞分為 10 類，對應有「詢問、傳疑」的小類〔註98〕。周法高（1962）對副詞分類時也對應有詢問副詞一類〔註99〕。學者一般對副詞下位類別分為：範圍副詞、語氣副詞、否定副詞、時間副詞、程度副詞、處所狀語、方式副詞、疑問副詞、關連副詞等 9 類。疑問副詞作為副詞一個小類，與語氣副詞獨立。張玉金（1996）也提出關於副詞詳細的下位類別，包括了：程度副詞、範圍副詞、時間副詞、頻率副詞、肯定副詞、否定副詞、情態副詞、方式副詞、語氣副詞、疑問副詞、謙敬副詞、關聯副詞等 12 類〔註100〕。疑問副詞作為副詞一個小類，與語氣副詞獨立開來。楊伯峻、何樂士（2008）將副詞劃分為時間副詞、程度副詞、狀態副詞、範圍副

〔註94〕中國社會科學院語言研究所古代漢語研究室：《古代漢語虛詞詞典》，北京：商務印書館，1999 年，第 408 頁。

〔註95〕何樂士：《古代漢語虛詞詞典》，北京：語文出版社，2006 年，第 300 頁；張玉金：《出土先秦文獻虛詞發展研究》，廣州：暨南大學出版社，2016 年，第 295 頁。

〔註96〕陳順成：《疑問語氣詞「邪」「耶」的歷時考察》，載《古漢語研究》，2011 年第 4 期，第 86～90 頁；李小軍：《先秦至唐五代語氣詞的衍生與演變》，北京：北京師範大學出版社，2013 年。

〔註97〕陳承澤：《國文法草創》，北京：商務印書館，1982 年，第 43～45 頁。

〔註98〕楊伯峻：《中國文法語文通解》北京：商務印書館，1936 年，第 159～361 頁。

〔註99〕周法高：《中國古代語法》（造句編上），臺北：中央研究院歷史語言研究所，1962 年，第 137 頁。

〔註100〕張玉金：《古今漢語虛詞大辭典》，瀋陽：遼寧人民出版社，1996 年，第 5 頁。

詞、否定副詞、疑問副詞、推度副詞、判斷副詞、連接副詞、勸令副詞、謙敬副詞等 11 類。其中疑問副詞單獨一類，並指出常見的疑問副詞大都由疑問代詞兼任，這些疑問副詞不能被看成是疑問代詞的原因如下：（1）它們不是詢問人、事、物或者處所；（2）不充當句子的主語或賓語，而是用作狀語，表示「為甚麼」「怎麼」或反詰；（3）它們作為副詞出現的頻率相當高，不宜視為疑問代詞用作狀語〔註101〕。姚振武（2015）把副詞分為：範圍副詞、語氣副詞、時間副詞、否定副詞、情態方式副詞以及程度副詞等六種小類。其中語氣副詞既包括了表示疑問、反詰、感嘆等語氣的副詞〔註102〕。

1. 出土戰國文獻疑問副詞研究回顧

語氣副詞多位於謂語前作狀語，表示強調、肯定、否定、疑問、揣測、反詰等，本身有一定的意義。多數學者一般將表示疑問的副詞這個類劃分在「語氣副詞」之下，不再做語氣類別劃分。目前看來，出土戰國文獻疑問副詞研究的成果比較少，重要的論著有如下數種：

蘭碧仙（2012）研究出土戰國文獻的副詞，分出 9 個次類，分別為：範圍副詞、程度副詞、語氣副詞、時間副詞、否定副詞、頻率副詞、關聯副詞、情態副詞、謙敬副詞〔註103〕。其中語氣副詞分成：肯定、揣度、反詰、祈使等四個次類的語氣副詞。其反詰語氣副詞有「豈、其、幾、獨、奚、焉、盍、庸、何必」等 9 個。但是，蘭碧仙的研究仍存在幾處問題：（1）沒有分清什麼是疑問副詞、什麼是疑問代詞，其中「幾」「奚」以及「焉」是否應看成疑問副詞，還需再從句法功能等角度論證。我們將這三個詞看成了單音疑問代詞。（2）沒有認識到斷代語言描寫語料文本時代的明確性。1.其所謂的出土戰國語料還包括出土漢簡文獻，如《居延漢簡》《張家山漢簡》等文獻。2.將《上博楚簡》中的《周易》《采風曲目》和《逸詩》這些篇目顯然文本形成時代不是戰國的文本納入研究對象，這些篇目不應該作為基本語料使用。（3）沒有使用清華楚簡、里耶秦簡等重要簡牘語料〔註104〕。總體而言，其學位論文較好地借鑒了唐賢清

〔註101〕楊伯峻，何樂士：《古漢語語法及其發展》，北京：語文出版社，2008 年，第 333 頁。

〔註102〕姚振武：《上古漢語語法史》，上海：上海古籍出版社，2015 年，第 235～272 頁。

〔註103〕蘭碧仙：《出土戰國文獻副詞研究》，廈門：廈門大學博士學位論文，2012 年，第 42 頁。

〔註104〕蘭碧仙：《出土戰國文獻副詞研究》，廈門：廈門大學博士學位論文，2012 年，第 15～21 頁。

（2004）、高育花（2007）以及李明曉（2010）等研究理論與方法〔註105〕，有一定參考價值。

2. 傳世戰國文獻疑問副詞研究回顧

姚振武（2015）認為東周以下表疑問語氣的「其」「豈」等繼續保留，又增加了「盍」「獨」「庸」「奚」等新的疑問詞。而有一些疑問語氣副詞是由表示限止的範圍副詞發展而來，例如「獨」。語氣副詞出現了一個顯著的變化，它所表達的語氣強度更大、更細微化，並且產生了一批具有語氣副詞性質的雙音固定組合，其中表疑問的主要有「豈不、豈其、豈鉅、豈渠、豈遽、不亦、何不、庸何、何必、得無（得微）、無乃」等語氣副詞。「豈其」「豈鉅」「豈渠」「豈遽」這幾個雙音節語氣副詞意思相近，都表示反問。姚振武（2015）認為，它們古音也接近，很可能具有同源關係〔註106〕。

據臺灣中研究院語言所統計，上古漢語語料中疑問副詞有 56 個（包括疑問副詞性結構）〔註107〕，其中常見的疑問副詞有 21 個：「何以（1276 次）」「安（600 次）」「曷為（382 次）」「焉（342 次）」「何為（222 次）」「惡（213 次）」「胡（188 次）」「盍（125 次）」「惡乎（73 次）」「曷（59 次）」「庸（48 次）」「奈何（80 次）」「奚以（37 次）」「若之何（34 次）」「胡為（27 次）」「寧（25 次）」「奚為（23 次）」「何用（17 次）」「若何（16 次）」「如之何（13 次）」「蓋（11 次）」等。用例數量不高的疑問副詞有 35 個：「如何（9 次）」「何（9 次）」「烏（8 次）」「庸詎（7 次）」「曷以（7 次）」「庸何（5 次）」「如（5 次）」「闔（3 次）」「曷嘗（3 次）」「何由（3 次）」「何如（3 次）」「焉用（2 次）」「遐（2

〔註105〕 唐賢清：《朱子語類副詞研究》，長沙：湖南人民出版社，2004 年；高育花：《中古漢語副詞研究》，合肥：黃山書社，2007 年；李明曉：《戰國楚簡語法研究》，武漢：武漢大學出版社，2010 年。

〔註106〕 姚振武：《上古漢語語法史》，上海：上海古籍出版社，2015 年，第 10～15，245頁。

〔註107〕 黃居仁，譚樸森，陳克健，魏培泉：《中研院上古漢語標記語料庫》，臺北：中研究院語言所，1990 年。該語料庫共收錄傳世上古文獻以及部分出土上古文獻：《尚書》《詩經》《周易》《儀禮》《周禮》《禮記》《春秋公羊傳》《春秋穀梁傳》《左傳》《國語》《戰國策》《論語》《孟子》《墨子》《莊子》《荀子》《韓非子》《呂氏春秋》《老子》《商君書》《管子》《晏子》《孫子》《大戴》《韓詩外傳》《吳子》《尉繚子》《六韜》《司馬法》《慎子》《文子》《關尹子》《鶡冠子》《鄧析子》《孝經》《素問》《靈樞》《孔子家語》《孔叢子》《史記》《新語》《春秋繁露》《淮南子》《新序》《說苑》《新書》《馬王堆漢墓帛書》（壹）《睡虎地秦墓竹簡》等共計 48 種。

次）」「奚詎（2次）」「庸為（1次）」「庸遽（1次）」「相（1次）」「奚而（1次）」「奚（1次）」「詎（1次）」「距（1次）」「幾（1次）」「胡以（1次）」「胡然（1次）」「盍以（1次）」「曷惟（1次）」「曷常（1次）」「何渠（1次）」「何遽（1次）」「合（1次）」「號（1次）」「害（1次）」「惡於（1次）」「乎（1次）」「臣（1次）」等。該語料庫對上古漢語的疑問副詞類別及出現次數作了詳細統計，但在戰國疑問詞還存在一些問題，例如：

（1）子墨子曰：然乎不已乎？公輸盤曰：不可。（《墨子·公輸》）

（2）孫子雖有是二也臣以亡？其所以亡其失所以得君也。（《韓非子·難四》）例（1）「乎」與「臣」，被看成是疑問副詞。「乎不」似可讀為「胡不」，屬於特指反問句，問原因，該例「乎」應該歸入「胡」下統計。例（2）「孫子雖有是二也臣以亡」當讀為「孫子雖有是二也，詎以亡」，句中的「臣」當作「鉅」，讀為「詎」，訓為「怎麼能」「豈能」，因此「臣」應該歸到「詎」下統計。

張玉金（1996）《古今漢語虛詞大辭典》是最早運用傳世與出土文獻相結合方法來研究古漢語虛詞的工具書，該書收錄戰國疑問副詞有：「安」「固」「顧」「果」「果誠」「奈何」「寧其」「寧渠」「烏」「奚」「遐」等〔註108〕。他指出語氣副詞有一類表示反問語氣的副詞，可將疑問副詞歸併在語氣副詞這個類別之下。他認為常見的有「豈（其）」「詎（鉅、渠）」「寧」「庸」，此外「焉」「安」「烏」「何」「奚」「曷」「惡」等有時出現在反問句中，沒有疑問稱代作用，屬於表反問語氣的語氣副詞一類〔註109〕。

楊伯峻、何樂士（2008）將疑問副詞分為兩類：第一類是既表疑問又表反詰的副詞，如：「何組（何必、何辱、何暇、何足、何遽、何渠、何等、何乃、何曾、何須、何似）」「害組（害其、害不）」「曷組（曷敢、曷其、曷可、曷嘗、曷不）」「盍組（盍嘗、盍姑、盍亦、盍不）」「胡組（胡能、胡然、胡不、胡弗、胡莫、胡嘗、胡可、胡可以）」「奚組（奚其、奚不）」「惡組（惡能、惡得、惡可以、惡足以）」「烏組（烏能、烏可、烏足、烏足以）」「安組（安能、安得、安敢、安可、安足、安肯）」「焉組（焉得、焉能、焉敢、焉可、焉可以、焉足、焉足以）」「得組（得無、得微、得非）」等；第二類是僅表反詰的副詞，如：

〔註108〕張玉金：《古今漢語虛詞大辭典》，瀋陽：遼寧人民出版社，1996年。
〔註109〕張玉金：《古代漢語語法學》，廣州：廣東高等教育出版社，2010年，第41頁。

「豈組（豈唯、豈徒、豈直、豈特、豈獨）」「其」「詎組（鉅、渠、鉅）」「寧組（寧可以、寧能、寧渠）」「乃組（乃能、迺敢）」「庸組（庸詎、庸遽、庸何、庸安、庸孰、庸可、庸敢、庸獨、庸得）」「幾組（幾可、幾曾）」「若（若能）」「難組（難不、難可）」等〔註110〕。楊伯峻、何樂士在副詞小結中對其副詞的結構、副詞發展演變的規律、副詞在句中出現的位置、副詞的指向、常用副詞以及非常用副詞的劃分等問題，做了系統、深入的總結分析。《古漢語語法及其發展》善於運用靜態描寫的方法對漢語語法的諸多方面作了細微的觀察和分析，力求從語言事實中引出結論。

二、疑問句的研究概況

本課題依據戰國漢語的實際，將疑問句類型三大類：（一）真性詢問句，也稱為一般疑問句、有疑而問的詢問句，具體分為四類：1.特指問句。2.是非問句。3.選擇問句。4.正反問句。（二）假性反問句。也即傳統觀點認為的無疑而問的反問句。（三）中性測問句。也即一般語法教材所提及的半信半疑的測度問句，下面簡要介紹這三類問句的研究概況。

（一）真性詢問句

1. 特指問句

在特指問句中，主要是用特指疑問詞來提問的疑問句，回話者需針對特指問詞所問的內容提出回答，也可能還有語調因素。王力（1999）指出，在先秦時代，特指問句中一旦用了疑問代詞，就極少用「乎」，並進一步分析其原因：既然句中用了疑問代詞把疑問之點提出來了，不用「乎」，仍然可以瞭解為疑問句。秦漢以後，特指問句用「乎」才漸漸多起來。在這些特指問句裡的「乎」需譯成「呢」〔註111〕。周玟慧（1996）認為上古漢語的特指疑問詞則有「誰」「孰」「疇」「何」「胡」「奚」「曷」「害」「闔」「盍」「揭」「焉」「惡」「烏」等。利用疑問詞發問的徵詢問句，回答須就疑問詞所詢問的內容，如人物、情狀、原因、事物、度量、處所、時間等加以回答。他還指出，由先秦到兩漢特指問經過一個較大的變化。即先秦時常用的疑問詞「孰」「胡」「奚」「盍」「焉」「惡」

〔註110〕楊伯峻，何樂士：《古漢語語法及其發展》，北京：語文出版社，2008 年，第 333〜347 頁。

〔註111〕王力：《古代漢語》，北京：中華書局，1999 年，第 268〜281 頁。

「烏」至漢代逐漸消失〔註112〕。遺憾的是，其學位論文未就先秦常用的疑問詞至漢代逐漸消失的原因加以研究。漢學家曾用漢人鄭玄、趙岐、何休的批注對上述現象作了考察，並解釋其原因在於：詞彙的更換、詞義的擴大。本文認為上述祇是解釋了部分原因，還有兩點重要的因素：a.時代更替，帶來共同語的更換，勢必會產生部分疑問詞在先秦常用而至漢代不常用的現象。b.每一個時代，都有大量新產生並流行的疑問代詞，而原有疑問代詞如果不能在功能上繼續擴充，則在人們的口語中消亡。最後，李明曉（2010）也曾對出土戰國楚簡特指問進行初步研究〔註113〕，其研究方法也值得參考。

2. 是非問句

這類問句是詢問事件的是非，其特點之一是可以用「是」或者「非」來作答。在是非問句中，沒有詞彙手段、語法手段時，表示疑問語氣要靠疑問語調。是非問句不用疑問詞發問，句末常帶疑問語氣詞。在現代漢語中除了使用「嗎」「吧」等句末語氣詞來表達疑問外，也可以利用語調的上升來形成問句。王力（1999）認為「十世可知也？」是靠語調而不是「也」傳達疑問的，此例被看成疑問句是因為附加了疑問語氣的語調〔註114〕。在是非問句裡，問話者對事件存在疑問，要求回答者作肯定或否定的答覆，往往用語氣詞「乎」，此時「乎」要譯成「嗎」。「與」的疑問語氣用於是非問句中，「與」疑問的語氣不強烈。周玟慧（1996）認為，上古漢語是非問句分為兩類：〔＋〕疑問語氣詞、〔－〕疑問語氣詞。前者在句末，可接「乎」「邪（耶）」「與（歟）」等疑問語氣詞，以語氣詞來負載疑問訊息。而不帶疑問語氣詞的可能在上古漢語中使用了升調的語氣表達疑問〔註115〕。是非問句的答句可以單用肯定判斷句的「然」或否定的「非也」「否」「不也」等形式作答。李明曉（2010）研究指出楚簡中是非問的疑問標記有合音詞「諸（之乎）」「乎」「歟」等〔註116〕。其所說的「歟」應該處理成「與（歟）」。

〔註112〕周玟慧：《上古漢語疑問句研究》，臺北：國立臺灣大學碩士論文，1996 年，第 11 頁。

〔註113〕李明曉：《戰國楚簡語法研究》，武漢：武漢大學出版社，2010 年，第 412 頁。

〔註114〕王力：《古代漢語》，北京：中華書局，1999 年，第 301，268～281 頁。

〔註115〕周玟慧：《上古漢語疑問句研究》，臺北：國立臺灣大學碩士論文，1996 年，第 11 頁。

〔註116〕李明曉：《戰國楚簡語法研究》，武漢：武漢大學出版社，2010 年，第 411～412 頁。

3. 選擇問句

　　這類問句是選擇兩個或兩個以上的問句，組成一個供答話者選擇的問句，在現代漢語中，常用「是……還是」的形式連接前後小句。王力（1999）指出古漢語中的選擇問句有三條規律：（1）選擇問句的「乎」要譯成「呢」。（2）在選擇問或者含有疑問代詞的句中，「與」的疑問語氣比用於是非問句中要強。（3）「孰」用於選擇問句，「誰」不用於選擇問〔註117〕。周玟慧（1996）認為，上古漢語則以「抑」「意」「其」「亡」「將」等詞連接，且絕大多數在兩分句句末皆有語氣詞「乎」「邪」「與」等，這點與現代漢語不用語氣詞或僅於句末單用「呢」不同〔註118〕。關於出土戰國秦簡的選擇問句也有兩篇重要的論文〔註119〕：馮春田（1987）秦簡選擇問句分成複句式和緊縮式兩大類：複句式選擇問在第二個子句句首位置使用關係詞「且」；緊縮式選擇問，即由肯定形式和否定形式緊密結合構成的緊縮句。高一勇（1993）把秦簡的選擇問分析成「X（……）不（X）」型、「X且Y」型、「……X……」型等三種問句。在秦簡中用於選擇問連詞「且」，一般用在後一分句之首，表示前後兩項之間是選擇關係，可譯為「或者、還是」。關於楚簡的選擇問，李明曉（2010）統計共有20例，其中16例為本身便具備選擇意味的疑問代詞「孰」「何」「奚」，4例憑藉語氣副詞「抑（殹）」來標記〔註120〕。我們認為上述對出土戰國文獻選擇問句的研究還存在幾點問題：（1）「孰」用於沒有選擇連詞的疑問句時，學者們一般都承襲王力的觀點，認為是選擇問的一種特殊形式。按：疑問代詞「孰」所在的疑問句，應該看成是特指問。（2）李明曉對「抑」的詞性認識存在誤區。「抑」以及「抑亦」應該看成連詞，用於選擇問句，相當於「還是」，這點與傳世戰國文獻用法是一致的。（3）另外「殹」的詞性有兩類：a.秦文字材料中用作句末語氣詞，相當於「也」。b.楚文字材料中常常假「殹」（有兩種異體字）表示連詞「抑」，對連詞「抑（殹）」的語法研究，張玉金（2011）、禤健聰（2017）皆有詳細論

〔註117〕王力：《古代漢語》，北京：中華書局，1999年，第268～281頁。

〔註118〕周玟慧：《上古漢語疑問句研究》，臺北：國立臺灣大學碩士論文，1996年，第8頁。

〔註119〕馮春田：《秦墓竹簡選擇問句分析》，載《語文研究》，1987年，第1期，第27～30頁；高一勇：《秦簡〈法律答問〉問句類別》，載《古漢語研究》，1993年，第1期，第85～89頁。

〔註120〕李明曉：《戰國楚簡語法研究》，武漢：武漢大學出版社，2010年，第413頁。

述〔註121〕，此不贅述。

4. 正反問句

正反問是由正反兩面進行詢問，採用並列動詞、助動詞或形容詞的肯定和否定兩個選項，要求回答者從這兩項中選擇。正反問句作為一種疑問格式來表達疑問的手段。現代漢語中主要是用「V 不」格式而不是句末的語氣詞來表示疑問。另外，「V 不 VNP」「VNP 不 V」及「V 不 V」等格式用於表示正反問句。上古漢語的正反問句則常見「XP-neg」式，用否定詞來代替否定部分，並不重複謂語部分。關於楚簡中有無正反問的問題，李明曉（2010）認為楚簡還沒有發現正反問〔註122〕。我們認為這個問題還有待討論。楚簡中存在常用應答的「否」，相當於「不」或「不然」。蘭碧仙（2012）認為下引《成王既邦》14 簡看成正反問句〔註123〕：

（1）夫夏繪氏之道，可以知<u>善否</u>？（《上博楚簡八·成王既邦》14）

並認為這個句子的「否」用於疑問句句末，構成了正反問句。對此例的語氣類型，應看成是陳述語氣。我們認為上揭 14 簡句讀應斷為：

（2）成王曰：夫夏繪氏之道，可以知<u>善否</u>，可以知<u>無災</u>，可謂有道虖（乎）？

例（1）中「可以知善否」絕不是疑問句。應該語譯為：夏繪氏的大道，可以判斷善惡與好壞。相類似的句子，傳世先秦文獻習見：如「不擇善否，兩容頰適，偷拔其所欲，謂之險」（《莊子·漁父》）。又如「夫人朝夕退而游焉，以議執政之善否」（《左傳·襄公三十一年》）。出土戰國的秦簡已有正反問句，據周玟慧（1996）統計有 32 例，其中「XP-neg」式 5 次、「XP-neg-X」式 3 次等〔註124〕。需要補充的是用在秦簡正反問句中的連詞「且」具有地域性特徵，常用於後一分句之首，表示前後兩個問句之間是選擇關係，譯為「還是」。秦簡常見的正反問格式是「XP-neg-X」，對正反問句多不能用「然」「否」作答，必須選用問句助動詞或動詞的肯定式或否定式來回答。

〔註121〕張玉金：《出土戰國文獻虛詞研究》，北京：人民出版社，2011 年，第 420 頁；禤健聰：《戰國楚系簡帛用字習慣研究》，北京：科學出版社，2017 年，第 382～383 頁。

〔註122〕李明曉：《戰國楚簡語法研究》，武漢：武漢大學出版社，2010 年，第 411 頁。

〔註123〕蘭碧仙：《出土戰國文獻副詞研究》，廈門：廈門大學博士學位論文，2012 年，第 154～155 頁。

〔註124〕周玟慧：《上古漢語疑問句研究》，臺北：國立臺灣大學碩士論文，1996 年，第 135 頁。

（二）假性反問句

以往學者在談及反問句時一般強調：反問句的作用主要不在表示疑問，而是使用疑問句的修辭方法來質疑，進而表達對原意的否定，以肯定形式問句表達否定義，反之以否定形式表達肯定義，借用問句形式抒發自己的觀點，並不要求聽話人回答，但是回話者也可針對發話者的反問句作答，甚至可以和發問者意見相左。在反問句中，主要是靠疑問副詞（又稱為反詰副詞）「豈」「焉」來表達反問的語氣。在反問句中，表測度問的副詞有「無乃」「庶幾」「殆」等，但往往語氣較和緩，表反詰的副詞「豈「寧」「獨」則語氣強烈〔註125〕。楚簡中的反問句，李明曉（2010）統計共有23例。一般用反詰語氣的詞或固定短語，如「安」「豈……也（哉／乎）」「不亦……乎」「何……之＋V＋哉」〔註126〕。而由疑問代詞「何」「安」「誰」構成的反問句有12例，由疑問副詞「豈」構成的反問句有7例。其他研究出土戰國文獻假性反問句成果目前較少。

（三）中性測問句

由於測問句是處於真性詢問句與假性反問句中間的一種疑問句，因此我們稱之為中性測問句，它是建築在真性詢問句與假性反問句之間的一架橋樑。目前對出土戰國文獻中性測問句研究成果較少，僅見到三篇博士論文部分章節討論了各別的表示測度語氣的詞語以及對應的句式，中性測問句的具體研究我們將於本輪部分深入探究。

第五節　研究方法與研究體例

一、研究方法

在對漢語進行系統考察認識的過程中，如何科學地運用研究方法，一直以來是歷史語言學最為關鍵的內容。本文盡力探索研究斷代語言現象應有的研究思路與研究方法。具體而言，本文主要運用了以下幾種研究方法。

（一）全面調查與抽樣調查相結合的研究方法

對出土戰國文獻及西漢簡帛戰國古書中的疑問詞與疑問句式進行全面調查

〔註125〕周玟慧：《上古漢語疑問句研究》，臺北：國立臺灣大學碩士論文，1996年，第6，19～22頁。

〔註126〕李明曉：《戰國楚簡語法研究》，武漢：武漢大學出版社，2010年，第414～415頁。

與抽樣調查相結合的研究方法是我們進行語言研究最基礎的工作。抽樣調查主要是由於面對的材料性質複雜，語料總量很大等因素，無法在現有條件下進行窮盡計量統計，因而僅選取一些代表性較強的語料作為統計的對象。我們認為全面調查與抽樣調查兩種方法同等重要，關鍵在於對語言現象否能進行有效的描寫與闡釋出其內在的規律。

在統計對象確定的情況下，本文一般會對某種詞法、句法現象進行窮盡統計，由統計的手段得出研究對象的相關數據，比如出現次數、出現次數占總次數百分比等。具體操作過程，出土語料一般以某一地區的語料作為統計單位，而傳世戰國文獻由於辭例的數量往往大於出土語料的辭例數量，因此一般以一本書為統計單位。在這個過程中，對於有疑問詞標記的疑問句，本文借助了計算機數據庫統計語料的方法，對精加工的語料文本完成了疑問句辭例的搜集。但是更多的辭例由於沒有疑問詞形式標記，因此須結合人工計量，即將所有的出土戰國語料通讀一遍，在這個過程中，提取研究對象。搜集出來的疑問句辭例本文一般會再三以紙本出版物作為校對對象。

計量統計方法的有效實現，已很大程度上改進了以往傳統語言研究以定性研究為主的模糊性與不準確性的局限，當然數理統計的研究手段，更具有準確性與科學性。數理統計的研究目前較大程度上是借助計算機技術來實現。因此，在關注數理統計方法調查出土語料中某一個疑問詞或疑問句式時，還必須同時關注計算機其他切實適合用於語言統計與調查的研究方法。盡量做到研究方法與時俱進，同時又結合抽樣調查的方法，對瞭解戰國時代以前語言面貌可起到一定的作用。這個手段其最終目標是方便我們研究語言，為我們描寫共時的語言規律提供一條更準確、信賴的途徑。

為了減少重新整理語料、重新統計語料的辛勞，在進行數理統計、窮盡調查方法過程中，本文充分利用了已有的出土戰國文獻引得工具書、以及戰國語料庫等兩大類型的資料：1.出土文獻引得、工具書，如：《金文引得》（春秋戰國卷）《秦簡逐字索引》《楚簡帛逐字索引》《中國出土簡帛文獻引得綜錄》（郭店楚簡卷、包山楚簡卷）等﹝註127﹞。2.出土文獻數據庫，如：《先秦甲骨金文簡牘

﹝註127﹞華東師範大學中國文字研究與應用中心：《金文引得》（春秋戰國卷），南寧：廣西教育出版社，2001年；張顯成：《秦簡逐字索引》（增訂本），成都：四川大學出版社，2013年；張顯成：《楚簡帛逐字索引》（增訂本），成都：四川大學出版社，2013

詞彙資料庫》《漢達文庫》（竹簡帛書庫）等〔註128〕。迄今為止，以上已刊布的出土文獻索引工具書以及語料庫僅限於幾種簡牘或某類簡帛的逐字索引。國外還沒有收錄齊全的出土戰國文獻及西漢簡帛戰國古書語料的引得類書籍或相關語料庫。

（二）共時描寫與歷時分析相結合的研究方法

在十九世紀末二十世紀初，著名的語言學家索緒爾（Ferdinand de Saussure）在其代表作《普通語言學教程》提出了共時語言學、歷時語言學等兩種語言學的理論〔註129〕，索緒爾提出的靜態共時語言學、演化歷時語言學等理論，不僅是語言學研究理論史上的一次重大的突破，並且對後來語言學家影響極深遠。呂叔湘（1979）也曾指出：「要對古代漢語進行科學的研究，就要注意時代和地區的差別。要進行研究，現在還祇能先拿一部一部的書做單位，一方面在同一作品中找規律，一方面在作品與作品之間就一個個問題進行比較。〔註130〕」目前研究斷代語言的論著中既能做到兼顧時代又能突出地域差別的成果，還相當欠缺。

本文牢牢立足以共時語言描寫作為第一性的重要工作，而在共時描寫的基礎上又從歷時的角度來闡釋分析共時層面的某些特殊語言問題。具體而言，用共時的視角對出土戰國文獻及西漢簡帛戰國古書中的疑問詞與疑問句式做到準確的描寫，往往需要佔有全面的出土戰國語料與傳世戰國語料，在描寫出土戰國某一個疑問詞或疑問句式的同時，還要運用好傳世戰國疑問詞與疑問句式研究成果這個重要的參照系〔註131〕。本文描寫與分析疑問詞與疑問句式，力圖將出土戰國漢語、傳世戰國漢語以及現代漢語不同之處，著重說明具體情況。

年；劉志基：《中國出土簡帛文獻引得綜錄》（郭店楚簡卷、包山楚簡卷），上海：上海人民出版社，2012～2015 年。

〔註128〕前者收錄了戰國時期的金文、楚簡語料。後者收錄了《睡虎地秦墓竹簡》《馬王堆漢墓帛書》《銀雀山漢簡》等多種秦漢簡帛語料。參考中研院歷史語言研究所：《先秦甲骨金文簡牘詞彙資料庫》，臺北：中研究院語言所，2009 年；香港中文大學中國文化研究所：《漢達文庫》（竹簡帛書庫），香港：香港中文大學，1994～1996 年。

〔註129〕〔瑞士〕費爾迪南·德·索緒爾，高名凱：《普通語言學教程》，北京：商務印書館，1980 年，第 117～119 頁。

〔註130〕唐鈺明：《定量方法與古文字資料的詞彙語法研究》，載《海南師院學報》，1991 年第 4 期，第 106～109 頁。

〔註131〕傳世戰國文獻的疑問詞與疑問句式參考系統，本文主要參考王海棻：《古漢語範疇詞典》（疑問卷），北京：社會科學文獻出版社，2015 年。

而對三者相同的地方，也盡可能簡要說明。對出土戰國的比較特殊的疑問詞或疑問句式，也盡可能利用好歷時的視角闡釋其存在的原因與條件。不管是共時描寫還是歷時分析，都是建立在比較語言研究方法上而言的。

因此本文立足於一手的出土戰國語料基礎上，在描寫某一疑問詞的源流之時，採用歷時研究方法，追本溯源，探求其用字情況、常用義項以及特殊用法。對某些問題如果材料暫缺，則暫時存疑，以待將來。

共時描寫與歷史分析相互結合的研究方法，實踐證明確實可行，並且能突破泛時研究語言所存在的問題與局限，由此可見從不同角度對出土戰國語料中的疑問詞與疑問句式進行觀察與描寫，肯定會有新的認識與收穫。所以，本文大致應能達到歷時脈絡清晰，共時特色分明的研究目的。

（三）焦點理論與語用學原理相結合的研究方法

自上個世紀二十年代中期，焦點理論被引入我國漢語語言學界，其後成為一個全新的熱點問題。對於「焦點（focus）」，目前有不同的理解。其中多數學者認可的一種看法是把焦點分為自然焦點〔註132〕和對比焦點兩類。洪波（2006）指出，焦點是句子信息的一種顯現形式，指的是通過一定的手段將句子信息結構中的某一部分突出出來使之成為聽話人注意中心的信息〔註133〕。下面擇要介紹在現代漢語學界介紹焦點理論研究相關概況：

1.強調語言片段說。如劉丹青（2008）從強調（emphasis）這一角度來理解焦點，認為強調是說話人的一種信息處理方式，就是用某種語言手段（如形態、虛詞、語序、韻律等）對某一語言片段加以突出，以使聽話人特別注意到這部分信息。被強調的語言片段，大都可歸入語言學中所說的焦點〔註134〕。2.強調重心說。如徐傑和李英哲（1993）、方梅（1995）、尹洪波（2008），他們指出焦點是句子中的功能屬性，即說話者所強調的重點、是句子語義的重心所在。或者認為焦點本質上是說話人最想讓聽話人注意的部分〔註135〕。3.新信息的重點說。如范開泰、張亞軍（2000）。句子從信息結構角度分析，可

〔註132〕「自然焦點」也稱為「常規焦點」。
〔註133〕洪波：《上古漢語的焦點表達》，載《21世紀的中國語言學》，商務印書館編輯部，北京：商務印書館，2006年，第36～51頁。
〔註134〕劉丹青：《語法調查研究手冊》，上海：上海教育出版社，2008年，第219頁。
〔註135〕尹洪波：《現代漢語疑問句焦點研究》，載《江漢大學學報》（人文科學版），2008年第1期，第92頁。

以分為舊信息與新信息，新信息的重點通常稱為焦點〔註 136〕。4.傳遞信息包裝說。祁峰（2014）認為焦點的表達是在語法允許的條件下，為了更加有效地傳遞信息而作的語言信息包裝〔註 137〕。他還集中討論了與疑問有關的焦點問題。包括了疑問表達、疑問焦點以及在疑問句中焦點的重音配置模式等問題。此外，還有一些以焦點理論研究漢語疑問句成果，如戴耀晶（2001），陸丙甫、徐陽春（2003）等〔註 138〕。

總體而言，上述四家的漢語疑問句焦點分布等研究方法成果對我們考察疑問句具有一定的指導意義。例如，周玟慧（1996）分析限止語氣詞「已」、動詞「聞」，已經使用了「疑問焦點」「焦點」等字眼〔註 139〕，但全文並未對焦點理論有更多介紹與運用，殊為可惜。另外，蘭碧仙（2012）其學位論文在考察肯定語氣詞時，她認為這些詞都起到標記焦點的作用，但全文同樣也未對焦點理論有更多介紹與運用。

目前越來越多學者已自覺地運用當代漢語新理論、新方法（如配價理論、地理類型學、語用學的焦點理論、認知理論以及生成語法理論等方法）去探索傳世先秦漢語的語言規律，並且可以看到一些深入的研究成果。所以，研究出土文獻語言的論著中既能立足於漢語本體研究又能靈活地運用當代漢語新理論的成果，目前這些成果研究的深度還明顯有待加深。

綜上，以焦點理論重新分析出土文獻語言的現象，尤其是以此解釋出土戰國文獻中疑問詞及疑問句式的探索的成果非常少見，即便有論著已討論了這個話題，也並未深入地展開。研究出土戰國文獻的疑問詞及疑問句式，如能利用好焦點理論與方法以及人際互動語用學作為分析手段，必然使斷代語言的研究水平達到一個新的平臺與創造一個全新的語法闡釋高度。

〔註 136〕范開泰，張亞軍：《現代漢語語法分析》，上海：華東師範大學出版社，2000 年，第 192 頁。

〔註 137〕祁峰：《現代漢語焦點研究》（序言），上海：中西書局，2014 年，第 1 頁。

〔註 138〕戴耀晶：《漢語疑問句的預設及其語義分析》，載《廣播電視大學學報》（哲學社會科學版），2001 年第 2 期，第 87～90 頁；陸丙甫，徐陽春：《漢語疑問詞前移的語用限制——從「疑問焦點」談起》，載《語言科學》，2003 年第 6 期，第 3～11 頁。

〔註 139〕周玟慧：《上古漢語疑問句研究》，臺北：國立臺灣大學碩士論文，1996 年，第 53，93 頁。

二、研究體例

（一）辭例統計原則

1. 完整的句子。這種情況納入辭例統計，並不作標記。

2. 非完整的句子，但可據出土文獻或傳世文獻補全句子，這種情況納入統計。例如：

（1a）〔大夫皋如進對曰：審聲則可以戰〕虐（乎）？王曰：可矣。王乃命又（有）司大命（令）於〔國〕☑。（《慈利楚簡・吳語》24）〔註140〕

（1b）大夫皋如進對曰：審聲則可以戰乎？王曰：可矣。王乃命有司大令於國曰：……。（《國語・吳語》）

3. 非完整的句子（包括習字簡），並且無法補全句子，一般這種情況不作為統計辭例。例如：

（2）酉陽嗇夫吏走間□□為誰□之□。（《里耶秦簡》9-432）

（3）☑□何為☑。（《里耶秦簡》8-2404）

（4）昌昌武鄉☑何故有何有有有有有□有買。（《里耶秦簡》8-1437背）

4. 凡是釋文著錄不同的，即原始出處不同的算為不重複的辭例，否則計為重複辭例。下舉兩例由於選自甲、乙兩種版本，因此我們統計時，計為兩處不重複辭例：

（5）古之所謂曲全者幾（豈）語才（哉）？誠金（全）歸之。（《馬王堆漢墓帛書老子甲本・道經》）

（6）古之所胃（謂）曲全者幾（豈）語才（哉）？誠全歸之。（《馬王堆漢墓帛書老子乙本・道經》）

（二）辭例中的特殊符號

本文所列舉辭例的隸定主要依據原書釋文，以嚴式隸定處理，個別不影響理解的地方採取了寬式隸定。其中辭例所使用的特殊符號作如下說明：

1. □：簡帛中無法補出的殘缺字，釋文中一律以□標出，一個□表示一字。不可辨識的字用原形。例如：

〔註140〕此例釋文引自湖南省文物考古研究所，慈利縣文管所：《湖南慈利石板村 36 號戰國墓發掘簡報》，載《文物》，1990 年第 10 期，第 37～47，105 頁；單育辰：《楚地戰國簡帛與傳世文獻對讀之研究》，北京：中華書局，2014 年，第 276 頁。

（7）不智（知）其裏□可（何）物及亡狀。（《睡虎地秦簡・封診式》83）

2. □：簡帛中殘缺過甚、不能定其字數者，釋文中一律以□標出。例如：

（8）八曰：大結，此可（何）甚也？□君子失械（國），肖（小）人失色，凶。（《北大秦簡・禹九策》32）

3. （ ）：（ ）內為為本字、今字和通讀字或為寬式隸定，（ ）前一字為通假字、古字、異體字等。例如：

（9）中（仲）弓曰：敢昏（問）民悉（務）。孔＝（孔子）曰：善才（哉）昏（問）虖（乎）！（《上博楚簡三・仲弓》27）

4. 〈 〉：〈 〉前為訛字，〈 〉內為改正後的正確字。例如：

（10）襄而〈夫〉人窬（聞）之，乃佤（抱）需（靈）公以虖（號）于廷曰：死人可（何）辠（罪）？生人可（何）骷（辜）？（《清華楚簡貳・繫年》51）

5. 〔 〕：〔 〕表示其中的文字是據上下文義，或今本補入的文字。例如：

（11）〔可（何）胃（謂）貴大患〕若身？虐（吾）所以又（有）大患者，為虐（吾）又（有）身。（《郭店楚簡・老子乙篇》6）

6. （？）：表示前一字為釋讀不確定者。例如：

（12）□從人、家吏、舍人可（何）以論（？）三族從人者？議：令縣治三族從人者，必□。（《嶽麓秦簡伍・第一組》901）

7. ＝：簡帛中有重文或合文符號＝，例如：

（13）亘＝（一日）已（以）不善立，所學（學）皆崩，可不斳（慎）虖（乎）？（《上博楚簡三・仲弓》25）

8・其他體例在文中各處隨文交代。

（三）正文的語譯

對正文所引用的辭例悉數增注語譯，語譯一般參考整理者的注釋，整理者未對釋文注釋之處，則由自己給出譯文。

此外，為了行文方便和簡潔，文中引述或討論涉及業師以及前修時賢名諱時，一律不稱「先生」。

第二章　出土戰國文獻單音疑問代詞研究

　　本章提要：出土戰國文獻中單音疑問代詞有九個，即：誰、孰、何、曷、胡、奚、焉（安）、惡（烏）、幾。本章對單音疑問代詞的數量與頻率、詢問功能、句法功能等問題進行窮盡描寫與分析。

第一節　概　述

　　本章根據業已刊佈的出土戰國時代的語料來研究戰國漢語中的單音疑問代詞。以往的研究與本課題有關的成果分為以下四類：（一）斷代研究。這是把先秦漢語或上古漢語作為一個橫截面來加以研究。眾所周知，先秦漢語包括戰國漢語。這類的研究成果有李佐豐（2004）[註1]、姚振武（2015）的學術專著[註2]，李美妍（2010）的學位論文[註3]。（二）專書研究。這個既包括對戰國時代專書的研究，也包括對某一種語料的研究。由於戰國文獻語料包括戰國傳世文獻和出土文獻兩種。所以凡是對上述語料中的疑問代詞進行研究，都屬於這類研究。這種成果有李明曉（2010）的學術專著[註4]，劉春

〔註1〕李佐豐：《古代漢語語法學》，北京：商務印書館，2004 年。
〔註2〕姚振武：《上古漢語語法史》，上海：上海古籍出版社，2015 年，第 224～234 頁。
〔註3〕李美妍：《先秦兩漢特指式反問句研究》，長春：吉林大學博士學位論文，2010 年。
〔註4〕李明曉：《戰國楚簡語法研究》，武漢：武漢大學出版社，2010 年。

萍（2011）的學術論文〔註5〕。（三）泛時研究。這是籠統地對古代漢語中的疑問代詞進行研究。古代漢語中即包括戰國漢語。這類成果有張玉金（2013）的學術專著〔註6〕。尤其是王海棻（1987）〔註7〕，是專門研究古代漢語疑問詞語的著作。也有如中國社會科學院語言研究所（1999）〔註8〕、何樂士（2006）等發表的虛詞工具書〔註9〕。（四）歷時研究。這是對古代漢語中的疑問代詞進行歷史研究，其中包含戰國這個時期。這些成果有史存直（1986）〔註10〕、向熹（1993）等人的學術專著〔註11〕，貝羅貝和吳福祥（2000）等學術論文〔註12〕；有如張玉金（1996）等虛詞工具書〔註13〕。

由上述看來，此前研究與本課題相關的研究成果是豐富的，這為我們從事本題目研究打下很好的理論基礎。但是到目前為止，還未發現有人從全面的出土戰國文獻對戰國時代的疑問代詞進行系統研究。

第二節　數量與頻率

通過對出土戰國現有刊布文獻的統計，我們歸納了戰國時期疑問代詞的種類及其在分域文獻中的分佈情況，詳細得出每一個疑問代詞在不同文獻中的使用次數。詳下表。

表2-1　出土戰國文獻單音疑問代詞頻次統計表（單位：例）

代詞 ＼ 文獻	秦系語料		楚簡語料	晉金文語料	總　計
	簡牘語料	玉石語料			
誰	2	0	8	2	12
孰	7	2	37	0	46

〔註5〕劉春萍：《出土戰國文獻疑問代詞研究》，載《廣西社會科學》，2011年第2期，第125～128頁。

〔註6〕張玉金：《古代漢語》，廣州：暨南大學出版社，2013年。

〔註7〕王海棻：《古漢語疑問詞語》，杭州：浙江教育出版社，1987年，第4頁。

〔註8〕中國社會科學院語言研究所古代漢語研究室：《古代漢語虛詞詞典》，北京：商務印書館，1999年。

〔註9〕何樂士：《古代漢語虛詞詞典》，北京：語文出版社，2006年。

〔註10〕史存直：《漢語語法史綱要》，上海：華東師範大學出版社，1986年。

〔註11〕向熹：《簡明漢語史》，北京：商務印書館，2010年。

〔註12〕貝羅貝，吳福祥：《上古漢語疑問代詞的發展與演變》，載《中國語文》，2000年第4期，第311～326頁。

〔註13〕張玉金：《古今漢語虛詞大辭典》，瀋陽：遼寧人民出版社，1996年。

何	159	2	92	0	253
曷	1	0	5	0	6
胡	0	0	5	0	5
奚	1	0	58	0	59
焉（安）	6	0	7	0	13
惡（烏）	0	0	8	0	8
幾	0	0	4	0	4
總計	176	4	224	2	406

　　據表 2-1 可知，出土戰國文獻中的單音疑問代詞主要出現在秦系、楚系簡牘語料，戰國玉石、金文語料只有零星幾例。其在出土戰國文獻各系中分佈也不同：

　　在秦系語料中，單音疑問代詞有「誰、孰、何、曷、奚、焉（安）」共六個；在楚簡語料中，單音疑問代詞共九個，即「誰、孰、何、曷、胡、奚、焉（安）、惡（烏）、幾」；在晉系中山國金文文獻中只有一個單音疑問代詞「誰」。

　　據姚振武（2015）研究，西周時代的單音疑問代詞有「誰、疇、何、曷、胡、安」等。東周時代以後，舊有的單音疑問代詞功能上有所增加，但此基礎上又新增了「孰、奚、焉（安）、惡（烏）」等[註14]。這個時期單音疑問代詞用法呈現出多功能的發展，本文統計分析基於出土戰國語料，同時也附帶論及個別見於傳世戰國語料中的疑問代詞。

第三節　詢問功能

　　「詢問功能」（interrogative function），即「疑問功能」，指問話者運用語言問話以便獲得有關信息。所有要求給予回答的一般和特殊問句都有這類功能[註15]。詢問功能一般是疑問句所具有的一項常規功能，此外，非疑問句（祈使句、陳述句）在一定條件下也可以具有詢問功能。一般而言，疑問句中的詢問功能主要由疑問代詞、疑問語氣詞、疑問副詞承載，疑問代詞是句子的焦點。下面對出土戰國語料中的疑問代詞的詢問功能，進行逐個考察。

〔註14〕姚振武：《上古漢語語法史》，上海：上海古籍出版社，2015 年，第 221、224 頁。

〔註15〕宋英傑：《語言學重點難點探析》，成都：西南交通大學出版社，2014 年，第 20～21 頁。

一、誰

出土戰國文獻中的疑問代詞「誰」，都是問人的。其用字情況有「隹」（6次）、「隼」（2次）、「誰」（2次），偶用「𦥑（疇）」（1次）共四種。在出土戰國各系文獻中，疑問代詞「誰」的用字分佈特點是：秦系文獻均用「誰」；楚系文獻用「隹」「隼」「𦥑」；晉系文獻則用「隹」。

從出土戰國地域用字的情況而言，楚系文獻中的疑問代詞「誰」用字情況最多樣化，其中以「隹」「隼」較常用，而「𦥑」較罕見，且詢問人的疑問代詞「𦥑」僅見於清華楚簡的《赤鵠之集湯之屋》一篇中，例如：

（1）少（小）臣乃记（起）而行，至於顥＝句＝（夏后。夏后）曰：尔隹（惟）𦥑（疇）？少（小）臣曰：我天晉（巫）。（《清華楚簡叁·赤鵠之集湯之屋》10）

語譯：夏君問：你是誰？小臣答：我是天烏。

例（1）此篇語料雖出土於戰國墓葬中，但文本形成時代並非戰國時代的，其性質屬於《尚書》與《逸周書》的文獻。因此我們只能將疑問代詞「𦥑」看作是戰國以前的疑問代詞，戰國以後消亡。疑問代詞「𦥑」與傳世先秦古書中問人的疑問代詞「疇」是古今字關係〔註16〕。

（2）此易言而難行旅，非恁（信）與忠（忠），其隹（誰）能之？（《集成·中山王響鼎》02840）

語譯：這事說易行難啊！如果不是誠信與忠心，誰能做到呢？誰能做到呢？！

（3）今寫校券一牒上謁，言之卒史衰、義所，問狼船存所，其亡之，爲責（債）券移遷陵；弗亡，誰屬？謁報，敢言之。（《里博秦簡》8-134a）

語譯：今特將財物校驗清點文書抄錄一份上報，通過卒史衰、義向狼訊問船放在什麼地方，如果丟失，就寫一份債券給遷陵方面詢問狼的船在哪裏。如果已經丟失，辦理好右券移交給遷陵縣；如果還沒有丟失，船屬於誰？請求做出批示。膽敢進言〔註17〕。

〔註16〕𦥑：誰也。从口、𦥑，又聲。見《說文》。《爾雅》：疇、孰，誰也。後寫作「疇」。陸費逵，歐陽溥存等：《中華大字典》，北京：中華書局，1915年，第264頁。

〔註17〕語譯引自胡平生：《讀里耶秦簡札記》，《胡平生簡牘文物論稿》，上海：中西書局，2012年，第124～125頁。

（4）〔秦穆公〕乃命昇琴歌於子儀，楚樂和之曰：鳥飛可（兮）漸永，余可（何）矰以就之。遠人可（兮）麗（離）佰（宿）！君又（有）翯（尋）言，余隹（誰）思（使）于告之？強弓可（兮）縵（挽）其絕也，矰追而集之，莫往可＝（兮何）以實（嗣）音？余愄（畏）亓（其）式而不訐（信），余隹（誰）思（使）于脅（協）之？（《清華楚簡陸・子儀》7-9）

語譯：我是一位遠行之人，離群索居，君主那裡有人進言毀謗我，我使誰前去辯解呢？⋯⋯我擔心他善變而不誠信，我應該派誰去跟楚君合作呢？

（5）者（諸）矦（侯）畜我，隹（誰）不已（以）礂（厚）？姑（苦）戎（成）豪（家）父曰：不可。（《上博楚簡五・姑成家父》3）

語譯：三郤對苦成家父說：諸侯誰不以優厚的條件禮聘我呢？苦成家父答：不可。

「誰」作為典型的人物疑問代詞，在西周時代出現以後，歷代常用。「誰」所在的句子，有些是表真性問，如例（1）和例（3）；有些是假性問，如例（2）和例（4-5）。例（4-5）中的「誰」所在的句子是一個倒裝句，正常語序應該分別是「余使於誰告之」「余使於誰協之」以及「諸侯誰不以厚畜我」。

二、孰

「孰」作為戰國時代新興的疑問代詞，表示疑問功能的有兩種：問人物、問事物。表示疑問代詞的「孰」，秦系文獻常用「孰」；楚系文獻用字情況較頻繁，常借用「簹」，偶用「竺」及「鈞」等。「孰」前面一般有供選擇範圍的事物的先行詞。

1. 問人物的「孰」

跟問事物的疑問代詞一樣，「孰」作為疑問代詞也用於問人物。其中，用於特指問，問人物的「孰」其功能相當於「誰」，也可譯為「哪一位」。例如：

（6）行〔子〕人子羽鯆（問）於子貢曰：仲屔（尼）與虡（吾）子產簹（孰）戎（賢）？子貢曰：夫子治十室之邑亦樂，治萬室之邦亦樂，然則〔賢於子產〕矣。（《上博楚簡五・君子爲禮》11）

語譯：外交官子羽問子貢說：仲尼跟我們的子產誰更賢能？

（7）趄（桓）公或（又）翻（問）於笑（管）中（仲）：為君與為臣簹（孰）

袋（勞）？笑（管）中（仲）喬（答）曰：為臣袋（勞）才（哉）！（《清華楚簡陸‧管仲》27＋28）

語譯：齊桓公又問管仲說：做為君上與做為臣子誰更辛勞？管仲答：做為臣子更辛勞啊！

（8）湯忥（怒）曰：<u>簹（孰）</u>洀（調）虘（吾）盠（羹）？少（小）臣悤（懼），乃逃于顕（夏）。（《清華楚簡叁‧赤鵠之集湯之屋》5）

語譯：湯盛怒問：誰動了我的羹湯？小臣伊尹恐懼，於是逃往夏都。

（9）起（桓）公或（又）籋（問）於笑（管）中（仲）曰：中（仲）父，舊（舊）天下之邦君，<u>簹（孰）</u>可以為君？<u>簹（孰）</u>不可以為君？（《清華楚簡陸‧管仲》16）

語譯：齊桓公又問管仲說：仲父，上古號令天下的國君中，誰可以成為真正的君主？誰不可以成為君主？

2. 問事物的「孰」

多用於特指問，「孰」一般作為分句的主語，可譯為「哪一個」。例如：

（10）〔魯〕久次曰：天下之物，<u>孰</u>不用數？陳起對之曰：天下之物，无不用數者。（《北大秦簡‧魯久次問數於陳起》4-145）

語譯：魯久次問道：天下萬物，有甚麼不需要用到數呢？陳起回答說：天下萬物，沒有甚麼是不需要用到「數」的。

（11）聞（問）：天<u>簹（孰）</u>高與？地孰遠與？（《上博楚簡七‧凡物流形》甲11）

語譯：天下萬物與上天相比，哪一個最高呢？天下萬物與大地相比，哪一個最遼遠呢？

（12）名與身<u>簹（孰）</u>新（親）？甚忢（愛）必大賨（費），帀（厚）賍（藏）必多亡（亡）。（《郭店楚簡‧老子甲篇》35）

語譯：名聲和生命哪一個更親近？

（13）湯或（又）籋（問）於少（小）臣曰：人可（何）旻（得）以生？可（何）多以長？<u>簹（孰）</u>少而老？小臣答曰：唯彼五味之氣，是哉以爲人。（《清華楚簡伍‧湯在啻門》5）

語譯：湯又問小臣說：人靠什麼得活？什麼增多了會進而長大，什麼減少

了會導致衰老？小臣答：五穀雜糧養育百姓。

例（13）問事物的「孰」，可能受到詢問事物「何」的影響。綜合出土與傳世先秦語料看，早在西周時代（只見於《詩經》）疑問代詞「誰」便已產生，在春秋語料中「誰」使用非常普遍，專職問人；戰國時代疑問代詞「孰」才產生，可能要晚於古老的疑問代詞「誰」，而疑問代詞「孰」既可以問人，又可用於問事物，這兩種用法皆帶有選擇的語義，學者一般認為「孰」前會出現表示選擇範圍的先行詞。

表 2-1 顯示，疑問代詞「誰」見於秦簡、楚簡以及晉系金文語料，使用頻次上已明顯不如疑問代詞「孰」，在戰國時代，疑問代詞「孰」明顯比「誰」要多見。由「誰」發展到「孰」，這是疑問代詞在語法、詞彙上出現的新陳代謝現象。

三、何

出土戰國語料中的疑問代詞「何」共出現了 253 次（不包括複音詞作為詞素的「何」），這是出土戰國文獻中使用次數最多的一個疑問代詞。其中，表示疑問（包括詢問和反問）計有 243 次，表示感歎計有 10 次。表示疑問的包含 6 種詢問語義：問事物、問人物、問方式情狀、問原因目的、問時間、問處所。「何」從東周時期開始發展為一個功能比較全面的疑問代詞，但主要語義仍是詢問事物。在出土戰國文獻中一般借用「可」表示疑問代詞「何」，偶爾也見到用「何」表示疑問代詞「何」。

1. 問事物的「何」

所問的事物包括有形事物，也包括了無形事物，譯為「什麼」，一共出現 156 次。例如：

（14a）昔高宗祭，又（有）䧿（雉）孚（雊）於𠑗（彝）歬（前），詔（召）祖己而昏（問）安（焉），曰：是可（何）也？（《上博楚簡五・競建內之》2）

語譯：從前高宗舉行祭祀，有雄雞站在祭鼎耳上而鳴叫，高宗召問賢臣祖己詢問道：這是甚麼緣故？

（14b）一人爲亡道，百眚（姓）亓（其）可（何）辠（罪）？（《上博楚簡二・容成氏》48）

語譯：暴君一人無道，百姓有什麼過錯呢？

（14c）返（及）虔（吾）亡身，或（有）<u>可（何）</u>患安（焉）？（《郭店楚簡‧老子乙篇》7）

語譯：等到我沒有了身體，還有甚麼可擔憂的？返：是「及」字的繁體，等到。

2. 問人物的「何」

（15）是故聖人處於其所，邦家之危安存亡，惻（賊）盜之夌（作），<u>可（何）</u>之（先）智（知）？（《上博七‧凡物流形甲》26）

語譯：盜者作亂，誰能預先知道此事的征兆？

3. 問方式情狀的「何」

（16）☐事，渠、黎取爲庸（傭），<u>何解</u>？（《里耶秦簡壹》8-43）

語譯：渠、黎被抓獲之後被當做受僱傭的人，如何解釋？庸：受雇，也指受雇用的勞動者。

（17a）極☐同，古（故）喬（教）於詞（始）虖（乎）才（哉），詞（始）旻（得）<u>可（何）</u>人而與（舉）之？（《上博楚簡九‧史蒥問於夫子》4）

語譯：因此教他要從開始做起吧！一開始得到怎麼樣的人而舉薦他呢？

例（17a）整理者釋文作：

（17b）丞（恆）攺（啟）同古，喬（教）於（與）詞（治）虖（乎）才（在）詞（治），旻（得）<u>可（何）</u>人而與（舉）之？（《上博楚簡九‧史蒥問於夫子》4）

季旭昇釋作：

（17c）丞（極）☐同，古（故）喬（教）於詞（始）虖（乎）才（哉）。詞（始）得<u>可</u>人而与（舉）之〔註18〕。（《上博楚簡九‧史蒥問於夫子》4）

後者認為「可」不破讀，此例本文採用原整理者的理解。

（18）甲盜牛，盜牛時高六尺，縠（繫）一歲，復丈，高六尺七寸，問甲<u>可（何）</u>論？當完城旦。（《睡虎地秦簡‧法律答問》6）

語譯：甲偷牛，偷牛時甲身高六尺，囚禁一年後，再次度量，身高六尺七

〔註18〕季旭昇，高佑仁等：《〈上海博物館藏戰國楚竹書〉讀本》（九），臺北：萬卷樓圖書出版公司，2017年，第240頁。

寸，問甲應該如何論處？應判為城旦但是不施加肉刑，保全身體的完整。

4. 問原因的「何」

（19）八曰：大結，此可（何）甚也？☒君子失械（國），肖（小）人失色，凶。（《北大秦簡・禹九策》32）

語譯：九策中第八卦：心裡大為糾結紛亂，這感覺怎麼這麼厲害？這感覺怎麼這麼嚴重？就如同君子喪失邦國，小人失魂落魄，凶兆。

（20）王子不昊（得）君楚，邦或（國）不昊（得）聖（聽）於壽中。王子睧（問）城（成）公：此可（何）？城（成）公倉（答）曰：壽（疇）。（《上博楚簡六・平王與王子木》5）

語譯：王子問成公：這是什麼？成公答：田疇。

（21）今是臣＝（臣臣），兀（其）可（何）不寶（保）？（《清華楚簡陸・鄭武夫人規孺子》5）

語譯：如今這些效命君上的臣下，什麼原因不能保有其邦？

例（20）中的「何」作謂語。例（21）的「何」作狀語，這種情況有些學者認為是副詞。本文都看作是疑問代詞用作狀語的情況。

5. 問時間的「何」

（22）月之又（有）軍（暈），牂（將）可（何）正（征）？（《上博楚簡七・凡物流形》甲10）

語譯：月暈出現在天空，那麼將什麼時間進行征伐呢？古占星術認為月暈是和人間征伐有關。

（23）☒何日而已？☒（《里耶秦簡壹》8-2530）

語譯：……在哪一天停止呢？……

例（23）中的「何」作為修飾時間名詞「日」，問未來的時間。在楚簡中還沒有出現「何」與時間名詞搭配使用的情況。

6. 問處所的「何」

（24）〔哀公曰：☒〕之可（何）才（在）？」孔＝（孔子）曰：「炙（庶）民昏（知）敚（說）之事鬼也。（《上博楚簡二・魯邦大旱》2）

語譯：魯哀公說：……在何處呢？

上面各例中的「何」，有些是真性問，如例（16）「何解」中的「何」；有些是假性問，如例（21）「其何不保」中的「何」。假性問的「何」是由真性問的「何」發展出來，由假性問的「何」又發展出非疑問用法的「何」。

7. 非疑問用法的「何」

在出土戰國文獻中「何」出現了不定指、表感歎共兩種非疑問用法。

A. 不定指的「何」

有人把不定指的用法稱作「泛指」，否定用法稱作「虛指」。一般譯為「什麼」，這種情況一共出現 23 次：

（25）署中某所有賊死、結髮、不智（知）可（何）男子一人，來告。（《睡虎地秦簡・封診式》74）

語譯：不了解是怎麼樣的一位男子。

（26）不智（知）盜及死女子可（何）人。毋（無）音（意）殹（也）。（《嶽麓秦簡叁・同、顯盜殺人案》154 正）

語譯：不了解是盜者以及死亡的女子屬於什麼人。

例（25）「何男子」的「何」，修飾名詞中心語「男子」，用作定語；但也見到了是作謂語的情況，如例（26）中的「死女子何人」。

B. 表感歎的「何」及其結構

「何」除了表示疑問句之外，還用於感歎句中，共見 9 次。例如：

（27a）天才（哉）人才（哉），俜（凭）可（何）斳（親）才（哉）！叟（沒）亓（其）身才（哉）！（《上博楚簡五・三德》17）

語譯：天呀！人呀！憑藉什麼才能接近呢？為此喪失性命呀！

例（27a）的「何」字句俞紹宏釋為：

（27b）敬天之敬，興地之矩，恆道必呈。天哉人哉本可親哉，沒其身哉！（《上博楚簡五・三德》17）

語譯：原本是可以親近天、人而得以壽終正寢的。

他認為「可」不破讀〔註19〕，上引例（27a）的句讀我們按原考釋意見。例（27a）「何」作介詞「凭」的賓語。

〔註19〕俞紹宏：《上海博物館藏楚簡校注》，北京：中國社會科學出版社，2016 年，第 323頁。

下舉例（28a）的「何」已經發生了虛化為表語氣的副詞，一般用作狀語。這時「何」起到加強句勢的語氣作用，一般譯為「多麼」「怎麼那麼」以及「何等」等。

（28a）夫子之惪（德）登矣，可（何）丌（其）宗（崇）！（《上博楚簡三・彭祖》4）

語譯：夫子的德行高不可攀，多麼地崇高呀？！

例（28a）中的結構短語「何其」，王海棻（2015）看成是「組合式复合疑問詞」，即由疑問代詞「何」與指示代詞「其」合成〔註20〕。張玉金（1996）則認為它是副詞性的結構，用於對事件程度的詢問或僅用於表感歎程度深〔註21〕。本文認為「何其」看成是副詞性結構可信，用反問語氣強調數量多或程度深，相當於「怎麼如此，多麼」。這種用法在現代漢語的書面語中仍可見到。例如：

（28b）晉陝峽谷，谷何其深，山何其陡！（朱景松《現代漢語虛詞詞典》）〔註22〕

四、曷

清王引之指出，在傳世先秦文獻中如《詩經・葛覃》「害浣害否」，「曷」是本字，「害」是假借字。〔註23〕「曷」與「害」應該是一個代詞，兩者古音皆為月部入聲字，而「何」古音為歌部舒聲字，因此「害」並非「何」的假借字而是「曷」的假借字。在出土戰國文獻中的疑問代詞「曷」秦簡、楚簡皆借用「害」，楚簡除了借用「害」，還借用「割、戲、叀、憲」來表示，「曷」通常用來詢問事物，可譯為「什麼」。例如：

（29）廿六年六月癸丑，遷陵拔訊椯（沅）蠻衿□。鞫之：越人以城邑反，蠻矜害（曷）弗智（知）□？（《里耶秦簡選釋》12-10）

語譯：始皇二十六年六月癸丑日，遷陵縣提取罪犯椯、蠻、衿並審問。斷獄的鞫辭指出：越人盤踞城邑謀反，你們椯蠻、矜蠻怎麼不知情呢？

〔註20〕王海棻：《古漢語範疇詞典》（疑問卷），北京：社會科學文獻出版社，2015 年，第357 頁。

〔註21〕張玉金：《古今漢語虛詞大辭典》，瀋陽：遼寧人民出版社，1996 年，第286 頁。

〔註22〕此例引自朱景松：《現代漢語虛詞詞典》，北京：語文出版社，2007 年，第195 頁。

〔註23〕〔清〕王引之：《經傳釋詞》，長沙：嶽麓書社，1984 年，第80 頁。

（30）臣齧（聞）之曰：君子己（以）叚（賢）夏（稱）而遊（失）之，天命；己（以）亡道夏（稱）而旻（歿）身邊（就）芴（世），亦天命。不肰（然），君子己（以）叚（賢）夏（稱），<u>害（曷）</u>又（有）弗旻（得）？（《上博楚簡四·曹沫之陳》9）

語譯：曹沫說：君子被稱為賢明而失去權位，這是天命；被稱為無道卻能安然活到壽終正寢，這也是天命。不然，被稱贊賢明的人為什麼有的不能得權位？

也用問原因，可譯為「為什麼」：

（31a）如此者，焉與之處而察問其學。先☑〔□□□□□□□〕☑絲（由）息（仁）异（與）？<u>憲（曷）</u>君子耴（聽）之？（《上博楚簡六·孔子見季趄子》6）

語譯：……由仁嗎？為什麼君子應該虛心以聽仁賢呢？

上引例（31a）原考釋句讀為：

（31b）絲（由）息（仁）异（與），<u>害（曷）</u>君子耴（聽）之？（《上博楚簡六·孔子見季趄子》6）〔註24〕

例（31b）中的「害」，俞紹宏句改隸「憲」讀為「蓋」，俞紹宏的語譯與原釋理解相合，但按原釋破讀「曷」，訓為「何不」其後文意更順暢。

（32）夫子曰：☑，<u>害（曷）</u>鹿（從）而不敬？☑吏（史）蕳曰：☑可（何）胃（謂）敬？（《上博楚簡九·史蕳問於夫子》9）

語譯：孔子說：……，為什麼表面聽從內心卻不恭敬？……史蕳問：那什麼是敬呢？

五、胡

在出土戰國中的疑問代詞「胡」，楚簡一律借用「者、故、古」來表示疑問代詞。從出土漢簡帛使用疑問代詞「胡」的情況來看，秦簡應該是用本字「胡」表示疑問代詞。關於「胡」的詞性問題，學界對此看法主要有兩種：

1.「兼詞」說，即看成是「何故」的合音詞，如楊伯峻、何樂士（2008）〔註25〕。

〔註24〕馬承源：《上海博物館藏戰國楚竹書》（六），上海：上海古籍出版社，2007年，第204頁。

〔註25〕楊伯峻，何樂士：《古漢語語法及其發展》，北京：語文出版社，2008年，第17頁。

2.「疑問代詞」說，即主要用來詢問原因的代詞，如貝羅貝、吳福祥（2000）〔註26〕。我們認為戰國時期的「胡」應看成是疑問代詞。用法包括：問原因、問事物兩種，問原因較常見，如例（33、35、36），相當於「為什麼」。有時也見到問事物，如例（34）。

（33）秦公乃訋（召）子軹（犯）而𧩙（問）女（焉），曰：子若公子之良庶子，盍（胡）晉邦又（有）褐（禍），公子不能屏（止）女（焉）？而走去之，母（毋）乃猷心是不欹（足）也虖（乎）？子軹（犯）會（答）曰：誠女（如）宝（主）君之言。（《清華楚簡柒·子犯子餘》1）

語譯：秦穆公問子犯：你假如是晉重耳的優秀家臣，為什麼晉國上下作亂，你的公子卻不能平息？

（34）今雩（越）公亓（其）故（胡）又（有）繻（帶）甲仐（八千）以臺（敦）刃皆（偕）死？（《清華楚簡柒·越公其事》10）

語譯：現在勾踐哪裡有八千甲士與之同心赴死決戰呢？

例（33）、例（34）中的「胡」多用於反面詰問，使假設根據令人懷疑。

（35）高宗乃又𧩙（問）於彭祖曰：高文成祖，敢𧩙（問）脀民古（胡）曰揚？揚則悍佚無常。古（胡）曰晦？晦則□□□□□□□□□□□□□□□□□□□□□虐淫自嘉而不數，感高文富而昏忘詢。急利嫚神莫恭而不顧於後，神民並尤而仇怨所聚，天罰是加，用兇以見詢。曰：嗚呼！若是。（《清華楚簡伍·殷高宗問於三壽》24）

語譯：高宗又向彭祖詢問：高文成祖，斗膽請問對人民來說，為何會驕縱跋扈？驕縱則導致放縱、賦稅無常。為何人民會昏瞶？昏瞶就會……戲樂無度而不顧綱紀，被地位、財富所侵淫而昏亂以致忘記了廉恥之心。急功近利藐視神明，因不恭敬以致於不為後代造福。神明和百姓產生責備之心以致仇怨聚集，上天降下懲罰，百姓因兇象而詬罵。高宗曰：啊！的確是這樣。

（36）王曰：然則仁義不可為與？對曰：胡為不可？（《戰國縱橫家書·蘇秦謂燕王章》）

語譯：蘇秦回答說：為什麼不可以呢？

〔註26〕貝羅貝，吳福祥：《上古漢語疑問代詞的發展與演變》，載《中國語文》，2000年第4期，第16頁。

例（36）中的「胡為」是一個介賓短語，在句子中充當狀語，用於詰問原因。

六、奚

出土戰國楚簡的疑問代詞「奚」常借用「系」「系」表示，秦簡則常用「奚」，偶爾借用「系」。「奚」主要功能是詢問事物，也用作問方式情狀、問原因目的、問時間、問處所等。

1. 問事物的「奚」

（37）禱祠毋居，巫醫是共。命是將然，祠祀奚攻？（《北大秦簡‧禹九策》47）

語譯：禱祠不休，巫醫常備。如果未來一切都是命中注定，光靠驅鬼除凶又有甚麼用？祠祀：禱祠祭祀。攻：驅鬼除凶。

（38）聞之曰：心不勝心，大亂乃作；心如能勝心，是謂小徹。系（奚）胃（謂）少（小）徹（徹）？人泊爲察。（《上博楚簡七‧凡物流形》甲18）

語譯：怎麼樣才能做到小徹境界？人泊是人通過潔官、虛欲以潔白其心，屬於一種養心之術。

2. 問方式情狀的「奚」

（39）呂（凡）勿（物）流型（形），系（奚）夏（得）而城（成）？流型（形）城（成）豐（體），系（奚）夏（得）而不死？（《上博楚簡七‧凡物流形》甲1）

語譯：天地萬物受到自然的滋潤而變化形體，怎麼能夠形成？天地萬物受到自然的滋潤而變化形體，怎麼能夠做到不滅？

3. 問原因目的的「奚」

（40）系（奚）古（故）胃（謂）之兌？司收，是古（故）胃（謂）之兌。系（奚）古（故）胃（謂）之羅（離）？司痕（藏），是古（故）胃（謂）之羅（離）。

語譯：什麼原因稱之為兌？掌管收藏，因此稱之為兌。什麼原因稱之為離？掌管藏守，因此稱之為離。

4. 問時間的「奚」

（41）亓（其）莝（來）亡（無）尾（度）虘（乎），虐（吾）系（奚）旹（時）之窒（窞）？（《上博楚簡七．凡物流形》甲 7）

語譯：死者之魂即使歸來，也無宅可舍，我什麼時間去墓門祭祀呢？說話人對於墓祭的懷疑。

5. 問處所的「奚」

（42）骨肉之既靡，亓（其）智（知）愈暲（彰），亓（其）夬（慧）系（奚）啻（適）？孰知其疆？（《上博楚簡七．凡物流形》甲 5）

語譯：人的身體已經糜爛消失，即便智慧更加彰顯，誰知道它去往何處？誰知道鬼的生活在哪裡？

七、焉（安）

在出土戰國中的疑問代詞「焉」，秦簡基本借用「安」表示，漢墓出土戰國簡帛則用本字「焉」作疑問代詞；楚簡多數借用「安、女、㚢」表示疑問代詞「焉」，後兩者為「安」的省寫，少數借用「軏」（2 次）。有學者認為傳世古書中「焉」「安」都表示一般疑問與反詰問，因此在釋讀楚簡時亦認為「女、㚢」讀「安」或「焉」均可，如下引例（49）〔註 27〕。

我們認為上述觀點不準確。在傳世戰國文獻中表疑問與反問的疑問詞「焉」，其詞形一般由「安」或「焉」來記錄。據張玉金（2008）的研究，在出土戰國文獻中，用為兼詞、連詞和語氣詞的「焉」，用字上有「焉」和「安」兩個字，是一個詞的兩種不同書寫形式。他認為「焉」，在南方寫作「安」「言」，在西方、北方寫作「焉」。兩者音近，可以通假〔註 28〕。本文認為，張玉金的觀點是可信的，但是疑問代詞的「焉」詞形更為複雜一些。

出土戰國文獻疑問代詞的「焉」用字規律是：（一）在南方除了可以寫作「安」之外，更多寫作「女」「㚢」，少數寫作「軏」。（二）在西方一律寫作「安」，基本不寫作「焉」〔註 29〕。這就說明疑問代詞「焉」在戰國至秦各地

〔註 27〕俞紹宏：《上海博物館藏楚簡校注》，北京：中國社會科學出版社，2016 年，第 222 頁。

〔註 28〕張玉金：《出土戰國文獻中「焉」的研究》，載《語言科學》，2008 年第 4 期，第 406～413 頁。

〔註 29〕在馬王堆漢墓帛書《戰國縱橫家書》中用於疑問句末，表疑問語氣的「焉」則一律

都已經習慣借用「安」來表示。以至經歷秦火以後的漢人，在整理文獻中保留了疑問代詞「安」和「焉」這兩種寫法。因此本文對傳世戰國疑問代詞「安」不作論述。疑問代詞「焉」有問處所、問方式情狀以及表示反詰。

1. 問處所的「焉」

（43）季庚子睹（問）於孔子曰：肥從又（有）司之遂（後），罷（一）不暂（知）民矛（務）之<u>安（焉）</u>才（在）？唯子之貽羞，請昏（問）：之從事者，於民之☐德，此君子之大務也。（《上博楚簡五・季庚子問於孔子》1）

語譯：季庚子向孔子問道：我忝為有司的職位，完全不知道民務在哪裡呀？

（44）苦成家父曰：☐今主君不達於吾，故而反惡之。虐（吾）毋又（有）它，正公事，唯（雖）死，<u>安（焉）</u>逃之？（《上博楚簡五・姑成家父》5）

語譯：苦成家父說：……我沒有造反的想法，主持朝廷事務，即便會遭遇不測而死去，我逃亡何處呢？

2. 問方式情狀的「焉」

（45）〖不〗迖（過）十舉（舉），其心必才（在）安（焉），戔（察）其見者，青（情）<u>安（焉）</u>遊（失）才（哉）？（《郭店楚簡・性自命出》38）

語譯：人的舉動超不過十次，其用心自然就暴露無遺。觀察其顯現者，則其實情哪裡能逃得掉呢？

（46）甲取（娶）人亡妻以爲妻，不智（知）亡，有子焉，今得，問<u>安（焉）</u>置其子？當畀。或入公，入公異是。（《睡虎地秦簡・法律答問》168）

語譯：甲娶他人私逃的妻子為妻，不知道私逃的事，已有了孩子，被捕獲，問其子應如何處置？應給還甲。有的認為應沒收歸官。沒收歸官與律意不合。

（47）訊魏：魏亡，<u>安（焉）</u>取錢以補袍及買靬刀？魏曰：庸（傭）取錢。（《嶽麓秦簡叄・魏盜殺安、宜等案》159）

語譯：盤問魏：你是逃亡的，你怎麼拿到錢來補袍子和買配鞘刀？魏說：我是靠做臨時工掙的錢。

寫作「焉」。如：梁、韓無變，三晉與燕為王攻秦，以便王之攻宋也，王何不利<u>焉</u>？（《戰國縱橫家書・蘇秦自趙獻書於齊王章二》）齊趙循善，燕之大禍。將養趙而美之齊乎，害於燕，惡之齊乎，奉陽君怨臣，臣將何處<u>焉</u>？臣以齊善趙，必容<u>焉</u>，以為不利國故也。（《戰國縱橫家書・蘇秦使盛慶獻書於燕王章》）

3. 表反詰的「焉」

這種「焉」還是代詞，作狀語，表示反問，常常與助動詞「能」「敢」「得」等搭配使用，增強語氣，譯為「怎麼」。

（48a）子曰：☑弗王善歆（矣）！夫安（焉）能王人？由！（《上博楚簡五·弟子問》8）

語譯：孔子說：哪裡能做到為人之君？子路呀！

（48b）孔子曰：未能事人，焉能事鬼？（《定縣漢簡論語·先進》272）

語譯：孔子說：侍奉人事尚且不能做好，哪裡有餘閑侍奉鬼神呢？

（49）王曰：女（如）㝮（孚），逨（速）祭之。虗（吾）瘰（燥），甿（一）疠（病）。贅（鼇）尹會（答）曰：楚邦又（有）棠（常）古（故），安（焉）敢殺祭？已（以）君王之身殺祭未尚（嘗）又（有）。（《上博楚簡四·柬大王泊旱》5）

語譯：楚簡王說：如果神明同意了，那麼就快速地舉行祭典吧！我熱得生病，很嚴重了。鼇尹答：楚國有一定的禮制，怎麼敢減省祭紀的規矩而快速地舉行祭品呢？以君王的緣故而減省祭祀的規矩，這是楚國從來沒有過的事情。

（50a）靶（范）戉（叟）曰：君王又（有）白玉三回而不戔（展），命爲君王戔（賤）之，敢告於見日。王乃出而見之。王曰：靶（范）乘，虗（吾）臷（焉）又（有）白玉三回而不戔（展）才（哉）？靶（范）乘曰：……。（《上博楚簡七·君人者何必安哉》甲1-2）

語譯：楚王說：范乘，我哪裡有三回美玉卻不展示出來呢？

例（50a）中的「焉有」，在傳世文獻也能見到用例。如例（50b）：

（50b）無處而餽之，是貨之也。焉有君子而可以貨取乎？（《孟子·公孫丑下》）

語譯：哪裡有君子可以用錢財來獲得的呢？

（51）安（焉）得良馬從公子，委纍（累）蒹（兼）□，何傷公子北（背）姜？（《北大秦簡·公子從軍》14＋13）

語譯：如能得到良馬從公子同行，委隨於其後，哪裡還要擔憂公子離棄自己呢？

在秦簡中，表反詰的「焉」一般還能與結構助詞「所」搭配使用，形成「安（焉）所」這種表強烈反詰語氣的短語。例如：

（52）天子失正（政），乃亡其福，作常以穀（哭），不見大喪，<u>安（焉）</u>所敗辱？其祟恆轑公、社。卜祠祀不吉。（《放馬灘秦簡・日書乙篇》264＋278）

語譯：天子失政，敗亡的是國家的福祉；作某事讓人生隙，沒有大不利，怎會有失敗受辱的結果呢？這是有恆公、社等鬼祟作怪。到祠中卜問不好。太簇：犯太歲，凶兆。

（53）更上更下，產爲材士，死效黃土，<u>安（焉）</u>所葬此象椱之下？南山有爲，北山直（置）羅。（《北大秦簡・公子從軍》15＋14）

語譯：忐忑不安，材士死後應歸葬於黃土，怎麼能葬在此象椱之下。這句話表達對公子平安返回家鄉的企盼。

張玉金（1996）認為代詞性結構的「安所」是西漢開始出現的，相當於「什麼地方、哪裡」的意思〔註30〕。現在根據秦簡來看，這種代詞性結構的「安所」產生時間是早在西漢前就開始了。

八、惡（烏）

楚簡疑問代詞「惡（烏）」，音「wū」，詞形有兩種：一是「烏」、二是「惡」，楚簡疑問代詞「惡（烏）」都不用本字，「烏」借用簡化的字形「於」（3次），而「惡」也是借用「亞」（5次）。關於「惡、烏」的詞性問題，主要有兩種看法：1.認為兼有疑問代詞、疑問副詞兩種詞性，即用作狀語時，將它看成是疑問副詞，如社科院語言研究所（1999）、張玉金（1996）〔註31〕。2.認為是疑問代詞，即主要用來詢問處所或原因的代詞，如何樂士（2006）、李行健（2010）、王海棻（2015）〔註32〕。我們認為戰國時期「惡（烏）」應看成疑問代詞，它主要用於詢問處所。譯為「哪裡」「在何處」。例如：

（54a）武王聞之恐懼，爲☒銘於席之四端，☒枑（杖）名（銘）晦（誨）曰：<u>亞（惡）</u>卫＝（危？危）於忿連（戾）。<u>亞（惡）</u>遈＝（失？失）道於脂（嗜）

〔註30〕張玉金：《古今漢語虛詞大辭典》，瀋陽：遼寧人民出版社，1996年，第9頁。

〔註31〕中國社會科學院語言研究所古代漢語研究室：《古代漢語虛詞詞典》，北京：商務印書館，1999年，第605，608頁；張玉金：《古今漢語虛詞大辭典》，瀋陽：遼寧人民出版社，1996年，第717～718頁。

〔註32〕何樂士：《古代漢語虛詞詞典》，北京：語文出版社，2006年，第421頁；李行健：《現代漢語規範詞典》，北京：外語教學與研究出版社，2010年，第1381，1383頁；王海棻：《古漢語範疇詞典》（疑問卷），北京：社會科學文獻出版社，2015年，第134頁。

谷（慾）。（《上博楚簡七・武王踐阼》9）

（54b）杖之銘曰：<u>惡乎</u>危？於忿疐。<u>惡乎</u>失道？於嗜慾。（《大戴禮記・武王踐阼第五十九》）

語譯：手杖的銘刻訓誡說：在哪裡有危難？在忿怒之時；在哪裡會失道？在貪慾面前。

（55）齊趄（桓）公畾（問）於笑（管）中（仲）曰：中（仲）父，君子爻（學）與不爻（學），女（如）可（何）？笑（管）中（仲）𧧒（答）曰：君子爻（學）才（哉），爻（學）<u>於（烏）</u>可以已（已）？見善者謹（墨）女（焉），見不善者戒女（焉）。君子爻（學）才（哉），爻（學）<u>於（烏）</u>可以已（已）？（《清華楚簡陸・管仲》1-2）

語譯：君子必須教與學呀，教與學哪裡可以停止呢？

（56）〔吳王曰：〕今皮（彼）新（新）去亓（其）邦而篤（篤），母（毋）乃豕戜（鬥）？虐（吾）<u>於（烏）</u>膚（臚）取仐（八千）人以會皮（彼）死？申胥乃懼，許諾。（《清華楚簡柒・越公其事》14）

語譯：越國的全體士兵剛剛離開他們的邦國，猶存銳氣，並且又想著返回越國，如果我們這時候去消滅他們，恐怕他們會拼死和我們對抗吧？我哪裡去挑選八千人和越國的亡命之徒作戰呢？

例（56）中的「膚」整理者讀為疑問代詞的「胡」〔註33〕。網友王寧讀「膚」為「臚」，訓為「臚列、選擇」義。本文認為王寧的觀點可靠，原因有二：1.疑問代詞「胡」如作介詞「於（于）」的賓語常常是前置於介詞前，傳世文獻中常見的「胡以、胡自」即為典型用例。2.傳世文獻與其他出土文獻中，疑問代詞「胡」一般很少跟介詞「於（于）」搭配使用。

九、幾

春秋時代以前，詢問數量的疑問代詞只有「幾何」。春秋時代文獻中沒有見到問數量的疑問代詞，而到了戰國時期問數量的疑問代詞除了「幾何」，還出現了「幾」。從出土的戰國語料來看，「幾」出現的情況屬於少見，一律見於清華楚簡〔註34〕。例如：

〔註33〕李學勤：《清華大學藏戰國竹簡》（柒），上海：中西書局，2017 年，第 119～121 頁。
〔註34〕據原考釋指出：清華楚簡伍《湯在啻門》篇中小臣答辭多有韻。以湯與伊尹為依託，

（57）湯或（又）翻（問）於少（小）臣曰：<u>幾</u>言成人？<u>幾</u>言成邦？<u>幾</u>言成地？<u>幾</u>言成天？少（小）臣會（答）曰：五以成人，悳（德）以光之；四以成邦，五以覜（相）之；九以成坒（地），五以遀（將）〔之〕；九以成天，六以行之。（《清華楚簡伍‧湯在啻門》3）

語譯：湯又問小臣：有多少句話能成就人事？有多少句話能成就國事？有多少句話能成就天地自然之道？小臣答：五以成人，德以光澤之；四以成國，五以爲相；九以成地，五爲之用；九以成天，六爲規律。

以上我們分析了出土戰國文獻中出現的九個單音疑問代詞的詢問功能，現總如下表：

表 2-2　出土戰國文獻單音疑問代詞詢問功能統計表（單位：例）

功能＼代詞	誰	孰	何	曷	胡	奚	焉（安）	惡（烏）	幾	總　計
事物	0	14	156	3	0	30	0	0	0	203
人物	12	32	3	0	0	0	0	0	0	47
方式情狀	0	0	64	0	0	6	7	0	0	77
原因目的	0	0	12	3	5	19	0	0	0	39
時間	0	0	7	0	0	1	0	0	0	8
處所	0	0	1	0	0	3	6	8	0	18
數量	0	0	0	0	0	0	0	0	4	4
感歎	0	0	10	0	0	0	0	0	0	10
總計	12	46	253	6	5	59	13	8	4	406

由上表可知，單音疑問代詞用來問事物、問人物、問情狀方式、問原因目的、問時間、問處所、問數量共 7 種詢問功能。單音的疑問詞「何」還出現非疑問用法，包括不定指、虛指、表感歎等用法。

根據主要的詢問語義功能，上述單音疑問代詞在使用上嚴格區別，分工明確。「誰」「孰」是人物疑問代詞；「何」「奚」是事物疑問代詞；「曷」是事物疑問代詞又是原因疑問代詞；「焉」「惡」是處所疑問代詞；「胡」是原因疑問代詞；「幾」是數量疑問代詞。

根據詢問功能的數量，我們將上述疑問代詞分為：單功能疑問代詞與多功

成文當在戰國，因此本文將《湯在啻門》定為戰國時代語料。李學勤：《清華大學藏戰國竹簡》(伍)，上海：中西書局，2015 年，第 141 頁。

能疑問代詞，其中，單功能的疑問代詞有：「誰」「曷」「胡」「幾」；多功能的疑問代詞有：「何」「奚」「孰」「曷」「焉」，其中「何」的功能最多，其次是「奚」。

在出土戰國語料中，詢問人物除了「誰」，還可以用「孰」「何」疑問代詞來問人。而春秋語料則只能用「誰」來問人。

問人物，「孰」和「誰」兩者差別在於語義功能、句法功能的不同：首先，在詢問功能上區別是「孰」能用來表選擇詢問、能用來比較兩個事物性狀（長短、得失、優劣等等），問人物、問事物，「誰」不能用來比較兩個事物性狀，只能問人物。其次，在句法功能上區別是：「孰」通常作主語，偶爾用作定語，不能作謂語。「誰」通常作主語、謂語、賓語。

問事物，常用的有「何」，較常用「奚」「孰」，偶爾也見到用「曷」來問事物。但這五個詢問事物的疑問代詞是有區別的：首先，「何」專職詢問事物，「孰」是兼職的詢問事物，「孰」問事物有選擇問，也有非選擇問。其次，「奚」的主要詢問功能與「何」相似，但句法功能上，「奚」沒有「何」自由，「奚」作主語很少，而「何」用作主語很普遍，「奚」不能作謂語，而「何」能單獨作謂語；「奚」作動詞賓語通常前置，而「何」作動詞賓語能後置。第三，「曷」與「奚」相似，但比「奚」在句法功能上更不自由，不能作主語。

問方式情狀，常用的有「何」，也能見到用「奚」「焉」。「奚」主要詢問功能是問原因目的，「焉」「惡」主要詢問功能是問處所。「焉」的句法功能對比「何」「奚」最不自由，只能作介詞賓語、狀語。

問原因目的，常用的有「何」「曷」「奚」以及「胡」。但這四個仍有區別：「何」主要是問事物的疑問代詞，詢問原因目的是「何」次要功能。「奚」是專職問事物的疑問代詞，但也有較多職用於詢問原因，「曷」情況與「奚」相似。「胡」主要問原因，但其句法功能單一，只能充當狀語。

問時間的有「何」「奚」，並且這兩個疑問代詞問時間都是以兼職身份來使用。

問處所的有「何」「奚」「焉」「惡」，三者之間的區別：「惡」「焉」問處所是其主要詢問功能，「何」「奚」問處所皆屬兼職。「焉」充當狀語、介詞賓語。

問數量的單音疑問代詞只有「幾」。而問數量複合形式的「幾何」才是真正普遍適用的數量疑問代詞。「幾」句法功能上只能充當定於，表修飾，「幾」後一般緊隨被修飾的對象。「幾何」在句法功能上較自由，主要作謂語、作動

詞賓語，也見到作定語情況。

第四節　句法功能

下面擬對出土戰國語料中的九個疑問代詞的句法功能逐個進行考察。

一、誰

1. 作主語

「誰」作主語最為常見。如「誰欲畜汝者哉」的「誰」，一共出現 8 次，占總次數（10）的 80%。

2. 作賓語

「誰」作動詞賓語一律前置。如「余誰使于告之」中的「誰」，一共出現 2 次，占總次數（10）的 20%。「誰」出現在「主語＋誰＋謂語＋于＋動詞＋之」式句中，如例（4）「余誰使于告之」，作動詞「使」的前置賓語。

二、孰

1. 作主語

「孰」作主語最常見。如「孰調吾羹」中的「孰」。有兩種情況：

第一，「孰」在單句中作主語，例如：

（58）是＝（是謂）夫婦皆居，若不居家，離其居家，卦類雜虛，<u>孰</u>為大祝、靈巫畜生（牲）之？（《放馬灘秦簡·日書乙篇》250）

語譯：夫婦皆宜居於家中，如果不在住所居住，而搬往他處，則卦象紊亂空虛，室中無人，則誰為大祝、靈巫蓄養犧牲？

第二，「孰」在複句中作小句的主語，如「為君與為臣孰勞」，其中「孰」前的主語為表選擇範圍的詞語。

2. 作定語

「孰」作位於名詞前定語，出現的很少，只有一例：

（59a）文王䎦（聞）之，曰：唯（雖）君亡道，臣敢勿事虖（乎）？唯（雖）父亡道，子敢勿事虖（乎）？簹（孰）天子而可反？（《上博楚簡二·容成氏》46）

語譯：文王聽到這件事情，說：雖然君上無道，作臣子的怎敢不侍奉君上呢？作父親的雖然無道，作兒子的怎敢不侍奉父親呢？誰的國君可以背叛呢？

例（59a）中的「孰」出現在定語位置。這裡的「孰」是帶有限制的性質的語義，意思是「誰的君」「誰的王」。這種「孰」詢問的還是人物，用於名詞前作定語，相當於「誰的」，傳世戰國文獻也較為少見：

（59b）文王曰：父雖無道，子敢不事父乎？君雖不惠，臣敢不事君乎？**孰**王而可畔（叛）也？紂乃赦之。（《呂氏春秋‧行論》）

語譯：文王說：誰的國君可以背叛呢？

三、何

這個疑問代詞功能較多，可以作主語、謂語、賓語、定語、狀語。

1. 作主語

最常見，共出現了 92 次。占總次數（253）的 36.36%，例如：

（60）公曰：然，邦家之政，**可（何）**厚**可（何）**薄，**可（何）**滅**可（何）**璋（彰），而邦家得長？（《清華楚簡捌‧邦家之政》11-12）

魯哀公說：確實如此，要讓邦家之政長久，哪些方面需要厚、哪些方面需要薄、哪些方面需要減損、哪些方面需要彰，要怎麼做邦家才會久長呢？

（61）盜及者（諸）它辠（罪），同居所當坐。**可（何）**謂同居？戶爲同居，坐隸，隸不坐戶謂殹（也）。（《睡虎地秦簡‧法律答問》22）

語譯：盜竊和其他類似犯罪，同居應連坐。**什麼**叫同居？同戶稱為同居，但奴隸犯罪，主人應連坐，主人犯罪，奴隸則不連坐。

（62）**可（何）**胃（謂）六悳（德）？聖、智也，怠（仁）、宜（義）也，忠、信也。（《郭店楚簡‧六德》1）

語譯：**甚麼**叫六德？那就是「聖」「智」「仁」「義」「忠」和「信」。

上述三例中的「何」作主語，一律位於謂語前面。

2. 作狀語

出土戰國文獻中較常見，共出現了 73 次，占總次數（253）的 28.85%。「何」作狀語，通常用來問方式、問原因，也可以是表達感歎。其中問方式的「何」作狀語最常見。「何」出現在謂詞性詞語前面，構成了「何＋VP」式句。

如「問甲何論」。

3. 作賓語

共出現了 40 次。占總次數（253）的 15.81%。「何」作賓語有三種情況：第一，作介詞賓語，這種「何」放在一律介詞前面，共有 3 次，一律出現在秦簡中：

（63）夫盜千錢，妻所匿三百，可（何）以論妻？妻智（知）夫盜而匿之，當以三百論爲盜；不智（知），爲收。（《睡虎地秦簡‧法律答問》14）

語譯：丈夫盜竊一千錢，妻子藏匿了三百錢，妻子應該如何論處？妻子如知道丈夫盜竊而藏錢，應該按照盜竊三百論處；如果不知道，應該收孥。

第二，作動詞的前置賓語，形成了「何＋VP」式結構：

（64）公曰：義（儀）父！歸女（汝）亓（其）可（何）言？（《清華楚簡陸‧子儀》17）

語譯：秦穆公說：儀父！我們秦國放你歸父母之邦之後，你跟楚君會說些什麼呢？

第三，做動詞的後置賓語，形成了「VP＋何」式結構，這種疑問代詞「何」作後置賓語的情況在出土與傳世文獻都能見到〔註35〕，其中出土戰國文獻用例較少，僅有 2 次（0.79%）。

（65）有物將來，其刑（形）先之。建以其刑（形），名以其名。其言胃（謂）何？環□傷威。（《帛書‧稱》）

語譯：前面的話說了些什麼？

（66）其律令云何？謁報。（《里耶秦簡壹》8-644 背）

語譯：其中律令條文說了什麼？請求給以回復。

（67）徒守者往戍可（何）？敬訊而負之☐（《里耶秦簡壹》8-644 背）

語譯：徒守的人前往戍守哪裡？敬審查他並且要求他對此負責⋯⋯。

（68）君曰：所道攻燕，非齊則魏。魏、齊新怨楚，楚君雖欲攻燕，將道何哉？對曰：請令魏王可。（《戰國策‧楚策四》）

語譯：楚王即使打算進攻燕國，將取道什麼地方呢？

〔註35〕關於傳世戰國文獻《戰國策‧楚策四》的一處辭例，轉引自王海棻：《古漢語範疇詞典》（疑問卷），北京：社會科學文獻出版社，2015 年，第 118 頁。

上舉用例「VP＋何」式句有條件的，即必須滿足兩條：第一，「何」的謂語動詞主要是關係動詞（云、謂），其中例（67）這種用例極其罕見，本文歸為不典型用例範疇。第二，「何」所在的句子一般不能作句子的主題。

4. 作謂語

共出現了 39 次。占總次數（253）的 15.41%。一般謂語單獨成句，一般用在問原因的疑問句中，如「古之所以貴此者，何也」（《漢簡老子·上經》）中的「何」，類此用例在楚簡中也常出現。

5. 作定語

較少見，共出現了 9 次。占總次數（253）的 3.57%。作定語的「何」常常位於被修飾名詞前面，如例（23）「何日」，形成「何＋NP」式結構。另外，非疑問用法的「何」，也能充當定語，如例（25）「何男子」的「何」屬於不定指用法。或表感歎，如例（28a）「何其祟」中的「何」。

四、曷

疑問代詞「曷」可以作主語、謂語、賓語、狀語。

1. 作主語

這種「曷」，共出現 2 次。「曷」與「弗」共現，構成「曷＋有＋弗 VP」式句，形成反問句加強語氣，如上引例（30）。

2. 作賓語

「曷」作動詞的前置賓語。這種「曷」，很少見，出現 1 次，構成「曷＋VP」式結構，例如：

（69）日既，公昏（問）二夫＝（大夫）：日之飤（食）也害（曷）爲？韅（鮑）叴（叔）䒑（牙）會（答）曰：星戛（變）。（《上博楚簡五·競建內之》1）

語譯：當天發生了全日食天象，齊桓公召見兩位大夫問：發生日食天象，是什麼原因？鮑叔牙答：這是由於天象發生了災變。

3. 作狀語

這種「曷」，共出現 2 次。「曷」位於句子前面，用於問原因。如例（31）「曷君子聽之」中的「曷」。

五、胡

在出土戰國語料中，疑問代詞「胡」一般作狀語，且「胡」常與否定副詞「不」共現。例如：

（70）☐子虖（乎）？者（胡）不已（以）至（致）敏（命）？㝜（寢）尹曰：天加訛（禍）於楚邦，虗（吾）君邊邑。（《上博楚簡九・邦人不稱》1）

語譯：為何不復命以幫助國君傳達命令呢？寢尹說：上天施加災禍給楚國，昭王出奔郢都。

「胡」位於「不」前，構成「胡＋不＋VP」或「胡……＋不＋VP」式句，這種句子通常表反問語氣。上述的現象在出土西漢簡帛古書中也還保留使用，例如：

（71）虎狼為孟（猛）可揗，昆弟相居，不能相順。同則不肯，離則不能，傷國之神。□□□來，胡不來？相教順弟兄茲，昆弟之親，尚可易戈（哉）。（《帛書・稱》）

語譯：為什麼不來呢？

六、奚

疑問代詞「奚」可以作主語、賓語、定語、狀語。

1. 作賓語

作賓語的「奚」，最常見，共出現了 31 次，占總次數（58）的 53.44%。「奚」作賓語有兩種情形：第一，「奚」作賓語位於動詞前面，構成「奚＋VP」式結構，例如：

（72）既杲（本）既權（根），系（奚）逡（後）之（與）系（奚）先？（《上博楚簡七・凡物流形》甲1）

語譯：天地萬物既然有本源且又根脈，那麼請問何先與何後？

第二，作介詞賓語。相比第一種情況較少見，作介詞賓語的「奚」共出現了 6 次。通常與介詞「以」搭配使用，位於介詞前面，例如：系（奚）㠯（以）智（知）亓（其）白（泊）？終身自若。（《上博楚簡七・凡物流形》甲18）

2. 作狀語

作狀語的「奚」，共出現了 19 次，較常見，占總次數（58）的 32.75%。常

常位於句中，用在謂詞性詞語之前，構成「奚＋VP」式結構，例如：

（73）欲旻（得）百眚（姓）之咊（和）虐（乎），柔（奚）事之？（《上博楚簡七・凡物流形》甲7）

語譯：想要得到百姓萬民和睦相處，應該從哪裡從事政事？

3. 作主語

「奚」作主語，共出現了7次，如例（38）「奚謂小徹」中的「奚」，與作主語「何」的句法功能是相同的。

4. 作定語

出土戰國文獻中沒有見到這種「奚」，但戰國簡牘中的春秋古書出現了1次。用來修飾後面的名詞，構成「奚＋NP」式結構，上博楚簡《采風曲目》載有《奚言不從》篇目，其中「奚」詢問性狀[註36]。

七、焉（安）

疑問代詞「焉（安）」的句法位置有兩種：作賓語、作狀語。

1. 作賓語

「焉」作為動詞賓語一律前置。前置賓語「焉」一般作為問動作發生的處所或問動作的方式情狀。如「一不知民務之焉在」中的「焉」。

2. 作狀語

「焉」與謙敬副詞、否定副詞可以搭配使用，構成「焉＋敢／不＋VP」式的這種反問句。如前引「焉敢殺祭」的「焉敢」，又如：

（74）☒安（焉）不曰日章（彰）而冰澡（消）虐（乎）？（《上博楚簡八・成王既邦》4）

語譯：為什麼不說「太陽照耀，冰雪融化」呢？

八、惡（烏）

出土戰國語料中「惡」一般充當狀語，並且「惡」常與助動詞「可以」連用，如前引例（55）「學烏可以已」。表反詰，語譯為「怎麼能、哪裡能」。例如：

〔註36〕此例是上博楚簡的逸詩篇目名稱《奚言不從》，參考馬承源：《上海博物館藏戰國楚竹書》（四），上海：上海古籍出版社，2004年，第159～170頁。

（75）吏（使）人乃奴（若）無苪（前）不忘（妄），印（抑）遑（後）之爲敬（端），攸（修）之者敵（微）丝（茲）母（毋）智（知）、母（毋）迣（效）二惢（尤）。人亓（其）曰：□尼（度）未愈（愉）而進，亞（惡）殳（沒）者（諸）？（《清華楚簡捌・邦家處位》5-6）

語譯：舉才用能的時候，會不會出現前面的人都被忘記了或者後面的人反而升遷後職位在前呢？施行法度的人要避免無知、任人不當的過失。臣民會說：……選擇人才之時，那些沒有逾越等級的，怎麼能使他們的才幹默默無聞呢？此例大意：說任用人的時候要注重法度講原則，避免出現越級任人不當等過失[註37]。

（76a）武王聞之恐懼，爲□銘於席之四端，□程（楹）名（銘）母（誨）：〔毋〕曰亞（惡）害？槳（懲）牁（將）大。毋曰何殘，禍將延。（《上博楚簡七・武王踐阼》9）

（76b）楹之銘曰：毋曰胡害，其禍將大。（《大戴禮記・武王踐阼》）

語譯：武王聽聞後感到恐懼，為此□銘刻文字在坐席的四端，……在宮室的柱子上銘刻訓誡：不要說哪裡有妨害？那懲戒將要滋長。

例（76a）用詢問處所的疑問代詞「惡」，而同樣這句話在今本《武王踐阼》則用了詢問原因的疑問代詞「胡」，在小句的謂語動詞前皆充當狀語。

九、幾

出土戰國語料中「幾」都是作定語，位於中心詞前用來修飾其後面的名詞。如例（57）中的「幾言」。

出土戰國語料的單音疑問代詞的句法功能可以用下表顯示。

表 2-3　出土戰國文獻單音疑問代詞句法功能統計表（單位：例）

功能 代詞	主語	謂語		賓語				定語	狀語	總計
		一般謂語	判斷謂語	動詞賓語		介詞賓語				
				前置	後置	前置	後置			
誰	8	0	0	4	0	0	0	0	0	12

[註37] 或語譯：才能使人在向前不敢妄形，後則行為得以端正。如果能做到以上者，在此就不會有無知無效的過錯了。人常說：即使人謹守法度、令人愉悅的進位，性本惡的事哪裡能就沒有了？

孰	45	0	0	0	0	0	0	1	0	46
何	92	3	36	35	2	3	0	9	73	253
曷	2	0	0	1	0	0	0	0	3	6
胡	0	0	0	0	0	0	0	0	5	5
奚	7	0	0	25	0	6	0	1	20	59
焉（安）	0	0	0	4	0	0	0	0	9	13
惡（烏）	0	0	0	0	0	0	0	0	8	8
幾	0	0	0	0	0	0	0	4	0	4
總計	154	3	36	69	2	9	0	15	118	406

　　上述單音疑問代詞屬名詞性的疑問代詞有「誰、孰、何、曷、胡、奚、焉（安）、惡（烏）、幾」。從句法功能上劃分，「何」可以分成兩類：一是名詞性的疑問代詞，作主語、作判斷句謂語、作賓語、作狀語，問人物、問事物、問原因、問時間、問處所的「何」都被視為名詞性的；二是謂詞性的疑問代詞，作一般謂語、作定語的，問方式情狀的「何」都被視為謂詞性的，據表三數據可知謂詞性的「何」占總數（253）的 4.74%。明顯作謂詞性的「何」是少數，而作名詞性的「何」占總數（253）的 95.26%，因此整體而言，「何」作名詞性疑問代詞的用法更普遍。

第五節　小　結

　　關於出土戰國文獻單音疑問代詞數目，王力（1999）在《古代漢語》教材中談到了常見的單音疑問代詞，它們是「誰、孰、何、安、胡、奚、曷、惡、焉」共計 9 個。劉春萍（2006）的學位論文所選定的戰國語料的單音疑問代詞則為 10 個：「誰、孰、何、安、胡、奚、曷、惡、焉、盍」。顯然上述分類或可再精簡合併。鑒於此本文認為，在現有的出土戰國語料中，共有 9 個單音疑問代詞，它們分別是「誰、孰、何、曷、胡、奚、焉（安）、惡（烏）、幾」。上述疑問代詞有 7 種詢問功能即問事物、問人物、問情狀方式、問原因目的、問時間、問處所、問數量等。其中「何」還出現非疑問等用法。上述多數單音疑問代詞屬名詞性的，「何」總體上屬於名詞性的，但也包含了一部分謂詞性的功能。

第三章　出土戰國文獻複音疑問代詞研究

本章提要：出土戰國文獻的複音疑問代詞辭例不足 200 例，為了全面反映戰國時代漢語複音疑問代詞情況，本章結合出土與傳世戰國語料進行研究。出土與傳世的戰國文獻複音疑問代詞有 13 個，即「何如、何若、曷若、胡如、奚如、奚若、如何、如之何、如台、若何、若之何、幾何、奈何」。本章對複音疑問代詞的界定、出現頻率、詢問功能、非疑問功能、句法功能以及異同辨析等六個方面進行系統考察。

第一節　概　述

我們使用的語料分為兩類：一類是出土戰國文獻（下文簡稱「出土文獻」）。一類是傳世戰國文獻（下文簡稱「傳世文獻」），以語錄體文獻作為基本語料〔註1〕。從研究現狀來看，與本課題相關的成果有以下兩類：（一）研究出土文獻中疑問代詞的論著。這方面的論著很少見，李明曉《戰國楚簡語法研究》〔註2〕，劉春萍《出土戰國文獻疑問代詞研究》〔註3〕，弓海濤《楚簡句法研

〔註1〕傳世戰國文獻本文選用了：《左傳》《國語》《論語》《墨子》《晏子》《孟子》《莊子》《荀子》《韓非子》《呂氏春秋》以及《戰國策》等 11 種古書。
〔註2〕李明曉：《戰國楚簡語法研究》，武漢：武漢大學出版社，2010 年，第 41～54 頁。
〔註3〕劉春萍：《出土戰國文獻疑問代詞研究》，載《廣西社會科學》，2011 年第 2 期，第 125～128 頁。

究》〔註4〕。（二）研究傳世文獻中疑問代詞的論著。這方面的論著較多，王力《漢語語法史》〔註5〕、王海棻《古漢語範疇詞典・疑問卷》等〔註6〕。特別是後者，分類齊全，既解釋詞義又歸納句型，是專門研究古代漢語疑問範疇的集大成之作。研究傳世文獻中疑問代詞的論文也很多，如貝羅貝、吳福祥《上古漢語疑問代詞的發展與演變》〔註7〕、劉春萍《戰國時代疑問代詞研究》〔註8〕、鹿欽佞《漢語疑問代詞非疑問詞用法的歷史考察》〔註9〕等。綜上，學者對戰國文獻中疑問代詞研究的情況是：研究傳世文獻的論著多，而研究出土文獻的論著少。

目前對複音疑問代詞的研究仍存在以下幾點局限：第一，研究語法史的著作都僅僅在代詞部分附帶性地概括疑問代詞詢問功能情況，在複音疑問代詞句法功能上並沒有作全面描寫，本文首次提出戰國時期已出現一批具有非疑問功能的複音疑問代詞，且數量不少；第二，研究詞彙史的學者，注意到了上古漢語晚期複音詞化趨勢，但學者多用力於常用詞的語義描寫，而對複音疑問代詞的研究仍顯得不足；第三，部分學者雖在複音疑問代詞描寫上作了很大的努力，但其使用的語料仍局限於幾種常見的傳世古書，並沒有結合全面的出土文獻作功能的描寫、句法分佈的描寫以及疑問代詞之間異同的辨析。

第二節　複音疑問代詞的界定

如何區分複音疑問代詞與疑問代詞詞組，換言之怎麼區分先秦漢語中雙音詞和雙音詞組，這是一個「老大難」的問題。王力認為詞和詞組之間沒有絕對的界限〔註10〕。呂叔湘提出區分標準要從多方面考慮〔註11〕。其後學者多從「語法形式、詞彙意義、修辭手法以及使用頻率」等多方面進行考慮具體

〔註4〕弓海濤：《楚簡句法研究》，上海：華東師範大學博士學位論文，2013年。
〔註5〕王力：《漢語語法史》，北京：商務印書館，1989年，第76～85頁。
〔註6〕王海棻：《古漢語範疇詞典》（疑問卷），北京：社會科學文獻出版社，2015年。
〔註7〕貝羅貝，吳福祥：《上古漢語疑問代詞的發展與演變》，載《中國語文》，2000年第4期，第311～326頁。
〔註8〕劉春萍：《戰國時代疑問代詞研究》，廣州：華南師範大學碩士學位論文，2006年。
〔註9〕鹿欽佞：《漢語疑問代詞非疑問詞用法的歷史考察》，天津：南開大學博士學位論文，2008年。
〔註10〕王力：《漢語史稿》，北京：商務印書館，1980年，第561頁。
〔註11〕呂叔湘：《漢語語法分析問題》，北京：商務印書館，1979年，第12頁。

的雙音詞〔註12〕。我們認為出土與傳世的戰國文獻漢語複音疑問代詞有「何如、何若、曷若、胡如、奚如、奚若、如何、如之何、如台、若何、若之何、幾何、奈何」等13個。學界除了對「幾何」看法比較一致認為是複音疑問代詞之外，對上述12個疑問詞語是不是複音疑問代詞的問題，意見不一。主要有兩種觀點：一是固定結構說，有中國社會科學院語言所〔註13〕、何樂士〔註14〕、姚振武〔註15〕等；二是複音疑問代詞說，如貝羅貝、吳福祥〔註16〕、王海棻〔註17〕等。本文主張複音疑問代詞說，理由如下：

（一）從語法結構上看，兩個音節結合緊密，不能拆開或隨意擴展、更換的是詞。「奈何」是一個動賓式的疑問代詞，在傳世戰國語料中「奈何」使用頻繁，據統計共出現115例。例如：

（1a）中山公子牟謂瞻子曰：身在江海之上，心乎魏闕之下，奈何？（《莊子·讓王》）

語譯：身體在江湖寄居，內心卻仍然在朝堂逗留，為什麼呢？

（1b）奈何萬乘之主而以身輕天下？輕則失本。躁則失君。（《老子·道經》）

語譯：為何萬乘之國的君主，輕率治國不自重其身？輕舉就會喪失根本，躁動就會喪失主宰。

上引兩例「奈何」動詞「奈」語義已經明顯弱化，語義重心都在詢問原因的疑問代詞「何」上。而「如何」「如台」「若何」皆屬於類似情況。這些詞語與偏義複詞的結構一致，偏重於「何」的語義。如果將「奈何」看成是動賓結構，那麼「奈」應充當動詞，而目前所見用例「奈」的動詞義明顯弱化，因此我們認為「奈何」之類皆屬於偏義複音疑問代詞。

此外，固定結構「奈⋯何」共出現21例，例如：

（1c）前慮不定，後有大患，將奈之何？（《戰國策·蘇子為趙合從說魏王》）

〔註12〕程湘清：《漢語史專書複音詞研究》，北京：商務印書館，2003年，第45頁。

〔註13〕中國社會科學院語言所：《古代漢語虛詞詞典》，北京：商務印書館，1999年。

〔註14〕何樂士：《古代漢語虛詞詞典》，北京：語文出版社，2006年。

〔註15〕姚振武：《上古漢語語法史》，上海：上海古籍出版社，2015年，第221～234頁。

〔註16〕貝羅貝，吳福祥：《上古漢語疑問代詞的發展與演變》，載《中國語文》，2000年第4期，第311～326頁。

〔註17〕王海棻：《古漢語範疇詞典》（疑問卷），北京：社會科學文獻出版社，2015年。

語譯：考慮前方卻不能有定，考慮後方則有大患，將怎麼辦呢？

雖「奈……何」佔有一定的使用比例，但明顯「奈……何」中的「奈」義已趨於弱化，其語義中心在「何」上。據貝羅貝和吳福祥研究，用作疑問代詞的「如何」是由詞彙化了的「如之何」刪除「之」字而來。因此複音疑問代詞「奈何」也可以看成是由「奈……何」中的賓語成分被刪除之後而來的。

（二）從詞彙意義上看，結構上結合緊密、意義上共同表達一個概念的是詞，反之則為詞組。「如之何」「若之何」的「之」其原來代表的代詞這個指稱性概念，在合成後已失去了指稱性的資格，而「如之何」即可說明：

（2）君子于役，<u>如之何</u>勿思？（《詩經·君子于役》）

語譯：夫君前去戍邊，教我如何不想他呢？

從詞彙意義上來說，「如之何」已經是一個詞，這個情況早在戰國時期便已發生。

（三）從修辭特點上看，在同一語言環境中，處於相同句式的相同位置上的不同雙音組合，其中一個（或幾個）已確認為詞，則其他雙音組合可首先考慮是詞而不是詞組。《尚書·西伯戡黎》有「今王其如台」句，《史記·殷本紀》引作「今王其奈何」。「奈何」按照上述第一個標準即可認定為是詞，「如台」處於相同的句式、相同的語法位置上那麼可知「如台」也是詞。從已知某一個是詞而不是詞組，其餘的自然可以首先考慮是詞而不是詞組。

（四）從出現頻率上看，詞在實際口語中出現的頻率一般要高於詞組。詞語的出現頻率可作為一個重要的參考項。統計表明，一些高頻的雙音組合大致可確定為雙音詞。「何如」在傳世文獻出現了 181 次，出土文獻 23 次。「奈何」傳世文獻 163 次。「幾何」傳世文獻 48 次，出土文獻 52 次。從對詞語的統計來看，出現機率較高的，一般將其判定為複音疑問代詞。如傳世文獻中，出現 9 次的「奚如」、出現 8 次的「奚若」等。又如出土文獻中，出現 7 次的「如台」，出現 6 次的「奚如」「如之何」、出現 5 次的「何若」等。

還有更多的複音疑問代詞，按照前三條標準應為詞，但出現次數只有一兩次。這一方面與被統計文獻的文體、內容有關，另一方面與其使用習慣有關。如「奈何」出土文獻 1 次，「曷若」「胡如」傳世文獻分別出現 2 次與 1 次。顯然本文所論及的疑問代詞都符合上述標準。

第三節　數量與頻率

那麼，上述複音疑問代詞的數量與頻率如何？我們窮盡統計了其出現情況，用下表顯示。

表 3-4　出土與傳世戰國文獻的複音疑問代詞用例數量統計總表
（單位：例）

代詞	何如	何若	曷若	胡如	奚如	奚若	如何	如之何	如台	若何	若之何	幾何	奈何
總計	204	28	2	1	15	21	37	45	7	90	105	100	164

表 3-5　出土戰國文獻的複音疑問代詞用例數量統計表（單位：例）

代詞＼文獻	秦　簡	楚　簡	總　計
何如	15	8	23
何若	0	5	5
曷若	0	0	0
胡如	0	0	0
奚如	0	6	6
奚若	0	13	13
如何	0	11	11
如之何	0	6	6
如台	0	7	7
若何	0	0	0
若之何	0	0	0
幾何	51	1	52
奈何	1	0	1

表 3-6　傳世戰國文獻的複音疑問代詞用例數量統計表（單位：例）

代詞＼文獻	左傳	國語	論語	墨子	晏子	孟子	莊子	荀子	韓非	呂氏	國策	總計
何如	24	10	21	1	28	16	9	11	18	7	36	181
何若	0	0	0	8	8	1	1	0	0	2	3	23
曷若	0	0	0	0	1	0	0	1	0	0	0	2
胡如	0	0	0	0	0	0	0	0	0	0	1	1

奚如	0	0	0	0	1	0	1	0	3	1	3	9
奚若	0	1	0	3	0	0	2	0	0	2	0	8
如何	4	3	0	0	10	5	1	0	0	1	2	26
如之何	1	0	16	0	3	18	0	1	0	0	0	39
如台	0	0	0	0	0	0	0	0	0	0	0	0
若何	30	27	0	0	13	0	3	6	0	10	1	90
若之何	64	21	0	3	5	0	8	0	0	4	0	105
幾何	7	11	0	2	5	0	6	0	0	8	9	48
奈何	2	7	0	22	8	0	16	7	27	7	67	163

　　出土與傳世的戰國文獻複音疑問代詞共 13 個，主要出現在傳世文獻與簡牘文獻中，由於金文、帛書以及玉石受語體限制，因此不見用例。分佈特點如下：（一）使用頻率最高的是「何如」與「奈何」兩個。（二）「若之何」「幾何」「若何」三者使用頻率次之，三者差距不大。（三）傳世文獻已不使用的「如台」，僅在楚簡《尚書》類文獻中，保留了少數的用例。（四）一些使用頻率較低的「曷若」「胡如」「奚若」傳世文獻仍在使用，出土文獻不見用例。（五）在傳世文獻使用頻率較高的「若之何」「若何」，在出土文獻卻不見用例。

第四節　詢問功能

　　疑問是人類語言中重要的語法範疇之一，每個時代都有其特定的手段來表達疑問，而疑問代詞又是表達疑問的最重要的形式，同時疑問的功能範疇異常繁複，具體可分為詢問人物、事物、性狀、方法、原因、時間、處所及數量等。出土戰國文獻單音的疑問代詞，基本具備了現代漢語中疑問代詞的詢問功能，但複音疑問代詞的詢問功能則不如單音疑問代詞齊全，缺乏了問人物、處所、時間三項，複音疑問代詞主要用於詢問性狀與問方法，問原因與問數量是次要功能，而問事物則用例罕見且不典型。複音疑問代詞的詢問功能有問性狀與問方法、問原因與數量以及問事物五種，下面按功能的類別逐一介紹其分佈。

一、問性狀

　　性狀包括人或事物本身的性質和狀態，也常用在徵求對方對自己提出的方

案有何意見的對話中〔註18〕。問這件事做法好不好、使得不使得，實質上已經等於「是非問句」〔註19〕。滿足上述條件的有「何如」「何若」「胡如」「曷若」「奚如」「奚若」「如何」「如之何」「如台」「若何」及「奈何」等11種形式，傳世文獻與出土文獻皆常見：

（3）爲黑夫、驚多問嬰汜季事<u>可（何）如</u>？定不定？（《睡虎地秦牘・11號木牘》Ⅳ）

語譯：（請母親）替黑夫跟驚問候嬰記季怎麼樣了？確定了嗎？

（4）臧（莊）公曰：善戰（戰）者<u>柔（奚）女（如）</u>？（《上博楚簡四・曹沫之陳》57）

語譯：莊公問道：善於防守的將領怎麼做到？

（5）且夫長翟之人利而不義，其利淫矣，流之<u>若何</u>？（《國語・單襄公論晉將有亂》）

語譯：他喜好驕奢淫逸，打算流放他怎麼樣？

而專職問性狀的只有「曷若」（共2例）、「胡如」（共1例）：

（6）國若假城然耳，必為天下大笑。<u>曷若</u>？兩者孰足為也？（《荀子・強國》）

語譯：這麼做必定被天下人笑話，打算怎麼辦？

（7）入子之事者，吾為子殺之亡之，<u>胡如</u>？（《戰國策・犀首見梁君》）

語譯：我替您殺了他使他流亡國外，怎麼樣？

問性狀的「如台」只見於清華楚簡（共7例）：

（8）㘝（亂）曰：良惪（德）亓（其）<u>女（如）㕔（台）</u>？曰言（享）人大☒罔克甬（用）之，是䫟（墜）於若（若）。（《清華楚簡叁・周公之琴舞》14）

語譯：良德的內涵是怎樣的呢？……若不具良德，則不可任用他。

（9）湯或（又）䎷（問）於少（小）臣：虘（吾）或（戕）虘（夏）<u>女（如）㕔（台）</u>？小臣答：后固恭天威，敬祀，淑慈我民，若自使朕身已桀之疾，后將君有夏哉！（《清華楚簡伍・湯處於湯丘》13）

語譯：湯又問小臣：我如果滅夏怎樣？小臣答：君后您要堅定恭奉上天的

〔註18〕何樂士：《〈左傳〉語法研究》，開封：河南大學出版社，2012年，第182頁。

〔註19〕呂叔湘：《中國文法要略》，北京：商務印書館，1982年，第177～178頁。

威嚴，恭敬祭祀，對待人民講求慈善，如果您親自使我去親身治好夏桀的病，您將統治有夏氏是的百姓。

（10）顕（夏）又（有）恙（祥），才（在）西才（在）東，見章于天。亓（其）又（有）民衛（率）曰：隹（惟）我棘（速）祸（禍）。咸曰：蒦（曷）今東恙（祥）不章？今亓（其）<u>女（如）钌（台）</u>？湯曰：女（汝）告我顕（夏）睡（隱）衛（率）若寺（時）？尹曰：若寺（時）。（《清華楚簡壹・尹至》3）

語譯：夏於是就看到了災祥，在西在東，明顯地出現在天上。他們的人民都說：這表示我們很快就會有災禍了吧？人民都說：為什麼東方的太陽不明顯？現在我們應該怎麼辦？湯說：你告訴我夏的隱情確實是這樣嗎？伊尹說：確實是這樣。

（11）王若曰：厚父！再夏之哲王，乃嚴寅畏皇天上帝之命，朝夕肆祀，不盤于康，以庶民，惟政之恭，天則弗戁，永保夏邦。其才（在）寺（時），後（後）王之卿（饗）或（國），裨（肆）祀三后，永敍（敍）才（在）服，隹（惟）<u>女（如）钌（台）</u>？（《清華楚簡伍・厚父》4）

語譯：太甲這樣說：厚父，……。再興夏朝聖王君主，也敬畏上天效法先祖，生活檢點，不放縱自己，勤政愛民，天不厭之，因此長保夏邦安定。在那時，要是後來的夏王能不忘祭拜大禹、啓等三后或能永有天下。我的看法對嗎？

（12）王曰：欽之哉，厚父，惟時余經念！乃、高祖克憲皇天之政功；乃虔秉厥德，作辟，事三后；肆汝其若龜筮之言，亦勿可專改。茲少（小）人之悳（德），隹（惟）<u>女（如）钌（台）</u>？（《清華楚簡伍・厚父》8）

語譯：王說：厚父，您一心為國，時時都以我的綱常為念啊！您和我高祖勝任效法上天，立德立功；您的德堅守如一，作為重臣，輔佐了三代商王；您的教導法言如同占卜所得到的指示，哪怕一個字也不可擅改啊！現在百姓的德性，是怎樣的狀態呢？

（13）湯或（又）繇（問）於少（小）臣：共（恭）命<u>女（如）钌（台）</u>？少（小）臣會（答）：君既濬明，既受君命，進退不顧死生，是非恭命乎！（《清華楚簡伍・湯處於湯丘》18）

語譯：湯又問小臣：奉命應怎麼做？小臣答：您聰明睿智，既然接受了為君之命，進退不顧生死，這難道不就是奉命嗎？

（14）湯或（又）翻（問）於少（小）臣：惡（愛）民女（如）台（台）？少（小）臣會（答）曰：遠有所亟。勞有所思，饑有所食，深淵是濟，高山是逾，遠民皆極，是非愛民乎？（《清華楚簡伍·湯處於湯丘》17）

語譯：湯又問小臣：應該如何愛民？小臣回答說：邊遠萬民也有所受惠，勞作時有所思念，饑荒之年時有吃的，度過深淵，越過高山，遠方的人民都歸附，這難道不是愛民嗎？

「如台」在傳世文獻已不見使用，清華楚簡仍用「如台」的原因我們認為是戰國時人有意地仿古。並且「如台」的產生時代應該早於戰國時期，原因有三：

1.「如台」在先秦古書中只見到了4例，一律見於《尚書·商書》，分別為《湯誓》《盤庚》《高宗肜日》《西伯戡黎》四篇。

2.《商書》四篇學界一般認為是戰國時人追記的史傳類作品，因此「如台」很可能存在襲用古書詞語的因素。如陳夢家認為《湯誓》《盤庚》是戰國時代擬作的誓，《高宗肜日》《西伯戡黎》則為戰國時代的著作〔註20〕。

3. 清華楚簡《尹至》「今其如台」句。《西伯戡黎》作「今王其如台」，而《殷本紀》則寫作「今王其奈何」。漢代以後只有一些復古的文言中如揚雄《法言》存留零星一例。因此疑問代詞「如台」的產生時代應該早於戰國時期。

二、問方法

問方法即對採取一次行動、辦一件事情的具體方法和步驟的詢問。在傳世與出土語料中，用來問方式、方法的複音疑問代詞有「何如」「何若」「奚如」「如何」「如之何」「若何」「若之何」及「奈何」等8種形式。主要有三種情況：

1. 傳世文獻最常用「奈何」（共 115 例）以及前文引例（1）的固定結構「奈……何」，出土文獻卻不見「奈何」的用例：

（15）犀首曰：奈何？陳軫曰：魏王使李從以車百乘使于楚，公可以居其中而疑之。（《戰國策·陳軫為秦使于齊》）

語譯：犀首說：怎麼辦？

2. 傳世文獻比較常用「若何」「若之何」（共 107 例），而出土文獻常見到的

〔註20〕陳夢家：《〈尚書〉通論》，北京：商務印書館，1957 年。

卻是「何如」「如之何」（共 11 例）：

（16）國不堪貳，君將<u>若之何</u>〔註21〕？欲與大叔，臣請事之。（《左傳·隱公元年》）

語譯：國人將不能忍受二君，君上您打算怎麼辦？

（17）中（仲）弓曰：售（雍）也不愍（敏），唯（雖）又（有）叚（賢）才，弗晉（知）嬰（舉）也。敢昏（問）嬰（舉）才<u>女（如）之可（何）</u>？（《上博楚簡三·仲弓》9）

語譯：仲弓說：我冉雍啊不夠聰敏，雖有賢能的人才，不知如何舉用，請問要如何舉才？

何樂士認為「若之何」在《左傳》主要有兩種用法：一是後面無謂語結構，往往表示對某事怎麼辦。二是當後面有謂語結構往往表示為什麼或怎麼樣的意思。「之」在這種結構中已經虛化，已經無所指稱。

3. 傳世與出土文獻都不常用的有「奚如」「何若」「如何」：

（18）〔莊公〕還年而嗣（問）於敀（曹）敠（沫）曰：虐（吾）欲與齊戰，嗣（問）戰（陳）采（奚）<u>女（如）</u>？戰（守）鄥（邊）城采（奚）<u>女（如）</u>？（《上博楚簡四·曹沫之陳》12-13）

語譯：莊公又過了一年向曹沫請教：我打算與齊國開戰，請問應該怎麼樣營陣？請問應該怎麼樣駐守邊關城邑？

（19）里克將殺奚齊，先告荀息曰：三公子之徒將殺孺子，子將<u>如何</u>？（《國語·里克殺奚齊而秦立惠公》）

語譯：里克告訴荀息說：您將打算怎麼辦？

三、問原因

問原因是對某一事件的發生、某一情況的存在、某一行為的出現原因與目的進行提問，即問「為什麼」「什麼原因」「幹什麼」等。在出土與傳世的戰國語料中，嚴格意義上問原因的複音疑問代詞只出現在傳世文獻中，有「若之何」「奈何」「若何」「如之何」及「何如」等 5 種形式：

（20）子為國老，待子而行，<u>若之何</u>子之不言也？（《左傳·哀公十一年》）
語譯：為什麼您不進言呢？

〔註21〕何樂士：《〈左傳〉語法研究》，開封：河南大學出版社，2012 年，第 170 頁。

（21）長幼之節，不可廢也；君臣之義，<u>如之何</u>其廢之？（《論語・微子》）

語譯：君臣大義，怎麼能廢棄呢？

而在出土文獻中，問原因用「何為」「何故」「何以」「奚以」「奚故」等 5 種固定結構：

（22）日之訟（始）出，<u>可（何）古（故）</u>大而不皆（燿）？（《上博楚簡七・凡物流形》甲 10）

語譯：太陽剛剛升起，為什麼如此巨大卻不會顯得耀眼？

（23）公子禤（重）耳聞（問）於邢（蹇）吾（叔）曰：嵳（亡）□不孫（遜），敢大贍（膽）聞（問）：天下之君，欲记（起）邦<u>釆（奚）以</u>？欲亡邦<u>釆（奚）以</u>？（《清華楚簡柒・子犯子餘》13＋14）

語譯：天下的國君，先生您認為想要興邦強國憑藉什麼？想要亡國毀家又因為什麼？

（24）<u>釆（奚）古（故）</u>胃（謂）之舋（震）？司雷，是古（故）胃（謂）之舋（震）。（《清華楚簡肆・筮法》43-48）

語譯：什麼原因稱之為震呢？

（25）欒書欲作難，害三郤，謂苦成家父曰：爲此殜（世）也從事，<u>可（何）吕（以）</u>女（如）是亓（其）疾與（與）才（哉）？（《上博楚簡五・姑成家父》6）

語譯：欒武子打算謀反作亂，殘害三郤，對苦成家父說：厲公治理的時代，您為什麼這麼勤勉盡忠呢？

（26）人許子兵甚俞，<u>何為</u>而不足恃也？靡皮曰：臣之□□不足恃者以其俞也。（《戰國縱橫家書・靡皮對邯鄲君章》）

語譯：為什麼說不足為依靠呢？

上引例中的「何為」「何故」「何以」「奚以」都不是複音疑問代詞，有些學者認為是疑問副詞，並指出「排除了狀詞和臨時作狀語用的名詞，凡是修飾謂語，表示程度、範圍，數量、時間、空間、情態、疑問、反問、肯定、測度、否定，而不能充當句子獨立成分的詞是副詞，屬於虛詞」〔註 22〕。其所界定的「副詞」是一個包括了「疑問代詞（疑問代詞＋介詞）」「疑問副詞」這些概念

〔註22〕何金松：《虛詞歷時詞典》，武漢：湖北人民出版社，1994年，第18，194頁。

的「副詞」，且不談這種分類的正誤，很明顯其分類原則是比較大而龐雜的。我們認為「奚以」結構與「何以」一致，為介賓短語。

關於上引例（24），子居指出該篇成文當不早於戰國末期，並且因為「奚故」一詞未見秦漢時期的用例，因此當不難判斷，清華楚簡《筮法》可能就是成文於戰國末期〔註23〕。

本文不贊成以一兩個詞出現作為給語料斷代的主要依據，還是認為《筮法》成書時間為戰國中期。

四、問數量

包括問距離、長度、高度、面積、體積、價值等。在出土與傳世文獻中，只見到問數量、問年壽、問面積的「幾何」：

（27）凡三卿〈鄉〉，其一卿〈鄉〉卒千人，一卿〈鄉〉七百人，一卿〈鄉〉五百人，今上歸千人，欲以人數衰之，問<u>幾可（何）</u>歸<u>幾可（何）</u>？曰：千者歸四〔百〕五十四人又二千二百分人千二百。（《嶽麓秦簡貳·數》134〔註24〕）按，「幾何」問數量。

語譯：有三個鄉，一個鄉有卒千人，一個鄉有卒七百人，一個鄉有卒五百人。現在君上遣返千人回鄉，要按照各自比例來分派，問各鄉分別遣返回多少人？答：千人的鄉四百五十四又二千二百分之千二百人。算題依據各鄉籍的士卒人數比率來計算在 1000 位遣歸名額中各鄉籍士卒應當遣歸多少人。

（28）太后曰：敬諾。年<u>幾何</u>矣？對曰：十五歲矣。雖少，願及未填溝壑而托之。（《戰國策·趙太后新用事》）按，「幾何」問年壽。

語譯：太后問：小兒子年紀多大了？

（29）田從（縱）卅步，爲啟廣<u>幾何</u>而爲田一畝？曰：啟八步。（《北大秦簡·田書》159）按，「幾何」問面積。

語譯：假設一塊田縱三十步。那麼一畝田寬開拓多少？答：開拓八步。
啟：開拓。

〔註23〕 子居：《清華簡〈筮法〉解析》，載《周易研究》，2014 年第 6 期；2015 年第 1 期，第 17，63 頁。

〔註24〕 肖燦：《嶽麓書院藏秦簡〈數〉研究》，長沙：湖南大學博士學位論文，2010 年，第 70 頁。

第五節　非疑問功能

　　疑問代詞的功能除了表詢問之外，還有非疑問功能。當複音疑問代詞處在被包含的狀態下時，則失去疑問義，具有表虛指以及表感歎的用法。前者出現在陳述句中，後者出現在感歎句中。下面分別說明：

一、表示虛指

　　對「虛指」概念的界定，學者看法大同小異。呂叔湘（1982）認為疑問代詞「表不知的可稱為虛指」〔註25〕；朱德熙（1982）強調虛指是「用來指稱不知道或者說不出來的人、事物、處所、時間等」〔註26〕；王力（1985）認為虛指的作用是「代替說不出的事物」〔註27〕；邵敬敏（1996）則主張虛指性的「什麼」其稱代的是受動詞支配的某個（些）不確定的人、物、事，語義上相當於「某個（些）」〔註28〕。鹿欽佞（2008）他的學位論文主張從兩方面認識虛指用法：1.在語義上表示「無定」，意義上通常可以理解為一個泛稱意義的詞，如「人」「事」「地方」「程度」等。2.疑問代詞表示虛指的時候永遠不處於焦點位置，只能弱讀，即便用在疑問句中（非特指問）也是如此〔註29〕。如：「就是鬧出事來，我還怕什麼不成？」（《紅樓夢・第十回》）儘管是用在了疑問句中，但「什麼」並不提供信息，不擁有焦點地位，因此弱讀。

　　因此，我們可以定義「虛指」即指代的是不知道、說不出來或不願意說的人或者事物的性質或狀態。比如：「會場上好像有誰在抽煙」「我知道多少說多少」雖然語義所指已經很虛，但是這些疑問代詞不能刪除。

　　下面我們從句類角度來說明出土與傳世的戰國漢語中出現的複音疑問代詞的虛指用法，一般使用在肯定或否定的陳述句中。

　　第一，肯定陳述句中的複音疑問代詞虛指用法，出土與傳世文獻都出現了少數用例。只有「何如」「幾何」兩個疑問代詞出現了這種虛指用法。性狀疑問代詞「何如」已具有虛指用法，但只有少數（共5例），相當於「怎麼樣」。

〔註25〕呂叔湘：《中國文法要略》，北京：商務印書館，1982年，第182頁。
〔註26〕朱德熙：《語法講義》，北京：商務印書館，1982年，第93頁。
〔註27〕王力：《中國現代語法》，北京：商務印書館，1985年，第230頁。
〔註28〕邵敬敏：《現代漢語疑問句研究》，上海：華東師範大學出版社，1996年，第238頁。
〔註29〕鹿欽佞：《漢語疑問代詞非疑問詞用法的歷史考察》，天津：南開大學博士學位論文，2008年，第139～140頁。

（30）應（應）令及書所問且弗應（應）？弗應（應）而云當坐之狀<u>何如</u>，其謹桉（案）致，更上奏夬（決）展薄（簿）留日，毋騰卻它。（《里耶秦簡壹》8-1564）

語譯：「應令」指是否合乎法令的規定；「應令及書所問」指以文書形式答覆上級提出的詰問；「弗應」指沒有回復上級提出的詰問。「謹桉（案）致」特殊用語，即核實檢驗文書。「簿留日」登記逗留的天數。

數量疑問代詞「幾何」也具有了虛指用法：

（31）診必先謹審視其跡，☐乃視舌出不出，頭足去終所及地各<u>幾可（何）</u>。遺矢溺不也。（《睡虎地秦簡·封診式》68＋70）

語譯：然後看舌是否吐出，頭腳離繫繩處及地面各有多遠。

第二，否定陳述句中的複音疑問代詞虛指用法，出土與傳世文獻都出現了不少的用例。並且以數量疑問代詞「幾何」、方法疑問代詞「奈何」為常見，性狀疑問代詞「何如」、方法疑問代詞「如之何」較為不常見。

（32）今吏智（知）之，未可<u>奈可（何）</u>，請言請（情）：甓欲盜，恐得而☐☐☐不☐〔☐〕。（《嶽麓秦簡叁·同、顯盜殺人案》160[註30]）

語譯：現在（既然）官方知道了，無可奈何，請讓我說實話：我想行搶，怕被抓獲，而☐☐☐不☐……。

（33）蔡澤曰：然則君之主，慈仁任忠，不欺舊故，孰與秦孝公、楚悼王、越王乎？應侯曰：未知<u>何如</u>也。（《戰國策·蔡澤見逐于趙》）

語譯：應侯說：未知道怎麼樣的情況。

詢問方法的疑問代詞「奈何」「如之何」、性狀疑問代詞「何如」的否定形式使用了否定副詞「無」「未」「不」以及「末」。當否定副詞進入這一結構中時，句子的疑問語氣被弱化甚至被取消，其疑問功能也隨之喪失，但「何」的稱代意義被保留，這就形成了「何」的虛指意義。鹿欽佞認為這種用法是漢語中最早見到的疑問代詞虛指用法的類型之一[註31]。詢問數量的疑問代詞「幾何」用於否定句，常常表示時間的短暫。

〔註30〕嶽麓秦簡釋文參考朱漢民、陳松長：《嶽麓書院藏秦簡》（叁），上海：上海辭書出版社，2013 年，第 290 頁。

〔註31〕鹿欽佞：《漢語疑問代詞非疑問詞用法的歷史考察》，天津：南開大學博士學位論文，2008 年，第 141 頁。

（34）居無<u>幾何</u>，秦興兵攻魏，趙欲救之。（《呂氏春秋‧淫辭》）

語譯：過了沒多久時間，秦國起兵攻打魏國，趙國打算營救魏國。

二、表示感歎

疑問代詞可以與語氣詞連用，不再表疑問而表達感歎，表示感歎的疑問代詞比較豐富：較常用的有「奈何」與「若之何」，另外還有「何如」「如之何」「若何」及「幾何」共6種：

（35）聖人躊躇以興事，以每成功。<u>奈何</u>哉，其載焉終矜爾！（《莊子‧外物》）

語譯：怎麼辦呀！他處理事務始終做到謹小慎微。

（36）<u>若之何</u>哉！晉國不恤周宗之闕，而夏肆是屏。（《左傳‧襄公二十九年》）

語譯：怎麼辦呀！晉國不去體恤周王室宗廟的缺失。

（37）鳳兮鳳兮，<u>何如</u>德之衰也！來世不可待，往世不可追也。（《莊子‧人間世》）

語譯：鳳凰呀！鳳凰呀！為什麼你的德開始衰亡呀！

總之在出土與傳世文獻中，疑問代詞表虛指以及感歎等非疑問功能的用法也已出現並且比較成熟。上述13個複音疑問代詞的詢問功能以及非疑問功能，詳見下表。

表 3-7　複音疑問代詞的詢問功能及非疑問功能用例數量統計表（單位：例）

功能 代詞	問事物		問性狀		問方法		問原因		問數量		虛　指		感　歎		總　計	
	出	傳	出	傳	出	傳	出	傳	出	傳	出	傳	出	傳	出	傳
何如	0	0	13	163	6	14	0	1	0	0	4	1	0	2	23	181
何若	0	0	4	23	1	0	0	0	0	0	0	0	0	0	5	23
曷若	0	0	0	2	0	0	0	0	0	0	0	0	0	0	0	2
胡如	0	0	0	1	0	0	0	0	0	0	0	0	0	0	0	1
奚如	0	0	4	7	2	2	0	0	0	0	0	0	0	0	6	9
奚若	0	0	13	8	0	0	0	0	0	0	0	0	0	0	13	8
如何	0	2	13	18	0	5	0	1	0	0	0	0	0	0	11	26

如之何	0	0	1	0	5	28	0	10	0	0	0	3	0	2	6	39
如台	0	0	7	0	0	0	0	0	0	0	0	0	0	0	7	0
若何	0	0	0	35	0	42	0	10	0	0	0	0	0	3	0	90
若之何	0	0	0	0	0	65	0	32	0	0	0	0	0	8	0	105
幾何	0	0	0	0	0	0	0	0	48	24	4	21	0	3	52	48
奈何	0	0	0	14	0	115	0	14	0	0	1	11	0	9	1	163
分計	0	2	51	271	14	271	0	68	48	24	9	36	0	27	122	695
總計	2		324		285		68		72		45		27		819	

說明:「出土文獻」簡稱「出」。「傳世文獻」簡稱「傳」,下表同。

　　由上表可知,出土與傳世的戰國文獻複音疑問代詞形式多樣,其詢問功能單一,主要集中詢問性狀、方法。問性狀的有「何如」「何若」「曷若」「胡如」「奚如」「奚若」「如何」「如之何」「如台」「若何」及「奈何」等11種形式。問方法的有「何如」「何若」「奚如」「如何」「如之何」「若何」「若之何」及「奈何」等8種形式。問原因的有「何如」「如何」「如之何」「若何」「若之何」及「奈何」。「幾何」專職充當數量疑問代詞。只有「如何」問事物且罕見,分別見於《左傳》《晏子》,並且都在反問句中出現。

　　從一種形式多種詢問功能的角度來看,功能多達4種的有「何如」「如之何」「若何」「奈何」;功能單一的有「曷若」「胡如」「如台」「奚若」;從某一種詢問功能可使用多種形式的角度來看,問性狀的疑問代詞形式最多,多達11種形式。另外一些複音疑問代詞已具備非疑問功能,包括表虛指的「何如」「幾何」「奈何」以及「如之何」,表感歎的「何如」「如之何」「若何」「若之何」「幾何」以及「奈何」。

第六節　句法功能

一、作主語

　　從使用頻率角度考察,複音疑問代詞不常充當主語,並且這些充當主語的例子只見於出土文獻,只有「幾何」「何如」兩種形式(共8例):「幾何」如前引例(27)第一個「幾何」作主語,義為多少鄉,第二個「幾何」作賓語,義為多少人。「何如」作主語:

（38）<u>可（何）如</u>爲大痍？大痍者，支（肢）或未斷，及將長令二人扶出之，爲大痍。（《睡虎地秦簡・法律答問》208）

語譯：怎樣是大痍？大痍就是肢體可能還沒有斷，但需要將長叫兩個人扶回來，稱為大痍。

二、作謂語

出土與傳世的戰國文獻複音疑問代詞都能作一般謂語（共 606 例），占總次數（共 819 例）的 74%。說明這些疑問代詞謂詞性特徵很明顯，如例（3）的「何如」，例（4）的「奚如」。例如：

（39）剺（劓）者<u>可（何）如</u>？生剺（劓），剺（劓）之已乃斬之之謂殹（也）。（《睡虎地秦簡・法律答問》51）

語譯：劓刑是怎麼樣？先活著刑辱示眾，然後斬首。

（40）水之決＝（濬濬），穿井得王（瑝）池，亓（其）樂<u>若可（何）</u>？祟司命，司祿〈祿〉吉。（《北大秦簡・禹九策》25＋26）

語譯：水流活活，穿井得玉池，對丈夫不利，對妻子利。高興又怎麼樣？

三、作賓語

複音疑問代詞作動詞賓語一律後置，如前文例（25）中的「何如」，還有「何若」「奚如」「奚若」「如之何」等。另外，「幾何」「奈何」可以充當介詞賓語，但較少見到，如下例：

（41）竹〔十〕節，上節一斗，下節二斗，衰以<u>幾可（何）</u>？☑曰：衰以九分斗一。（《嶽麓秦簡貳・數》150）

語譯：有十節竹子，最上的一節盛一斗，最下的一節盛兩斗，問該竹的每節相差為多少？答：每節差別是九分之一斗。「衰」相當於等差數列的公差，此題是求等差數列公差的問題[註32]。

四、作定語

疑問代詞作定語主要是用來限制或修飾中心語，中心語一般是名詞或名

〔註32〕肖燦：《嶽麓書院藏秦簡〈數〉研究》，長沙：湖南大學博士學位論文，2010 年，第76 頁。

詞性詞語。「幾何」最常用，「何若」「何如」也有充當定語的情況，但不如「幾何」常見：

（42）三人共以五錢市，今欲賞（償）之，問人之出<u>幾可（何）</u>錢？得曰：人出一錢三分錢二。（《嶽麓秦簡貳‧數》202）

語譯：三人交易共花費五錢，現要分配錢數，問每人應出多少錢合理？答：每人出一又三分之二錢。

（43）〔或（又）〕復問毋（無）有，幾籍亡，亡及逋事各<u>幾可（何）</u>日？遣識者當騰騰，皆爲報，敢告主。（《睡虎地秦簡‧封診式》14）

語譯：再詢問還有什麼問題，有幾次在簿籍中記錄逃亡，逃亡和逃避官府役使各多少天，派遣瞭解情況的人（去執行），應當移送文書的移送文書，（將情況）全部回報，謹告負責人。

（44）鄰有短褐而欲竊之，捨其粱肉，鄰有糠糟而欲竊之。此為<u>何若</u>人？（《墨子‧公輸》）

語譯：這個是怎麼樣的一個人？

五、作狀語

出土與傳世的戰國語料中有 7 個複音疑問代詞較常用來作狀語（共 90 例），這 7 個中以「若之何」「如之何」「若何」「奈何」所占頻率較高。作狀語的疑問代詞位置多數都是位於中心語之前，而位於中心語之後的則未見，如前引例（16）至（17）的「若之何」「如之何」。例如：

（45）君必不已，則繇（由）亓（其）杲（本）虖（乎）？臧（莊）公曰：爲和於邦<u>女（如）之可（何）</u>？（《上博楚簡四‧曹沫之陳》20）

語譯：莊公問：想要國家高度凝聚團結要怎麼樣做？

趄（桓）公或（又）翻（問）於竻（管）中（仲）曰：中（仲）父，埶（設）承（丞）<u>女（如）之可（何）</u>？立楠（輔）<u>女（如）之可（何）</u>？（《清華楚簡陸‧管仲》6）

語譯：選材設置職官應該怎麼做？確立輔助治理國家的大臣應該怎麼做？

綜上所述，這 13 個複音疑問代詞的句法功能可以用下表顯示。

表 3-8　複音疑問代詞句法功能用例數量統計表（單位：例）

功能 代詞	主語		一般謂語		動詞賓語		介詞賓語		定　語		狀　語		分　計	
	出	傳	出	傳	出	傳	出	傳	出	傳	出	傳	出	傳
何如	6	0	14	163	0	7	0	0	0	4	3	7	23	181
何若	0	0	5	18	0	1	0	0	0	3	0	0	5	23
曷若	0	0	0	2	0	0	0	0	0	0	0	0	0	2
胡如	0	0	0	1	0	0	0	0	0	0	0	0	0	1
奚如	0	0	6	8	0	1	0	0	0	0	0	0	6	9
奚若	0	0	13	7	0	1	0	0	0	0	0	0	13	8
如何	0	0	11	25	0	0	0	0	0	0	0	1	11	26
如之何	0	0	6	24	0	2	0	0	0	0	0	14	6	39
如台	0	0	7	0	0	0	0	0	0	0	0	0	7	0
若何	0	0	0	75	0	0	0	0	0	0	0	15	0	90
若之何	0	0	0	70	0	0	0	0	0	0	0	35	0	105
幾何	2	0	24	25	16	21	2	0	8	1	0	1	52	48
奈何	0	0	1	103	0	45	0	1	0	0	0	14	1	163
分計	8	0	87	521	16	78	2	1	8	8	3	87	122	695
總計	8		608		94		3		16		90		819	

　　從上表可知，出土與傳世的戰國文獻複音疑問代詞的句法功能單一，規律如下：1.主要充當一般謂語，並且一律不前置。2.較常用作狀語、動詞賓語（一律後置），比較少見的是充當介詞賓語（一律後置）的情況；3.充當定語、主語的用法不常見，充當主語的例子只見於秦簡語料。因此戰國漢語中的複音疑問代詞都是謂詞性的。

第七節　異同辨析

　　據 3-7、表 3-8 呈現的資料，對出土與傳世的戰國漢語中的複音疑問代詞，我們可得出兩點認識：（一）在語義功能上，主要詢問性狀或者詢問方法；（二）在句法功能上，這些複音疑問代詞是謂詞性的。

　　上述疑問代詞存在的區別性特徵，我們將從詢問功能、非疑問功能、句法功能以及使用頻率等角度來分析。需要說明的是由於數量疑問代詞「幾何」的詢問功能、句法功能等相對單一，「幾何」主要功能是詢問數量，因此本文不將「幾何」作為與其他複音疑問代詞一起討論。為了便於論述，擬將 12 個複音疑

問代詞分為三組進行論述：

第一組：「何如」「何若」「曷若」「胡如」「奚如」「奚若」，這組的疑問代詞中「何若」「曷若」「胡如」「奚如」「奚若」都不具有非疑問功能，不能用於問原因，只有「何如」具有虛指用法，出土與傳世文獻都有用例，並且「何如」可用於詢問原因，但不常用。「奚如」「奚若」的主要用於詢問性狀，兩者區別是：「奚如」詢問功能比「奚若」要多一種，「奚如」還能用於問方法，「奚若」是專職用於問性狀的疑問代詞。「何如」「何若」能作定語，「何如」還能作狀語，而「曷若」「胡如」「奚如」「奚若」不能作定語並且不能作狀語。「何如」使用頻率最高，主要用於詢問性狀與方法。「曷若」「胡如」使用頻率最低，只見於傳世文獻。

第二組：「如何」「如台」「若何」「奈何」，這組的疑問代詞中只有「若何」「奈何」具備非疑問功能，其中「奈何」具有兩種非疑問功能，「若何」只具備一種的非疑問功能（表感歎）。「奈何」表虛指是有條件的，即限於否定句，「奈何」的否定詞一般是「無」「未」「不」，否定副詞後面常跟助動詞「可」。「如何」「如台」不見非疑問功能，「如台」作為性狀疑問代詞來源古老，戰國以後消亡。「奈何」的句法功能強大，能作謂語、賓語、狀語。「如何」「若何」只限於充當謂語、狀語。問性狀與方法的疑問代詞「如何」其使用頻率不如「若何」高，方法疑問代詞使用頻率最高的是「奈何」。

第三組：「如之何」「若之何」，具備非疑問功能，但「如之何」具有兩種非疑問功能，「如之何」與「奈何」類似，表虛指的功能限於否定句中，「如之何」主要用於詢問方法。「若之何」與「如之何」最明顯的區別是「若之何」只具備表感歎的非疑問功能，並且詢問原因與方法的「若之何」使用頻率都明顯比「如之何」要高，方法疑問代詞「如之何」使用頻率僅次於「奈何」。「如之何」句法功能比「若之何」要強大，能作動詞的賓語。

第八節　小　結

（一）疑問代詞發展到戰國時代複音化趨勢十分明顯。詢問功能主要集中在詢問性狀、方法、原因以及數量 4 種。（二）複音疑問代詞表達形式多樣化，以及同一種疑問功能具有多種形態。再次證明「一種功能出現多種形式，一種形式也出現了多種功能」的命題。（三）部分複音疑問代詞具備非疑問功能，包

括表虛指的「何如」「幾何」「奈何」「如之何」，以及表感歎的「奈何」「若之何」「何如」「如之何」「若何」及「幾何」。具有非疑問功能的疑問代詞，其產生原因是句子的語氣類型發生向陳述或感歎類別的轉移。（四）清華楚簡保留了「如台」這個古老的性狀疑問代詞，「如台」的使用頻率低。同時代的傳世文獻不見用例，並且從古書流傳中可知「如台」在漢代已經被「奈何」替換。每一個時代，都有大量新產生並流行的疑問代詞，而原有疑問代詞也有自己的命運或在功能上繼續擴充或在人們的口語中消亡。

第四章　出土戰國文獻疑問副詞研究

本章提要：疑問副詞指的是用於疑問句中，表疑問、反詰以及測問的語氣副詞。在出土戰國文獻及西漢簡帛戰國古書中的疑問副詞中以單音的為主，疑問副詞性結構僅有少數幾個。它們分別是表反詰的疑問副詞「豈（幾），其 1，庸，寧，獨」及副詞性結構「何不，胡不，曷不，何必，不亦」等；最常見表測度語氣的疑問副詞「其 2」及副詞性結構「得無、無乃」等。總體而言，出土文獻中的疑問副詞以楚簡語料最具多樣性，秦簡的疑問副詞種類最少。

第一節　概　述

副詞不是從詞彙的角度劃分出來的類，而是從句法功能角度劃分出來的。一般而言，副詞的句法位置是充當狀語，可以位於句首或句中，而下節介紹的語氣詞則一般位於句中、句末，一般不充當句法成分。副詞可以修飾謂語動詞，可以與助動詞共現於謂語中心前，用於修飾或限制動詞。此外，副詞還可以獨用於句首。

研究上古漢語疑問語氣詞的學者已取得非常豐碩的成績，如趙長才（1998）、史金生（2003）、羅耀華（2008）以及谷峰（2016）等〔註1〕。谷峰

〔註1〕趙長才：《上古漢語「亦」的疑問副詞用法及其來源》，載《中國語文》，1998 年第 1 期，第 23～28 頁；史金生：《語氣副詞的範圍類別和共現順序》，載《中國語文》，2003 年第 1 期，第 17～31 頁；羅耀華：《揣測類語氣副詞主觀性與主觀化》，載《語

對不確定語氣副詞運用語用學分析近義副詞，用以區分它們的意義、構成方式等，這對我們研究出土文獻中測問語氣副詞的參考價值較大。研究簡帛的語氣副詞成果中也見到了若干博士學位論文，如：蘭碧仙（2012）、許名瑲（2013）以及熊昌華（2013）等〔註2〕，但在借鑒現代漢語語法理論方面這些博士論文都表現出明顯的不足，即分析方法陳舊，對疑問代詞與疑問副詞的兩個概念常常混淆不清。關於如何區分副詞與代詞問題，張宜生（2000）有專門研究，他認為確定漢語副詞的基本原則應該以句法功能為依據，以所表達的意義為基礎，具體可分為兩條〔註3〕：（一）凡是以替代功能或指稱功能為主的，同時也兼有限制、評注、修飾功能的，儘管有些不能充當謂語、定語及主賓語，仍然應該歸入代詞，如「這樣、那樣、這麼、那麼」。（二）凡是以限制、評注、修飾功能為主的，儘管兼有一定的指稱功能，但不能充當謂語、定語及主賓語的，應該認為已轉化為副詞了。如「何其、何等、每每、各各」。因此，從句法功能角度看，我們認為單音疑問詞「奚、焉（安）、何、曷、胡、奚」應該歸為疑問代詞，不應該看成是疑問副詞。上述的研究者之所以將疑問代詞看成疑問副詞，很大程度上是因為受到楊伯峻和何樂士（2008）《古漢語語法及其發展》指出「疑問副詞（即：奚、焉、安、何、曷、胡、奚）不充當句子的主語或賓語，而是用作狀語，表示『為甚麼、怎麼、反詰』」這句話的影響〔註4〕，將充當狀語的疑問代詞都劃歸到疑問副詞範疇。周生亞（2018）則認為：「這個理由（按，指上述楊何的觀點）是不能成立的，因為這樣就把詞類和其功能關係絕對化了，能作狀語的並非都是副詞。」〔註5〕周生亞的觀點是可信的。

疑問代詞是以稱代功能為主，儘管有些疑問代詞不常用於作核心句法結構（主語、謂語、賓語），但仍被看成是代詞；而疑問副詞，其主要功能是限制、

言研究》，2008 年 03 期，第 44～49 頁；谷峰：《上古漢語不確定語氣副詞的區分》，載《中國語文》，2016 年第 5 期，第 541～553 頁。

〔註2〕蘭碧仙：《出土戰國文獻副詞研究》，廈門：廈門大學博士論文，2012 年；許名瑲：《戰國簡帛副詞研究》，臺北：教育大學博士學位論文，2013 年，第 301 頁；熊昌華：《簡帛副詞研究》，重慶：西南大學博士學位論文，2013 年，第 197～222 頁。

〔註3〕張宜生：《現代漢語副詞的性質範圍與分類》，載《語言研究》，2000 年 01 期，第 54～56 頁。

〔註4〕楊伯峻，何樂士：《古漢語語法及其發展》，北京：語文出版社，1992 年，第 333 頁。

〔註5〕周生亞：《漢語詞類史稿》，北京：中國人民大學出版社，2018 年，第 469 頁。

評注、修飾而不是稱代是為主的功能。就目前所見到的出土語料而言，疑問副詞包括表疑問語氣、表測度語氣這兩類。具體而言，在出土戰國文獻及西漢簡帛戰國古書中表疑問的語氣副詞，最常見的形式有「豈（幾），其1，獨，寧，庸，盍」等形式，而最常見的表測度語氣的副詞則有「其2」及副詞性結構「得無、無乃」等形式。

綜上所述，目前對已公佈的全部出土戰國文獻及西漢簡帛戰國古書疑問副詞語義功能和語用特徵以及相關問題研究，還有待進一步深入探討。

第二節　數量與頻率

我們依據前文的標準,本節詳細統計了出土戰國文獻及西漢簡帛戰國古書語料中疑問副詞、副詞性結構及兼詞的種類、分佈以及使用頻次。疑問副詞及副詞性結構一般包括了表反詰語氣、表測度語氣兩類。1.表反詰語氣的疑問副詞有「豈，其1，庸，寧，獨」等；表反詰語氣的副詞性結構有「豈庸，何不，曷不，胡不，何必，不亦」等；表反詰語氣的兼詞僅有一個「盍」；2.表測度語氣的疑問副詞有「其2」；表測度語氣的副詞性結構有「得無，無乃」兩個。其具體使用頻次，詳見下表。

表 4-9A　出土戰國文獻及西漢簡帛戰國古書疑問副詞頻次統計表[註6]
（單位：例）

疑問副詞	文獻	秦簡	晉金文	楚簡	漢簡帛	總計	
表反詰	豈（剴、敱、敿、戫、豐）	1	0	30	12	43	67
	豈（幾）	0	0	14	10	24	
	其1	1	2	8	2	13	
	庸（甬）	0	0	6	1	7	
	寧（𡩋）	1	0	3	0	4	
	獨	1	0	0	1	2	
表測度	其2（亓、丌）	0	0	17	11	28	
總計		4	2	78	37	121	

[註6] 包括了表示疑問的副詞性結構。有學者認為「何不，何必，不亦」等已是疑問副詞或複音疑問副詞，我們不這麼看，「何不，何必，不亦」等應該看成副詞性結構或短語較科學。

表 4-9B　出土戰國文獻及西漢簡帛戰國古書副詞性結構〔註7〕及兼詞
　　　　統計表（單位：例）

疑問結構	文獻	秦　簡	晉金文	楚　簡	漢簡帛	總　計
表反詰	豈庸	0	0	1	0	1
	何（曷）不	1	0	4	8	13
	胡不	0	0	1	1	2
	何必	0	0	6	0	6
	不亦	0	0	4	0	4
	兼詞「盍」	0	0	5	0	5
表測度	得無	28	0	0	1	29
	無乃	0	0	8	0	8
總計		29	0	29	10	68

由上表可知，出土戰國文獻及西漢簡帛戰國古書中的疑問副詞、副詞性結構及兼詞「盍」的分佈規律如下：

（一）楚簡語料中疑問副詞種類多，使用頻次最多。其中單音疑問副詞有「豈（幾），其1，寧（盇），庸（甬），其2（亓、丌）」五個；副詞性結構有「豈庸、無乃、不亦、何不、胡不、何必」六個及兼詞有「盍」一個。

（二）西漢簡帛戰國古書中的疑問副詞種類數量居中，頻率較高。但總體使用頻率明顯不如楚簡。其中單音疑問副詞有「豈（幾），其1，庸（甬），其2（亓、丌）」四個；副詞性結構有「得無、何不、胡不」三個。

（三）秦簡、晉系語料中的疑問副詞明顯不如前兩者，秦簡的單音疑問副詞有「豈、其1、獨、寧（盇）」四個，副詞性結構有「得無、何不」兩個。

（四）由於秦簡語料的文體限制，對話性的文體較少，而文書類的語料文本量較大，這些文書類的文本相對較缺乏使用多種語氣表達的情況，在書信類秦簡中見到 28 例表示測問的疑問副詞性結構「得無」。

〔註7〕我們在里耶秦簡 12～10 號簡文中發現一例「曷弗」反詰問的用例，因此將此例計入「何不」詞目。參考游逸飛，陳弘音：《里耶秦簡博物館藏第十至十六層簡牘校釋》，載《法律史譯評》（第四卷），上海：中西書局，2017 年，第 1～27 頁。

第三節　反詰疑問副詞

一、豈

表反詰語氣的副詞「豈」，秦簡、西漢簡帛及傳世文獻常用「豈、幾」字表示，而在戰國楚簡中則常常借用「剴、散、剴、戠、豊、幾」等字來記寫。反詰語氣副詞「豈」頻繁地使用於假性反問句中。據統計語氣副詞「豈」有80例，占疑問副詞總數的40.82%。其中「幾」，音「qǐ」，我們認為它與「豈」是音近互通，它們都記錄表示反詰語氣的副詞「豈」，周生亞也認為「豈、幾」均是「見」組字，可以替代使用〔註8〕。本文認為是可信的。

以下是我們在出土戰國文獻及西漢簡帛戰國古書中找到的帶有反詰疑問副詞「豈」及其通假的用例：

（1）方惟曰：善哉！君天王之言也。雖臣死而又生，此言弗又可得而聞也。湯曰：善哉！子之云也。唯（雖）余孤之與卡＝（上下）交，剴（豈）敢以衾（貪）毀（舉）〔註9〕？如幸余聞於天威，朕惟逆順是圖。（《清華楚簡伍・湯處於湯丘》11）

語譯：湯對方惟說：雖然我多次屈尊與小臣談論國事，我怎麼敢貪得無厭而興兵伐夏？

（2）〔孔〕子見季桓子。季桓子：斯聞之，蓋賢者是能親☒親仁，親仁者是能行聖人之道。如親仁、行聖人之☒道，則斯不足，剴（豈）敢訨（望）之？如夫見人不厭，聞禮不倦，則☒斯中心樂之。（《上博楚簡六・孔子見季趄子》1＋4＋20）〔註10〕

語譯：孔子觀見季桓子。季桓子說：我曾經聽說過您的大道，賢者如能親近仁德，親近仁便是能行聖人之道的。假如親仁、行聖人之道都做不到，我們又怎麼敢把國家交託給他？

（3）☒曰：譬不奉쬟，不味酒肉，☒不飤（食）五穀，罜（擇）尻（處）危杆（岸），剴（豈）不難虖（乎）？（《上博楚簡六・孔子見季趄子》13＋14）

語譯：不食五穀，選擇水邊高低居處，難道做到這些不難嗎？

〔註8〕周生亞：《漢語詞類史稿》，北京：中國人民大學出版社，2018年，第469頁。

〔註9〕陳偉將全句讀作：「唯余孤之與上下交，豈敢以衾矝歟？」讀「衾」為「矝」，驕傲義。讀「毀」為「歟」。

〔註10〕有學者釋文作「夫子曰：與虐之民，衣服好禮□□未足，孰敢譙之？」

（4）〔觸龍〕曰：此其近者，禍及其身，遠者及其孫。剴（豈）人主之子侯，則必不善弋（哉）？位尊而无功，奉厚而无勞，而挾重器多也。（《帛書戰國縱橫家書·觸龍見趙太后章》）

語譯：觸龍說：這些人近的本身遭禍，遠的子孫遭禍。難道君主的兒子做侯的就一定不好嗎？因為他們地位高而並未建功，俸祿多而並無勞績，並占有許多寶物啊。

（5）子曰：隹（惟）孚＝（君子）能肝（好）亓（其）匹，少（小）人敓（豈）能肝（好）亓（其）匹？（《上博楚簡一·紂衣》21）

語譯：孔子說：只有君子能愛好與其具有相當德能的人，而小人哪裡會真的愛好與其同類的人呢？

（6）公曰：義（儀）父！以不敎（穀）之攸（修）遠於君，可（何）爭而不好，辟（譬）之女（如）兩犬縣（夾）河致（啜）而㹜（狀），敓（豈）㥈（畏）不跤（足），心則（惻）不裕？救兄弟以見東方之者（諸）侯！敓（豈）曰奉晉軍以相南面之事？（《清華楚簡陸·子儀》7-19）

語譯：譬如兩犬到河邊飲水又相互漏出犬牙並且相互吠叫，難道是擔心河水不夠多導致的嗎？不足的祇是其心即彼此的內心不夠寬容而已。難道去侍奉晉軍來輔助晉國稱霸天下？

（7）子義（儀）曰：君欲汽（氣）丹王之北旻（沒），迵（通）之于虐（殽）道，敓（豈）子孫＝（子孫）若？臣亓（其）遻（歸）而言之。（《清華楚簡陸·子儀》14＋20）

語譯：子儀說：秦公您準備弄乾被丹、王二水淹沒的北部之地，以聯通殽山的道路，難道不是希望對我們兩國子孫諸事順利如意？所以我回去要告訴楚人。

（8）走（上）者亓（其）走（上），下者亓（其）下，酒（將）尾（度）以為齒，敓（豈）能肙（怨）人？亓（其）勿氏（是）是難。（《清華楚簡捌·邦家處位》6-7）

語譯：貢賦之物該上交國家便上傳，該下發頒賜則下撥。國家庫藏之出入將依法行事，都根據國家法令作為原則，處下位的人怎麼能埋怨別人？也不要以此為艱難〔註11〕。

〔註11〕 或語譯：上位者有上位者的行為，下面人有下面人的工作，二者是有分寸、有秩序的。怎麼能夠怨天尤人，這不是令人為難嗎？

（9）小民而不知利政，乃謂良人出於無度。人用必納貢，乃能有度。既備（服）納貢，政是道（導）之，<u>戠（豈）</u>或（又）求諆（謀）？（《清華楚簡捌·邦家處位》10-11）

語譯：天下臣民服牛乘馬，引重致遠，勞作以納貢賦。如果國家有好的政策引導，小民難道還會爲避苛政尋求逃亡之類謀劃嗎？〔註12〕

（10a）公乃訋（召）子軶（犯）、子余（餘）曰：二子事公子，句（苟）聿（盡）又（有）心女（如）是，天豐（豈）愳（謀）褙（禍）於公子？乃各賜之鐱（劍）繻（帶）衣常（裳）而歎（膳）之，思（使）還。（《清華楚簡柒·子犯子餘》6＋7）

語譯：上天難道要有意安排加禍給重耳公子嗎？

陳偉（2017）不讚成原考釋將例（10a）中的「天豈謀禍於公子？」理解成疑問句的觀點。陳文引例（10b）作為例證：

（10b）若寡人得沒於地，<u>天其以禮</u>悔禍於許？無寧茲許公復奉其社稷〔註13〕。（《左傳·隱公十一年》）

陳文認為「愳」當讀為「悔」，「豐」讀為「禮」，其前應脫寫「其以」之類文字，或者「天禮」可有「天以禮」之意。按陳偉的觀點，此例則當看成真性是非問句。

（11）夫子唯（雖）又（有）與（舉），女（汝）蜀（獨）正之，<u>幾（豈）</u>不又（有）怇（匡）也？（《上博楚簡三·仲弓》1）

語譯：孔子說：政，就是正。縱然季桓子有所舉措，你個人可以督正他，不也就是有所匡正了嗎？

（12）孔子曰：由丘觀之，則美言也已。虔（且）夫鷇（列）含（今）之〔先〕宛（世），三代之遳（傳）叀（史），<u>幾（豈）敢</u>不呂（以）亓（其）先＝（先人）之遳（傳）等（志）告。（《上博楚簡五·季庚子問於孔子》14）

語譯：孔子答：從我來看，這句話說得漂亮呀！況且列舉當今之時代，三代以來的傳紀歷史，怎能不把祖先留下來的遺言告知君上。

〔註12〕或語譯：人的選用，首先得通過選拔，也能奉行法度。被選拔之後，以政務作指導，這個難道不是謀發展嗎？

〔註13〕杜注云：「言天加禮於許而悔禍之」。楊伯峻注云：「謂天或者依禮撤回加於許之禍」。陳偉：《清華簡七〈子犯子餘〉「天禮悔禍」小識》，載《簡帛網》，2017年4月25日。

（13）嗟嗟君子，觀吾樹之容兮。幾（豈）不皆（偕）生，則☒不同可（兮）。謂群眾鳥，敬而勿集兮。（《上博楚簡八・李頌》1背）

語譯：桐木難道不是與眾木一起生長嗎？然而其質性卻大有不同。

（14）〔夫〕〔註14〕虗（吾）幾（豈）不智（知）才（哉）〔夫〕！周公曰：易，夫賤人剛恃而及（？）於刑者，有上賢☒（《信陽楚簡・竹書》1-14＋1-2）

語譯：……我難道不知道嗎？！周公說：申徒狄！地位低下的人剛愎自用以至於觸犯刑罰的，有德才超人……。

（15）佳（雖）阤（踐）立（位）豐彔（祿），虗（吾）幾（豈）忈（愛）□，女（如）亡（無）能於一官，則亦母（毋）彌（弭）女（焉）。（《清華楚簡捌・治邦之道》19）

語譯：雖然登上高位享受極大的權位，我難道是貪戀（權勢富貴嗎）？如果沒有一官之能的人能勝任一官職位，有一官之能的人，國家官位國家俸祿費耗其位其祿。言外即不會予無能。

（16）古（故）求善人，必從身訋（始），詰亓（其）行，攴（變）亓（其）正（政），則民改（改）。皮（彼）善與不善，幾（豈）有亙（恆）穜（種）才（哉）？唯上之流是從。（《清華楚簡捌・治邦之道》7-8）

語譯：品行高潔者與品行不高者難道是天生注定的嗎？

例（16）是典型的反問句，戰國以後的時代中不僅句式相當凝固，而且在句義上將矛頭直指權貴的王侯帝王。這類假性反問句表達了說話者在否定人的身份、地位與人的能力直接對應起來，問話者的意圖是人才的選拔完全要以其能力來作為衡量的標準〔註15〕。

（17）今二三夫＝（大夫）畜孤而乍（作）女（焉），幾（豈）孤丌（其）欨（足）為免（勉），归（抑）〔註16〕亡（無）女（如）吾先君之惥（憂）可（何）！（《清華楚簡陸・鄭武夫人規孺子》17＋18）〔註17〕

〔註14〕「夫」字據李零意見補。李零：《簡帛古書與學術源流》，北京：三聯書店，2008年，第193頁。

〔註15〕劉國忠指出清華簡《治邦之道》作者在此處否定了人的身份、地位與人的能力有直接的對應關係，主張人才的選拔完全要以其能力來作為衡量的標準。劉國忠：《清華簡〈治邦之道〉初探》，載《文物》，2018年第9期，第41～45頁。

〔註16〕抑：猶然也。裴學海：《古書虛字集釋》，北京：中華書局，1954年，第206頁。

〔註17〕或語譯：現在諸位舊臣養著我，卻有所不安，這不止足以讓我被廢免，恐怕也無法應對先君的憂慮吧。子居：《清華簡〈鄭武夫人規孺子〉解析》，載《中國先秦史網

語譯：此句是謙辭。說諸大夫能遵順孺子的意志行事，足以勉勵孺子自己，但仍不能使已故的先君無憂。

整理者指出例（17）中的「畜孤而作」意謂順服君命行事。

（18）臣竊以事觀之，<u>秦幾（豈）夏（憂）趙而曾（憎）齊弋（哉）</u>？欲以亡韓、呻（吞）兩周，故以齊餌天下。（《帛書戰國縱橫家書·蘇秦獻書趙王章》）

語譯：秦難道擔憂趙國而憎怨齊國嗎？

（19）今胃（謂）楚強大則有矣，若夫越趙、魏，關甲於燕，<u>幾（豈）楚之任弋（哉）</u>？非楚之任而為之，是敝楚也。（《帛書戰國縱橫家書·虞卿謂春申君章》）

語譯：如今說楚強大是確實的，要是越過趙、魏和燕國作戰，哪裡是楚國所能勝任的呢？楚國不能勝任卻要去攻打燕國，這是使楚國疲憊啊。

（20）古之所謂曲全者，<u>幾（豈）</u>語邪？誠全歸之也。（《漢簡老子·下經》）

語譯：古人所說的「委曲反能保全」，難道說的是空話嗎？確實做到周全，就會回歸於道。

（21）審民能，以賣（任）吏，非以官祿夬助治。不賣（任）其人，及官之敔<u>豈</u>可悔？（《睡虎地秦簡·為吏之道》9-10Ⅴ）〔註18〕

語譯：審察百姓的能力來給予他們職務，不是讓他們享受官祿，而是要他們助理政事。用人不當，等到官員作亂時怎麼可以後悔呢？

（22）〔蘇秦自齊獻書於燕王曰：〕臣秦拜辭事，王怒而不敢強。勺（趙）疑燕而不功（攻）齊，王使襄安君東，以便事也，臣<u>豈</u>敢強王哉？齊勺（趙）遇於阿，王憂之。（《帛書戰國縱橫家書·蘇秦自齊獻書於燕王章》）

語譯：臣怎麼敢強迫燕王呢？

（23）〔蘇秦自趙獻書於齊王曰：〕先為王絕秦，摯（質）子，宦二萬甲自食以功（攻）宋，二萬甲自食以功（攻）秦，韓、粱（梁）<u>豈</u>能得此於燕哉？（《帛書戰國縱橫家書·蘇秦自趙獻書於齊王章一》）

站》，2016年6月7日；有網友指出：此例是陳述句而非問句，其後當標句號。此字讀為「豈」不可信，初步推測其意相當於「庶幾」。幕四郎：《清華簡六〈鄭武夫人規孺子〉初讀》，載《簡帛網》，2016年6月。
〔註18〕「敔」整理者訓為「亂」。本例講的是根據百姓的能力來任人。參考睡虎地秦墓竹簡整理小組：《睡虎地秦墓竹簡》，北京：文物出版社，1990年，第172～173頁。

·99·

語譯：韓、魏怎麼能向燕國得到好處呢？

總體而言，疑問副詞「豈」一般用於修飾謂語動詞，位於謂語前作狀語。疑問副詞「豈」後面可以接動詞性謂語、也可以接名詞性或形容詞性謂語，也可以在介詞短語前作狀語。

當疑問副詞「豈」的主語是由第一人稱代詞「吾」與之搭配使用時，「豈」往往位於主語與謂語中心之間，如上引例（14）「吾豈不知哉夫」與例（15）「吾豈愛□」。當「豈」的主語是名詞性或謙稱詞語時，疑問副詞「豈」既可以在主語前，也可以在主語與謂語之間。如上引例（17）「豈孤其足為勉」例屬於副詞在主語前。例（5）「小人豈能好其匹」，例（18）「秦豈憂趙而憎齊哉」屬於副詞在主謂之間。

另外，疑問副詞「豈」後面常與助動詞「敢、能、可」等共現。「豈」所在的反問句句末常常用語氣詞「乎、哉、邪、夫哉」等共現，用於強化反詰的語氣。

二、其 1

表反詰的疑問副詞「其 1」在楚簡中最常見，秦簡、晉金文以及西漢簡帛中的戰國古書等語料也有發現，但用例相對較少。周生亞（2018）認為「其 1」應是「豈」的一音之轉，均是「見」組字，都是原詞「豈」的變寫形式，兩者可以替代使用〔註19〕，本文不同意這種看法。「其 1」與「豈」應該是兩個詞〔註20〕，不能看成是一個詞。疑問副詞「其 1」常用於謂語前作狀語，表測度問或反詰問兩種語氣。「其 1」常與句尾語氣詞共現，一般譯為「難道」或不譯。例如：

（24）孤亓（其）率越庶姓，齊劉同心，以臣事吳，男女服。三（四）方者（諸）侯亓（其 1）或敢不賓于吳邦？（《清華楚簡柒·越公其事》6）

語譯：句踐帶領越國的百姓，齊心協力，臣服吳國。越國以及四方諸侯國難道有膽敢不臣服於吳國的嗎？

（25a）中（仲）尼：夫殹（賢）才不可弄（掩）也。嬰（舉）而（爾）所督（知），而（爾）所不督（知），人亣（其 1）緣（舍）之者（諸）？（《上博楚簡三·仲弓》10）

〔註19〕周生亞：《漢語詞類史稿》，北京：中國人民大學出版社，2018 年，第 468～469 頁。
〔註20〕何樂士：《古代漢語虛詞詞典》，北京：語文出版社，2006 年，第 298 頁。

語譯：別人難道會捨棄嗎？

（25b）〔仲弓〕曰：焉知賢才而舉之？曰：舉爾所知；爾所不知，人其₁舍諸？（《論語·子路》）

語譯：別人難道會捨棄嗎？

（26a）此易言而難行旃（也），非恁（信）與忠（忠），其₁隹（誰）能之？其₁隹（誰）能之？隹（唯）虗（吾）老賈，是（實）克行之。（《集成·中山王𧊝鼎》02840）

語譯：這事說易行難啊！如果不是誠信與忠心，誰能做到？誰能做到？！唯獨我的國老，確實能做到這點。

（26b）且行千里，其₁誰不知？（《左傳·僖公三十二年》）〔註21〕

語譯：況且千里行軍，難道有誰會不知道嗎？

三、庸（甬）

「庸」作疑問副詞，通常情況下用於謂語前，作狀語，有時與其近義的副詞「豈」連用，加強反詰語氣，句末一般不帶語氣詞。可譯為「哪裡」「怎麼」等。疑問副詞「庸」主要見於楚簡語料，傳世戰國文獻也有用例，都不多見。例如：

（27）〔孫文子〕見蘧伯玉，曰：君之暴虐，子所知也。大懼社稷之傾覆，將若之何？〔蘧伯玉〕對曰：君制其國，臣敢奸之？雖奸之，庸知愈乎？（《左傳·襄公十四年》）

語譯：即使冒犯了他，如果我們再次另立國君，難道就一定比這個君主要好嗎？

（28）毀（舉）天下之复（作）也，無不旻（得）亓（其）惡（極）而果述（遂）。甬（庸）或旻（得）之，☐。（《上博楚簡三·互先》12）

語譯：天下的人們的作為，衹要不違反自然之道，就會各得其所，哪裡有什麼得呢？天下的人們的作為，都依循自然之道而各得其所、成其功，哪裡有什麼什麼失呢？

（29）毀（舉）天之事，自复（作）為，事甬（庸）已（以）不可賡（續）

也？（《上博楚簡三‧亙先》7）

語譯：所有出於「天」的事都是自然發生的，有什麼是不能延續的呢？

（30）嬰（舉）天下之乍（作），強者果天下之大乍（作），元（其）竊彤不自若乍（作），甬（庸）又（有）果與不果？（《上博楚簡三‧亙先》10＋11）

語譯：天下所有的作為，其中的大作為都由強者包辦了。其實強者也是糊裡糊塗不是完全由自己規畫完成的，如果是完全由自己規畫的，那有什麼完成不完成呢？

（31）晏子曰：將庸何歸！門啟而入。（《銀雀山漢簡晏子》十二）

語譯：晏子說：打算歸向哪裡呢？

（32）今我道逾（路）攸（修）隥（險），天命反旲（側）。歖（豈）甬（庸）可智（知）自旻（得）？（《清華楚簡柒‧越公其事》13）

語譯：如今我們面前的道路漫長並且兇險，天命無常，難道我們在哪裡能預知能取得勝利嗎？

上引（32）中的「豈」與「庸」連用，屬於較罕見的反詰語氣同義連用現象。構成副詞性結構「豈庸」，可譯為「怎麼、難道」，用於謂語前作狀語，表達的反詰語氣比單用「豈」或「庸」更為強烈。在傳世戰國語料中，這種副詞性結構「豈庸」還見不到用例。傳世戰國語料中與「豈」構成的副詞性結構一般有「豈遽」「豈鉅」「豈渠」「豈其」「豈況」等〔註22〕。

四、寧（甯）

傳世戰國文獻表反詰的疑問副詞中使用頻率最高的是「豈」與「寧」，而在戰國楚簡語料，疑問副詞「寧」則用例較少。例如：

（33）公乃翁（問）於蹇叔曰：叔，昔之舊聖哲人之敷政命刑罰，事衆若事一人，不穀余敢聞其道奚如？猷叔是聞遺老之言，必當語我哉。甯（寧）孤是勿能用？卑（譬）若從雛（雉）肰（然），虞（吾）尚（當）觀元（其）風。邗（蹇）弔（叔）會（答）曰：凡君斋＝（之所）翁（問）莫可翁（聞）。（《清華楚簡柒‧子犯子餘》9-10）

語譯：秦穆公向蹇叔請問：蹇叔啊！上古舊哲聖人之道，請蹇叔將所見所

〔註22〕何樂士稱為「慣用詞組」，參考何樂士：《古代漢語虛詞詞典》，北京：語文出版社，2006年，第304～305頁。

聞盡數傳授給自己怎麼樣？即便自己不能盡數運用蹇叔所傳的治國理政之道，
譬如人去追逐雉雞那樣，雖然追趕不上，我也應可以對上古舊哲聖人之道教化
風流略懂一二。

（34）母（毋）乍（措）手止，殆於爲敗，者（胡）盇（寧）君是又（有）
臣而爲埶（設）辟（嬖）？幾（豈）旣臣之隓（獲）皋（罪），或（又）辱虐
（吾）先君，曰是丌（其）聿（盡）臣也？（《清華楚簡陸・鄭武夫人規孺子》
15）

語譯：國家近於陷入混亂，大臣們手足無措。什麼原因國君有了我們謀士
大臣卻把臣屬當作近侍內寵呢？難道等到我們獲罪之時，又來羞辱已故君上，
說這就是他的忠臣嗎？

（35）寧見子〔般，不〕見子〔湛〕？（《北大秦簡・木觚》1）

語譯：難道你寧見子般，卻也不見子湛？

陳偉指出例（34）「胡寧君是有臣而爲設嬖」中的「胡」表強烈質問的語
氣。「胡寧君」應該連後文讀，意思是說「爲什麼君主有我們這些臣子卻被看
作是嬖嬖呢？」

我們認為，代詞「胡」與副詞「寧」由於經常搭配使用，久而久之則凝固
化成爲副詞性結構「胡寧」。一般情況下，「胡寧」常用於複句中的第二個分句
句首，表達問話人因事態違反了自己的預期，並對預料之外事件的感到不解。
近義的疑問副詞連用之時，往往是疑問語氣強的副詞在疑問語氣較弱的之前，
這類用例出土戰國文獻及西漢簡帛戰國古書中較少出現。

五、獨

疑問副詞「獨」僅出現在北大秦簡與漢簡《晏子》個別篇章。通常情況下，
疑問副詞「獨」與否定副詞連用，位於動詞謂語前作狀語，其句末用表疑問的
語氣詞「乎、與」，今譯爲「難道不……嗎」「偏偏、單單是……嗎」。例如：

（36）公子從（縱）不愛牽之身，獨不愧（懷）虜（乎）？（《北大秦簡・
公子從軍》9）

語譯：夫君縱使不疼惜牽的身體，難道就沒有一絲毫的哀憐我嗎〔註23〕？

〔註23〕或語譯：公子即使不愛牽的身子，難道不慚愧嗎？如作這樣解釋，則牽實在是在譴
責公子。

獨：難道。

（37a）崔杼果式（弒）壯（莊）公，晏子立於崔子之門，從者曰：何不死乎？晏子曰：<u>獨吾君輿（與）</u>？吾死也！（《銀雀山漢簡晏子》十二）

（37b）崔杼果弒莊公，晏子立崔杼之門，從者曰：死乎？晏子曰：獨吾君也乎哉！吾死也！曰：行乎？曰：<u>獨吾罪也乎哉</u>！吾亡也！（《晏子》）

語譯：侍從問：為什麼不能追隨國君赴死？晏子答：難道祇是我一人的國君嗎？如是的話我就立死。

下引例（38）中的「獨」，有人認為也是疑問副詞「獨」〔註24〕：

（38）上毋閒（間）阤〈卻〉，下雖善欲<u>獨</u>可（何）急？（《睡虎地秦簡·爲吏之道》7Ｖ＋8Ｖ）

語譯：下面的官員雖然善於涌發欲念〔註25〕，獨自著急又能如何？

我們認為例（38）中的「獨」應該是表示狀態的副詞，義為「單獨、獨自、暗自」，並沒有進一步虛化為表反問的疑問副詞。

六、副詞性結構「何不、胡不、何必、不亦」

疑問副詞性結構「何不、胡不、何必」中的「何」「胡」作為疑問代詞，其後與否定副詞「不」或肯定副詞「必」，組成疑問副詞性結構。而在現代漢語中則一般認為表示「為什麼、為什麼不」義的「何不、何必」已經是詞，看成是副詞的一類，如張斌（2001）、李行健（2010）等〔註26〕。我們認為戰國時代的「何不、何必」等結構還沒有發展成為一個詞。因為在出土戰國文獻中，我們還能看到「何故不」這類詢問原因的特指問句，例如：

（39）卂（訊）敬：今曰：諸有吏治已決而更治者，其罪節（即）重若益輕，吏前治者皆當以縱、不直論。今留等當贖耐，是即敬等縱弗論殹。<u>何故不</u>

〔註24〕蘭碧仙：《出土戰國文獻副詞研究》，廈門：廈門大學博士論文，2012 年，第 123 頁。

〔註25〕原整理者認為此句意為「居統治地位的人沒有漏洞」。間卻，即間隙。參考《睡虎地秦墓竹簡》整理小組：《睡虎地秦墓竹簡》，北京：文物出版社，1990 年，第 173 ～174 頁；陳偉等：《秦簡牘合集》（壹貳：釋文注釋修訂本），武漢：武漢大學出版社，2016 年，第 319 頁。

〔註26〕張斌：《現代漢語虛詞詞典》，北京：商務印書館，2001 年，第 234～236 頁；李行健：《現代漢語規範詞典》，北京：外語教學與研究出版社，2010 年，第 528～529 頁。

以縱論敬等，☐。（《里耶秦簡壹》8-1832＋8-1418＋8-1133＋8-1132）

語譯：爲何不以「縱」的罪名對敬等論罪？

很顯然「何不」是從疑問結構「何故不」（楚簡寫作「可古不」）發展而來的副詞性結構。由於這類詞組經常搭配使用於反詰句中，表達問話者對交際對象進行解說、勸誡，以希望達到交際對象同意問話者的主張。通常位於動詞及其詞組的前面，作狀語，下文將結合用例分析。

（一）何不、曷不、胡不

單音節的「何、胡、曷、奚」是近義疑問代詞，但在語義或語用方面仍然存在差異。在出土戰國文獻及西漢簡帛戰國古書中我們可以見到「何不」「曷不」「胡不」這類疑問副詞性結構，但未見「奚不」這種組合，這說明，疑問代詞與否定副詞組合是有自由程度的，其順序（降序排列）可能是：何＞曷＞胡＞奚。

（40）〔武夫人規孺子，曰：〕今是臣＝（臣臣），丌（其）可（何）不寶（保）？虘（吾）先君之棠（常）心，丌（其）可（何）不迖（遂）？（《清華楚簡陸・鄭武夫人規孺子》5）

語譯：如今這些效命君上的臣下，什麼原因不能保有其邦？已故先君志嚮常心，什麼原因不能繼承下來？

（41）〔蘇代謂燕王曰：〕然則王何不使辯士以如說說秦，秦必取，齊必伐矣。（《帛書戰國縱橫家書・謂燕王章》）

語譯：那麼燕王為什麼不差使辯士游說秦王說：秦必戰勝，齊必被秦拿下。

（42）〔蘇秦自趙獻書於齊王曰：〕粱（梁）、韓無變，三晉与（與）燕為王功（攻）秦，以便王之功（攻）宋也，王何不利焉？（《帛書戰國縱橫家書・蘇秦自趙獻書於齊王章》）

語譯：齊王還有什麼不利的呢？

（43）耆（胡）不弖（以）至（致）敓（命）？〔註27〕䎽（寢）尹曰：天加訛（禍）於楚邦，虘（吾）君邊（遠）出。（《上博楚簡九・邦人不稱》1）

語譯：為何不復命以幫助國君傳達命令呢？寢尹說：上天施加災禍給楚

〔註27〕整理者釋文作「……子虘，耆不弖（以）至敓（戡）」。戡：砍殺。參考馬承源：《上海博物館藏戰國楚竹書》（九），上海：上海古籍出版社，2012年，第242頁。

國，昭王出奔鄖都。……。

（44）氒（厥）辟𡉈（作）息（怨）于民＝（民，民）复（復）之甬（用）麗（離）心，我戠（捷）汱（滅）顕（夏）。今句（后）𥪥（曷）不藍（監）〔註28〕？執（摯）告湯曰：我克𤲬（協）我各（友）。（《清華楚簡壹·尹誥》2）

語譯：可是君王湯怎麼不明察這一點呢？

例（44）並不屬於出土戰國時代語言，這說明早於《尹誥》文本形成的時代（西周漢語）已出現「曷不」的反詰問用例，說明時至戰國應該還能見到用例。例如：

（45）廿六年六月癸丑，遷陵拔訊櫋（沅）蠻衿□。鞫之：越人以城邑反，蠻矜害（曷）弗智（知）□？（《里耶秦簡選釋》12-10）

語譯：始皇二十六年六月癸丑日，遷陵縣提取罪犯櫋、蠻、衿並審問。斷獄的鞫辭指出：越人盤踞城邑謀反，你們櫋蠻、矜蠻怎麼不知情呢？

陳松長指出例（45）中的「害」通「曷」，「曷」義同「何」，即「為何」「怎麼」的意思〔註29〕。「訊」即法庭調查階段，秦吏對該階段司法官的行事原則進行了專門規定。鞫：審問，查問。訊：即「潛訊」，深究盤問。「診問」環節：依據案犯的供述，有些信息尚需進行深入查證，就應通過診、問進行驗證。「問」是庭審過程不可缺少的重要環節。

如果整理者對例（45）的理解是正確的話，那麼可以說明「何（曷）不」在出土戰國文獻已是一個進入通用語的疑問副詞性結構，並且其存在時間較常。疑問代詞「曷」自西周漢語發展至戰國晚期，最遲至秦代仍用於詰問句，表達問話者對命題的不解與反駁交際對象的行為或觀點。

（二）何必

疑問副詞性結構「何必」，僅見於楚簡，有6例，表示「為什麼一定要」的意思，用反問語氣表示沒有必要，相當於「不必」。例如：

〔註28〕「不」上字整理者釋作「𥪥」，讀為「胡」。「胡」古音是魚部字，而「曷」、「𥪥」或「憲」都是月部字，因此我們認為「不」上字此例，讀為「曷」更合理。這句話是省略句，「監」後省略了「於茲」。參考李學勤：《清華大學藏戰國竹簡》（壹），上海：中西書局，2010年，第133頁。

〔註29〕陳松長：《湘西里耶秦代簡牘選釋校讀》（八則），載《簡牘學研究》，2004年第4輯，第25頁。

（46）與大剆（宰）迉（起）而胃（謂）之：君皆（偕）楚邦之牊（將）䣓（軍），㲋（作）色而言於廷，王事可（何）必三䣓（軍）又（有）大事？（《上博楚簡四‧柬大王泊旱》17＋18）

語譯：大宰離開席位對令尹說：您率領楚邦的將軍們，在楚王朝堂之上進諫力爭，王事一定是三軍有大事呢？

俞紹宏（2016）指出例（46）是以插敘方式回顧起令尹與太宰的辯論〔註30〕。太宰的言下之意是：「你和將軍們在朝廷上爭得面紅耳赤，難道衹是涉及國家安危的技事才是王事嗎？」意即，國家大旱也是大事，我因此向國家獻出我的除旱智謀。

（三）不亦

在出土戰國文獻中，疑問副詞性結構「不亦」表達委婉性的反詰，是假性是非問句，僅見於楚簡語料中，凡4例，「不亦」後一般修飾形容詞性謂語或動詞性謂語。例如：

（47）〔孔子曰：〕《䲭（鵲）楳（巢）》出呂（以）百兩，不亦又（有）䛆（儷）虖（乎）？（《上博楚簡一‧孔子詩論》13）

語譯：《鵲巢》知道迎以百兩、出以百兩，不但家世要相當，德行修養也要相當，這不就是儷偶之道嗎？

（48）〔孔子曰：〕反內（納）於豊（禮），不亦能攺（改）虖（乎）？（《上博楚簡一‧孔子詩論》12）

語譯：《關雎》篇……能夠由對美色的喜愛回歸到對禮的重視，這不就是能「改」嗎？

（49a）孔子退，告子貢曰：虗（吾）見於君，不昏（問）又（有）邦之道，而昏（問）枳（相）邦之道，不亦墊（悠）虗（乎）？（《上博楚簡四‧相邦之道》4）

語譯：這麼做不也是有過失吧？

（49b）魯侯不亦善於禮乎？（《左傳‧昭公五年》）

語譯：魯侯不也擅長禮法吧？

〔註30〕俞紹宏：《上海博物館藏楚簡校注》，北京：中國社會科學出版社，2016年，第225頁。

例（49a）對比例（49b），這類「不亦……乎」反問句是常用於表肯定的命題的一種固定格式。此例的反詰問用「不亦愆乎？」來表達譴責說話人命題的主語，也隱含著對現狀的焦急與無奈之情。

七、盍

楚簡語料「盍」有兩種用法：（一）兼詞「盍」。（二）疑問副詞「盍」。疑問副詞「盍」用法上只相當於「何」，兼詞和疑問副詞「盍」都用於詢問原因。

（一）兼詞「盍」

兼詞「盍」，也有學者看成是「合音詞」，歷代經師皆訓作「何不」，譯為「為什麼」「為什麼不」「何不」。「盍」常在謂語動詞前作狀語，「盍」所在的句子一般表達說話人強烈的建議，一般不容聽話者否認，反詰語氣較強。例如：

（50）子高：先君之子眾在外☐君之言怤（過），智（知）周，盍睪（擇）而立之，邦既又（有）王，母（毋）安（焉）窜（觀）虖（乎）？（《上博楚簡九·邦人不稱》6+7）

語譯：昭王夫人告訴葉公子高說：先君的小孩聚集在國外，……何不扶立其中一位，國家更有君王，這不是一件令人很再悅的事嗎？「盍」整理者釋文作「乘（？）」。

（51）用曰：自亓（其）又（有）保（寶）貨，盍又（有）保（寶）悳（德）？（《上博楚簡六·用曰》8）按，一說「自」是假設連詞。

語譯：自己能夠保守其財貨，何不保守其德行？

凡國棟（2007）將例（51）中的「盍」改釋作「窚」，認為「窚」是「寧」的異體字，他指出此句與中山王鼎銘「叚（與）其溺於人，寧溺於淵」的句式一致，都是強調後者更勝過前者的意思，句意在闡明保守德行的重要性。俞紹宏（2016）提出兩個看法〔註31〕：1.釋「盍」，訓為「何不」，句意則為：「如果有保貨，哪如寶德？」2.釋「寧」，訓為「寧願」「寧可」；「叚」「與」古音可通。中山王鼎銘「與其……寧」，語義上相當於「叚（與）其……不如」。因此簡文「自……寧」語義上也相當於「叚（與）其……不如」。句意則為：「與其保財貨不如保德行。」上述學者對辭例的文義理解大致是相同的。我們認

〔註31〕俞紹宏：《上海博物館藏楚簡校注》，北京：中國社會科學出版社，2016 年，第 401 頁。

為俞紹宏第一個意見可取，贊從「盍」訓為「何不」，而不必另尋通假方式以強解為「寧」。

（52a）武☐王聐（問）于師尚父，曰：不知黃帝、顓頊、堯、舜之道在乎？抑豈喪不可得而睹乎？師尚父曰：☐於丹書，王女（如）谷（欲）龐（觀）之，<u>盍祋（齋）虍（乎）</u>？將以書示。（《上博楚簡七‧武王踐阼》1-2）

（52b）師尚父曰：在丹書。<u>王欲聞之，則齊矣</u>。三日，王端冕，師尚父亦端冕，奉書而入，負屏而立。（《大戴禮記‧武王踐阼》）

語譯：太師尚父說：……在丹書，君上如果想看，何不齋戒呢？

例（52a）中的「王如欲觀之，盍齋乎」，比例（52b）中「王欲聞之，則齊矣」文段更符合武王與尚父的真實對話，今本《武王踐阼》似被漢儒改寫成了陳述句。

（二）疑問副詞「盍」

目前在出土的楚簡語料中，疑問副詞「盍」與「必」連成副詞性結構「盍必」，用於謂語前作狀語。「盍必」一般譯為「為什麼一定要」，例如：

（53）☐其左右相佡（頌）自善曰：<u>盍必死</u>？愈（偷）爲樂虍（乎）！古（固）死期將至，可（何）惥（仁）？（《上博楚簡六‧競公瘧》11）

語譯：<u>為什麼一定要尋死</u>？我們苟且行樂吧！

例（53）中的「盍必死，偷為樂乎」，梁靜、俞紹宏（2016）通讀為「蓋必死，偷為樂乎」，語譯作「大概人是一定要死的，我們苟且行樂吧！」

本文不同意上述兩位學者的理解。原因在於，若按其理解會出現兩處語義問題：1.「蓋必死」與下一句「故死期將至」，如果這句話一開始就討論「蓋必死（人必然會死亡的）」話題，似乎沒有必要下一句又以表因果或順承連詞「故」來重申「死期將至」云云。這麼說話不符合語用學的「經濟原則」。2.俞紹宏（2016）在「乎」後標句號，我們則認為「盍必死，偷為樂乎」無論怎麼破讀，「乎」所在的句子顯然是感歎意味的，應該標問號或感歎號為是。所以我們對例（53）的理解採用原考釋意見。

第四節　測度疑問副詞

在出土戰國文獻及西漢簡帛戰國古書中，表示推測、估量的疑問副詞有

「其 2」以及副詞性結構「得無、無乃」。「得無、無乃」的關係屬於近義副詞性結構，谷峰將這類疑問副詞命名為「不確定語氣副詞」〔註 32〕。

一、其 2

在出土戰國文獻及西漢簡帛戰國古書中，疑問副詞「其 2」亦寫作「亓、丌」，「其 2」是多功能詞，可以充當指示代詞、語氣詞、語氣副詞等。其中，表示疑問語氣副詞的「其 2」，譯為「大概」「恐怕」等。一般而言，「其 2」出現的測問句是表達客觀評價的情感，少數用例表達了負面消極情感。與「其 2」共現的句末語氣詞通常是表達傳疑的，多數用「歟（與）、乎」，偶爾也見到「邪」等。例如：

（54）子曰：宋人又（有）言曰：人而亡賹（恆），不可爲卜筮也，<u>其</u>古之遺言<u>塱（與）</u>？（《郭店楚簡·緇衣》45）

語譯：孔子說：宋國有人云：人如果無恆心三心二意，就不要求助於卜筮了，這難道不是古人留下的老話嗎？

（55）子曰：道不行，乘泡（桴）浮於海。從我者，<u>其</u>由<u>與</u>？（《定州漢簡論語·公冶長》80-81）

語譯：孔子說：追隨我的人，大概是子路吧？

疑問副詞「其 2」可與情態副詞「猶」並用。例如：

（56）天墬（地）之勿（間），<u>其</u><u>猷（猶）</u>囨（橐）籥（籥）<u>與</u>？虛而不屈，蓮（動）而愈出。（《郭店楚簡·老子甲篇》23）

語譯：天地之間，不正像一個風箱嗎？雖然空虛卻不窮盡，越是運動越有氣出來。

（57）☐〔<u>其</u>〕猶芑（芝）蘭<u>舉（與）</u>？敊（播）者☐。（《信陽楚簡·竹書》1-24）

語譯：……（優秀子弟人才）就如同香草。施行者……。

「其 2」出現在「大主語＋曰＋直接引語作賓語」格式中，通常引導的是問話者的心理活動。例如：

（58）〔孔子〕<u>曰</u>：《告（詩）》，<u>丌（其）</u><u>猷（猶）</u>坪（平）門<u>與</u>？（《上博

〔註 32〕谷峰：《上古漢語不確定語氣副詞的區分》，載《中國語文》，2016 年第 5 期，第 541 頁。

楚簡一‧孔子詩論》4）

語譯：（孔子）說：《詩》大概就像是一扇平正的大門吧？

（59）〔孔子曰：……。〕如是，則視其民如草芥矣，下瞻其上如寇讎矣，上下絕德。如是，其類不長虖（乎）？公曰：然，邦家之政……。（《清華楚簡捌‧邦家之政》11-12）

語譯：像這種情況，邦家不會長久的吧？魯哀公說：確實如此，要讓邦家之政長久……。

（60）工（江）君奚湎曰：子之來也，其將請師耶？……。虧皮曰：主君若有賜，興□兵以救敝邑，則使臣赤（亦）敢請其日以復於□君乎？（《帛書戰國縱橫家書‧虧皮對邯鄲君章》）

語譯：您來得正好，您這次來是打算向我們請兵吧？

二、副詞性結構「得無」

在出土秦簡文獻中，「得無」亦寫作「得毋」。「得」是副詞，「毋」是表禁止義的動詞。「毋」後一般跟禁止的範圍或賓語。副詞性結構「得無」一般不會出現在主語前，而是位於主語謂語之間，如下引例（62）。秦簡的「得無」常做動詞「問」的直接引語中的賓語一個成分，並且一般不跟其他副詞並用。「得無」後面引導的問句為是非問，反映的是問話者的心理活動或者自己的思考。秦簡的「得無」所在的句子往往伴隨著負面情感，它通常出現在敘事句，問話人假設命題中的主語是謂語動詞的受害者〔註33〕，下面以按語形式說明。例如：

（61）驚敢大心問衷（中）：母得毋恙也？家室外內同□？（《睡虎地秦牘‧6號木牘》Ⅰ）按，敘事句，主語是受害者。

語譯：家中內外老少都一樣安好……吧？

（62）校長予言敢大心多問柏：柏得毋恙殹（也）？柏得毋爲事緐虖（乎）？（《里耶秦簡壹》8-823＋8-1997）按，敘事句，主語是受害者。

語譯：校長予斗膽冒昧問候柏：柏沒有什麼不順吧？柏的公務雜事沒有太煩亂吧？

〔註33〕谷峰：《上古漢語不確定語氣副詞的區分》，載《中國語文》，2016 年第 5 期，第 545～547 頁。

（63）贛敢大心再捧（拜）多問芒季：<u>得毋</u>爲事☒？居者（諸）深山中，毋物可問，進書爲敬。（《里耶秦簡壹》8-659＋8-2088）按，敘事句，主語是受害者。

語譯：贛斗膽冒昧問候芒季：公務雜事沒有太煩亂吧？贛居住在深山之中，沒有禮物帶去問候，就以一份書函代替。因此膽敢用書函拜謁您。

（64）驚敢大心問姑秭（姊）、姑秭（姊）子產<u>得毋</u>恙？（《睡虎地秦牘·6號木牘》IV）按，敘事句，主語是受害者。

語譯：驚斗膽問候姑媽，姑媽生產完，現在母子可安好？

（65）爲黑夫、驚多問夕陽呂嬰、匽里閻諍丈人：<u>得毋</u>恙也？嬰、諍：皆毋恙也？毋錢用、衣矣？（《睡虎地秦牘·11號木牘》V）按，敘事句，主語是受害者。

語譯：那呂嬰跟諍身體都還好？

（66）連多問商、柏：<u>得毋</u>恙？（《里耶秦簡貳》9-1899a）按，敘事句，主語是受害者。

語譯：連再次問候商、柏：恐怕沒有抱恙〔吧〕？

（67）欣敢多問呂柏：<u>得毋</u>病？（《里博秦簡》7-4a）按，敘事句，主語是受害者。

語譯：欣斗膽冒昧詢問呂柏健康無大礙吧？

（68）曰：老婦恃輦而還。曰：食飲<u>得毋</u>衰乎？曰：恃粥耳。（《帛書戰國縱橫家書·觸龍見趙太后章》）按，敘事句，主語是受害者。

語譯：太后說：老婆子行動靠車。觸龍問道：每天飲食怕會有所減少吧？太后答道：靠的是稀飯而已。

三、副詞性結構「無乃」

出土楚簡中「無乃」亦寫作「毋乃、母乃」。表推測懷疑的語氣，相當於口語的「恐怕是、莫非、只怕」。楚簡的「無乃」所在的句子往往伴隨著負面情感，一律出現於評議句，表現問話人對聽話者的批評。

關於副詞性結構「無乃」的來源問題，周生亞（2018）認為，表推測的「無乃」是兩漢以後才新增的。就目前出土文獻語料來分析，周生亞的觀點是不準確的，因為我們在戰國中期的楚簡語料中便找到了這些表疑問副詞性結構「無乃」，並且用法非常典型。例如：

（69）曰：此母（毋）乃虘（吾）專（敷）均，是亓（其）不均？（《清華楚簡捌・治邦之道》24-27）按，評議句，批評聽話者。

語譯：國君常要自問：或許在分配功勞時候應該公平均勻，我沒有做到不均吧？

（70）毋乃自敗也？命人見（視）之，弗及。既自敗，王志媸（鬻）搽（拳）之自敗也。（《安大楚簡概述》2）按，評議句，批評聽話者。

語譯：楚王是自己造成的失敗的吧？（鬻拳）命人拜見（阻止），卻來不及了。楚王已經失敗了，王寫了自己的失敗的軍報轉了給鬻拳〔註34〕。

例（69）和例（70）兩例「毋乃」與主語共現時，一律不出現在主語前，並且「毋乃」出現於條件複句的正句，「毋乃」後的句子常常與邏輯推理有關，表現了說話人心中有疑慮的估量、推測。

（71）〔吳王曰：〕今皮（彼）新（新）去亓（其）邦而簜（篤），母（毋）乃豕戬（鬪）？……。申胥乃懼，許諾。（《清華楚簡柒・越公其事》14）按，評議句，批評聽話者。

語譯：越國的全體士兵剛剛離開他們的邦國，猶存銳氣，並且又想著返回越國，如果我們這時候去消滅他們，恐怕他們會拼死和我們對抗吧？

（72）庚（康）子曰：毋乃肥之昏（問）也，是左（差）虐（乎）？古（故）女（如）虐（吾）子之疋（疏）肥也。孔＝（孔子）□：丞（辤，辭）曰：子之言也已至（重）。（《上博楚簡五・季庚子問於孔子》11下）按，評議句，批評聽話者。

語譯：難道我的問話真的很不重要嗎？因此到您這來請您疏導我。

（73）〔孔子〕出遇子贛（贛）曰：賜，而（爾）昏（聞）衛（巷）逤（路）之言，毋乃胃（謂）丘之會（答）非與？子贛（贛）曰：否。（《上博楚簡二・魯邦大旱》3）按，評議句，批評聽話者。

語譯：孔子出去後，遇到了子貢，說：賜啊！你有沒有聽到街里巷路上的話，恐怕覺得我孔丘的回答不對吧？子貢，說：不是的。

（74）晉襄公采（卒），需（靈）公高（鞹）幼，大夫聚昏（謀）曰：君幼，

〔註34〕有網友提示此例理解為：怎麼鬻拳要自己用刀砍自己的腳？王派人去看望鬻拳，卻沒來得及（阻止），鬻拳已自殘，楚王史官載鬻拳自殘之事。按，此說是否成立，還待查證。

未可奉承也，<u>母（毋）乃</u>不能邦？猷求叴（強）君。襄而〈夫〉人斎（聞）之，乃 （抱）霝（靈）公以虖（號）于廷曰：死人可（何）辜（罪）？生人可（何）鈷（辜）？（《清華楚簡貳・繫年》50）按，評議句，批評聽話者。

語譯：晉襄去世了，晉靈公狷年幼，晉大夫集聚合謀說：新君靈公狷年幼，不能奉為君主，恐怕也不能治理邦國？得謀畫另找年長的繼承人。

（75）秦公乃訋（召）子靶（犯）而矗（問）女（焉），曰：子若公子之良庶子，著（胡）晉邦又（有）禑（禍），公子不能芉（止）女（焉）？而走去之，<u>母（毋）乃</u>猷心是不跂（足）<u>也虖（乎）</u>？子靶（犯）會（答）曰：誠女（如）宝（主）君之言。（《清華楚簡柒・子犯子餘》1-2）按，評議句，批評聽話者。

語譯：晉國上下有禍亂，重耳不能趁此抵禦晉國之禍並從中謀利，卻被迫離國出走。不會是從政掌國的心是不夠吧？

楚簡的「無乃」能與副詞並用，如例（74）的「無乃」與否定副詞「不」並用、例（75）的「無乃」與表情態的副詞「猶」並用。「無乃」通常在謂語動詞前作狀語，謂語後經常伴隨著「乎」或其他疑問語氣詞作結。「無乃」問句通常不是真性詢問句，而是表達中性測問句。

四、測度疑問副詞與副詞性結構的區別

疑問副詞「其2」與副詞性結構「得無、無乃」的區別與聯繫在本文後續章節將會從問答情況以及疑問程度等角度詳論其區別。為了不避免重複論述，本節我們主要探討「其2、得無、無乃」三者在語用學方面區別，尤其是它們主觀性、在不同的語體中表現出來的內在區別。

（一）楚簡、漢簡帛中的「其2」所在的句子往往伴隨著正面、客觀的情感，多見於評議句，表現問話人對命題的估價與主張傾向，疑問程度較其他兩者要高。

（二）秦簡的「得無」所引導的測問句一般關係的內容無外乎問話者的心理活動或者自己的思考。在主觀情感色彩方面，「得無」一律出現於敘述句，往在表現了問話人揣測其聽話者是謂語動詞的受害者。

（三）楚簡的「無乃」，一般它位於複句中的正句。其後的分句往往是說話人的系列的邏輯推理，在問話者發出該問句時候往往具有感歎命題內容的味道。在主觀情感色彩方面，「無乃」多出現於評議句，往在表現了問話者對

聽話者的委婉批評，詳見下表。

表 4-10　測度疑問副詞與副詞性結構的語體類型分佈統計表（單位：例）

語體＼詞目	其2	得無	無乃
敘事句	0	29	0
評議句	28	0	8

第五節　副詞性結構「尚毋」「苟毋」句是否為疑問句的問題

按語：本節初稿曾在清華大學第三屆語言學博士論壇（北京，2018.10）上宣讀，其後修改稿曾發表於雜誌，當時我們將「尚毋」「苟毋」理解為語氣副詞〔註35〕。現在看來這種觀點是不準確的，因此本節重新糾正自己以前的錯誤認識。

傳世先秦古書中有兩個表示祈求、希望語氣的結構，它們分別是「尚無」「苟無」，歷來學者對兩者用法與異同語焉不詳。出土與傳世的戰國文獻資料顯示，表示希望語氣的結構式，在書信類簡牘中習慣用「苟得毋」「得毋」「毋」等，而卜筮類簡牘則一律用「尚母（毋）」「尚」「尚……母（毋）」等。其中「尚毋」主要用於祈使句，並非是疑問句，而「苟毋」則主要用於測問句。

一、表祈使語氣副詞性結構「尚毋」「苟毋」

出土文獻中「尚毋」「苟毋」兩個詞組語義基本相同，均表祈使語氣，即表示一種主觀意願、希望的語氣。傳世先秦古書寫作「尚無」「苟無」，如下引兩例：

（76）十八年春，齊侯戒師期，而有疾。醫曰：不及秋，將死。公聞之，卜，曰：尚無及期！惠伯令龜。卜楚丘占之，曰：齊侯不及期，非疾也；君亦不聞。令龜有咎。二月丁丑，公薨。（《左傳・文公十八年》）

（77a）我生之初，尚無為；我生之後，逢此百罹。（《詩經・兔爰》）

〔註35〕與會專家李守奎教授、編輯部和外審專家及張玉金教授為本文提出了寶貴的修改意見，謹致謝忱。參考彭偉明，張健雅：《出土戰國文獻語氣副詞辨析——以「尚毋」「苟毋」為例》，載《甘肅廣播電視大學學報》，2018年第6期，第1～4頁。

（77b）君子于役，<u>苟無</u>饑渴。（《詩經・君子于役》）

例（76）沈玉成譯為：「十八年春，齊侯發佈了出兵日期的命令，就得了病。醫生說：到不了秋天就要死去。魯文公聽到了，占卜，說：<u>希望</u>他<u>不</u>到時候（就死）！惠伯在占卜前把所要占卜的事情致告龜甲，卜楚丘占卜，說：齊侯不到期而死，但不是由於生病；國君也聽不到這件事了。致告龜甲的有災禍。二月二十三日，文公死〔註36〕。」例（77a）歷代訓詁學者有不同理解，鄭箋云：「庶幾也。言我幼稚之時，庶幾於無所為，謂軍役之事也」〔註37〕。朱熹《詩集傳》將「尚」訓為「猶」，理解為：「方我生之初，天下尚無事。及我生之後，而逢時之多難如此」〔註38〕。關於例（77b），王引之在《經義述聞》卷五的解釋是：「苟，尚也。苟無饑渴，言尚無饑渴也。」王力將上舉用例中「苟」列為備考〔註39〕。

如此看來，歷來學者對傳世先秦古書「尚無」與「苟無」兩者區別的認識仍比較模糊，僅知曉其語義上相同。在出土戰國文獻及西漢簡帛戰國古書中，我們卻找到了兩者區別的線索。

二、楚卜簡命辭末句的副詞性結構「尚毋」

「尚毋」使用場合僅限於卜筮命辭，表達對未來不希望發生的事件的一種希望語氣，「苟毋」則不能。出土楚地卜筮竹簡中命辭的句末一律用「尚毋」，例如：

（78）黃迡（過）以大英爲邸昜（陽）君番勶（勝）貞：既滄（寒）然（熱），〔以感＝（悽悽）肰（然）不〕欲歔（食），以脤（嗌）漱（乾），以歓（飲），<u>尚母（毋）</u>有咎。占之，恆貞吉。（《天星觀楚簡・卜筮禱祠》3：1）

語譯：黃過用大英占具替邸陽君番勝貞問：已犯了瘧疾，出現了心情難安不想進食，以及咽喉乾燥、以及水病等癥候，希望別有災咎。黃過占斷說：一般應當吉利。

（79）或爲君貞，吕（以）亓（其）迲（遲）出之古（故），<u>尚毋</u>又（有）柰（祟）。嘉占之曰：無互（亟）柰（祟）。（《葛陵楚簡・卜筮祭禱》甲3：112）

〔註36〕沈玉成：《〈左傳〉譯文》，北京：中華書局，1981年，第162頁。
〔註37〕李學勤：《〈毛詩〉正義》（整理本），北京：北京大學出版社，2000年，第308頁。
〔註38〕朱熹：《朱子全書》（第1冊），上海：上海古籍出版社，2002年，第465頁。
〔註39〕王力：《王力古漢語字典》，北京：中華書局，2000年，第1050頁。

語譯：嘉替平夜君成占問，由於君上病情不見好轉的原因，希望別出現災禍。嘉占斷說：沒有危急的災咎。

（80）以肜笿爲左尹邵𢓊貞：既又（有）病，病心疾，少氣，不內（入）飤（食），<u>尚毋</u>又（有）恙（恙）。占之：恆貞吉。（《包山楚簡‧卜筮禱祠記録》223）

語譯：……用肜笿的占卜工具替左尹邵𢓊貞問：（邵𢓊）已犯病，病在心痛，氣不足，不想進食，楚曆十一月中旬希望別出現疾病。占辭說：一般應當吉利。

（81）以其又（有）瘇（重）病，上㥷（氣），<u>尚毋</u>死。義占之，恆貞不死。（《包山楚簡‧卜筮禱祠記録》249）

語譯：左尹邵𢓊由於患了重病，病入膏肓，危在旦夕，但願不死，義占辭說：一般應當會不死。

（82）不內（入）飤（食），<u>尚毋</u>爲大蚤（慅）。占之：恆〔貞吉〕☑（《望山楚簡‧卜筮禱祠記録》9）

語譯：不能進食，希望不至於成為大問題吧！占辭說：平常一般當該會吉利。慅：憂〔註40〕。

上揭例（78）因「母」與「毋」明紐雙聲，幽魚旁轉，「母」讀為「毋」在音理上是沒問題的。例（78）「母」有學者逕釋「無」〔註41〕。例（79）「奈」，為「祟」的古字，訓為「神禍」。禤健聰（2017）認為後來寫作「祟」的「祟」之用字，大體經歷了從「奈」到「奈」，再到「米」，最後到「祟」的過程，「奈」「祟」古本一字，由「奈」分化而來〔註42〕。尚未完整刊布的王家臺秦墓出土的「易占」簡（即《歸藏》）中命辭的句末也一律用「尚毋」，命辭主要有兩種格式：

（83）昔者□小子卜其邦，<u>尚毋</u>有吝。而攴（枚）占☑。（《王家臺秦簡‧歸藏》206〔註43〕）

〔註40〕湖北省文物考古研究所，北京大學中文系：《望山楚簡》，北京：中華書局，1995年，第90頁。
〔註41〕卜載福：《先秦卜法研究》，上海：上海古籍出版社，2011年，第209頁。
〔註42〕禤健聰：《戰國楚系簡帛用字習慣研究》，北京：科學出版社，2017年，第313頁。
〔註43〕王輝：《秦文字通論》，北京：中華書局，2016年，第209～224頁。

語譯：從前□小子卜問邦家吉凶，希望國家不出現災禍。以枚為卜具占卜⋯⋯。

（84）昔者殷王貞卜其邦，<u>尚毋</u>有咎。而攴（枚）占巫咸，咸占之曰：不吉。（《王家臺秦簡》335）

語譯：從前殷王卜問邦家，希望國家別出現災禍。以枚為卜具占卜，神巫巫咸占卜說：不吉。

由於王家臺位於楚都紀南城東南五公里，因此秦人傳習的簡本《歸藏》很有可能受到楚地語言的影響。因此「尚毋」很可能是楚地卜筮類文獻常用的祈使語氣結構。那麼關於「尚毋」所在句子，即卜辭命辭句末「尚」的語氣到底應該怎樣看呢？首先來看《左傳》中關於卜筮的句子中「尚」的辭例：

（85）王使問焉，曰：女卜來吉乎？對曰：吉。寡君聞君將治兵於敝邑，卜之以守龜，曰：余亟使人犒師，請行以觀王怒之疾徐，而為之備，<u>尚克</u>知之！龜兆告吉，曰：克可知也。（《左傳‧昭公五年》）

語譯：希望能夠知道此事！

（86）將注，豹則關矣。曰：平公之靈，<u>尚輔</u>相余！豹射，出其間。（《左傳‧昭公二一年》）

語譯：希望能輔助我成事！

（87）初，靈王卜，曰：余<u>尚</u>得天下！（《左傳‧昭公三年》）

語譯：我希望能得到天下！

以往的學者解釋「尚」時，一般用「庶幾」訓釋，如《說文》《爾雅》等書。楊樹達看成是「命令副詞」〔註44〕。楊伯峻、徐提認為「表希望之詞，卜筮時多用之，祈禱時亦用之」〔註45〕。其他學者主要持下列兩種看法：

（一）疑問語氣說

以唐鈺明為代表〔註46〕，他指出簡文的「尚」也與卜辭「其」相當，可用作疑問副詞，並以西漢司馬遷的一段話為據〔註47〕：

〔註44〕楊樹達：《高等國文法》，北京：商務印書館，1984 年，第 251～252 頁。

〔註45〕楊伯峻，徐提：《〈春秋左傳〉詞典》，北京：中華書局，1985 年，第 389 頁。

〔註46〕唐鈺明：《中年語言學家自選集》（唐鈺明卷），合肥：安徽教育出版社，2002 年，第 116 頁。

〔註47〕〔漢〕司馬遷撰，許嘉璐譯：《史記》，上海：上海漢語大詞典出版社，2004 年，第 1528 頁。

（88）卜遷徙去官不去。去，足開有胳外首仰；不去，自去，即足胳，呈
兆若橫吉安。<u>卜居官尚吉不</u>。吉，呈兆身正，若橫吉安；不吉，身節折，首仰
足開。卜居室家吉不吉。吉，呈兆身正，若橫吉安；不吉，身節折，首仰足開。
（《史記・龜策列傳》）

　　語譯：卜問升遷調職丟不丟官。假如會被免除職位，兆象為足開有斂外首
仰；如果不會被免職，而是主動離職，兆象則表現為足斂，如同「橫吉安」。
<u>卜問擔任官職是否還吉利</u>。假如吉利，兆象呈現出身正，如同「橫吉安」；如
不吉利，兆象表現為節節曲折，首仰足開。卜問在家閒居不外出吉利不吉利。
如吉利，兆象呈現為身正，如同「橫吉安」；如不吉利，那麼兆象則表現為節
節曲折，首仰足開。

　　唐鈺明認為例（88）中「卜居官尚吉不」的「尚」即用作疑問副詞。其結
論是：上舉楚卜筮簡有關命辭的相關句子應屬疑問之辭。他對上舉「卜居官尚
吉不」一句語氣的理解是存在問題的〔註48〕。「卜居官尚吉不」句子的語氣應
該是祈使的，即發問者期望擔任官職順利吉祥。近些年來仍有一些專家主張
「疑問語氣說」，但傾向於將這種句子理解為測度問句。如陳斯鵬〔註49〕、單
育辰〔註50〕等。單育辰主張將「尚」讀為「當」（或認為「尚」為古字，「當」
為今字），理解為「對未來的某種預測或揣度」，這些觀點都可備一說。

（二）祈使語氣說

　　以李學勤為代表，他認為《左傳》《國語》所載卜辭命辭，其末尾多有以「尚」
冠首的語句，應如《爾雅》訓為「庶幾」〔註51〕。張玉金也贊同祈使語氣說的觀
點，他說「春秋戰國時代的古文獻，其卜辭命辭的語氣應是祈使的」〔註52〕。
由於上舉「尚毋有咎」「尚毋死」在出土文獻中大都出現在卜筮命辭語句中。命
辭是占卜時卜者說的話。在戰國時代，命辭中的話更多的是表示希望，即表達
卜問者期望能對自己關心的未來加以控制。「尚毋死」中的「尚」是語氣副詞，

〔註48〕詳細論述參考張玉金：《關於古文獻中卜辭命辭語言本質及其語氣問題》，載《甲骨
　　　　卜辭語法研究》，廣州：廣東高等教育出版社，2002年，第79～80頁。
〔註49〕陳斯鵬：《論周原甲骨和楚系簡帛中的「囟」與「思」——兼論卜辭命辭的性質》，
　　　　載《文史》，2006年第1期，第18～19頁。
〔註50〕單育辰：《楚地戰國簡帛與傳世文獻對讀之研究》，北京：中華書局，2014年，第
　　　　196～199頁。
〔註51〕李學勤：《續論西周甲骨》，載《中國語文研究》，1985年第7期，第4～6頁。
〔註52〕張玉金：《甲骨卜辭語法研究》，廣州：廣東高等教育出版社，2002年，第80頁。

表示期望或祈使，可譯為「願能」「希望」。傳世戰國文獻中「余尚得天下」是說「願我能得到天下」。「尚毋死」是說「願能別死」。「死」前用「毋」有祈使作用。這是希望借助「毋」的使用，運用巫術占卜的語言力量，達到對未來的影響，禁止「死」這種不希望見到的情況發生。這種例子其實在甲骨文中就已經出現了。例如：

（89）其取才（在）演衛凡于隻，<u>王弗每（悔）</u>？（《屯南》1008〔無名組〕）

語譯：商王選取派駐在演地的名叫衛凡的將領前往「隻」地擔任防戌等任務，王的決策不會有失誤吧？〔註53〕

關於《屯南》無名組的這個疑問句在傳世文獻《公羊傳·哀公二十九年》也有載：

（90）謁也、餘祭也、夷昧也與季子同母者四，季子弱而才，兄弟皆愛之，同欲立之以為君，謁曰：今若是迮而與季子國，季子猶不受也，請無與子而與弟，弟兄迭為君，而致國乎季子。皆曰：諾。故諸為君者，皆輕死為勇，飲食必祝，曰：天苟有吳國，<u>尚速有悔於予身</u>。故謁也死，餘祭也立。餘祭也死，夷昧也立。夷昧也死，則國宜之季子者也。

例（90）中的「尚速有悔於予身」句，漢人何休注云「尚，猶努力。速，疾也。悔，咎。予，我也。欲急致國于季子意」。唐人徐彥疏云「謁等愛其友弟，致國無由，精誠之至，而願早卒，遂忘死不可祈之義矣。猶如周公代死，子路請禱之類。豈言謁等祈得死乎？」〔註54〕我們認為唐人徐彥疏對例（90）中的「尚速」理解是正確的。現代學者在譯注「尚速」這句話也基本採用徐彥疏解。如李宗侗和葉慶炳（1976）語譯是「上天假設能使吳國延長，就趕緊使我有了病」。梅桐生（1996）語譯為「如果上天想讓吳國不滅亡，就儘快把災禍降在我身上」。劉尚慈（2010）注釋云「尚：希望。表示祈求、願望的副詞」，其語譯是：「上天如果保有吳國，願儘快在我身上降災」〔註55〕。參考各家意見，這句話的語譯應該是：「上天假如想讓吳國綿延長久永不滅亡，祈願上天

〔註53〕此例語譯參考黃天樹：《殷墟卜辭「在」字結構補說》，載《古文字研究》第24輯，北京：中華書局，2002年，第65～70頁。

〔註54〕《十三經注疏》整理委員會：《〈春秋公羊傳〉注疏》，載《十三經注疏》，李學勤主編，北京：北京大學出版社，2000年，第567～568頁。

〔註55〕李宗侗，葉慶炳：《〈春秋公羊傳〉今注今譯》，臺北：臺灣商務印書館，1976年，第506頁；梅桐生：《〈春秋公羊傳〉全譯》，貴陽：貴州人民出版社，1998年，第405頁；劉尚慈：《〈春秋公羊傳〉譯注》，北京：中華書局，2010年，第498，500頁。

儘快把災禍降在我國君身上吧！」

因此，本文認為「尚毋」所在句子看成是祈使語氣是可信的。

三、副詞性結構「茍毋」及其語境

目前在出土戰國文獻中，還未發現表示希望語氣的「茍」與否定副詞「毋」連言的例子。出現在秦簡牘語料中的「茍得毋」「得毋」等結構，一般出現在書信類日常問候語言環境，而卜筮類文獻則不用這種測問句。

馬王堆出土帛書《戰國縱橫家書》有一例子可作討論：

（91a）〔燕〕王謂臣曰：「……大，可以得用於齊；次，可以得信；下，笥（茍）<u>毋</u>死，若無不為也。」（《戰國縱橫家書·蘇秦自齊獻書於燕王章》）

例（91a）在今本《戰國策》也有相似的記載：

（19b）〔燕〕王謂臣曰：「……上，可以得用於齊；次，可以得信；下，<u>茍無</u>死，女無不為也。」（《戰國策·蘇秦自齊獻書于燕王曰》）

例（91b）中「下，茍無死，女無不為也」，譯注者一般譯成「往最壞處想，只要不死，你怎麼辦都行」。這句話是蘇秦追述燕王昔日對其所做的承諾。「茍」很顯然理解為假設連詞較妥，「茍」用在條件複句的前一分句的開頭，表示假設性條件，譯為「假如」「如果」。當然說話者在說這句話時，同樣應帶有希望、期許的語氣，也就是說表希望語氣的「茍」很可能是由假設連詞「茍」發展而來。由此可知，「茍毋」同樣也蘊含著對未來的期許、希望的語氣成分。「茍得毋」「得毋」的辭例，一律出現在秦簡的書信類語料中，如下所揭：

（92）爲黑夫、驚多問東室季（孝）須（姊）茍<u>得毋</u>恙也？（《睡虎地秦牘·11 號木牘》Ⅲ）

語譯：（請母親）替黑夫跟驚問候已嫁的姐姐，她沒有什麼不順吧？

例（92）是睡虎地四號墓出土的兩件木牘文獻，內容屬於士兵黑夫、驚兩兄弟寫給家親的信件。信中敘述了他們參與秦滅楚的作戰行動。例（92）是測問句，其中語氣副詞「茍」表示希望、期許的語氣，當然更多情況下「茍」是省略不用的，下列所舉便是：

（93）校長予言敢大心多問柏：柏<u>得毋</u>恙殹（也）？柏<u>得毋</u>爲事纏虜（乎）？（《里耶秦簡壹》8-823＋8-1997）

語譯：校長予斗膽冒昧問候柏：柏沒有什麼不順吧？呂柏公務雜事沒有太

煩亂吧？沒有禮物帶去問候，就以一份書函代替。因此膽敢用書函拜謁您。綟：纏繞不斷之意。

有時甚至該句末用語氣詞「也」亦可不用：

（94）驚敢大心問姑秭（姊）、姑秭（姊）子產得<u>毋</u>恙？（《睡虎地秦牘·6號木牘》IV）

語譯：驚斗膽問候姑媽，姑媽生產完，現在母子可安好？

（95）應（應）多問華<u>得毋</u>爲事綟？華爲應（應）問，適以前日所分養錢者以寄遺應（應），即酉陽□□（徒道）。（《里耶秦簡壹》8-650 背＋8-1462 背）

語譯：應斗膽冒昧問候華，公務雜事沒有太煩亂吧？

上舉「苟得毋」「得毋」皆為秦以來的官吏信件通函的常見問候語。「得毋」所在的問句皆為測問句，這種測問句的分佈規律非常明顯：一律出現在秦簡牘書信類文獻中，在出土卜筮類竹簡文獻並不用這種測問句。

下舉例（96）屬於殘辭，出自戰國時楚人記載了其歌曲篇目的音樂史料，今本《詩經》及其他上古文獻所不載的內容。

（96）☑《狗（苟）虐（吾）君母（<u>毋</u>）死》。（《上博楚簡四·采風曲目》6）

原釋：「狗」讀為「苟」，讀為「苟吾君毋死」，句意未詳〔註56〕。陳思婷讀為「句吳君毋死」，認為春秋戰國之交吳、楚關係密切，故楚地詩歌中可能出現與吳國相關之內容。陳思婷的看法有一定可能性，但文獻無徵〔註57〕。曹建國指出這裡的「吾君」指的應該是楚君，因其有值得楚人歌頌的事蹟，且同情其死〔註58〕。徐在國同意原考釋意見讀「狗」為「苟」，並指出「苟」是連詞〔註59〕。黃鳴將例（96）譯為「懷王如果不死，則痛定思痛，當有以報秦」，也認為是假設連詞「苟」，表示假如、如果，季旭昇同意黃鳴說〔註60〕。本文

〔註56〕馬承源：《上海博物館藏戰國楚竹書》（四），上海：上海古籍出版社，2004 年，第170 頁。

〔註57〕轉引自季旭昇：《〈上海博物館藏戰國楚竹書〉讀本》（四），臺北：萬卷樓圖書股份有限公司，2007 年，第 26～27 頁。

〔註58〕曹建國：《上博簡〈采風曲目〉試探》，載《簡帛》，2007 年第 2 期，第 231～242頁。

〔註59〕徐在國：《上博楚簡文字聲系》（1～8），合肥：安徽大學出版社，2013 年，第 1000頁。

〔註60〕季旭昇：《〈上海博物館藏戰國楚竹書〉讀本》（四），臺北：萬卷樓圖書股份有限公司，2007 年，第 27 頁。

認為看成連詞「苟」觀點不妥。如果「苟」是連詞，那麼通常處於複句的首句這個語言環境才成立。例如：

（97）心<u>苟無</u>瑕，何恤乎無家？（《左傳‧閔公元年》）

語譯：心裡如果沒有瑕疵，哪裡好害怕沒有邦家呢？

（98）<u>苟無</u>歲，何以有民？<u>苟無</u>民，何以有君？（《戰國策‧齊王使使者問趙威后》）

語譯：如果沒有年成，哪裡有百姓呢？如果沒有百姓，哪裡有國君呢？

例（96）很顯然是一個短語，「苟吾君毋死」位於《采風曲目》文末。因此句首的「苟」應該看成是表示希望、祈求的語氣副詞，譯為「希望、但願」。在句義上「苟吾君毋死」應語譯為「希望我的君上不會死去」更合理。如「狗」讀為表示希望語氣的副詞「苟」成立，那麼則進一步說明楚人日常口語或歌曲使用祈使句習慣用「苟……毋」這種構式。而在卜筮場合，使用祈使句則習慣用「尚」「尚……毋」「尚毋」「尚自」「尚宜」「尚自宜」等帶祈使語義的副詞「尚」，或徑直用否定副詞「毋」來表達對未來的期許。

第六節　小　結

通過上述統計與研究，我們對出土戰國文獻及西漢簡帛戰國古書中的疑問副詞與副詞性結構有了更深入的瞭解。其中規律概括如下：

（一）在分辨疑問代詞與疑問副詞方面，我們要牢牢掌握以句法功能為根據，以表達語意為基礎的重要原則。

（二）在疑問副詞與副詞性結構的種類與數量上，由於楚簡古書類對話體的語料較豐富，而對於秦簡文獻，缺乏對話體語料，導致數量與種類上都大不如楚簡與漢簡帛中的疑問副詞數量。

（三）反詰疑問副詞「豈」具有多種詞形。其中反詰疑問副詞「其1」在傳世戰國文獻也有出現，我們同意周生亞的觀點，「幾」是記錄「豈」的疑問副詞。「豈」所在的疑問句往往是假性反問句，以詰問的方式，表達問話者強烈的主觀的情感傾向。

（四）由於秦簡語料的書信類文本較多，朋友之間問候義的動詞「問」的直接賓語往往有「得無」常常含有較重的主觀褒貶色彩在這個副詞性結構中，並且一律分佈於敘述句。總體而言，表示揣測語氣的副詞性結構「無乃」「得

無」不管出現在什麼語體中都含有較重的負面性情感。「無乃」「得無」的客觀性不如「其 2」，後者表現的情感態度往往是較為中性客觀的，但後者在中性測問句中的疑問程度則比前兩者要高（具體在中性測問句一章有詳論）。

（五）此外，由於秦以外的其他地域的出土語言未發現書信類文體，因此表示測度語氣副詞性結構「得無」秦簡語料，這並不意味著「得無」這個表示測度的副詞性結構具有地域性特徵。

（六）在出土與傳世戰國古書中的「尚毋（無）」與「茍毋（無）」其構式語義基本相同，皆表示希望的語氣，它們的區別在於：

1. 用於占卜場合中的「尚毋」一般表祈使語氣，而楚人很可能使用「茍……毋」這種構式作為日常生活實用的祈使句。「茍毋」則不能用於卜筮場合。

2. 表希望語氣的「茍無」，傳世先秦古書只見於《詩經·君子于役》一例，具有特殊性，口語性較強。出土戰國書信類秦簡文獻中，則通常以「茍得毋」「得毋」用於測度句中，在卜筮楚簡中並不使用這種測度的副詞性結構。

第五章　出土戰國文獻疑問語氣詞研究

　　本章提要：本章窮盡性統計了出土戰國文獻及西漢簡帛戰國古書語料，分析了戰國時代新生的句末疑問語氣詞「乎、與、邪（耶）」的分佈規律與句式特點。

第一節　概　述

　　戰國時代漢語的疑問功能一般是由疑問語調、疑問代詞、疑問副詞、疑問語氣詞以及相關的疑問格式等疑問手段來實現的。其中以疑問語調最基礎，但卻很難從形式上分辨出來，因為語調總是具有隱秘性的，而其他疑問手段皆可以通過形式上給予區別，儘管不少疑問代詞、疑問副詞有非疑問的用法（比如表虛指、感歎等功能）。上述的諸多疑問手段中：1.是非問疑問句中疑問語調是必備的手段，一般也會輔之以句末疑問語氣詞，作為形態標記；2.是非問句以外的其他疑問句中，疑問代詞、疑問副詞、疑問格式至少有一種存在該句中，因為缺少了這三種主要手段，該疑問句就難以被問話人表達出來用於詢問未知信息。第二個條件中疑問語氣詞並不是必須的手段。因此，相對於上述的疑問手段而言，我們給疑問語氣詞的定位為它是最顯著的（具有形式特徵的）、非必需的、起到輔助作用的一種疑問手段。

　　已有的研究成果，簡要而言可分為三類：（一）全面斷代研究出土戰國文

獻的疑問語氣詞的成果。如張玉金（2011）、張玉金（2016）等〔註1〕。（二）專題研究出土戰國文獻的疑問語氣詞的成果。如李明曉（2010）、弓海濤（2013）以及伊強（2017）等〔註2〕。（三）歷時研究戰國文獻中的某個疑問語氣詞的成果。如張振林（1982）、陳順成（2011）等〔註3〕。此外，還可以見到全面研究傳世戰國時代疑問語氣詞的學位論文，如華建光（2013）等〔註4〕。

　　第一類的研究已熟練駕馭當代描寫語言學、語義學等方法理論，分析歸納有一定的深度，但限於時代局限，自2010年底至今近十年以來刊布的研究語料未能論及。其中重要者如嶽麓秦簡、里耶秦簡、北大秦簡、清華楚簡以及即將公布的安大楚簡等。此外，個別疑問語氣詞未能研究，如秦簡中的「與、邪、耶」等，隨著新材料的面世以及研究的深入，可以更正其關於「戰國至秦代的秦人的語言不使用『與』這個句末語氣詞」的結論〔註5〕。由於這批新出簡牘語料的疑問語氣詞用法與數量仍相當可觀，因此，這批新出簡帛中的疑問語氣詞值得重新作出窮盡描寫分析與研究。第二類的專題研究方法較粗疏，且都停留在列舉語言事實而缺少必要的分析，關於「疑問語氣詞」的相關討論尚需再考慮。第三類的研究成果其方法論而言，有較大的借鑒意義，但由於根據的語料不全或僅依據幾種出土語料，因此在參考其論點時，還需斟酌。

　　總體而言，對出土戰國文獻的疑問語氣詞「與」和「乎」已取得了斐然的成績，但鑒於斷代語言研究必須佔有全面的語料而論，因此重新研究的重要性仍不可或缺。

〔註1〕張玉金：《出土戰國文獻虛詞研究》，北京：人民出版社，2011年，第523～530，601～614頁；張玉金：《出土先秦文獻虛詞發展研究》，廣州：暨南大學出版社，2016年，第212～213，239～242頁。

〔註2〕李明曉：《戰國楚簡語法研究》，武漢：武漢大學出版社，2010年，第337～357頁；弓海濤：《楚簡句法研究》，上海：華東師範大學博士學位論文，2013年，第79頁；伊強：《秦簡虛詞及句式考察》，武漢：武漢大學出版社，2017年，第310～326頁。

〔註3〕張振林：《先秦古文字材料中的語氣詞》，載《古文字研究》（第7輯），北京：中華書局，1982年，第93～104頁；陳順成：《疑問語氣詞「邪」「耶」的歷時考察》，載《古漢語研究》，2011年第4期，第86～90頁。

〔註4〕華建光：《戰國傳世文獻語氣詞研究》，北京：光明日報出版社，2013年，第65～75頁。

〔註5〕張玉金：《出土戰國文獻虛詞研究》，北京：人民出版社，2011年，第529頁；張玉金：《出土先秦文獻虛詞發展研究》，廣州：暨南大學出版社，2016年，第213頁。

第二節　數量與頻率

　　本節對出土戰國簡帛文獻及西漢簡帛戰國古書中的疑問語氣詞進行了窮盡統計，得出疑問語氣詞的種類及具體分佈情況，表疑問的句末語氣詞有「乎、與、邪」三個，語氣詞連用格式有「乎哉」「也與」「與哉」及「也乎」類等四種。詳見下表。

表 5-11　出土戰國簡帛及西漢簡帛戰國古書疑問語氣詞及連用格式分佈表（單位：例）

單音語氣詞與連用格式		秦　簡	楚　簡	漢簡帛	總　計
單音	乎（虖、虐、虘、唬、虎）	4	146	111	261
	邪（牙、耶）	1	2	8	11
	與（与、㚄、歟）	0	28	28	56
連用	也乎（也乎、矣乎、而已乎）	0	8	4	12
	乎哉	0	2	4	6
	也與	1	1	5	7
	與哉	0	1	0	1
總　計		6	188	160	354

　　出土戰國簡帛中的單音疑問語氣詞以及連用格式，皆為位於句末表疑問語氣，總計有 354 例，其中楚簡 188 例，漢簡帛戰國古書有 160 例，秦簡疑問語氣詞嚴重偏低。具體而言，分佈規律簡述如下：

　　（一）表示疑問句末語氣詞主要使用「乎」及「也乎」「乎哉」兩類連用格式，這三種形式的疑問語氣詞數量占總數 78.81%。

　　（二）從縱向的角度看，疑問語氣詞「乎」及連用格式從戰國早期至西漢初年，基本保持高頻率使用。一般描寫上古漢語史的論著所提及的最常用的表疑問的句末語氣詞有三個，分別是「乎、與、邪」，而通過出土戰國簡牘語料可知，這三個疑問語氣詞在當時人們口語交際中的使用頻次差距是非常懸殊的。

　　（三）疑問句末語氣詞「與」，可能由於秦簡語料文體限制，導致秦簡語料沒有機會使用語氣詞「與」。楚簡、漢簡帛語料中疑問語氣詞「與」的分佈則相當平衡。從縱向的角度來看，疑問語氣詞「與」很可能在戰國中晚期開始便穩定下來，沒有進入人們交際高頻疑問語氣詞的範圍。「與」的連用格式

「也與」在秦簡、楚簡兩地語料中皆僅見一例，而到了漢簡帛中「也與」的發展也相當緩慢。

（四）疑問語氣詞「邪」始見於出土秦簡，「耶」係隸變以後出現的後起字，從時間上來看，「耶」的隸變時間應該在秦末至西漢初年完成，「耶」這個疑問語氣詞的最早使用應該不早於秦代。這個規律與傳世秦漢語料中的疑問語氣詞「邪（耶）」的數量是相反的〔註6〕。

（五）據出土戰國簡牘語料分析，疑問語氣詞「邪（耶）」並看不出有地域性特徵，戰國早期在南方的楚簡、戰國晚期西方的秦簡都能見到語氣詞「邪」的用例，而漢簡帛中「邪」「耶」並用，並且兩者看不出誰佔據優勢地位。

第三節　疑問語氣詞的分佈規律

在統計了出土戰國簡帛及西漢簡帛戰國古書語料中的疑問語氣詞種類的基礎上，我們進一步對疑問語氣詞與疑問句類的關係作出統計，詳見下表。

表 5-12　出土戰國簡帛及西漢簡帛戰國古書疑問語氣詞與疑問句類分佈表（單位：例）

語氣詞		真性詢問句				假性反問句				中性測問句	感歎句	總計
	句類	是非	特指	正反	選擇	是非	特指	正反	選擇			
單音	乎	90	5	5	10	99	1	0	0	25	26	261
	邪（耶）	3	0	0	0	3	0	0	0	2	3	11
	與	11	4	0	2	13	0	0	0	26	0	56
連用	也乎	5	0	0	0	0	0	0	0	0	7	12
	乎哉	1	0	0	0	0	0	0	0	1	4	6
	也與	0	0	0	0	1	0	0	0	5	1	7
	與哉	0	0	0	0	0	0	0	0	1	0	1
分計		110	9	5	12	116	1	0	0	60 (16.95%)	41 (11.58%)	354 (100%)
總計		136 (38.42%)				117 (33.05%)						

句末疑問語氣詞在三種出土語料中疑問句的分佈使用情況，統計結果表明：

〔註6〕陳順成：《疑問語氣詞「邪」「耶」的歷時考察》，載《古漢語研究》，2011 年第 4 期，第 88 頁。

　　（一）出土戰國文獻及西漢簡帛戰國古書中的句末語氣詞主要運用於真性詢問句與假性反問句這兩大疑問句類型中，而真性詢問句中使用語氣詞比假性疑問句使用語氣詞的機率稍高，比例約為 3.5：3。

　　（二）真性詢問句的句末疑問語氣詞的分佈較廣，不僅主要用於真性是非問句，用於真性的特指問、正反問、選擇問使用句末疑問語氣詞的機會也比假性反問句中的特指問、正反問、選擇問要更大一些。假性反問句中一般僅僅局限於是非性反問句中使用句末疑問語氣詞，而特指性反問句則僅見一例使用了句末疑問語氣詞「乎」。

　　（三）中性測問句末疑問語氣詞使用情況是兼用「乎、與」，兩者數量分佈均勻。在連用式的疑問語氣詞中，中性測問句末習慣用「也與」，少數使用「邪（耶）」、「與哉」以及「乎哉」。總體而言，句末疑問語氣詞基本都能用於測問句末。

　　（四）語氣詞連用的格式也具有規律性，「也乎」「乎哉」兩類連用格式，「也乎」既能用於真性詢問句，也能用於非疑問句，並且機率相對均勻。連用格式「乎哉」由於末尾為感歎詞，因此「哉」決定了它所在句子的語氣性質，使所在句子成為感歎句。連用格式「也與」主要用於測問句，「也與」所在的測問句語氣較為委婉。

　　（五）在出土戰國文獻及西漢簡帛戰國古書中，疑問語氣詞一般僅用於疑問句（真性、假性以及中性）末尾。非疑問句主要指的是感歎句。非疑問句的句末主要用語氣詞「乎」及其連用格式。而其他語氣詞，如「邪（耶）、也與」也見到少數用例。非疑問句一般不單用疑問語氣詞「與」。

　　下面我們根據上述統計的三類七個句末疑問語氣詞及其連用格式，將它們在真性、假性以及中性疑問句句末的使用情況，逐一進行分析。

一、真性詢問句末的疑問語氣詞

　　用於真性詢問句末的疑問語氣詞主要是「乎」及連用格式、「與」以及「邪」，這三個語氣詞是春秋戰國時代新出現的疑問詞，具有鮮明的時代性。疑問語氣詞的使用遍佈是非問、特指問、選擇問以及正反問句。例如：

　　（1）武王霤（問）於大（太）公覒（望）曰：亦又（有）不浧（盈）於十言，而百殜（世）不遊（失）之道，又（有）之虗（乎）？大（太）公覒（望）

會（答）曰：又（有）。（《上博楚簡七‧武王踐阼》11）按，「乎」用於真性是非問句末。

語譯：武王問太公望時候：有不超過十句話，卻能百世不會喪失其真理的，有這樣的道嗎？太公望答：有。

（2）陳司敗問昭〔公智禮乎？孔〕子曰：智禮。（《定州漢簡論語‧述而》177-180）按，「乎」用於真性是非問句末。

語譯：陳司敗請問昭公知道周禮嗎？

（3）不智（知）進帀（師）徒迻（恆）於王所，而圶（止）帀（師）徒虖（乎）？（《上博楚簡九‧陳公治兵》7）按，「乎」用於真性選擇問句第二個分句末。

語譯：陳公狂面見楚王說：不知道應帶領部隊到達楚王的行宮，而使師徒停留下來嗎？

（4）古之所以貴此者何也？不胃（謂）求以得，有罪以免與（與）？故為天下貴。（《帛書老子甲本‧德經》）按，「與」用於真性是非問句末。

語譯：古人之所以珍視這個道，是為甚麼呢？不就是說，有求則必有所得，有罪也可以免除災禍嗎？所以道為天下人所珍視。

（5）田忌曰：賞罰者，兵之急者邪？孫子曰：非。（《銀雀山漢簡孫臏兵法‧威王問》）按，「邪」用於真性是非問句末。

語譯：田忌問道：賞罰嚴明，是用兵時最要緊的事情嗎？孫臏答道：不是。

（6）田忌曰：權、埶（勢）、謀、詐，兵之急者邪？孫子曰：非也。（《銀雀山漢簡孫臏兵法‧威王問》）按，「邪」用於真性是非問句末。

語譯：田忌問：權、勢、謀、詐，是用兵時最要緊的事情嗎？孫臏回答：不是。

（7）子戁（嘆）曰：於！莫我晉（知）也夫。子遊（游）曰：又（有）㢰（施）之胃（謂）也虖（乎）？（《上博楚簡五‧弟子問》4）按，「也乎」用於真性是非問句末。

語譯：子游問：您說的是延續嗎？

（8）〔有能一日用其力〕於仁矣乎？我〔未見力不足〕也。蓋有之矣，我未之見也。（《定州漢簡論語‧里仁》65）按，「矣乎」用於真性是非問句末。

語譯：有哪個人能做到使用他全部的力量在仁德方面呢？我沒見到他會力量不夠的情況。

（9）〔子〕曰：仁遠<u>乎哉</u>？我欲仁，斯☒。（《定州漢簡論語‧述而》176）按，「乎哉」用於真性是非問句末。

語譯：孔子問：難道仁德距離我們很遙遠嗎？我想要仁，仁就來了。

（10）九☒（域）出誨（謀），簹（孰）爲之迖（逢）<u>虘（乎）</u>？（《上博楚簡七‧凡物流形》乙14）按，「乎」用於真性特指問句末。

語譯：九州之人均在各自謀劃領地，誰為他們劃界分封呢？

（11）孫子曰：婦人多所不忍，臣請代……畏，有<u>何</u>悔<u>乎</u>？孫子曰：然則請得宮……。（《銀雀山漢簡孫子兵法‧地形二》）按，「乎」用於真性特指問句末。

語譯：有什麼可以後悔嗎？

（12）䎽（問）：天<u>孰</u>高<u>與</u>？地<u>孰</u>遠<u>与（與）</u>？（《上博楚簡七‧凡物流形》甲11）按，「與」用於真性特指問句末。

語譯：與天上的萬物相比，哪一個最高呢？與地上的萬物相較，哪一處遙遠呢？

（13）☒弟子曰：吾何〔執？執〕御<u>乎</u>？〔執射〕<u>乎</u>？吾執御☒（《定州漢簡論語‧子罕》212）按，「乎」用於真性選擇問句末。

語譯：孔子告訴弟子說：我將來做什麼呢？是做一名趕車的呢？是做一名弓弩手呢？我還是做一名趕車的好了。

（14）〔武〕王䎽（問）于（？）帀（師）上（尚）父，曰：不智（知）黃帝、耑（顓）琣（頊）、先（堯）、夌（舜）之道才（在）<u>虘（乎）</u>？<u>啻（抑）</u><u>敨（豈）</u>喪不可㝵（得）而䛦（睹）<u>虘（乎）</u>？（《上博楚簡七‧武王踐阼》1）按，「乎」用於真性選擇問句末。

語譯：武王問師尚父說：不知黃帝、顓頊、堯、舜的道還在嗎？還是已經喪失不能再聽聞了呢？

林清源、弓海濤將上引例（14）中的「意豈」看作是表並列選擇關係的連詞[註7]。

（15）夫所好之積猶可得而有也，則乃（何）說而必積於兵？<u>意</u>夫不勝之為道也，不得有夫非兵之積<u>乎</u>？有以知其然也。（《帛書‧明君》）按，「乎」用於真性選擇問句末。

語譯：所喜好的專注還是可以追求到的，那麼為什麼一定要專注在兵法呢？還是沒有獲得取勝之道，才不得已有去除兵法的專注？

例（15）中的「乃」原釋作「何」，陳劍指出「乃」用如「何」[註8]。

（16）高子問晏〔子曰：子事靈公、莊公、景公，皆敬子，三君之〕心壹<u>與</u>？夫子之心三<u>與</u>？晏子曰：善戈（哉）！問事君。（《銀雀山漢簡晏子》十四）按，「與」用於真性選擇問句末。

語譯：三君皆對你禮敬。是這三位君主用心一樣呢？還是先生用心逢迎，各個不同呢？晏子回答說：你問得好，關於侍奉君主。

二、假性反問句末的疑問語氣詞

用於假性反問句句末的疑問語氣詞常常與位於句首或句中的疑問副詞及結構「豈、焉、豈敢、不亦」共現，起到加強反詰語氣的作用。例如：

（17）王胃（謂）陳公：女（如）內（納）王采（卒）而毌圭（止）帀（師）徒，<u>毌亦善虜（乎）</u>？陳〔公答曰：〕▢既聖（聽）命，乃憝（噬）敓（整）帀（師）徒。（《上博楚簡九·陳公治兵》8）按，「乎」用於假性反問句末。

語譯：楚王告訴陳公狂說：不如將師徒納入到王卒的軍中，而不要留下師徒，不是很好嗎？

（18）陳公子皇得皇子，王子圍奪之，陳公爭之。王子圍立為王。繬（陳）公子皇（惶）見王，王曰：繬（陳）公忘夫析述之下<u>虘（乎）</u>？陳公曰：臣不知君王之將為君，如臣知君王之為君，臣將或致焉。（《上博楚簡六·莊王既成　申公臣靈王》4-7）按，「乎」用於假性反問句末。

語譯：楚王問：陳公忘了當年析述的往事嗎？

（19）▢<u>安（焉）不</u>曰日章（彰）而冰澡（消）<u>虘（乎）</u>？（《上博楚簡八·成王既邦》4）按，「乎」用於假性反問句末。

語譯：為什麼不說：太陽照耀，冰雪融化。

（20）▢不可以不弘毅，任重而道遠。〔仁以為己任，<u>不亦重乎</u>？〕死而後已，<u>不亦遠乎</u>？▢（《定州漢簡論語·泰伯》197-198）按，「乎」用於假性反問句末。

〔註8〕裘錫圭等：《長沙馬王堆漢墓簡帛集成》（肆），北京：中華書局，2014年，第115～116頁。

語譯：我以踐行仁德作為己任，使命不也沉重嗎？至死才罷休，使命不也艱巨遙遠的嗎？

（21）大剚（宰）迡（起）而胃（謂）之：君皆（偕）楚邦之牁（將）軍（軍），复（作）色而言於廷，王事可（何）必三軍（軍）又（有）大事，邦豪（家）已（以）軒（杌）轡（陧），社祤（稷）已（以）迡（危）與？（《上博楚簡四・柬大王泊旱》17＋18）按，「與」用於假性反問句末。

語譯：大宰離開席位對令尹說：您率領楚邦的將軍們，在楚王朝堂之上進諫力爭，王事一定是三軍有大事，國家動盪，社稷由此危險不安，到這個時候，臣子才需要抗爭嗎？

（22）昔荍（堯）之鄉（饗）坴（舜）也，飯於土輯（簋），欲（歠）於土型（鉶），而改（撫）又（有）天下，此不貪於散（美）而富於悥（德）與？（《上博楚簡四・曹沫之陳》2）按，「與」用於假性反問句末。

語譯：從前堯設酒宴招待舜，用土簋吃飯，用土鉶喝水，而擁有天下，還不是對物質之美的追求很簡單，而對道德的修為很講求嗎？

（23）方惟曰：善哉！君天王之言也。雖臣死而又生，此言弗又可得而聞也。湯曰：善哉！子之云也。唯（雖）余孤之與卡＝（上下）交，剴（豈）敢以衾（貪）嬰（與）？如幸余聞於天威，朕惟逆順是圖。（《清華楚簡伍・湯處於湯丘》11）按，「與」用於假性反問句末。

語譯：湯對方惟說：雖然我多次屈尊與小臣談論國事，我怎麼敢貪得無厭而興兵伐夏？

上引例（23），陳偉將全句讀作「唯餘孤之與上下交，豈敢以衾矜與」讀「衾」為「矜」，驕傲義。讀「嬰」為「與」。此外，有學者將「嬰」讀為「舉」。

（24）是以聲（聖）人芮（退）其身而身先，外其身而身存。不以其无私嬰（與）？故能成其私。（《帛書老子甲本・道經》）按，「與」用於假性反問句末。

語譯：他總是將自己置之度外，其自身反倒得到保全。這難道不是因為他的無私嗎？他反而因此而成就了偉業。今本作「非以其無私邪？」

（25）古之所謂曲全者，幾（豈）語邪？誠全歸之也。（《漢簡老子・下經》）按，「邪」用於假性反問句末。

語譯：古人所說的「委曲反能保全」，難道說的是空話嗎？確實做到周全，就會回歸於道。

上引例文今本《老子》作「古之所謂曲則全者，豈虛言哉？誠全而歸之」，可見反詰疑問語氣來自於句首的疑問副詞「豈」。

三、中性測問句末的疑問語氣詞

用於中性測問句句末的疑問語氣詞常常與位於句首或句中的疑問副詞及結構「其、其猶」等共現。作用是使問話者的語氣更加委婉舒緩。例如：

（26a）於（烏）虖（呼），折（哲）乎（哉）！祉（社）稷其庶虖（乎）？（《集成・中山王𧊒鼎》02840）

語譯：哎呀！要慎重地考慮啊！國家的未來將會怎麼樣呢？

（26b）受龏（聞）之，乃出文王於峍（夏）臺（臺）之下而𦖞（問）安（焉），曰：九邦者亓（其）可遳（來）虖（乎）？文王曰：可。（《上博楚簡二・容成氏》46＋47）按，「乎」用於中性測問句末。

語譯：紂王聽到了，便從羑里之下將文王釋放出來，並問他說：西方九國可以來歸服吧？文王說：可以。

（27）《黃鼩（鳥）》則困而谷（欲）反（返）亓（其）古（故）也。多恥者亓（其）忎（病）之虖（乎）？（《上博楚簡一・孔子詩論》9）按，「乎」用於中性測問句末。

語譯：《黃鳥》是在外地受困而想要返回故國的詩，詩中充滿了恥辱之感，那是知恥知病吧？

（28）《審（湛）雴（露）》之賹（益）也，亓（其）猷（猶）䡅與？（《上博楚簡一・孔子詩論》21）按，「與」用於中性測問句末。

語譯：《湛露》寫天子宴請諸侯的益處，化行天下，就像車子疾馳於鉅大路上一般吧？

（29）如此者，安（焉）异（與）之處而察問其學。先☐〔☐☐☐☐☐☐☐〕☐由仁异（與）？蓋君子聽之。（《上博楚簡六・孔子見季趄子》16＋6）按，「與」用於中性測問句末。

語譯：君子於是與之相處進而考察訊問其所學所能。那麼仲由可以說仁德吧？

（30）季子然問：仲由、冉求可謂〔大臣〕與？曰：吾以子為異之問，增由與求之問。（《定州漢簡論語・先進》291-294）按，「與」用於中性測問句末。

語譯：季子然詢問：仲由、冉求可以稱之為大臣吧？

此外，我們再討論一例使用「與」的例句：

（31a）訇（始）旻（得）可人而与之▢，▢悬（仁）援悬（仁）而進之，不悬（仁）人弗旻（得）進矣，訇（始）旻（得）不可人而异（與）〔之〕。（《上博楚簡六‧孔子見季趖子》9）

語譯：仁人在上，他所提拔的也是仁人，不仁之人也就無由進仕了。

有學者將例（31）作以下句讀：

（31b）不仁人弗得進矣，治得不可人而與？（《上博楚簡六‧孔子見季趖子》9）

語譯：不仁的人也就無門路進仕了，<u>提拔不具有仁德的人從政吧？</u>

也即將例（31a）看成是使用了疑問語氣詞「與」的中性測問句〔註9〕。本文不讚成這種理解。若按此句讀，則明顯忽視了例（31a）中「异（與）」後的闕字。「與」的下字，季旭昇、俞紹宏都認為是「之」，本文認為可信。那麼例（31a）應讀作「始得不可人而舉之」與前文「仁援仁而進之」形成謹飭的對文。因此例（31a）顯然不是疑問句，而是陳述句。

第四節　小　結

正如學者研究指出，疑問語氣詞發展過程中體現出新陳代謝的規律〔註10〕。出土文獻中句末疑問語氣詞「抑」和「執」早在殷商時代語料便已出現，但曇花一現，西周以後典籍失載。一般認為，「乎、與」是戰國時代產生了兩個新的疑問語氣詞，這兩個詞在疑問句中是有著明確的分工的。

從目前掌握的出土戰國語料情況來看，戰國時代已產生了三個新的疑問語氣詞，分別是「乎、與、邪（耶）」，「與、邪（耶）」兩者在使用頻率上都不能與語氣詞「乎」相提並論。新生的疑問語氣詞「邪（耶）」，在戰國晚期至秦代用「邪」，而時至西漢初年則「邪、耶」兩者並用，並且這個數量比例相對均衡。而傳世的秦漢文獻則顯示，語氣詞「邪」和「耶」的用例數量仍然基本延續戰國晚期發展的勢頭，祇是二者的數量比較戰國至秦代有所不同，據研究「邪」

〔註9〕張玉金：《出土戰國文獻虛詞研究》，北京：人民出版社，2011年，第525～526頁。
〔註10〕張玉金：《出土先秦文獻語氣詞的發展》，載《語言研究》，2015年第1期，第44頁。

和「耶」用例數量比是 8：1〔註11〕。

　　總體而言，出土戰國文獻及西漢簡帛戰國古書中的句末語氣詞基本用於是非問句句末，而測問句末使用疑問語氣詞明顯不如是非問句末高頻。一般而言，使用了疑問代詞、疑問副詞或者疑問格式等手段的疑問句，是不需要在句末添加疑問語氣詞的。因此特指問、正反問、選擇問等三類疑問句分佈的句末語氣詞相對較低。這印證了疑問語氣詞作為一個輔助性的疑問手段，並不與特指問相融，兩者之間是互斥的，這也符合語用表達的經濟原則。

　　總之，疑問語氣詞是用於疑問句中的輔助其他疑問手段的功能詞，並不是起到決定性作用的功能詞。雖然它是用於句末幫助表達疑問語氣的虛詞，但全句的語調仍舊是由整個語句決定的，上古漢語中表示疑問語氣的「乎、與、邪（耶）」在戰國中後期至秦代，因諸侯國家之間征伐戰亂，諸子百家為在諸侯國之間倡導各自學派主張與思想，在表達語意情態層面，勢必較前代更加嚴密而繁複，這個時代不僅是思想的黃金時期，更是語言形成典範化的重要時代，應運而生的疑問語氣的「乎、與、邪（耶）」也以此作為數千年的文言文延續發展的疑問語氣詞系統。

〔註11〕陳順成：《疑問語氣詞「邪」「耶」的歷時考察》，載《古漢語研究》，2011 年第 4 期，第 88 頁。

第六章　出土戰國文獻真性詢問句研究

　　本章提要：本章對出土戰國文獻真性詢問句做了全面系統的考察，運用焦點理論對真性詢問句疑問焦點及結構類型作了充分的探討並對語言現象進行合理解釋。本章研究發現，出土文獻中具有問答形式的真性詢問句，主要有楚簡語錄體語料和秦簡中律令類語料兩類。最後分析了真性詢問句在楚簡和秦簡中的不同分佈特徵與地域性關係問題。

第一節　概　述

　　出土戰國文獻中疑問句的使用頻率僅次於陳述句，在當時口語交際中，疑問句佔有非常重要的地位。為了真實反映戰國漢語真性詢問句的情況，本章以出土戰國文獻為基本語料進行研究。本章討論的真性詢問句即是有疑而問的詢問句，它包括了：特指問、是非問、正反問和選擇問四類。排除了非真性詢問句（反問句以及測問句）。關於出土文獻語料的選擇問題，本章不討論傳世戰國文獻，只使用從戰國和秦代的墓葬中出土的形成於戰國時代的文獻。我們調查的戰國語料共有九種：第一，金文。第二，簡牘文。第三，楚帛書。第四，玉石文。第五，漆木文。第六，貨幣文。第七，封泥文。第八，璽印文。第九，陶文。需要說明的是，部分文獻雖在戰國墓葬中出土，但形成時代並非戰國，也予以排除，這些文獻有：《上博楚簡》中的《周易》等三篇以及《清華楚簡》

中的《尹至》等十七篇性質屬於戰國時代以前的語料。由於我們在簡牘文以外的其他文獻都沒有見到真性詢問句用例，因此本章實際使用的語料僅有秦、楚兩種簡牘語料。

　　利用傳世文獻來研究真性詢問句，目前已取得豐富的成果：專著有王海棻（2015），從語義上將疑問詞語分為十五類，其分類科學，並解決了研究疑問句的諸多問題〔註1〕。論文有貝羅貝和吳福祥（2000）〔註2〕、祝敏徹（1999）等〔註3〕，前者從宏觀的視角，對傳世上古漢語的疑問代詞的發展與演變進行了系統的描寫與總結。研究疑問句學位論文有周玟慧（1996）、劉春萍（2006）等〔註4〕，前者從語用角度分析疑問句，其分類原則從結構與語用兩方面分析進行。

　　然而，利用傳世文獻來研究真性詢問句仍存在一些局限：（一）學者使用的語料僅限於傳世文獻，涉及的出土文獻也僅有《睡虎地秦墓竹簡》一種，可見對真性詢問句的研究還不算全面，所歸納的問句句型雖體大思精，但並不能完全反映戰國時代的疑問詞及句型的實際面貌。（二）學者們在疑問代詞方面分析具有宏觀視野，但對戰國漢語真性詢問句所談甚少。（三）部分學者已在疑問句描寫上作了很大的努力，但其使用的語料仍局限於若干種常見的傳世古書，並沒有結合出土文獻作對比描寫與辨析。目前來看，利用出土文獻研究真性詢問句的成果較少。伊強（2017）專章簡述了秦簡的疑問詞與疑問句情況〔註5〕。另外弓海濤（2013）也專章論及楚簡疑問詞與疑問句情況〔註6〕。但弓海濤、伊強所列部分句子是否屬於疑問句範疇等問題，仍需再討論。因此，本文認為立足於大量的出土戰國語料來全面系統地考察真性詢問句的結構類型及疑問焦點等問題是非常有必要的。

〔註1〕 王海棻：《古漢語範疇詞典》（疑問卷），北京：社會科學文獻出版社，2015年。
〔註2〕 貝羅貝，吳福祥：《上古漢語疑問代詞的發展與演變》，載《中國語文》，2000年第4期，第311～326頁。
〔註3〕 祝敏徹：《〈國語〉〈國策〉中的疑問句》，載《湖北大學學報》（哲學社會科學版），1999年第1期，第62～66頁。
〔註4〕 周玟慧：《上古漢語疑問句研究》，臺北：國立臺灣大學碩士論文，1996年；劉春萍：《戰國時代疑問代詞研究》，廣州：華南師範大學碩士論文，2006年。
〔註5〕 伊強：《秦簡虛詞及句式考察》，武漢：武漢大學出版社，2017年，第310～326頁。
〔註6〕 弓海濤：《楚簡句法研究》，上海：華東師範大學博士學位論文，2013年。

第二節　真性詢問句的分佈規律

為了認清戰國時代漢語的真性詢問句面貌，我們利用自建語料庫進行窮盡統計，得出詢問句類在出土戰國文獻中的分佈情況，用下表顯示。

表 6-13　出土戰國文獻真性詢問句與地域分佈表（單位：例）

句類 文獻	特指問	是非問	正反問	選擇問	總　計
楚簡	259	90	3	23	375
秦簡	241	0	48	10	299
總計	500	90	51	33	674

據上表可知，真性詢問句都分佈在戰國簡牘文字資料中，總計有 674 句，其中楚簡 375 例，秦簡 299 例。下面談真性詢問句的分佈規律：

（一）出土文獻的真性詢問句共有：特指問、是非問、正反問及選擇問四類（按頻率高低排序）。

（二）特指問的使用頻率最高，占真性詢問句總量的 74%，並且特指問在楚簡和秦簡中的分佈數量相當接近。可知在言語交際中需要特指問的場合比較多，而是非問、正反問、選擇問使用頻率占總量不到三分之一。

（三）是非問僅出現於楚簡文獻，秦簡未見。

（四）正反問句分佈不廣泛，秦簡中的使用次數明顯多於楚簡。

（五）選擇問分佈較廣，秦楚兩地皆有，但辭例數量不多。

此外，我們發現，楚簡中的真性詢問句主要出現在：上博楚簡、清華楚簡、郭店楚簡、信陽楚簡以及安大楚簡（後者目前公佈的部分簡）等五種古書類文獻。秦簡真性詢問句則分佈在：睡虎地秦簡、嶽麓秦簡、里耶秦簡、放馬灘秦簡以及北大秦簡（後者目前公佈的部分簡）等五種法律文書類文獻。真性詢問句在各類簡牘語料中的分佈頻次，用下表顯示。

表 6-14　出土戰國文獻真性詢問句與篇目分佈表（單位：例）

句類 文獻	特指問	是非問	正反問	選擇問	總　計
上博楚簡	152	77	1	15	245
清華楚簡	95	12	2	5	114
郭店楚簡	10	0	0	3	13

信陽楚簡	1	1	0	0	2
安大楚簡	1	0	0	0	1
睡虎地秦簡	154	0	43	7	204
嶽麓秦簡	51	0	1	1	53
里耶秦簡	20	0	4	1	25
北大秦簡	14	0	0	1	15
放馬灘秦簡	2	0	0	0	2

　　從上表可以看出，楚簡中的特指問、是非問、正反問、選擇問主要出現在上博楚簡、清華楚簡這兩種語料中，其他楚簡語料，僅有少數用例。而秦簡中，除了未見是非問句外，其他三種問句在睡虎地秦簡語料出現的頻次明顯高於其餘幾種秦簡。為什麼會出現上述的情況呢？一方面是因為上博楚簡、清華楚簡、睡虎地秦簡本身疑問句分佈豐富，更重要的原因是上述三類簡牘語料在語體上問答形式的對話內容佔據了很大的比例。因此才會出現上述的這種分佈情況。

第三節　真性詢問句的結構類型

　　前人對疑問句的分類主要有：「派生系統說」「轉換系統說」「形式系統說」「功能系統說」「新疑問句系統說」以及「泛時系統說」六家〔註7〕。近年來，學者借鑒焦點理論和方法對疑問句的研究也取得了一系列的成果：祁峰（2014）詳細討論了焦點與疑問這兩個範疇之間的互動關係，他分析了疑問運算式與疑問焦點之間的對應關係，歸納了疑問句中焦點的兩種重音配置模式〔註8〕。他對疑問句的結構類型研究的創新體現在：以焦點理論和方法分析發現不同形式的疑問句，疑問焦點的安排也不一樣。一般情況下，真性詢問句的焦點可以通過答語內容形式來確認，因為答語總是針對句子焦點進行回答問話的，下面對其結構類型展開討論。

一、特指問

　　特指問與是非問是真性詢問句兩種最基本的類型〔註9〕。出土文獻的特指

〔註7〕邵敬敏：《現代漢語疑問句研究》，北京：商務印書館，2014 年，第 7～11 頁。
〔註8〕祁峰：《現代漢語焦點研究》（序言），上海：中西書局，2014 年，第 1～4 頁。
〔註9〕呂叔湘：《中國文法要略》，瀋陽：遼寧教育出版社，2002 年，第 282～301 頁。

問僅有一種形式：以疑問代詞作為標記的特指問。特指問句可用單音疑問詞「誰、孰、何、曷、奚、安、胡、幾」等，或者用複音疑問詞「何如、何若、曷若、胡如、奚如、奚若、如何、如之何、如台、若何、若之何、幾何、奈何」等來表示疑問點，疑問點可自由分佈在主語、謂語、賓語、定語、狀語等句法位置上，這些疑問代詞所指的內容是問話人想要知道的新信息，也是問話人希望答話人給予回答的部分，因此它是疑問句中最為重要的部分，這部分內容屬於特指疑問句的焦點。例如：

（1）王子晤（問）城（成）公：此可（何）？城（成）公畣（答）曰：壽（疇）。（《上博楚簡六·平王與王子木》5）

語譯：王子問成公：這是什麼？成公答：田疇。

（2）子贛（貢）曰：白（伯）尸（夷）、昏（叔）齊，奚人也？孔子曰：古之聖人也。（《安大楚簡概述》4）

語譯：子貢問：伯夷、叔齊是怎麼樣的人？孔子回答：（他們是）古代的聖人。

（3）魯穆公昏（問）於子思曰：可（何）女（如）而可胃（謂）忠臣？子思曰：恆（亟）再（稱）其君之亞（惡）者，可胃（謂）忠臣矣。（《郭店楚簡·魯穆公問子思》1＋2）

語譯：魯穆公問子思說：怎樣才能稱之為忠臣？子思回答：總是指出君上罪過的人，可以叫作「忠臣」。

例（1-3）的焦點都在疑問代詞上，答語也是針對該疑問詞進行回答。在出土文獻中疑問代詞作賓語既可以放在動詞前，也可以放在動詞後。但是「動詞＋疑問代詞」式句的存在是有條件的：（一）疑問代詞的謂語動詞必須是關係動詞（云、謂、謂之）。（二）在否定句中疑問代詞通常做動詞賓語，並且後置於動詞。（三）「何」所在的句子一般不作句子主題。

當疑問詞位於動詞前，相應的回答為對比焦點；當疑問詞在動詞後，相應的回答為自然焦點。疑問詞在句子中的位置在一定程度上決定了相應問答的焦點性質。例如：

（4）〔觀無畏〕乃言：……縱不獲罪，或（又）猶走迉（趨）事王，邦人亓（其）胃（謂）之可（何）[註10]？王作色曰：「〔觀〕無畏，此是謂死罪。（《上

〔註10〕鄭玄注：謂之何，《詩經·節南山》「謂何，猶奈何也」。《十三經注疏》整理委

博楚簡八・志書乃言》1-3）

語譯：邦人該怎麼說（評價）呢？走趨：奔走、行走。

（5）敬問之：吏令徒守器而亡之，徒當獨負？日足以責，吏弗責，負者死亡，吏代負償。徒守者往戍<u>何</u>？敬訊而負之，可不可？其律令云何？謁報。（《里耶秦簡壹》8-644 背）

語譯：徒守的人前往戍守<u>哪裡</u>？阿敬審查他並且要求他對此負責……。

（6）<u>可（何）</u>胃（謂）六惪（德）？聖、智也，愳（仁）、宜（義）也，忠、信也。（《郭店楚簡・六德》1）

語譯：甚麼叫「六德」？那就是「聖」「智」「仁」「義」「忠」和「信」。

（7）黥甲爲城旦，問甲及吏<u>可（何）</u>論？甲當耐爲隸臣，吏爲失刑辠（罪）。（《睡虎地秦簡・法律答問》35）

語譯：把甲黥為城旦，吏以失刑論罪。問甲和吏如何論處？甲以隸臣論處，吏以失刑論罪。

例（5）中的疑問代詞「何」後置於動詞「戍」，屬於自然焦點，即問話人對事件完全不瞭解，要求答話人給予回答，以獲得新信息，這種情況非常罕見。例（6）至例（7）是特指問句中的常用句式，即疑問代詞位於動詞前。我們認為當說話人對「六德」已有一定的瞭解，但無法辨別其中「六德」具體內涵，因此需要答話人指出來，這時候一般採用「何謂六德」句式，答話內容要求是一個指別性的句子，而指別的對象是與其他同類對象相比較而選擇出來的，因而是對比焦點。

特指問的顯著標記即疑問代詞，弓海濤（2013）則認為上博楚簡還有一種沒有疑問詞的特指問〔註11〕，相當於現代漢語中的無疑問詞標記的特指問，符合這種格式的句子選錄如下：

（8）奢（顏）困（淵）曰：君子之內教也，惲（回）既宿（聞）矣＝（矣已）。敢宿（問）<u>至（致）明〈名〉</u>〔註12〕。孔子曰：德成則名至矣，名至必俾

員會：《〈毛詩正義〉注疏》，載《十三經注疏》，李學勤主編，北京：北京大學出版社，2000 年，第 814～826 頁。

〔註11〕弓海濤：《楚簡句法研究》，上海：華東師範大學博士學位論文，2013 年。

〔註12〕「至明」後濮茅左標問號，俞紹宏標句號。參考馬承源：《上海博物館藏戰國楚竹書》（八），上海：上海古籍出版社，2011 年，第 152 頁；俞紹宏：《上海博物館藏楚簡校注》，北京：中國社會科學出版社，2016 年，第 488 頁。

任……。(《上博楚簡八·顏淵問於孔子》9-10）

語譯：顏回說：請問什麼叫作致名。

（9）耆（狗）老曰：昬昬余朕孳，未則於天，敢昏（問）<u>爲人</u>〔註13〕。彭祖曰：……言：天地與人，若經與緯，若表與裏。(《上博楚簡三·彭祖》3）

語譯：狗老問道：我是一個昏憒之人，尚未能取法天的常道，斗膽詢問做人的道理。

（10）成王曰：青（請）聒（問）<u>天子之正道</u>〔註14〕。周公曰：……天子之正道，弗朝而自至，弗審而自周，弗會而自團。(《上博楚簡八·成王既邦》6-7）

語譯：成王說：請問天子的正道。

（11）公曰：敢昏（問）<u>民事</u>〔註15〕。孔子〔曰：農夫勸于耕，以〕實官倉，百工勸於事，以實府庫。(《上博楚簡四·相邦之道》2）

語譯：魯君說：斗膽請問什麼叫民事。

（12）成王曰：青（請）聒（問）<u>亓（其）方</u>〔註16〕。周公曰☒。(《上博簡八·成王既邦》10-11）

語譯：成王說：請問方略。

（13）令尹曰：……四海之內，莫弗聞子謂陽為賢于先大夫，請昏（問）<u>亓（其）古（故）</u>〔註17〕。(《上博楚簡八·命》7）

語譯：令尹說：……請問這個原因。

〔註13〕「爲人」後李零、俞紹宏都標問號。參考馬承源：《上海博物館藏戰國楚竹書》（三），上海：上海古籍出版社，2003 年，第 305 頁；俞紹宏：《上海博物館藏楚簡校注》，北京：中國社會科學出版社，2016 年，第 190 頁。

〔註14〕「正道」後濮茅左、俞紹宏都標問號。參考馬承源：《上海博物館藏戰國楚竹書》（八），上海：上海古籍出版社，2011 年，第 178 頁；俞紹宏：《上海博物館藏楚簡校注》，北京：中國社會科學出版社，2016 年，第 493 頁。

〔註15〕「民事」後張光裕、俞紹宏都標問號。參考馬承源：《上海博物館藏戰國楚竹書》（四），上海：上海古籍出版社，2004 年，第 235 頁；俞紹宏：《上海博物館藏楚簡校注》，北京：中國社會科學出版社，2016 年，第 238 頁。

〔註16〕「亓方」後濮茅左、俞紹宏都標問號。參考馬承源：《上海博物館藏戰國楚竹書》（八），上海：上海古籍出版社，2011 年，第 182 頁；俞紹宏：《上海博物館藏楚簡校注》，北京：中國社會科學出版社，2016 年，第 494 頁。

〔註17〕「亓故」後陳佩芬、俞紹宏都標句號。參考馬承源：《上海博物館藏戰國楚竹書》（八），上海：上海古籍出版社，2011 年，第 198 頁；陳佩芬：《陳佩芬青銅器論集》，上海：中西書局，2016 年，第 648 頁；俞紹宏：《上海博物館藏楚簡校注》，北京：中國社會科學出版社，2016 年，第 500 頁。

（14）成王曰：青（請）昏（問）亓（其）事〔註18〕。……皆欲其新而親之，皆欲以其邦就之，……。（《上博楚簡八·成王既邦》7-9）

　　語譯：成王說：請問國是。

　　上述諸例各家標點情況，詳見下表。

表6-15　各家標點出土戰國文獻的動詞「問」的受事賓語句異同表
（單位：例）

例序 各家	（8）	（9）	（10）	（11）	（12）	（13）	（14）
整理者	＋	＋	＋	＋	＋	○	○
俞紹宏	○	＋	＋	＋	＋	○	○
李明曉		＋		＋			
弓海濤				＋			

說明：動詞「問」的賓語後標問號用「＋」表示，標句號用「○」表示。

　　據上表可知，弓海濤（2013）提出的無疑問詞標記的特指問〔註19〕，在例（11）「民事」後標問號，很可能是受到上博簡整理者及研究者都標問號的影響。上述各家對這類句子的標點是不統一的，我們認為在動詞「問」的賓語後都應該標上句號，在句類上屬於陳述句，其原因有三：

　　（一）「問」的賓語沒有疑問詞作為疑問焦點，因此不滿足特指問形式上的要求。

　　（二）這類句子的格式由三個部分組成：1.表敬副詞「敢」或「請」；2.動詞「問」；3.直接賓語。這裡直接賓語一律都是名詞性或謂詞性的短語構成，但「問」的賓語都是表指稱事物的，而且它是動詞「問」的受事而非疑問焦點。

　　（三）儘管例（8-14）在意義上相當於特指問，但在語氣類型上仍是陳述的，屬於句子內容有疑問但在語氣上沒有疑問的句子。

　　此外，在傳世戰國文獻中也有與上舉的這類動詞「問」為受事賓語相類的句子，王力對這類受事的句末標點也是一律標注句號〔註20〕。例如：

〔註18〕「亓事」後濮茅左、俞紹宏都標句號。參考馬承源：《上海博物館藏戰國楚竹書》（八），上海：上海古籍出版社，2011年，第180頁。俞紹宏：《上海博物館藏楚簡校注》，北京：中國社會科學出版社，2016年，第493頁。
〔註19〕弓海濤：《楚簡句法研究》，上海：華東師範大學博士學位論文，2013年，第80頁。
〔註20〕關於傳世戰國文獻的辭例，摘引自王力：《漢語語法史》，北京：中華書局，2014年，第133～134頁。

（15）鄭穆公再拜稽首，曰：敢問<u>神名</u>。曰：予為句芒。（《墨子‧明鬼下》）

語譯：鄭穆公拜了兩次叩首，問：斗膽請教神名。

（16）子游曰：敢問<u>其方</u>。子綦曰：夫大塊噫氣，其名為風。（《莊子‧齊物論》）

語譯：子游問：斗膽請教方略。

（17）請問<u>爲國</u>。曰：聞脩身，未嘗聞為國也。（《荀子‧君道》）

語譯：請教治理國家。

（18）請問<u>爲天下</u>。无名人曰：去！汝鄙人也，何問之不豫也！（《莊子‧應帝王》）

語譯：請教治理天下。

（19）敢問<u>明王之治</u>。老聃曰：明王之治，功蓋天下而似不自己，化貸萬物而民弗恃。（《莊子‧應帝王》）

語譯：斗膽請教賢明君王治國之道。

對動詞「問」後帶的受事為體詞性或謂詞性的賓語應該理解為陳述句。可見，王力的《漢語語法史》與我們的主張與結論是一致的，都一律在句末標句號，不標問號。

二、是非問

是非問是由其相應的陳述句添加疑問語調轉換來的句式〔註21〕，即在句法形式上是非問與陳述句是一致的。一個是非問如果沒有強調重音或者焦點標記，那麼該是非問的焦點一般就位於句末的實詞上，這與陳述句的自然焦點是一致的。下面我們介紹簡牘中的是非問句結構特點。

據統計，楚簡中的是非問有90處，主要分佈在《上博楚簡》與《清華楚簡》楚文獻中，此外，還有1例出現在《信陽簡》。楚簡是非問句與傳世文獻的是非問基本相同，也可分為帶疑問語氣詞與不帶疑問語氣詞兩類。

（一）帶疑問語氣詞的是非問

帶疑問語氣詞「乎」的是非問有56處，為最常見；借助句尾語氣詞「與」有6處；句尾用以語氣連用的情況有4例，皆以「也乎」連言。周玟慧（1996）

〔註21〕朱德熙：《語法講義》，北京：商務印書館，1982年，第228頁。

認為這些語氣詞負載疑問信息〔註22〕。我們認為是非問句的疑問點不在這些語氣詞身上，這些句尾的語氣詞與疑問焦點無關。例如：

（20）此兩者枳（岐），虔（吾）古（故）〔曰鬼神有〕所明又（有）所不明。此之胃（謂）骨（乎）？（《上博楚簡五・鬼神之明融師有成氏》4-5）

語譯：這兩件事情各有分別，因此我說鬼神有時視力明晰有時則不是，說的是這個道理嗎？

（21）子戁（嘆）曰：於！莫我晉（知）也夫。子遊（游）曰：又（有）陞（施）之胃（謂）也虔（乎）？（《上博楚簡五・弟子問》4）

語譯：子游問：您說的是延續嗎？

例（20）、例（21）的焦點與對應的陳述句焦點沒有任何區別，所以「乎」這類疑問詞不是疑問焦點。是非問句一般是針對整個命題發問的，它沒有一個嚴格意義上的疑問焦點或者說該句焦點就在這個命題上〔註23〕。

楚簡的是非問通常從正面角度詢問，也可以從反面角度詢問，一般用「不」「毋」等否定副詞，構成「否定副詞……乎」式是非問：

（22）不智（知）亓（其）啓古（卒）塞（淩）行〔註24〕，述（遂）內（納）王古（卒），而毋止（止）帀（師）徒骨（乎）？（《上博楚簡九・陳公治兵》7）

語譯：還是命令部隊前進淩壓過王卒的行列，將部隊編置納入王卒的行伍之中，而不要留下師徒呢？

（23）子曰：小子，來，聽余言，莄年不亙（恆）至，耆老不逳（復）壯。毆（賢）者伋（及）☐女（汝）弗晉（知）也虔（乎）？（《上博楚簡五・弟子問》5＋10）

語譯：孔子說：弟子們，過來我身邊，高壽是不能經常達到的，衰老了就不可能再回到壯年。你們不知道吧？

例（22）、例（23）的是非問句從在命題部分帶有否定副詞，通常是問話

〔註22〕周玟慧：《上古漢語疑問句研究》，臺北：國立臺灣大學碩士論文，1996 年，第 11 頁。

〔註23〕邵敬敏：《現代漢語通論》（第三版），上海：上海教育出版社，2016 年，第 45 頁。

〔註24〕「行」的上字，原整理者陳佩芬釋作「窜（垂）」，垂：邊陸。參考馬承源：《上海博物館藏戰國楚竹書》（九），上海：上海古籍出版社，2012 年，第 175～176 頁。

人帶有某種傾向的問句，問話人對回話者有所期待，問話人預期得到否定的回答。

　　構成「否定副詞……乎」式的非問句，在通常情況下，我們是理解為假性反問句的，但並不是說，真性是非問不能用這類句式。在漢簡戰國古書中，也有典型的用法。例如：

　　（24）王曰：自復不足乎？對曰：自復而足，楚將不出沮、漳……，此皆以不復其常為進者。（《帛書戰國縱橫家書・蘇秦謂燕王章》）

　　語譯：燕昭王說：自我保守還不夠嗎？回答說：如果認為滿足現狀就夠了，那麼秦國的勢力就不會超出崤山，齊國就不會走出營丘，楚國就不會越過疏章。

　　（25）君謂騫曰：女（汝）能請鬼神殺梟而不能益寡人之壽乎？騫合（答）曰：能。（《銀雀山漢簡晏子》十三）

　　語譯：你祈請鬼神殺死鴟梟卻不能為我增壽嗎？

　　這種現象在出土文獻由於答句往往出現省略或殘缺等語境完整的問題，因此尚未發現用例，但是傳世先秦文獻中可以見到。例如：

　　（26）孟子曰：雖與之俱學，弗若之矣。為是其智弗若與？曰：非然也。（《孟子・告子上》）

　　語譯：孟子說：這樣，縱使和那人一道學習，他的成績一定不如人家。是因為他的聰明不如人家嗎？自然不是的。

　　（27）故君子者、治禮義者也，非治非禮義者也。然則國亂將弗治與？曰：國亂而治之者，非案亂而治之之謂也，去亂而被之以治。（《荀子・不苟》）

　　語譯：那麼如果國家出現了不符合禮義的事就不治理嗎？國家混亂而加以治理，並不是就那些違背禮義的事去進行治理，而是要去掉那些違背禮義的事，換上合乎禮義的事去加以治理〔註25〕。

　　（28）今紀無罪，此非怒與？曰：非也。（《春秋公羊傳・莊公四年》）

　　語譯：現在紀侯沒有罪，這是不是太過的呢？回答說：不是。

　　（29）問曰：然則禹之德不及舜乎？曰：非然也。禹之所以請伐者，欲彰舜之德也。（《韓詩外傳・卷三》）

〔註25〕此例語譯參考樓宇烈：《〈荀子〉新注》，北京：中華書局，2018年，第32～44頁。

語譯：有人問：那麼大禹的德行比不上大舜嗎？回答說：不是。

從回話者的答句角度而言，這點它跟命題為肯定句的中性是非問是不同的，這類真性是非疑問句是帶引導性的問句，問話者往往是希望得到否定命題方面的回答。這個現象尤其值得注意。

（二）不帶疑問語氣詞的是非問

由於古人說話時是否有升調降調的語氣情形已湮沒無聞，因此對不帶疑問語氣詞的是非問句，我們使用具有相似語義的上下文語境來推測出土楚簡無疑問語氣詞的是非問句，或許也有句調的升降的情況，總之與陳述句的語調有區別，出土文獻中不帶疑問語氣詞的是非問有 24 處，例如：

（30）夏句（后）乃傒（訊）少（小）臣曰：<u>女（如）尔天晉（巫），而智（知）朕疾？</u>少（小）臣曰：我智（知）之。（《清華楚簡叁·赤鵠之集湯之屋》）

語譯：如果確實是天巫，那麼你知道我的病情？

（31a）湯曰：<u>女（汝）告我顋（夏）隱，率若寺（是）？</u>尹曰：若寺（是）。（《清華楚簡壹·尹至》4）〔註26〕

（31b）湯謂伊伊曰：若告我曠夏盡如詩。湯與伊尹盟，以示必滅夏。（《呂氏春秋·慎大》）

語譯：湯說：你告訴我夏的隱情確實是這樣嗎？伊尹說：確實是這樣。

從言說動詞「謂」的語義分析，例（31b）為陳述句。而例（31a）與例（31b）對比可知「率若是」為是非問，而李學勤（2010）讀例（31a）中的「寺」為「詩」。

（32）余亦橫于四方，宎（宏）畫（乂）亡宣斀，甚余我邦之若否，越少（小）大命，緜（肆）余晝猷（繇）卜乃身，<u>休？</u>卜吉。（《清華楚簡捌·攝命》2-3）

語譯：我終於扭轉局面，光于四方，成就太平治世，國家的順利與逆境，各項政策都走上正軌。國家用人之際，余歷選你這個人，畫龜問卜，吉利嗎？得吉卜。

（33）又（有）旻（得）而城（成），<u>未智（知）左右之請（情）？</u>（《上博楚簡七·凡物流形》甲3）

〔註26〕李學勤：《清華簡九篇綜述》，載《文物》，2010 年第 5 期，第 51～57 頁。

語譯：人存在這個世界，為什麼卻不知道促成或支配人類獲得生命、變化長成形貌的原由？

（34）田忌<u>問</u>孫子<u>曰：張軍毌戰有道</u>？孫子曰：有。（《銀雀山漢簡孫臏兵法・威王問》）

語譯：田忌詢問孫臏說：敵我兩方已出師，且即將擺開戰，但是我方卻不想交戰，有什麼辦法嗎？孫臏答：有。

（35）孫子以其御為……參乘為輿司空，告其御、參乘<u>曰</u>：□□……□婦人而告之曰：……。<u>知女（汝）北（背）</u>？曰：知之。（《銀雀山漢簡孫子兵法・地形二》）

語譯：清楚你的背部在哪嗎？

例（35）今本《史記》作「令之曰：汝知而心與左右手背乎」。例（30）至例（35）是不帶疑問語氣詞的是非問句，觀察問句前的小句謂語的特點，可歸納出一些規律：

1. 句子的謂語皆是「謂、問、曰」等表示諮詢義的動詞。

2. 表諮詢義動詞的賓語如果是小句，那麼通常是一個真性詢問句。

值得注意的是：例（31）、例（32）中的是非問句都屬於戰國時人的仿古語言，其中例（32）在西周漢語的語料中也可見到用例：

（36）我有大事，<u>休</u>？朕卜並吉！（《尚書・大誥》）

語譯：如今我準備出兵東征討伐逆亂了，占卜吉利嗎？我的占卜全都得到了吉。

例（31）、例（32）的是非問句其結構與陳述句並無二致，問話人使用的是疑問語調，對整個命題進行疑問，要求答話人作出肯定或者否定的回答。

另外，在卜筮簡中，位於命辭句末帶有「尚、尚……毌、尚毌、尚自、尚宜、尚自宜」等語氣副詞及副詞結構的句子，例如：

（37）或爲君貞，呂（以）亓（其）逤（遲）出之古（故），<u>尚毌又（有）</u><u>柰（祟）</u>。嘉占之曰：無互（亙）柰（祟）。（《葛陵楚簡・卜筮祭禱》甲3：112）

語譯：嘉替平夜君成占問，由於君上病情不見好轉的原因，希望別出現災禍。嘉占斷說：沒有危急的災咎。

（38）昔者殷王貞卜其邦，<u>尚毌有咎</u>。而支（枚）占巫咸，咸占之曰：不吉。（《王家臺秦簡・歸藏》335）

語譯：從前殷王卜問邦家，希望國家別出現災禍。以枚為卜具占卜巫咸（神巫），巫咸占卜說：不吉。

例（37）中的「柰」，有學者認為後來寫作「祟」表示禍患之「祟」的用字，大體經歷了從「柰」到「奈」再到「米」，最後到「祟」的過程〔註27〕。關於帶有「尚毋」的例句到底屬於什麼語氣類型，歷來學者爭議較大，比較流行的說法有兩種：1.「祈使語氣說」〔註28〕。2.「疑問語氣說」〔註29〕。此外，還有人認為，這類楚簡中的命辭包含「尚毋」等詞語的句子全部都是是非問句〔註30〕。我們認為這些卜筮簡所用的「尚、尚毋、尚……毋」等詞或格式屬於語氣副詞或副詞性結構，「尚毋」所在的句子屬於祈使句，如果將這些句子看成是疑問句是不正確的。

最後，我們討論秦簡中被學者誤為是非問或選擇問的一個句子：

（39）而盜徙之，贖耐，<u>可（何）重也</u>？是，不重。（《睡虎地秦簡·法律答問》64）

學界對例（39）的語譯主要有兩種意見：

1. 整理小組：「如私加移動，便判處贖耐，是否太重？算做『封』，判處並不算重〔註31〕。」

2. 楊寬：「問者就進一步問：這樣判處『贖耐』的刑罰何其重呢？而答覆：是不重。」該例釋文讀為：「封，即田阡陌、頃畔封也。且非是而盜徙之，贖耐何重也？是不重。〔註32〕」

伊強（2017）認為在秦簡中僅此一例為是非問〔註33〕。張政烺（1994）則用選擇疑問來英譯這句話〔註34〕。我們認為楊寬的觀點可信。

例（39）既不能看成是非問也非選擇問，而是特指式的反問句。「何重也」

〔註27〕禤健聰：《戰國楚系簡帛用字習慣研究》，北京：科學出版社，2017 年，第 313 頁。

〔註28〕李學勤：《續論西周甲骨》，載《中國語文研究》，1985 年，第 7 期，第 4～6 頁。

〔註29〕唐鈺明：《中年語言學家自選集》（唐鈺明卷），合肥：安徽教育出版社，2002 年，第 116 頁。

〔註30〕弓海濤：《楚簡句法研究》，上海：華東師範大學博士學位論文，2013 年，第 81～82 頁。

〔註31〕睡虎地秦墓竹簡整理小組：《睡虎地秦墓竹簡》，北京：文物出版社，1990 年，第 108 頁。

〔註32〕楊寬：《古史新探》，上海：上海人民出版社，2016 年，第 27～28 頁。

〔註33〕伊強：《秦簡虛詞及句式考察》，武漢：武漢大學出版社，2017 年，第 324 頁。

〔註34〕張政烺：《雲夢竹簡》Ⅲ（英譯本），長春：吉林文史出版社，1994 年，第 51 頁。

句應該語譯：「如私加移動，便判處贖耐，懲罰怎麼能這樣重呢？」

理由有如下幾點：

第一，「何重也」的句式結構是：「疑問代詞＋形容詞及其詞組＋句末用語氣詞」。

第二，「何重也」這種結構的疑問程度非常低，一般看成是無疑而問的反問句。關於反問句的焦點，洪波（2006）認為反問形式並不存在疑問信息，它實際上是通過一種問句形式來對命題或命題的某一部分加以特別的強調〔註35〕。「何重也」問句的實際信息是：「這樣判處贖耐的刑罰多麼重呢？」

第三，「何＋形容詞＋也」句式也見於傳世古書，並通常用於反問句：

（40）一曰：殷之法，棄灰於公道者斷其手。子貢曰：棄灰之罪輕，斷手之罰重，古人何太毅也？曰：無棄灰，所易也；斷手，所惡也。行所易，不關所惡，古人以為易，故行之。（《韓非子・內儲說上》〔註36〕）

語譯：子貢說：棄灰的罪很輕，砍手的刑太重，古人怎麼如此濫用刑罰呢？〔註37〕

例（39）、例（40）中的「何」所在兩例其句式是一致的。然而「古人何太毅也」學者並不認為是非問句，而是看成是特指式的反問句。

第四，「何＋形容詞＋也」句式也用於有疑且問的特指問。如下引例都屬於有疑且問的真性特指問：

（41）宓子賤治單父。有若見之曰：子何臞也？宓子曰：君不知賤不肖，使治單父，官事急，心憂之，故臞也。（《韓非子・外儲說左上》）

語譯：宓子賤治理城邑單父時，有若會見他，驚異的問道：你為什麼這樣消瘦呢？

（42）衛人有夫妻禱者，而祝曰：使我無故，得百束布。其夫曰：何少也？對曰：益是，子將以買妾。（《韓非子・內儲說下》）

語譯：丈夫說：為什麼祈求的這樣少呢？妻回答說：超過這數目，你就會買妾。

〔註35〕洪波：《上古漢語的焦點表達》，載《21世紀的中國語言學》，商務印書館編輯部，北京：商務印書館，2006年，第47頁。

〔註36〕毅，舊注酷也。參考陳奇猷：《〈韓非子〉新校注》，上海：上海古籍出版社，2000年，第586頁。

〔註37〕邵增樺：《〈韓非子〉今注今譯》，臺北：臺灣商務印書館，1983年，第457～458頁。

因此，我們認為例（39）中的「何重也」一句既不能看成是真性特指疑問句〔註38〕，也不能看作是非問句或選擇問，即秦簡中還沒有出現是非問。我們將「何重也」句看成是無疑而問的反問句。

三、正反問

正反問與選擇問是從是非問句派生出來的〔註39〕。例如：

（43a）癸酉卜，貞：<u>方其圍今二月印（抑），不執</u>？余曰：不其圍。允不。（《合集》20411〔師小字組〕）〔註40〕

語譯：在癸酉這日卜問：在這個二月份鬼方會來犯呢？還是不會來犯呢？我占斷說：可能不會進犯。驗辭果然沒有進犯。

（43b）問曰：<u>其人同乎，不同乎</u>？曰：不同，可與政（其）誅。（《管子·侈靡第三十五》）

語譯：問道：這人相同嗎，不相同嗎？

例（43b）與（43a）殷墟甲骨文中的正反問一脈相承。都表達真性詢問，句末疑問語氣詞從（43a）的「執」到（43b）的「乎」。否定副詞並沒有變化，都用了「不」。但例（43b）所處的句子結構更複雜了。其中例（43b）動詞「曰」的賓語（直接引語）是一個複句，即由兩個是非問的單句構成。正反問句的基本特徵是以一正一反並列方式對動作本身、情態以及性狀等語義成分進行詢問。正反問又稱為反復問，正反問句一般採用以下三種句式〔註41〕：

（一）VP＋conj（可省）＋neg＋VP

（二）VM＋VP＋neg＋VM

（三）VP＋conj（可省）＋neg

從句型角度來說，正反問句一般都是複句，包括：複句、緊縮複句，此外還有句群正反問句，每個分句的末尾往往用句末疑問語氣詞也往往有省略的情況。正反問句是問話人對所問的事件有一定的瞭解，並在此基礎上給出正反兩

〔註38〕有學者認為是特指的詢問句。參考張玉金：《出土先秦文獻虛詞發展研究》，廣州：暨南大學出版社，2016年，第221頁。

〔註39〕呂叔湘：《中國文法要略》，瀋陽：遼寧教育出版社，2002年，第282～301頁。

〔註40〕此例引自張玉金：《甲骨文語法學》，北京：學林出版社，2001年，第325頁。

〔註41〕本文用 VP 代表動詞或動詞詞組，conj 代表選擇連詞，neg 代表否定副詞，VM 代表助動詞。

種情況，讓答話人選擇其一回答，答話人總是針對 VP＋neg＋VP 發問，所以 VP＋neg＋VP 即句子的焦點。周生亞（2017）在《漢語詞類史》中指出「漢語的反復問句產生於漢代」〔註42〕，從現有的出土文獻看來，這個觀點是不準確的。正反問句在睡虎地秦簡較常見，楚簡只有零星幾例。下面分別介紹正反問結構及其焦點。

（一）VP＋conj（可省）＋neg＋VP

這是一種用謂語或謂語中的一部分組成肯定和否定疊合的形式進行詢問的句子類型。這種問句要求回話者從肯定項和否定項中選擇其中一項進行回答，其疑問點就是肯定和否定的疊合，一般記為：VP1＋neg＋VP2，其中 VP 表示肯定項，neg＋VP 表示否定項，這種句式在否定副詞前可以用連詞。

1. 當 VP 為單音節動詞並且 VP1 帶賓語的情況時，秦簡有如下用例：

（44）灋（廢）令、犯令，<u>逕免、徙不逕</u>？逕之。（《睡虎地秦簡·法律答問》143）

語譯：廢令，犯令的罪，對已經免職或調任的應否追究？應當要追究。「逕」義為「追究」。

（45）辭者辭廷。今郡守<u>爲廷不爲</u>？爲殹（也）。（《睡虎地秦簡·法律答問》95）

語譯：訴訟者向廷訴訟。如郡守算不算廷？算廷。

2. 當 VP 為單音節動詞並且不帶賓語的情況時，有如下用例：

（46）☐敬訊而負之，<u>可不可</u>？（《里耶秦簡壹》8-644 背）

語譯：……敬審查他並且要求他對此負責，可行不可行？

（47）智（知）人通錢而爲臧（藏），其主已取錢，人後告臧（藏）者，臧（藏）者<u>論不論</u>？不論論。（《睡虎地秦簡·法律答問》182）

語譯：知道他人行賄而代為收藏錢財，錢的主人已將錢取走，事後才有人控告藏錢的人，藏錢的應否論罪？應論罪。

（48）爲黑夫、驚多問嬰汜季事可（何）如？<u>定不定</u>？（《睡虎地秦牘·11號木牘》Ⅳ）

〔註42〕「反復問句」即本文所謂的「正反問句」，參考周生亞：《漢語詞類史稿》，北京：中國人民大學出版社，2018 年，第 431 頁。

語譯：請母親替黑夫跟驚問候嬰記季怎麼樣了？確定了還是沒確定呢？

伊強（2017）認為以下兩例是正反問句，其中的 VP＋不＋VP 不是單獨作為問句出現的，而是被包容在別的句子裡〔註43〕。現摘錄如下：

（49）季丈人、柏及☐毋恙也？季幸少者，時賜☐史來不來之故，敢謁☐☐（《里耶秦簡壹》8-659＋8-2088）

語譯：史來與不來的原因，斗膽請示告知……。

（50）當獨抵死所，即視索終，終所黨有通跡，乃視舌出不出，頭足去終所及地各幾可（何）。（《睡虎地秦簡・封診式》68＋70）

語譯：以及觀察（死者）舌頭吐出來還是沒有吐出來。

我們認為伊強（2017）對上述兩個句子語氣類型的理解是有問題的。上揭兩例確實有 VP＋不＋VP 格式，且被包容在別的句子內，但在語氣類型上而言，這種句子屬於陳述句，只陳述情況，並無疑問語氣。例（50）中的「出不出」作句子的謂語，例（49）「來不來」則作句子謂語中心的修飾語，不存在發出疑問的語氣或語調，而是從正反兩方面陳述情況。因此不能看成是正反問。

3. 另外，還有幾例特殊的正反問（即「動詞＋不＋指示代詞」式）：

（51）丞某告某鄉主：某里五大夫乙家吏甲詣乙妾丙，曰：乙令甲謁黥劓丙。其問如言不然？定名事里，所坐論云何，又覆問無有。以書言。（《睡虎地秦簡・封診式》44）〔註44〕

語譯：要求那位鄉吏負責人詢問代理人（公士甲）告辭是否和原告人（五大夫乙）所說的告辭一樣？〔註45〕

伊強（2017）認為例（51）是正反問，但未作解釋。我們認為否定副詞後的「然」是一個謂詞性代詞，略等於現代漢語的「這樣」，指代否定詞前的「如

〔註43〕伊強：《秦簡虛詞及句式考察》，武漢：武漢大學出版社，2017 年，第 324 頁。

〔註44〕此處標點從原考釋意見，原整理者語譯「請詢問是否和所說的一樣？」我們認為此句語譯表述不清楚，因此改譯。參考：《睡虎地秦墓竹簡》整理小組：《睡虎地秦墓竹簡》，北京：文物出版社，1990 年，第 155 頁；陳偉等：《秦簡牘合集》（壹貳：釋文注釋修訂本），武漢：武漢大學出版社，2016 年，第 281～282 頁。

〔註45〕關於此例的理解，據張孝蕾研究「其問如言不然」此句到結尾是屬於查證文書部分，即專門針對此類代理案件所寫的範式。因為代理人是轉達原告人的告辭，所以縣丞要再查證告辭的可靠程度。參考張孝蕾：《睡虎地秦簡封診式研究》，湖南大學碩士學位論文，2013 年，第 36～37 頁。

言」。

4. 當否定詞前出現選擇連詞時，可構成與選擇問在形式上非常相似的「VP＋且＋非／未＋VP」格式：

（52）抉籥（鑰）者已抉啓之乃爲抉，且未啓亦爲抉？▢抉之非欲盜殹（也），已啓乃爲抉，未啓當貲二甲。（《睡虎地秦簡‧法律答問》30）

語譯：撬門鍵的人已經撬開才算撬，還是沒撬開也算撬？撬門鍵目的不在盜竊的，已開才算作撬，沒有開應改罰繳二甲。

（53）以乞鞫及爲人乞鞫者，獄已斷乃聽，且未斷猶聽殹（也）？獄斷乃聽之。（《睡虎地秦簡‧法律答問》115）

語譯：已要求重審及為他人要求重審的，是在案件判決以後受理，還是在沒有判決以前就受理？在案件判決以後再受理。

（54）頃半（畔）封殹（也），且非是？（《睡虎地秦簡‧法律答問》64）

語譯：百畝田的田界是算做封，還是不算做封？此處「是」為指示代詞。

因此，我們認為可將秦簡的 VP＋且＋非＋VP 式句看作是選擇式的正反問，只不過其正反兩項是由兩個相對事項構成了疑問焦點，在分類上仍應看成是正反問。下面討論楚簡中非常典型的一例正反問句群，這個正反問句群與上舉秦簡正反問的語義格式類同，但語義更豐富。例如：

（55）故吾因譴鬼神不明，則必有故。亓（其）力能至安（焉）而弗爲虐（乎）？虐（吾）弗瞀（知）也。酱（抑）亓（其）力古（故）不能至安（焉）虐（乎）？虐（吾）或（又）弗瞀（知）也。（《上博楚簡五‧鬼神之明融師有成氏》4）

語譯：鬼神的能力能做到卻故意不做嗎？這是我不知道的呀！還是說鬼神的能力本來就不能做到賞善罰惡呢？這也是我不知道的呀！

李明曉（2010）既不同意將例（55）看成是正反問，也不同意看成選擇問[註46]。張玉金（2016）則認為例（55）是選擇問（選擇複句），其後又認為是正反問句更合理，他說：「『其力能至焉而弗為乎』和『其力故不能至焉乎』構成正反問句，兩句之後都用『乎』，後一句前面使用了選擇連詞『抑』來表示選擇關係。連詞之間有「吾弗智知也」作為插入語，使得正反問句的兩分句關係

〔註46〕李明曉：《戰國楚簡語法研究》，武漢：武漢大學出版社，2010年，第413～414頁。

不緊密。〔註47〕」

從篇章語法角度來看，例（55）在形式上跟現代漢語最常見的「……嗎……嗎」問的選擇問句群是相似的，例如：

（56）是弟弟永虎結婚辦喜事？不可能！他才二十歲，示威遊行時被關進了監獄，去年初出獄後一直沒找到工作。是妹妹結婚做回門酒？更不可能。半年前她還說過要報考音樂學院，也沒有男朋友。（石國仕《戰俘》）〔註48〕

邢福義（2001）討論過例（56），該句典型的「……嗎……嗎」式選擇問句群，他指出這種選擇問句群中最常用的「……嗎……嗎」問，本身具有較大的離散性，即各選擇問句中可以插入別的句子〔註49〕。最常見到的一種形式是在自問自答的語境中，每一個選擇問的單句後，分別出現答句，從而構成了「問＋答＋問＋答」的形式。這種形式的選擇問句既能充分表達問話者的思想，有能增強話語的波浪。

那麼我們是不是應該將例（55）看成是選擇問句呢？答案是否定的。例（55）應是正反問句群。因為正反問句最顯著的一個特徵 VP 語義上構成一正一反，這正符合正反問的概念。並且在正面問句後緊接著插入語作分句，正面問與反面問之間形成上下起伏的節奏感，既充分表達問話者的思想，又提供了聽話者思考的時間。

因此我們將楚簡的 VP＋抑＋不＋VP 與秦簡的 VP＋且＋非＋VP 看成是選擇式的正反問同形結構。上揭的正反問句的疑問焦點是：VP＋抑＋不＋VP，問話者提出肯定與否定兩個選項，「可能」與「不可能」各占一半，這種問句的疑問程度居中，即信、疑各為一半。

5. 此外，楚簡中還存在一種比較特殊的不用連詞的正反問句。

馮春田（1987）認為秦簡未見只用語氣詞而不用連詞的一類複句式選擇問句〔註50〕。據我們統計，在早於戰國時代的出土文獻語料中（即《說命》篇的卜筮簡文），卻發現了使用選擇語氣詞的正反問句，例如：

〔註47〕張玉金：《出土先秦文獻虛詞發展研究》，廣州：暨南大學出版社，2016 年，第 176，241 頁。

〔註48〕該例與《戰俘》原文個別字詞稍有不同。摘自石國仕：《戰俘》，載《中篇小說選刊》，1991 年第 1 期，第 196 頁。

〔註49〕邢福義：《漢語複句研究》，北京：商務印書館，2001 年，第 669～670 頁。

〔註50〕馮春田：《秦墓竹簡選擇問句分析》，載《語文研究》，1987 年，第 1 期，第 27～30 頁。

（57）遶（失）审（仲）卜曰：<u>我亓（其）殺之？我亓（其）已，勿殺？</u>勿殺是吉。遶（失）审（仲）慧（違）卜，乃殺一豕。（《清華楚簡叁·說命上篇》4＋5）

語譯：我殺死兒子？我作罷，不去殺死兒子？

例（57）是失仲計劃殺子前占卜所用的命辭，其中「勿殺是吉」則是占辭。整理者李學勤認為簡文敘述失仲的卜辭實際上是一正一反兩條命辭。正命辭是「我其殺之」，即失仲將殺死兒子；反命辭是「我其已勿殺」即失仲不去殺死兒子。「已」如字讀，訓為「止」〔註51〕。

（二）VM＋VP＋neg＋VM

VM＋VP＋neg＋VM 式是秦簡最常用的正反問（共 25 次）。其中助動詞常用「當」，「得」則少見：

（58）女子甲爲人妻，去亡，得及自出，小未盈六尺，<u>當論不當</u>？已官，當論。（《睡虎地秦簡·法律答問》166）

語譯：女子甲為人之妻，私逃，被捕獲以及事發後自首，年小，身高不滿六尺，應否論處？婚姻曾經官府認可，應論處。

（59）甲賊傷人，吏論以爲鬬傷人，<u>吏當論不當</u>？當諄。（《睡虎地秦簡·法律答問》119）

語譯：甲殺傷人，吏以鬥毆傷人論處，吏應否論罪？應當申斥。

（60）罷癃（癃）守官府，亡而得，<u>得比公瘁（癃）不得</u>？得比焉。（《睡虎地秦簡·法律答問》133）

語譯：看守官府的不滿六尺二寸的身材矮小者，逃亡而被捕獲，可否與因公廢疾的人同樣處理？可以同樣處理。

（三）VP＋conj（可省）＋neg

這類正反問句的否定副詞位於謂語動詞後在句尾表示疑問的格式，在殷墟甲骨文中還沒發現，西周漢語中已出現了 VP＋neg 式正反問：

（61）正迺（乃）唤（訊）厲曰：<u>女（汝）寶（賈）田不（否）</u>？厲迺（乃）許，曰：余審（審）寶（賈）田五田。（《集成·五祀衛鼎》2832）

〔註51〕有學者認為此例的「殺」是乃流放之義，譯為：「失仲放了一豕」。李學勤：《清華大學藏戰國竹簡》（叁），上海：中西書局，2012 年，第 123 頁。

語譯：執政大臣們審問厲說：你租田嗎？

裘錫圭（2012）認為這是目前所能見到的漢語史上最早的否定副詞位於句尾的正反問句〔註52〕。據我們統計 VP＋neg 式正反問句在秦簡中用例數量較少，句末多用語氣詞「也」，偶爾也省略不用。

（62）訊甲亭人及丙，智（知）男子可（何）日死，<u>聞讙寇者不殹（也）</u>？（《睡虎地秦簡·封診式》61＋62）

語譯：訊問甲同亭人員和丙，是否知道男子死在哪一天，有沒有聽到大聲呼喊有賊的聲音？

（63）甲賞（嘗）身<u>免丙復臣之不殹（也）</u>？（《睡虎地秦簡·封診式》41）

語譯：甲是否曾經親自解除過丙的奴隸身份，然後是否又去奴役丙？

（64）<u>辭相家爵不也</u>？書衣之南軍毋□<u>王得不也</u>？（《睡虎地秦牘·11號木牘》Ⅰ）

語譯：是否已經告辭相家爵了？……王得不了……嗎？

（65）免老告人以爲不孝，謁殺，<u>當三環之不</u>？不當環，亟執勿失。（《睡虎地秦簡·法律答問》102）

語譯：老人控告不孝，要求判以死刑，應否經過三次原宥的手續，不應經過原宥的手續，要立即拘捕，不要令他逃走。

伊強（2017）認為例（66）介於選擇問和正反問之間〔註53〕：

（66）吏節（即）不智（知）學爲僞書，不許貣（貸）學錢，退去學，學即道胡陽行邦亡，<u>且不</u>？（《嶽麓秦簡叁·學爲僞書案》230）

語譯：當局如果不察覺你是僞造文書，不答應給你貸款，斥退你讓你離去的話，你是否直接從胡陽實行逃出本國亡命？

我們認為例（66）仍是正反問句，其前後兩個問句表示選擇關係。其實「VP＋且＋非／未」句式與傳世古書用法並無二致，例如：

（67）葬既引，至於堩，日有食之。則有變乎？<u>且不乎</u>？（《禮記·曾子問》）

〔註52〕裘錫圭：《裘錫圭學術文集》（甲骨文卷），上海：復旦大學出版社，2012年，第318頁。

〔註53〕伊強：《秦簡虛詞及句式考察》，武漢：武漢大學出版社，2017年，第228頁。

語譯：則有變故嗎？還是不會有變故？

結合上述秦簡的正反問句，對比例（68）（《說命》篇形成時代更早於戰國時代的《尚書》類的古語），可以發現秦簡、楚簡的正反問句中在使用連詞上是各有特點的。例如：

（68）王廼儈（訊）敓（說）曰：帝殹（抑）尔以畀舍（余），殹（抑）非？說廼曰：唯。帝以余畀尔。（《清華楚簡叁・說命上篇》3）

語譯：王於是詢問傅說：天帝是把您傅說賜予我呢？還是不是賜予我呢？傅說答：是的！天帝是把我傅說賜予你。

四、選擇問

關於出土戰國文獻的選擇問句使用的語義模式，學者們一般認為存在兩種情況：

（一）A＋選擇連詞（抑／抑亦／且）＋B

（二）選擇範圍詞或詞組＋疑問代詞＋謂語動詞

以上兩種模式，其中模式（一）的使用最廣泛，模式（二）則常見於楚簡，少見於秦簡。我們認為，出土戰國文獻的選擇問句使用的語義模式只存在第（一）種，現在先來看模式（一）「A＋選擇連詞（抑／抑亦／且）＋B」式的選擇問。

選擇問基本特徵是問話人要求聽話人選擇 A 或 B 作出回答，即 A 或 B 集中了問話人特別關注或強調的語義信息，因此選擇問句的焦點往往即 A 或 B。

（一）A＋選擇連詞（抑／抑亦／且）＋B

楚簡的選擇連詞「抑」有「殹」「伊」「意」等寫法。楚簡習慣用「抑」或「抑亦」或「抑……（其）抑……」等格式，其後 A 或 B 項句尾如使用語氣詞一般是「乎」「也」「與」或「也與」：

（69）枼（世）及虘（吾）先君邵公、剌（厲）公，殹（抑）天也，亓（其）殹（抑）人也？為是牢獸（鼠）不能同穴，朝夕戈（鬥）戉（鬩），亦不㛂（逸）斬伐。（《清華楚簡陸・鄭文公問太伯》甲9）

語譯：到了我們先君邵公、厲公這一代，是天的原因呢？還是人為的原因呢？

例（69）中的「其」有人認為是連詞，表示選擇關係，相當於「或者」「還

是」〔註54〕。我們認為此處的「其」是一個句首疑問副詞，表示揣測語氣，為了強調後者「人為的因素」。

（70）子羔曰：<u>枿（堯）之尋（得）垚（舜）也，垚（舜）之㥯（德）則城（誠）善嬰（與）？伊（抑）枿（堯）之㥯（德）則甚昷（明）嬰（與）</u>？孔子曰：古（故）夫垚（舜）之㥯（德）丌（其）城（誠）叚（賢）矣。（《上博楚簡二・子羔》2＋8）

語譯：子羔問：堯得到舜，是因為舜的才德確實很好呢？還是因為堯的德行非常昌明？孔子答：一樣好。舜的才德確實賢明。

（71）子羔昏（問）孔子曰：厽（三）王者之乍（作）也，膚（皆）人子也，而<u>丌（其）父戔（賤）而不足爯（偁）也與？啟（殴）亦城（成）天子也與</u>？（《上博楚簡二・子羔》9）

語譯：子羔問孔子說：三王興起，他們本來都是平凡人的子弟，他們的父親地位都卑賤不足稱道嗎？他們本來就應該是天子嗎？

（72）王曰：女（如）四與五之閒（間），<u>載（載）之埴（傳）車己（以）走（上）虖（乎）？殹（抑）四舿（舸）己（以）逾虖（乎）</u>？尹子莖（莖）曰：四舿（舸）己（以）逾。（《上博楚簡六・莊王既成　申公臣靈王》3＋4）

語譯：莊王又問：假如是四代與五代之間，那麼擄掠者將無射樂鐘是選擇用裝載於傳車往北上運回晉人領土呢？還是用裝載於四航順水而下運往吳國呢？子莖答：擄掠者用四航裝載以順水而下。

以上楚簡選擇問諸例使用的「抑」，李明曉（2010）認為「抑」是語氣副詞〔註55〕。我們認為這種判斷是有誤的，楚簡選擇問中的「抑」「抑亦」是連詞。學者一般認為選擇連詞「且」跟「抑」「或」功能一樣〔註56〕。周法高（1962）則指出選擇連詞「且」多聯結兩組選擇問句〔註57〕。而秦簡的選擇問句則習慣在第二個分句的句首使用選擇連詞「且」：

（73）問：芮買（賣），與朵別賈（價）地，<u>且</u>吏自別直？（《嶽麓秦簡叄・

〔註54〕朱忠恆：《〈清華大學藏戰國竹簡〉集釋》（陸），武漢：武漢大學碩士學位論文，2018年，第97頁。

〔註55〕李明曉：《戰國楚簡語法研究》，武漢：武漢大學出版社，2010年，第413頁。

〔註56〕楊樹達：《高等國文法》，北京：商務印書館，1984年，第310頁。

〔註57〕周法高：《中國古代語法》（造句編上），臺北：中研院歷史語言研究所，1962年，第326頁。

芮盜賣公列地案》63）

語譯：詢問：芮賣（店鋪）是跟朵將地分別定價，還是當局自行分別估價？

（74）求盜追捕辠（罪）人，辠（罪）人挌（格）殺求盜，問殺人者爲賊殺人，且斲（鬥）殺？斲（鬥）殺人，廷行事爲賊。（《睡虎地秦簡・法律答問》66）

語譯：求盜追捕罪犯，罪犯擊殺求盜，問殺人者應當作為賊殺人罪論處，還是作為鬥殺人罪論處？是鬥殺人罪，但成例以賊殺人罪論處。

（二）選擇範圍詞或詞組＋疑問代詞＋謂語動詞

模式（二）能否看成是選擇問呢？下文將詳細駁斥這種錯誤的觀點。這類問句的結構有三個部分組成：第一，供選擇使用的範圍詞，有學者也稱為「先行詞」。第二，必須有表詢問語義的疑問代詞。第三，疑問代詞後緊接謂語動詞或謂語形容詞。例如：

（75a）名與身簹（孰）新（親）？身與貨簹（孰）多？甚惡（愛）必大賹（費），厇（厚）贓（藏）必多貣（亡）。（《郭店楚簡・老子甲篇》35）

（75b）名與身孰親？身與貨孰多？得與亡孰病？甚愛必大費，多藏必厚亡。（《帛書老子甲本・德經》）

（75c）身與名孰親？身與貨孰多？得與亡孰病？是故甚愛必大費，多臧（藏）必厚亡。（《漢簡老子・上經》）

語譯：名聲和生命哪一個更親近？生命和財物哪一個更重要？特別愛惜一定有更大的破費，大量收藏一定會有更多的損失。

（76）〔魯〕久次曰：天下之物，孰不用數？陳起對之曰：天下之物，无不用數者。（《北大秦簡・魯久次問數于陳起》4-145）

語譯：魯久次問道：天下萬物，有甚麼不需要用到數呢？陳起回答說：天下萬物，沒有甚麼是不需要用到數的。

（77）韓、魏不聽則秦伐，齊不聽則燕、趙伐，天下孰敢不聽？（《戰國縱橫家書・謂燕王章》）

語譯：齊不聽命那麼就會遭到燕、趙討伐，天下諸侯誰膽敢不聽從您呢？

（78）子貢曰：必不得已而去之，於斯三者何先？（《論語・顏淵》）

語譯：子貢問：在三者之中一定要去掉一個，那麼應該先去掉哪一個？

（79）兩者大王<u>何</u>居焉？（《戰國策・楚策一》）

語譯：這兩者大王您會選擇留哪一個呢？

秦簡、楚簡一律用疑問代詞「孰」作為疑問焦點。學者一般認為疑問代詞「孰」產生春秋時代以後，稍晚於「誰」，在春秋語料中「誰」非常普遍被使用，專職問人。而「孰」既可用於問人，又用於問事物，用於問事物時總帶有選擇的語義色彩，「孰」前面通常會出現表示選擇範圍的詞或詞組，詞組一般使用連詞「與」。

學者一般將例（75）至例（79）稱為「選擇問句」或「範圍選擇問句」，持此觀點的學者眾多如：王力（2000）、楊伯峻和何樂士（2008）、祝敏彻（1999）等〔註58〕。還有一些採取折中主義的學者，稱為「特指選擇問句」，如邵敬敏（1994）〔註59〕。我們認為上述學者都意識到了選擇問與特指問存在著某些聯繫。例（75）至例（79）都使用了疑問代詞「孰」或「何」，這些疑問詞均表達了「選擇哪個選項」的語義，因此從語義上來說，是問話者表示選擇的語義問句，這個理由似乎可以稱之為「選擇問」，但是在概念上卻說不通。因為關於選擇問句的定義，呂叔湘在《中國文法要略》中指出，疊用兩個互相補充的是非問句，詢問對方孰是孰非，就成為抉擇問句（也即選擇問句），上下兩小句之間，多數用關係詞來連接，也有不用的〔註60〕。

因此本文認為具有「選擇範圍詞或詞組＋疑問代詞＋謂語動詞」式的這類問句，仍應看成是特指問句。雖然上引帶「孰」或「何」的疑問句，尤其是疑問代詞「孰」前面帶有先行詞時，選擇語義色彩更加明顯，但疑問代詞的特指性仍舊是這個問句的最重要的語義與形式特徵。再者呂叔湘所說的，選擇問句的基本形式在「選擇範圍詞或詞組＋疑問代詞＋謂語動詞」問句中並不具備。

綜上所述，這類常見於楚簡的模式（二）「選擇範圍詞或詞組＋疑問代詞＋謂語動詞」，本文認為是特指問句。

〔註58〕王力：《王力古漢語字典》，北京：中華書局，2000 年，第 215 頁；楊伯峻，何樂士：《古漢語語法及其發展》，北京：語文出版社，1992 年，第 875 頁；祝敏徹：《〈國語〉〈國策〉中的疑問句》，載《湖北大學學報》（哲學社會科學版），1999 第 1 期，第 875 頁。

〔註59〕邵敬敏：《現代漢語疑問句研究》，北京：商務印書館，2014 年，第 10 頁。

〔註60〕呂叔湘：《中國文法要略》，北京：商務印書館，2014 年，第 396～397 頁。

第四節　真性詢問句的地域性

根據我們前面的統計，特指問不管在秦、楚兩類簡牘的數量分佈還是在疑問代詞總體的使用上都表現出較多共性，然而值得注意的是是非問句在秦楚兩類簡牘語料中呈現出極不平衡的現象。這種現象我們是否應該理解成「是非問的地域性特點」呢？換句話說，秦簡沒有是非問，這是什麼原因造成的呢？是不是秦簡所代表的秦方言無是非問句，而楚方言才有是非問呢？

我們認為，是非問句僅見於楚簡而秦簡獨無並非由於地域性差異造成的，原因應與秦楚簡牘內容性質不同有關。根據是非問句出現的文獻，即《上博楚簡》《清華楚簡》《信陽楚簡》楚古書類簡牘來看，這些語料多記載君臣的問答語（如《季庚子問於孔子》《舉治王天下》等）或師徒之間的問答語（如《君子為禮》《弟子問》等），然而秦簡語料中卻沒有這種性質的文本，秦簡真性詢問句以特指問為最常見，其次是正反問、選擇問，可知秦簡語言環境不適合使用以簡單的二值判斷作為答語的是非問。

鑒於上述的情況，我們可知出土戰國文獻中真性詢問句的地域性主要表現在正反問及選擇問兩類真性詢問句中。這兩類問句的地域性特徵具體表現在以下兩個方面：

（一）正反問句的地域性區別有三點：1.選擇連詞具有地域性。秦簡用「且」，楚簡用「抑」。2.語氣詞具有地域性。秦簡一般不用語氣詞，如用則以「也」作結，楚簡一般用語氣詞，並且語氣詞類別豐富，有「乎」「也」「與」或「也與」等。例（66）中的「且不乎」很可能是融合了秦楚兩地正反問的語言習慣。3.楚簡正反問不多見，僅有 1 例「VP＋neg」式，此外有 2 例都借助選擇連詞「抑」構成「VP＋conj（可省）＋neg」式，楚簡的正反問在形式上與選擇問句非常相似。

（二）選擇問句的地域性區別體現在選擇連詞的使用上。具體表現為秦簡習慣用連詞輔助選擇詢問，楚簡選擇詢問時選擇連詞可用也可不用，不用連詞的選擇問往往是更早於戰國時代的古語。

第五節　小　結

基於出土戰國語料，我們窮盡統計及分析了各類真性詢問句，可得出以下結論：

（一）出土文獻真性詢問句分佈特徵是：以問答句形式出現在語錄體楚簡與律令類秦簡兩種語料，具體表現為：1.由於楚簡文獻多為語錄體的古書，特指問在使用頻率上最高，是非問使用頻率僅次於特指問，選擇問數量偏少並且格式單一，正反問句則僅存於戰國古語中。其中特指問在疑問詞使用上具有豐富性與多樣性特徵。2.秦簡真性詢問句主要集中於具問答形式的律令簡牘。睡虎地秦簡《法律答問》是秦簡真性詢問句分佈最多最廣泛的一篇語料，少數的真性詢問句見於書信、政府公文等文書類簡牘。秦簡語體特徵有三點：第一，從句類來看，主要用陳述句、疑問句表達，一般不用感歎句和祈使句；第二，從問句類型來看，特指問被大量運用，疑問詞作為傳遞疑問信息的焦點，語法位置非常靈活，疑問點可位於主語、謂語、賓語、定語、狀語等多個句法位置；第三，從關聯詞語來看，由於複句能更準確、更嚴密地表達語義，因此一般這類真性詢問句都使用複句形式表達，尤其是正反問、選擇問。

（二）楚簡「敢問民事」如何確定其語氣類型問題，我們認為這類句子在語義上具有特指問的陳述句。出土文獻的整理者對這類句子的標點存在前後不一致的認識，需要更正。楚簡習見的帶有疑問代詞「孰」的問句，本文不同意學者舊有的觀點，將這類問句歸為選擇問或特指選擇問，我們認為這種問句仍然是特指問。

（三）是非問僅出現於楚簡語料，而秦簡語料未見，原因是秦、楚簡牘內容性質不同。語錄體的楚簡文獻以問答句的形式記載問話人針對某個命題提出疑問，希望答話人對命題作出真假二值判斷，以此創造是非問的語言環境。秦簡語料的性質屬於律令類文本，問話人提出具體律令問題或答話人回答律令問題時，都不能以是非問提問或以簡單的二值判斷作為答語，因此律令類秦簡不具有產生是非問句的語境。

（四）選擇連詞普遍用於選擇問和正反問，並且秦、楚兩地的選擇連詞具有地域性特徵，秦人習慣用「且」，楚人習慣用「抑」或「抑亦」且句式較秦人疑問句多樣。這點特徵是傳世戰國古書所不具備的。

第七章　出土戰國文獻假性反問句研究

　　本章提要：呂叔湘（2014）曾指出：「反詰和詢問是作用的不同。反詰實在是否定的方式，反詰句裡沒有否定詞，這句話的用意就在否定；反詰句裡有否定詞，這句話的用意就在肯定。」[註1] 從功能角度看，反問句屬於疑問句的功能類型中的一種，可將其功能下分為反問句、設問句、回聲問、附加問四種類型。在出土戰國文獻中，反問句、設問句、回聲問都已經出現，未見附加問。一般而言，反問句、設問句、回聲問句都是人們在進行言語交際所使用疑問句系統中的特殊功能系統。研究這個系統，對我們理解疑問句的結構類型以及語用功能類型都具有非常特殊的語言學價值。

第一節　概　述

　　系統功能學派學者 Halliday（韓禮德）曾指出，反問句在語言交際中以問句的形式給予聽話者信息或情感立場。由於反問句與真性詢問句、中性測問句不同，因此本文將其定性為假性問句[註2]。

　　對出土戰國文獻中的某類簡牘語料反問句的研究，目前已取得一些研究成果：（一）楚簡反問句研究。李明曉（2006）《戰國楚簡語法研究》對部分出土

〔註1〕呂叔湘：《中國文法要略》，北京：商務印書館，2014 年，第 405 頁。
〔註2〕關於「假性問」的概念是由韓禮德、陳妹金提出。參考陳妹金：《漢語假性疑問句研究》，載《南京師大學報》，1992 年第 4 期，第 78～84 頁。

戰國楚簡反問句進行了描寫與歸類〔註3〕，並借鑒袁本良、何瑛（2004）提出的「反問程度」概念進行研究，具有一定創新意義。弓海濤（2013）則採用楊伯峻和何樂士（2008）對反問句四大特點的認識與分類方法〔註4〕，從句末是否出現語氣詞的角度對楚簡反問句進行分析。另外，他還對句末語氣詞用法做了詳細的解釋。（二）秦簡反問句研究。由於秦簡問句系統本身的特殊性限制，伊強（2017）對嶽麓秦簡中僅有的一處反問句進行過介紹〔註5〕，其他研究秦簡反問句的成果目前還沒見到，同時，我們也尚未見到學者對所有已刊布的出土戰國文獻及西漢簡帛戰國古書中的反問句進行深入研究。

本文運用統計學的方法以及互動語言學等理論，對出土戰國語料共 342 例的反問句進行歸納與重新分析，注重解釋反問句式的地域性特徵、反問程度的強弱與句式之間的聯繫與區別。下面先談談出土戰國文獻及西漢簡帛戰國古書的反問句地域分佈特點。

第二節　假性反問句的分佈規律

為了釐清出土戰國漢語這類假性反問句的具體分佈及使用情況，我們對出土文獻進行了窮盡統計，詳見下表。

表 7-16　出土戰國文獻及西漢簡帛戰國古書反問句式與地域分佈表
（單位：例）

文獻 ＼ 句類		特指性反問句	是非性反問句	選擇性反問句	正反性反問句	總計	
楚系簡牘語料		77	92	2	0	171	
秦系語料	簡牘	8	3	0	0	11	13
	玉牘	2	0	0	0	2	
晉系金文語料		2	1	0	0	3	
漢代簡帛語料		80	75	0	0	155	
總計		169	171	2	0	342	

〔註3〕李明曉：《戰國楚簡語法研究》，武漢：武漢大學出版社，2010 年，第 415～416 頁。
〔註4〕弓海濤：《楚簡句法研究》，上海：華東師範大學博士學位論文，2013 年，第 84 頁。楊伯峻和何樂士歸納反問句的四大特點即：（1）包含肯定或否定的形式；（2）所在複句中反問句所處的位置；（3）反詰副詞與助動詞或副詞的分佈；（4）句末語氣詞。參考楊伯峻，何樂士：《古漢語語法及其發展》，北京：語文出版社，1992 年，第 885 頁。
〔註5〕伊強：《秦簡虛詞及句式考察》，武漢：武漢大學出版社，2017 年，第 326 頁。

　　從上表可知，反問句主要分佈在戰國楚簡、漢代簡帛語料中，總計有 326 句，占總數的 95.60%，其中楚簡 171 例（50.15%），漢簡帛 155 例（45.45%）。從反問句式與地域性的角度觀察出土戰國文獻中反問句的分佈規律：

　　（一）共出現了三種反問句式，它們分別為：是非性反問句、特指性反問句、選擇性反問句三類（按頻率高低排序）。其中楚簡語料三種反問句式的分佈最廣。秦簡與漢簡帛牘僅出現兩種反問句式（特指性、是非性反問句），並且以特指性反問句為優先使用的反問句式。此外晉系金文、秦駰玉牘分別見到 2 例特指性反問。

　　（二）其中是非性反問句出現 96 次（51.34%）、特指性反問句出現 89 次（47.59%）這兩類反問句式最常見，選擇性反問句最少見，僅有 2 例（1.07%）；正反性反問句未出現。

　　（三）相對於出土戰國文獻的真性是非問句使用情況而言，是非性反問句使用頻次更大。是非性反問句有 96 例，占總數 51.34%，而據前章表 6-13 統計，真性是非疑問句有 90 例，占總數 13.35%。

　　（四）對比出土戰國文獻的真性特指問句，特指性反問句使用頻次不如真性特指問句，並不是問話者優先採用的疑問句。特指性反問句有 89 例，占總數 47.59%，據前章表 6-13 統計，真性特指疑問句有 500 例，占總數 74.18%。

　　（五）聯繫真性選擇問、正反問與選擇性反問句使用頻率，可知選擇問句（包括真性與反問句式的選擇問），它基本不作為問話者使用的反問句類型。選擇性反問句僅 2 例，占總數 1.07%；據前章表 6-13 統計，真性選擇疑問句有 33 例，占總數 4.90%。

第三節　假性反問句的疑問性與層級系統

　　反問句與真性詢問句相比，兩者在結構或形式上並無二致。差別在於，反問句在語境中表達出來的語義信息、情感信息往往是有層級性的。袁本良和何瑛（2004）在《〈新書〉反問句及其語用價值》提出了「三層反問程度系統說」〔註6〕：強級：駁斥義（第一層級）。中級：提醒義、譏諷義（第二層級）。弱級：無奈、困惑義（第三層級）。袁本良和何瑛指出使用反問句第一、第二層級系統

〔註6〕袁本良，何瑛：《〈新書〉反問句及其語用價值》，載《簡帛語言文字研究》，重慶：巴蜀書社，2006 年第 2 期，第 419～432 頁。

多出於修辭上的需要。反詰程度越高，疑問程度就越低，二者構成反比關係。

我們認為反問句的「反問程度」層級系統說基本能反映出土戰國文獻及西漢簡帛戰國古書中反問句的類型，但上述的反問句第二層級系統層次仍有必要再細分為兩類：1.語義偏向於諷刺、挖苦的反問句。2.語義偏向於提醒、提示的反問句。本文認為這兩類反問句不僅在反問程度上有差別，在問話者與聽話者的人際交往禮貌等級方面也體現明顯的區別。因此本文在借鑒袁本良和何瑛層級說的同時，又借鑒張文賢和樂耀（2018）提出從互動語言學視角分析現代漢語反問句的疑問性以及交際過程中的禮貌程度和等級的研究成果〔註7〕。此外，徐傑和張林林（1985）曾提出關於「疑問程度與疑問句式」的分析方法也具有一定的操作性，他們指出，當問話者對對方一無所知時，疑問程度的參數是 100%（有真性特指問）；假如問話者對對方有一定的瞭解，疑問程度的參數是 80%（有真性正反問、是非問）；假如問話者對對方有更多的瞭解，知道大概範圍，那麼疑問程度的參數是 60%（有真性特指問、選擇問）；假如問話者對對方有比較多的瞭解，基本知道未知信息的答案，但不能肯定，則疑問程度的參數是 40%（有真性正反問、是非問）。他們認為，疑問句不僅有句式結構形態的不同，還存在疑問程度的差別。徐傑和張林林對不同類型的真性詢問句所呈現的疑問程度進行了參數賦值〔註8〕。他們提出疑問程度的參數賦值限於真性詢問句，但沒有論及反問句這類假性疑問句。

上述學者們提出的按疑問程度與反問程度的強弱給假性疑問句賦值的方法新穎，並具有較強的實用性與操作性，我們認為基本可適當調整上述的理論方法而後用於出土文獻反問句的研究。本章關於反問程度的四分法，我們借鑒了 Labov&Fanshel（拉波夫和范歇爾）在 1977 年提出的 A-events（Known to A，but not to b）、O-events（Known to everyone persent）、AB-events（Known to both A and b）以及 B-event（Known to B，but not to a）等概念〔註9〕。本文將出土文

〔註7〕張文賢，樂耀：《漢語反問句在會話交際中的信息調節功能分析》，載《語言科學》，2018 年第 2 期，第 147～159 頁。

〔註8〕徐傑、張林林：《疑問程度和疑問句式》，載《江西師範大學學報》（哲學社會科學版），1985 年第 2 期，第 71～79 頁。

〔註9〕A 指的是問話人，B 指的是答話人。William Labov & David Fanshel. Therapeutic Discourse: Psychotherapy as Conversation. New York: Academic Press. 1977, P.100.；張文賢，樂耀：《漢語反問句在會話交際中的信息調節功能分析》，載《語言科學》，2018 年第 2 期，第 147～159 頁。

獻中的反問句按反問程度分為四個層級，以參數賦值的形式來區分。第一層級為「無疑反問」，參數設為 100%，疑問程度低。第二層級為「常識反問」，參數設為 80%，疑問程度次低。第三層級為「互知反問句」，參數設為 70%，疑問程度次高。第四層級為「有疑反問句」，參數設為 50%，疑問程度高。

在出土戰國文獻及西漢簡帛戰國古書中，反問句的不同句式呈現出不同的反問程度與疑問程度，而同一水平的反問程度或疑問程度也可以使用不同的反問句式表達，其中具體差別，見下列表：

表 7-17　出土戰國文獻及西漢簡帛戰國古書反問程度與反問句式關係表
（單位：例）

反問程度(%) / 反問句式	無疑反問（100%）	常識反問（80%）	互知反問（70%）	有疑反問（50%）	總　計
總計	90	110	74	68	342
特指性反問句	48	64	29	28	169
是非性反問句	41	45	45	40	171
選擇性反問句	1	1	0	0	2
正反性反問句	0	0	0	0	0
疑問程度〔註10〕	低	次低	次高	高	

從上表可見，按反問程度強弱的差異情況為出土戰國文獻及西漢簡帛戰國古書的反問句進行假定的參數賦值。從反問程度的參數角度觀察，反問句呈現出四層級別系統，其數值的差異幅度不大，但不同反問程度與反問句式之間也有其特點，主要有三點：

第一，無疑反問、譏諷反問的使用頻率基本在一個水平，在出土文獻中以譏諷反問為最頻繁出現，同時無疑反問使用情況也較高。其中採用譏諷反問的問話者最喜歡使用特指性反問句作為發問句式項，而是非性反問句在使用無疑反問或譏諷反問的心理也具有較大的選擇可能性，兩者的差異不大。

第二，提示反問、有疑反問的使用頻率基本在一個水平，在出土文獻中同樣使用有疑反問或提示反問句，問話者一般較傾向使用是非性反問句式，它作為這兩種反問句常用的句式。

〔註10〕關於疑問程度的數值設置，我們參照徐傑和張林林的假定數值範圍。他們將真性疑問句以及中性測度問句設定的疑問程度數值範圍是 100%～40%。因此，我們假定假性反問句疑問程度的數值範圍是低、次低、次高、高。這樣處理為了方便與現代漢語疑問句比較。

第三，問話者使用反問程度較低的提示反問或有疑反問句時，一般不考慮使用選擇性反問句，而選擇性反問句在反問程度較高的無疑反問或譏諷反問句中，僅有零星一例。

一、反問程度最高的無疑反問句

無疑反問句，是指問話者採用的反問句的話題內容是直指自己而言的，由於問話者對這個問句是最權威的回答者，其語境義集中於駁斥、強烈辯護、表明主張。因此這類反問句通常是無疑反問句屬於一級反問句。在禮貌等級方面，這類反問句是禮貌程度次高。這類反問句的疑問程度最低。

（一）從功能上看，這類無疑反問句具有評價自我、並有安慰聽話人、以自身的立場來勸解聽話人等功能，以下用例是問話者自我省察、自我評價的具體內容，例如：

（1）上乃惥（憂）感、髇（省）殛，……，曰：虖（吾）馭（曷）遝（失）？〔按，特指性反問句。〕此母（毋）乃虖（吾）專（敷）均，是亓（其）不均？〔按，是非性反問句。〕侯〈医〉（殹）虖（吾）乍（作）事，是亓（其）不盋（時）睿（乎）？侯〈医〉（殹）虖（吾）秖稅，是亓（其）疾至（重）睿（乎）？医（殹）虖（吾）為人皋（罪）戾，已（已）賮（孚）不夒（稱）睿（乎）？〔按，選擇性反問句。〕古（故）萬民濂（慊）疠（病），亓（其）粟（粟）米六頪（擾）敗潗（竭）。（《清華楚簡捌·治邦之道》24-27）

語譯：國君於是自我省察、懲罰施政過失，……，（國君常要自）問：我在哪些地方有過失？在分配功勞時候應該公平均匀，或沒有做到不均？還是我發佈祭祀或兵事等政令，沒有考慮恰當的時機？還是我們的賦稅設置不當，緩急不當過多過重呢？還是我們的刑罰不夠實際，與皋戾不相符合呢？所以百姓遇到災荒，人民的五穀收成不好，百姓疲敝。

（二）反問程度最高的反問句，它可選擇的句式較自由，有特指性反問句、是非性反問句以及選擇性反問句。例如：

（2）委纍□□，〔吾〕何傷公子北（背）妾？（《北大秦簡·公子從軍》14＋14）按，特指性反問句。

語譯：委隨於其後，哪裡還要擔憂公子背棄妾呢？

（3）晏子曰：過（禍）始弗智（知）也，過（禍）眾（終）弗智（知）

也，<u>吾何為死？</u>且吾聞之，以亡為行者，不足以存君，以死為義者，不足以立功。（《銀雀山漢簡晏子》十二）按，特指性反問句。

語譯：晏子說：禍亂開始時，我不在場；禍亂結束了我也不知道，我為甚麼要死？況且我聽說，把逃亡看作忠君的行為的人，不足以保全國君；把死看作是有節義的人，不可以為國立功。

（4）欒書欲作難，害三郤，謂苦成家父曰：☑吾子圖之。苦成家父曰：<u>吾敢欲顧頜以事世哉？</u>吾直立徑行，遠慮圖後。（《上博楚簡五・姑成家父》7）按，是非性反問句。

語譯：苦成家父答：那麼我膽敢諂媚阿諛以取得世人對我的認同嗎？

（三）一般情況下，這類一級反問句的主語使用第一人稱代詞，例如：

（5）命之爲司馬，詞（辭）曰：<u>虗（吾）歔（豈）敢已（以）尒（爾）孌（亂）邦？</u>（《上博楚簡九・邦人不稱》12-13）按，反問句主語是第一人稱代詞。

語譯：惠王命令他擔任令尹葉公子高推辭，命令他擔任司馬，公子高也是推辭地說：……我怎麼敢以此擾亂國家呢？

（6）隹（雖）陟（踐）立（位）豊彔（祿），<u>虗（吾）幾（豈）忎（愛）☐？</u>女（如）亡（無）能於一官，則亦母（毋）彌（弼）女（焉）。（《清華楚簡捌・治邦之道》19）按，反問句主語是第一人稱代詞。

語譯：雖然登上高位享受極大的權位，我難道是貪戀（權勢富貴嗎）？如果沒有一官之能的人能勝任一官職位，有一官之能的人，國家官位國家俸祿費耗其位其祿。言外即不會予無能。

（7）<u>吾竆（窮）而無奈之可（何）！</u>永（咏）戁（嘆）憂螯（愁）。（《秦駰玉牘甲》）按，反問句主語是第一人稱代詞。

語譯：我走投無路並束手無措呀！唏噓唱歎，滿懷愁緒！

其次，一級反問句主語也可以是自稱的謙詞（或自稱名詞）或者與第一人稱代詞連用，例如：

（8）吳王乃謞（辭）曰：凡吳土堲（地）民人，雪（越）公是聿（盡）既有之，<u>孤余奚（奚）面目以貝（視）于天下？</u>（《清華楚簡柒・越公其事》74＋75）按，反問句主語是謙稱與第一人稱代詞連用。

（9）夫差辭曰：天既降禍於吳國，不在前後，當孤之身，寔失宗廟社稷。凡吳土地人民，越既有之矣，<u>孤何以視於天下！</u>（《國語・吳語》）按，反問句主

語是謙稱。

語譯：吳王夫差推辭說：凡是吳國的土地和人民，越國已經全部占有了，我還有甚麼資格活在這個世界上？！

（10）方惟曰：善哉！君天王之言也。雖臣死而又生，此言弗又可得而聞也。湯曰：善哉！子之云也。唯（雖）<u>余孤</u>之與卡=（上下）交，剴（豈）敢以衾（貪）懇？如幸余聞於天威，朕惟逆順是圖。（《清華楚簡伍·湯處於湯丘》11）按，反問句主語是第一人稱代詞與謙稱連用。

語譯：湯對方惟說：雖然我多次屈尊與小臣談論國事，我怎麼敢貪得無厭而興兵伐夏？

（11）公乃矞（問）於蹇叔曰：叔，昔之舊聖哲人之敷政命刑罰，事眾若事一人，<u>不穀余</u>敢聞其道奚如？猷叔是聞遺老之言，必當語我哉。盗（寧）<u>孤</u>是勿能用？卑（譬）若從雡（雉）肰（然），虗（吾）尚（當）觀亓（其）風。邢（蹇）咠（叔）會（答）曰：凡君斎=（之所）矞（問）莫可矞（聞）。（《清華楚簡柒·子犯子餘》9-10）按，反問句主語是謙稱與第一人稱代詞連用。

語譯：秦穆公向蹇叔請問：蹇叔啊！上古舊哲聖人之道，請蹇叔將所見所聞盡數傳授給自己怎麼樣？即便自己不能盡數運用蹇叔所傳的治國理政之道，譬如人去追逐雉雞那樣，雖然追趕不上，我也應可以對上古舊哲聖人之道教化風流略懂一二。

（12）晏子曰：且吾聞之，以亡為行者，不足以存君，以死為義者，不足以立功。<u>嬰</u>幾（豈）婢子才（哉）？緃而從之。遂但（袒）免，枕君□□哭，興，九甬（踊）而出。（《銀雀山漢簡晏子》十二）按，反問句主語是自稱名詞。

語譯：晏子說：我難道是國君的宮妃侍女嗎？

此外，這種無疑反問句的話題內容多指向自己有感而發的客體世界，往往是發問者對治國理政、道德、歷史興亡等進行有感而發的情感宣洩，在這種語境中自稱代詞往往省略不用，這種情況往往更為多見。例如：

（13）欒書欲作難，害三郤，謂苦成家父曰：吾子圖之。苦成家父曰：<u>吾</u>直立徑行，遠慮圖後，雖不當世，苟義毋久，〔吾〕立死可（何）戕（傷）才（哉）？（《上博楚簡五·姑成家父》7）按，用反問句表明道德立場。主語「吾」承前省略。

語譯：苦成家父答：……如我堅守的道義不能長久，那麼我立即死亡又有

什麼妨害呢？

（14）王曰：不穀以笑陳公，是言弃之，今日陳公事不穀，必以是心。陳公跪拜，起答：<u>臣</u>爲君王臣，君王孚（免）之死，不弖（以）唇〈辱〉釾（斧）豈（憲，鑕），〔<u>臣</u>〕可（何）敢心之又（有）？（《上博楚簡六‧莊王既成　申公臣靈王》7-9）按，用反問句表明自己忠於楚王的政治立場。主語「臣」承前省略。

語譯：陳公叩首再拜，起身答話：臣下是君王的臣下，君王赦免我的死罪，不用斧鑕加諸我身，臣下怎麼敢有這顆心（謀逆之心）？何敢有心，意指不敢有什麼想法、不敢有二心。

（15）於妝（偓）偽，於子員（損），於是虖（乎）〔<u>吾</u>〕可（何）侍（待）？（《上博楚簡八‧子道餓》2）按，用反問句表明道德訴求。主語「吾」承前省略。

語譯：這對言偓而言是欺偽，對先生而言則是損失，這樣的話我還等甚麼呢？

（16）返（及）<u>虐（吾）</u>亡身，〔<u>吾</u>〕或（有）可（何）〔患安（焉）？故貴以身〕爲天下。（《郭店楚簡‧老子乙篇》7）按，用反問句表達亡身可以避免禍患的情感追求。主語「吾」承前省略。

語譯：等到我沒有了身體，我哪裡還有甚麼可擔憂的？〔註11〕。

（17）及吾无身，〔<u>吾</u>〕有何梡（患）？故貴為身於為天下，若可以託天下矣。（《帛書老子甲本‧道經》）

語譯：如果沒有了自身的存在，我哪裡還會有甚麼禍患產生？因此，只有願意忘我治理天下的人，才可以把天下交給他。

二、反問程度次高的常識反問句

常識反問句，是指問話者採用的反問句的話題是任指或虛指交際對方或外部世界而言的，交際雙方處於道德地位或政治地位平等或不平等的條件下，問話者指出一個顯而易見的事實，讓對方瞭解到自己遠遠背離常識，達到批評對方的行為不合常理或指出現實世界不合常理的現狀，從而起到責怪、譏諷、挖苦，批評等修辭效果。因此這類反問句通常是譏諷反問句，或稱常識反問屬於

〔註11〕**返**：是「及」字的繁體，等到，是介詞。亡：無，沒有。整理者將簡文所缺之字按帛書本「患故貴爲身於」與今本，補爲：「患安故貴以身」。參考劉釗：《〈郭店楚簡〉校釋》，福州：福建人民出版社，2005年，第31頁。

二級反問句。這類反問句的疑問程度次低。

（一）常識反問可選擇的句式自由靈活：有特指性反問句、是非性反問句以及選擇性反問句三種句式。例如：

（18）或司不義而墜（降）之禑＝（禍，禍）忨（過）才（在）人＝（人，人）□母（毋）譐（懲）虖（乎）？女（如）譐（懲）而愳（悔）忨（過），則尼（度）至于亟（極）。（《清華楚簡伍・命訓》2-3）按，是非性反問句。

語譯：災禍錯過由人自生，人類自己不因受創而知戒嗎？

（19）民恆不畏死，奈何其以殺懼（懼）之也？（《漢簡老子・上經》）按，特指性反問句。

語譯：如果人民總是不怕死，為甚麼要用殺來恐嚇他們呢？

（20）若民恆是〈畏〉死，則而為者吾將得而殺之，夫孰敢矣？若民恆且必畏死，則恆有司殺者。（《帛書老子甲本・德經》）〔註12〕按，特指性反問句。

語譯：如果人民真的總是怕死，那麼那些行為不端的人，敢於做出格事情，我可以把他們都殺了，那還有誰敢再惹事呢？如果人民確實總是怕死，那總是有掌管殺人的。

下例（21）為典型的譏諷型選擇性反問句，在禮貌等級方面，是最不禮貌的反問句。

（21）孔子曰：於（嗚）乎！□公剴（豈）不飽（飽）杪（粱）飤（食）肉才（哉）？殹（抑）亡（無）女（如）粢（庶）民可（何）？（《上博楚簡二・魯邦大旱》5-6）〔註13〕

語譯：孔子說：啊！……王公在大旱荒年時不是仍然享受著豐盛的食糧魚肉嗎？還是王公們呢？

例（21）中的「豈＋neg＋A＋哉＋conj＋neg＋B」格式，是一個典型的選擇型反問句，由兩個選擇項構成。從句法形式上分析，第一個選擇項「A（VP）」前用否定副詞「不」進行否定反問，緊接著用選擇連詞「抑」來連接「B（VP）」。這個選擇反問句肯定了「A」的話題內容，即強調「諸侯王公們天天享有美食佳

〔註12〕此二句通行本作「民不畏死，奈何以死懼之」，與帛書本行文雖異而大意相同。

〔註13〕此例有學者在「哉」後標感歎號，並將「殹」讀為「繄」，將「殹」看成是用在句中的語氣詞。張玉金認為「殹（抑）」作選擇連詞。張玉金：《出土先秦文獻虛詞發展研究》，廣州：暨南大學出版社，2016年，第175頁。

餔」這樣的現實；其中第二選擇項「B」由表處置式的固定格式「如 NP 何」充當，說話人則對第二選擇項進行肯定反問，強調「對老百姓的災難拿不出一點兒的解決辦法來」。這句選擇型反問的語義中心在於肯定第一個選擇項「A」，突出問話者「孔子」對諸侯王公們不能親民理政的譴責與批評，同時也包含著對生民疾苦的焦急與無奈的情感。

（二）從句法功能與語義來看，二級反問句的主語往往選擇一個交際雙方及所有人都明白並認可的常識話題。例如：

（22）夫民生而樂生殼（穀），上以殼（穀）之，<u>能母（毋）懽（勸）虘（乎）</u>？女（如）懽（勸）以忠訐（信），則厇（度）至于亟（極）。（《清華楚簡伍·命訓》4-5）按，反問句前單句強調「百姓以耕種糧食為本，施政者要使百姓有所養育」這個話題。

語譯：君上因此養育生民，生民自己不因此更加勉勵嗎？

（23）夫民生而痌（痛）死喪，上以槀（畏）之，<u>能母（毋）志（恐）虘（乎）</u>？女（如）志（恐）而承孚（教），則厇（度）至于亟（極）。（《清華楚簡伍·命訓》4）按，反問句前單句強調「百姓以喪葬為大事，施政者要教化，使其具有敬畏心」這個話題。

語譯：君上因此敬畏喪葬，生民自己不因此心懷敬畏嗎？

（24）夫民生而佴（恥）不明，辵（上）以明之，<u>能亡（無）佴（恥）虘（乎）</u>？女（如）又（有）佴（恥）而亙（恆）行，則厇（度）至于亟（極）。（《清華楚簡伍·命訓》3-4）按，反問句前單句強調「施政者要教化百姓，使其具有羞恥心」這個話題。

語譯：君上因此教化百姓，生民自己不因此擁有羞恥心嗎？

（25）湯或畣（問）小臣：愛民如台？小臣答曰：遠有所亟，勞有所思，飢有所食，深淵是濟，高山是逾（逾），遠民皆亟（極），<u>是非忞（愛）民虘（乎）</u>？（《清華楚簡伍·湯處於湯丘》18）按，反問句前單句強調「執政者為政恩惠廣澤天下，百姓自然歸附」這個話題。

語譯：湯又問小臣：如何愛民？小臣回答說：人民遠遊時有盡頭，勞作時有所思念，饑荒時有吃的，度過深淵，越過高山，遠方的人民都歸附，這難道不是愛民嗎？

（26）少（小）臣會（答）：君既濬明，既受君命，退不嘼（顧）死生，<u>是非共（恭）命虎（乎）</u>？（《清華楚簡伍・湯處於湯丘》19）按，反問句前單句強調「恭敬君命的臣子不顧惜自己生命」這個話題。

語譯：這麼做不是恭敬君命嗎？

整理者將例（26）中「是非恭命乎」理解為感歎句，但又在例（25）中的「是非愛民乎」理解為疑問句〔註14〕，本文不讚成整理者的分析，我們認為例（22）至例（26）中的「neg（非、毋、無）＋VP＋乎」格式與下文列舉的「可不……乎」「不……與」都是假性疑問句中的是非性反問句。例如：

（27）昔栽（堯）之鄉（饗）坴（舜）也，飯於土輻（簋），欲（歠）於土型（鉶），而改（撫）又（有）天下，<u>此不貧於敚（美）而福（富）於悳（德）</u><u>與</u>？（《上博楚簡四・曹沫之陳》2）按，反問句前單句強調「執政者為政從簡，不講求奢華，注重品德」這個話題。

語譯：從前堯設酒宴招待舜，用土簋吃飯，用土鉶喝水，而擁有天下，還不是對物質之美的追求很簡單，而對道德的修為很講求嗎？

（28）日＝（一日）目（以）不善立，所學（學）皆崩，<u>可不斳（慎）虎（乎）</u>？（《上博楚簡三・仲弓》25）按，反問句前單句強調「不善治理民，執政者所教給人民的都會崩壞」這個話題。

（29）反此道也，民必因此至（重）也以復之，<u>可不斳（慎）虎（乎）</u>？（《郭店楚簡・成之聞之》18-19）

語譯：假如反此道而行，百姓必然會更加厲害地加以報復，為政者能不慎重嗎？

例（29）中的「可不……乎」作為一種固定格式用於反問句，這個格式前面的單句強調「假如執政者違反正道治理百姓，那麼百姓必然會加倍報復」，這種「以民為本」的觀念，是非常深入民心的。通常情況下，在「可不……乎」格式所在複句的前句會調出一個人人都能理解的話題，並且人們都能對這個話題作出道德判斷，這個話題對接下來的反問句創造了一個合理的語境空間。在傳世文獻中也能見到，例如：

（30）<u>立長則順，建善則治，王順、國治，可不務乎</u>？（《左傳・昭公二十

〔註14〕李學勤：《清華大學藏戰國竹簡》（伍），上海：中西書局，2015年，第136頁。

六年》）

語譯：確立嫡長子則順利，擁護建立善良君主則國家大治，君王順利、國家大治，能不追求嗎？

（31）季文子之忠於公室也，相三君矣，而無私積，可不謂忠乎？（《左傳·襄公四年》）

語譯：季文子對公室的忠誠，輔助了三朝國君了，卻能做到沒有私財，能說他不忠嗎？

（32）（楚子囊）將死，不忘衛社稷，可不謂忠乎？忠、民之望也。（《左傳·襄公十四年》）

語譯：（楚子囊）將要死了，卻依舊不忘保衛國家，能說他不忠嗎？

例（30）中的「立長則順，建善則治，王順、國治」是眾所周知的常識，問話者作為論述的根據，提出不管任何國君治國理政都要謹慎選擇繼承人以保證邦國昌順。這種用反問句來表達說話人的不能不「務」的觀點，往往給人以上對下的教訓語調，這類反問句能起到強調說話人的觀點與論據的作用。後兩例的前句也是反問句「可不謂忠乎」成立的理由，正是因為「季文子」「楚子囊」具有無私積、死不忘保衛社稷的道德品德，才能推導出任何做臣子的人不可不竭盡忠誠的結論。這類常識反問句往往是說話人針對現實不合常理（君不君、臣不臣等禮崩樂壞）的現狀而達到的譏諷當今得言語目的。這種反問句一般能強化說話人的觀點與主張。

（三）如果常識反問句採用疑問代詞充當主語，那麼這類假性特指反問句往往用任指功能或虛指功能的疑問代詞〔註15〕，如問人的「誰、孰」：

（33）郤錡聞之，告苦成家父曰：以吾族三郤與□□□□於君，幸則晉邦

〔註15〕關於疑問代詞的任指功能，一般語法論著定義為「指代相關的任何人或物」（相當於英文 everyone、everything）。例如：（1）她誰的話也不聽。（引自張斌）（2）誰都不敢接近他。（引自邢福義）（3）她哪兒也不想去。（引自張斌）（4）什麼條件都可以答應你！（引自邢福義）

關於疑問代詞的虛指功能，一般語法論著界定為「用來指代說不出來的若有若無、若實若虛的事物」（相當於英文 someone、something）。例如：（1）誰知道他已經走了。（引自張斌）（2）我總在等待，可是我也不知道在等待誰。（引自邢福義）（3）他好像在地上尋找著什麼。（引自邢福義）（4）假期裡我大概要到哪兒去旅遊一下。（引自邢福義）參考張斌：《現代漢語描寫語法》，北京：商務印書館，2010 年，第 191～192 頁；邢福義，汪國勝：《現代漢語》，武漢：華中師範大學出版社，2011 年，第 208 頁。

之社稷可得而事也，不幸則取免而出。者（諸）庆（侯）畜我，隹（誰）不已（以）礦（厚）？姑（苦）戎（成）豪（家）父曰：不可。（《上博楚簡五·姑成家父》3）

語譯：三郤對苦成家父說：諸使誰不以優厚的條件禮聘我？苦成家父答：不可。

（34）苦成家父曰：不可。……。今吾無能治也，而因以害君，不義，刑莫大焉。雖得免而出，以不能事君，天下爲君者，隹（誰）欲畜女（汝）者（諸）才（哉）？（《上博楚簡五·姑成家父》4）

語譯：苦成家父說：天下的諸侯，誰肯收留你呢？

例（33）是倒裝句，原語序應該是「諸侯誰不以厚畜我？」例（34）中「隹欲畜女者才」，周鳳五（2006）通釋作「誰欲畜若者哉」，「女」讀爲「若」，對「者」讀如字[註16]。如按其觀點，則例（34）也屬於反問句，句意爲「天下的諸侯誰願意收留這樣子的你呢？」

（35）福，禍之所伏，孰知其極？（《帛書老子乙本·德經》）

語譯：誰知道它們變化的究竟？

（36）孰爲不仁？愛人不和，不如已多，愛人不諰（懷），如南山北壞，壞而隄之。（《北大秦簡·公子從軍》8）[註17]

語譯：誰能像公子那樣不仁愛和睦，公子的言行乖戾（愛人而其行爲不合情理），不隨順的甚多。愛人不能包容，猶如南山北邊被水包圍，而山自身即爲攔住水的堤防。意謂對所愛的人有隔閡，不親密，不融合。

一般情況下，「誰、孰」疑問代詞後可添加「敢、能、肯」等助動詞，以「敢、能」爲最常見。例如：

（37）此易言而難行旃（也），非悬（信）與忠（忠），其隹（誰）能之？其隹（誰）能之？隹（唯）虘（吾）老賈，是（實）克行之。（《集成·中山王響鼎》02840）

語譯：這事說易行難啊！如果不是誠信與忠心，誰能做到？誰能做到？！

〔註16〕周鳳五：《上博五〈姑成家父〉重編新釋》，載《臺大中文學報》，2006年第25期，第1～23頁。
〔註17〕如：從。「孰」整理者指出即「何」，見王引之：《經傳釋詞》，長沙：嶽麓書社，1984年，第194頁。

唯獨我的國老，確實能做到這點。

張振林（2002）將例（37）標點作「其誰能之？其誰能之？！」他把位於句末的「之」看成是表感嘆的語氣詞，並認為「其誰能之」是疑問形式的感嘆句[註18]。陳初生（2006）也認為「其誰能之」是短語的重複，表達一種強烈的感情[註19]。這個重複性問話中的「誰」是表示任指的疑問代詞，指代的是任何能與「老賈」這位重臣並駕齊驅的忠臣。

（38a）<u>孰能</u>有餘而有以取奉於天者乎？唯有道者乎？是以聖人為而弗有，成功而弗居也。（《帛書老子甲本・德經》）按，「唯有道者乎」屬中性測問句。

（38b）人之道則不然，損不足以奉有餘。<u>孰能</u>有餘以奉天下？唯有道者。（今本《老子・天道》）

語譯：誰能拿出有餘的東西來供奉給天下人呢？只有有道的人吧？

其中，助動詞「能」與「敢」在不同傳本的古書中作為異文。

（39a）故君為社稷死，則死之，為社稷亡，則亡之；若君為己死而為己亡，非其私暱，<u>孰能</u>任之。（今本《晏子》）

（39b）故君為社稷死則死之，君為社稷亡則亡之。若君為己死，為己〔亡非〕其私親，<u>孰敢</u>任之？（《銀雀山漢簡晏子》十二）

語譯：如果國君因為公義為社稷死亡。像這樣的，臣民也應該隨之死亡。如果國君因為自己私情死亡，為自己無非就是自己私親，這樣子的國君百姓誰敢擁戴他呢？

（40）粢（烝）民之事晒（明）神，<u>訊（孰）</u>敢不精？（《秦駰玉牘甲》）

語譯：百姓的侍奉明察的神靈，誰敢不精誠專心？烝民：百姓。明神：明察之神，古謂日、月、山、川。

（41）五曰：心大（撻）如鼓，<u>孰敢</u>當吾？武士瑣=（瑣瑣），大步奇=（踦踦）。（《北大秦簡・禹九策》18）

語譯：禹九策的第五策說：心中如同有戰鼓在擊打，誰膽敢抵擋我？武士驚恐乃至心驚肉跳，走路也一瘸一拐。

〔註18〕張振林：《先秦古文字材料中的語氣詞》，載《古文字與漢語史論集》，曾憲通主編，廣州：中山大學出版社，2002 年，第 93～98 頁。

〔註19〕陳初生：《談談合書、重文、專名符號問題》，載《康樂集》（曾憲通教授七十壽慶論文集），曾憲通主編，廣州：中山大學出版社，2006 年，第 27 頁。

（42）近則將之，遠則行之。逆節夢（萌）生，其<u>誰骨（肯）</u>當之？天亞（惡）高，地亞（惡）廣，人亞（惡）荷（苛）。（《帛書·行守》）

語譯：違背倫理的行爲萌發起來了，有誰願意去獨立抵當呢？

此外，還有問事物的「何、曷」，也在二級反問句中表任指。例如：

（43）臣鄦（聞）之曰：臣鄦（聞）之曰：君子㠯（以）叚（賢）叟（稱）而遊（失）之，天命；㠯（以）亡道叟（稱）而叟（殁）身邊（就）彘（世），亦天命。不狀（然），君子㠯（以）叚（賢）叟（稱），<u>害（曷）</u>又（有）弗旻（得）？（《上博楚簡四·曹沫之陳》9）

語譯：曹沫說：君子被稱為賢明而失去權位，這是天命；被稱為無道卻能安然活到壽終正寢，這也是天命。不然，被稱贊賢明的人為什麼有的不能得權位？

（44）☐汗（旱）亓（其）不雨，<u>可（何）</u>㶕（黍）而不沽（枯）？（《上博楚簡八·蘭賦》2）

語譯：天久旱不下雨，哪裡的黍子能不枯萎呢？（原語譯：哪裡的淵池能不枯竭呢？）

例（44）中的「㶕」一說讀為「瀦」，停水蓄積之名。原釋文作「☐旱其不雨，何淵而不涸？」如果按原整理者意見，也是讀成反問句，亦通。

（45）以強下弱，以<u>何</u>國不克？以貴下賤，<u>何</u>人不得？以賢下不宵（肖），〔<u>何</u>〕☐不☐？（《帛書·四度》）

語譯：拿強國來欺凌弱國，什麼國家不能攻克？……，什麼百姓不能招徠？……，〔什麼〕☐不能☐？

三、反問程度次低的互知反問句

互知反問句，是指問話者與聽話者雙方對某類信息在較早前已達成共識，但由於其他因素，聽話者記不清，需要問話者通過重複前話等手段對聽話者進行提示或糾正，達到互知共享信息的交際效果。互知反問句通常叫作提醒反問句。在禮貌等級方面，這類反問句的禮貌程度最高的反問句。屬於三級反問句。互知反問句的疑問程度次高。

（一）互知反問句可選擇的句式有是非性反問句、特指性反問句兩種，以前者為常用選擇句式。例如：

（46）戉（叟）行年七十矣，言（然）不敢罜（懌）身，<u>君人者可（何）必安才（哉）</u>？！傑（桀）、受（紂）、幽、萬（厲）膠（戮）死於人手。（《上博楚簡七・君人者何必安哉》甲8）

語譯：老叟年紀七十歲了，但是仍不敢鬆懈身心，統治人民的君王何必就是安全的呢？

例（46）說話人的言下之意「君王如果荒淫享樂，那他們也不是安全的，會受到鬼神的懲罰。」說話人使用提醒反問句的目的非常明顯，這個辭例是互知反問句的典型例句，與譏諷反問、無疑或有疑反問句有明顯的語用區別。互知反問的目的在於提醒或警示身為君王的受話者要時時保持清醒的頭腦，安樂必戒則國家永昌的意識。

（47）☐〔《詩》〕不員（云）虖（乎）？鼓（愷）弟君子，民〔之父母〕。（《信陽楚簡・竹書》1-11）

語譯：……《詩經》不是有說嗎？和樂平易的有德君子。是萬民仰賴的父母。

（48）楚、趙怒於魏之先己也，必爭事秦，從（縱）以散而君后（後）擇焉。且君之得地也，<u>豈必以兵戈（哉）</u>？（《帛書戰國縱橫家書・須賈說穰侯章》）按，是非性反問句。

語譯：況且主君得地，難道必定用武力兵嗎？

（二）從功能上看，互知反問句常常用於提醒聽話人、使聽話人再次激活與問話者早前就已互相共享的信息，例如：

（49）子曰：壓（禹）立弎（三）年，百眚（姓）已（以）息（仁）顛（道）。〔<u>豈必盡仁</u>？〕（《上博楚簡一・紂衣》7）

語譯：孔子說：禹施政三年，百姓都能受到影響而行仁，難道當時的人民個個原本就是仁人嗎？

例（49）中的「豈必」在出土文獻中僅見於楚簡、漢簡古書類文獻，猶「何必」。用反問的語氣表示「不必」的意思。這類疑問句的反問程度是70%，用於提醒聽話者，令其明白發話者的建議意圖，最後聽話者再次認識到問話者建議的可取性。

（50）子曰：☐弗王善欽（矣）夫！<u>安（焉）能王人</u>？由！（《上博楚簡五・弟子問》8）

語譯：孔子說：哪裡能做到為人之君？子路呀！

例（50）記載了孔子回答子路請教關於從政者如何才能達到「王人」的理想境界的問題〔註20〕。由於子路所謂的「王人」理想〔註21〕，可能與孔子早先所傳授的不吻合，因此孔子用互知反問句「焉能王人」，意在提醒聽話人子路，使其再次激活與孔子早前就已互相共享的信息。

（51）左師觸龍曰：父母愛子則為之計深遠。……<u>剴（豈）非計長久，子孫相繼為王也弋（哉）</u>？大（太）后曰：然。（《帛書戰國縱橫家書·觸龍見趙太后章》）按，是非性反問句。

語譯：這難道不是考慮長久，子子孫孫相繼成王的大計嗎？

例（51）載觸龍與趙太后的一次談話，針對趙威后的自私心理運用巧妙的方式說服了趙太后，把最小的兒子長安君抵押於齊的故事〔註22〕。問話者知道趙太后愛幼子，並且也想計長久，令其子孫世代為君，因此觸龍採用了「豈非計長久，子孫相繼為王也哉」作為打動趙太后心裡的一句互知反問句用以非常明顯，即以最高禮貌程度，不傷害對話者的自尊心作為提示性的進諫，觸龍最終也達到了他的目的。

（三）除了提醒聽話人的功能，這類互知反問句還具有糾正聽話人的功能，例如：

（52）王曰：女（如）麋（孚），遬（速）祭之。虗（吾）瘵（燥），鼠（一）<u>甹</u>（病）。辰（釐）尹旮（答）曰：楚邦又（有）貞（常）古（故），<u>安（焉）敢殺祭</u>？已（以）君王之身殺祭未尚（嘗）又（有）。（《上博楚簡四·柬大王泊旱》5）

語譯：楚國有一定的禮制，怎麼敢減省祭祀的規矩而快速地舉行祭禮呢？

例（52）講述了楚簡王原先是明白楚國的祭祀有固定的步驟、環節等，但因得了一種燥熱病，使他疲憊不堪〔註23〕。他想快速完成這次祭祀，就必然要

〔註20〕俞紹宏：《上海博物館藏楚簡校注》，北京：中國社會科學出版社，2016年，第313頁。

〔註21〕《六韜·上賢》載有文王問太公王人事：「文王問太公曰：王人者，何上何下？何取何去？何禁何止？太公曰：王人者，上賢，下不肖；取誠信，去詐偽；禁暴亂，止奢侈。故王人者有六賊七害。」

〔註22〕王力：《古代漢語》（校訂重排本），北京：中華書局，2001年，第127頁。

〔註23〕俞紹宏：《上海博物館藏楚簡校注》，北京：中國社會科學出版社，2016年，第222頁。

封祭祀的環節等減省，簡文「殺祭」即指此。所以楚王用了祈使句「如孚，速祭之」（句意謂「如果神明同意了，那麼就快速地舉行祭典吧！」）表達要快速結束祭祀的意圖。但是負責卜筮祭祀的釐尹卻不同意，他用「焉敢殺祭」互知反問句對楚簡王的想法進行糾正，並且理由不容楚王反駁，釐尹所說的話意謂：楚國有一定的禮制，怎麼敢減省祭紀的規矩而快速地舉行祭品呢？以君王的緣故而減省祭祀的規矩，這是楚國從來沒有過的事情。

（53）齊趄（桓）公龏（問）於笑（管）中（仲）曰：中（仲）父，君子孚（學）與不孚（學），女（如）可（何）？笑（管）中（仲）會（答）曰：君子孚（學）才（哉），<u>孚（學）於（烏）可以巳（已）</u>？（《清華楚簡陸・管仲》1）

語譯：君子必須教呀，教哪裡可以停止呢？

（四）一般情況下，互知反問句的主語用第一、第二人稱代詞，對話時也用謙稱、敬稱，既單用也可連用。例如：

（54）先君䨣（靈）王鼻（姦）洺（縈）云（員），<u>爾（爾）君人者可（何）必安才（哉）</u>？！（《上博楚簡七・君人者何必安哉》甲9）按，第二人稱代詞「爾」表示複數，意為「你們」。

語譯：你們這些統治人民的君王何必就是安全的呢？

（55）〔蘇秦自趙獻書於齊王曰：〕今齊、勺（趙）、燕循相善也。<u>王</u>不棄与（與）國而先取秦，不棄彗（兑）而反（返）䏝也，<u>王何患於不得所欲</u>？（《帛書戰國縱橫家書・蘇秦自趙獻書於齊王章》）

語譯：蘇秦是要齊王不離棄友好的國家，也不單獨先聯合秦國；不離棄彗這個人，也不召回韓䏝。齊王您想要的還擔心有什麼得不了呢？

此外，人稱代詞與敬稱名詞也往往省略不用，這種情況往往較多見。例如：

（56）女（如）可，以差（佐）身相豖（家）。<u>上女（如）以此〔王〕巨（矩）卞（辨）瞿（懼）女（焉）</u>？則可以智（知）之，皮（彼）天下亡（無）又（有）閼（閒）民。（《清華楚簡捌・治邦之道》17-18）按，也可能省略了第二人稱代詞「爾」。

語譯：上面所述這些國家大法如果都能分辨利害關係，那麼大王您還有甚麼可怕的呢？

（57）公曰：義（儀）父！☒，<u>君及不敦（穀）剸（專）心穆（勠）力以</u>

右（左）右者（諸）侯，則〔君及不榖〕可（何）為而不可？……子儀曰：君欲氣丹在公。陰者思陽，陽者思陰，民恆不實乃毀常，各務降上品之辨，官相代乃有見工。公及三方諸任君不瞻彼沮漳之川開而不闔也！篤，仁之楷也。（《清華楚簡陸・子儀》4＋5）按，承前省略了謙稱、敬稱連用。

　　語譯：楚君與我秦國團結一心以稱霸於諸侯，那麼這樣做有什麼不可呢？

　　　　例（57）中互知反問句格式是：主語＋何＋VP1＋連詞＋否定詞＋VP2。「何」在VP1前作前置賓語，VP1與「否定詞＋VP2」之間用連詞「而」，全句的語義中心是「無所＋否定詞＋VP2」。這種句子格式在漢語史中常常使用，具有普遍性。例如：

　　（58a）武☐王唶（問）于師尚父，曰：不知黃帝、顓頊、堯、舜之道在乎？抑豈喪不可得而睹乎？師尚父曰：☐於丹書，王女（如）谷（欲）寵（觀）之，〔王〕盍醯（齋）虖（乎）？將以書示。（《上博楚簡七・武王踐阼》1-2）

　　（58b）師尚父曰：在丹書。王欲聞之，則齊矣。三日，王端冕，師尚父亦端冕，奉書而入，負屏而立。（《大戴禮記・武王踐阼》）

　　語譯：太師尚父說：……在丹書，君上如果想看，何不齋戒呢？

四、反問程度最低的有疑反問句

　　有疑反問句，是指由於問話者對對方不解與互知反問句交際雙方的處境相反，由此造成了問話者對聽話者的不滿情緒，或不同意對方的觀點或行為，並為此感到困惑、無奈、意外，須對對方進行責問或者反駁，目的在於獲取對方的信息。有疑反問句通常也稱困惑反問句。在禮貌等級方面，這類反問句是禮貌程度稍強於常識反問，屬於四級反問句。有疑反問的疑問程度在所有反問句中是最高。

　　（一）有疑反問句可選擇的句式與互知反問句相近，有是非性反問句、特指性反問句兩種，以前者為常用選擇句式。例如：

　　（59）魯邦大旱，哀公胃（謂）孔＝（孔子）：子不為我圖（圖）之？（《上博楚簡二・魯邦大旱》1）按，是非性反問句。

　　語譯：魯國發生大旱，魯哀公對孔子說：您不為我魯國提出治理旱災的謀劃嗎？

　　（60）寧見子〔般，不〕見子〔湛〕？（《北大秦簡・木觚》1）按，是非性

反問句。

　　語譯：難道你寧見子般，卻也不見子湛？

　　上引兩例屬於是非性反問句，這種是非性問句的命題部分都有否定副詞「不」，屬於帶有傾向性的問句，通常情況下問話人預期聽話者作出否定性的回答，但由於此例屬於反詰問，本身反問句又有否定命題的功能，因此這個問話人的預期在反問句中將不體現〔註24〕。

　　（61）秦公乃訊（召）子靬（犯）而𦉜（問）女（焉），曰：子若公子之良庶子，承（胡）晉邦又（有）褙（禍），公子不能幷（止）女（焉）？而走去之，母（毋）乃獣心是不欧（足）也𩨷（乎）？子靬（犯）會（答）曰：誠女（如）宔（主）君之言。（《清華楚簡柒‧子犯子餘》1）按，「毋乃」所在的問句屬中性測度問。

　　語譯：為什麼晉國上下作亂，你的公子卻不能平息？

　　（二）有疑反問句常常用於發話人不理解、不讚成、不同意對方的觀點或行為。例如：

　　（62）〔狗老〕昏（問）：三法（去）丌（其）二，幾（豈）若已？彭祖曰：于（吁）！汝孳孳敷問，余告汝人倫。（《上博楚簡三‧彭祖》2）

　　語譯：狗老問道：天地人三者之間去除天與地，難道真的就不如不要問了嗎？

　　（63）者（胡）不已（以）至（致）敏（命）？帝（寢）尹曰：天加訛（禍）於楚邦，虘（吾）君邊（遠）出。（《上博楚簡九‧邦人不稱》1）

　　語譯：為何不復命以幫助國君傳達命令呢？

　　（64）欒書欲作難，害三郤，謂苦成家父曰：爲此殜（世）也從事，可（何）已（以）女（如）是丌（其）疾與才（哉）？……。姑（苦）戉（成）豕（家）父曰：虘（吾）敢欲喪（顧）袞（頟）已（以）事殜（世）才（哉）？（《上博楚簡五‧姑成家父》6）

　　語譯：欒武子打算謀反作亂，殘害三郤，對苦成家父說：您為什麼這麼勤勉盡力盡忠呢？

　　例（64）載欒書發難前夕，以反問句形式表達對苦成家父的盡忠公室得行

〔註24〕劉丹青：《語法調查研究手冊》，上海：上海教育出版社，2017年，第26～27頁。

為的不理解，想藉此談話機會瞭解其想法，並拉攏苦成家父令其同意自己的觀點。而苦成家父的其後的答語「吾直立經行」也正面回應了欒書不會參與其行動。

此外，有疑反問句還可以表達對聽話人的不滿情緒。例如：

（65）襄而〈夫〉人窅（聞）之，乃伓（抱）靁（靈）公以虘（號）于廷曰：死人可（何）皐（罪）？生人可（何）骷（辜）？（《清華楚簡貳·繫年》51）

語譯：襄夫人穆嬴聽聞大臣另立他主，於是抱著太子靈公在朝堂上哭嚎這說：死去的襄公有什麼罪？活著的太子又有什麼罪過？

（66）公子從（縱）不愛牽之身，獨不謨（懷）虜（乎）？（《北大秦簡·公子從軍》9）

語譯：縱使夫君不疼惜牽的身體，難道就沒有一絲毫的哀憐我嗎？獨：難道。

例（66）也可以理解為「難道不慚愧嗎？」如作這樣解釋，則說話人「牽」實是在譴責公子。將這個反問句理解為有疑反問是可信的，因為說話人「牽」雖明知其夫君心不在她身上，但依舊希望探問究竟，想得到夫君的回應。因此使用了反詰問。

（67）門啟而入，崔子曰：晏子〔死乎？晏〕子曰：過（禍）始弗智（知）也，過（禍）眾（終）弗智（知）也，吾何為死？且吾聞之，以亡為行者，不足以存君，以死為義者，不足以立功。（《銀雀山漢簡晏子》十二）

語譯：崔杼說：晏子死了嗎？

例（67）中的問話人崔杼不滿晏子的忠誠有智為死去的齊君哭喪，因此用了「先生死了嗎？」有疑反問句，想問問究竟晏子行為的目的。豈料晏子也用了一句「吾何為死」反問程度最高的無疑反問句，來表達自己堅決不會為為私利死的國君獻身的意圖，晏子的反駁有道德高度，顯得問話人崔杼的有疑反問毫無力量。

（三）一般情況下，有疑反問句的主語常常是第二人稱代詞，都是實指代詞，對話時也可用敬稱的名詞。例如：

（68）宰我昏（問）君子。子曰：予，汝能慎始與終，斯善矣，爲君子乎？□汝安（焉）能也？（《上博楚簡五·弟子問》11＋24）按，主語第二人稱代詞。

語譯：宰我請教什麼是君子。孔子答：宰我，你能做到慎始慎終，這已經很好了，做到像君子那樣嗎？……你怎麼能做到呢？

第四節　小　結

根據出土戰國文獻及西漢簡帛戰國古書反問句的實際情況，從交際雙方的禮貌程度等級而言，上述的四層反問句所表達的禮貌等級由高到低排列為：

互知反問句（禮貌）〉無疑反問句＞有疑反問句＞常識反問句（不禮貌）

通過上述考察，我們對四層反問句的禮貌程度與反問程度的認識如下：

（一）互知反問句是最有禮貌的言語行為。其借用的反問句式僅有是非問與特指問兩種格式，交際雙方往往是師生、君臣、好友等較為融洽的社會關係。因此問話人採用互知反問句的目的一般都是友善的提醒或即時更正對方的認識，達到交際雙方觀念或立場互相認可的目的。

（二）無疑反問句與有疑反問句的區別在於問話者發問的立場迥然有別，具有最高反問程度的無疑反問句以自己作為中心，通常反問句的話題是指向自己，表達自己的堅定立場，隱射對方應該怎麼做，這種反問句能保住聽話者的面子，不至於給聽話者造成心理傷害，因此其禮貌等級高於有疑、常識反問句。

（三）有疑反問句由於問話者發問的立場在於對對方的觀點或行為不解，或者不同意、不滿意對方，因此在問話的內容上不可避免直指對方的行為，使對方心理造成一定的負面影響。但其禮貌等級仍高於常識反問句，因為有疑反問句目的是獲得對方的回答，這點與常識反問句的目的（譏諷、羞辱）相比，就顯得禮貌程度高一些。

（四）常識反問句屬於最不禮貌的言語行為，借助三種不同的反問句式，其反問程度處於次高水平，往往以站在道德的高峰來指責聽話者的無知行為。

總體而言，戰國時期的反問句與現代漢語的反問句類型基本一致，但也有差異。一般說來，現代漢語的是非問反問句最多，其次是特指問性反問句，選擇性和正反性的反問句則最少。從目前出土文獻來看，漢語反問句的類型早在戰國時期，在句式結構上便已基本發展出現代漢語的各項格式，並且最遲從戰國時代漢語到現代漢語沒有發生變化。

第八章 出土戰國文獻中性測問句研究

　　本章提要：測問句，也叫作測度問句，或叫求證性疑問句〔註1〕。經我們統計出土戰國文獻測問句辭例出現 70 處，因此本章以出土戰國語料、傳世戰國語料及西漢簡帛戰國古書語料為依據窮盡考察與研究。其疑問程度相比假性反問句中有疑反問句來說，測問句疑問程度更大；而對於真性詢問句來說，測問句的疑問程度又是最低的。測問句本身反映了問話者對外界已具有較多的認知，但對所問命題的答案並不肯定，因此存有疑念。本文基於戰國漢語的基本語料及旁證語料，全面考察中性測問句的分佈情況，並總結其地域性特徵、結構類型以及表達形式，其中表達形式包括有疑問副詞標記測問句和無疑問副詞標記的測問句兩種。總之，測問句是建築在真性詢問句與假性反問句之間的一架橋樑，其研究意義與研究價值尤其重要。

第一節　概　述

　　呂叔湘在《中國文法要略》指出，表達將信將疑的測度語氣，可算是介乎直陳和詢問二者之間，這種問句和普通問句不同，不是純然的不知而問，而是已有一種估計，一種測度，祇要對方加以證實，所預期的答案為「是」〔註2〕。

〔註1〕　本文所討論的測問句，劉丹青認為是一種「求證性的疑問句」（如「他是醫生吧？」），
　　　　參考劉丹青：《語法調查研究手冊》，上海：上海教育出版社，2017 年，第 486 頁。
〔註2〕　呂叔湘：《中國文法要略》，北京：商務印書館，2014 年，第 415 頁。

呂叔湘對測問句的認識一般代表了大多數學者對測問句的意見。

隨著學者深入研究，對出土與傳世戰國文獻中的測度問研究成果大體可以分為兩類，簡述如下：（一）對出土戰國簡牘測問句的研究，目前已見到個別研究成果。1.秦簡的測問句研究。伊強（2017）對秦簡書信類語料中的測問句進行初步介紹過，僅簡單羅列 13 個例句，並指出句末常見語氣詞「乎、也」，對秦簡的測問句沒有進行語法描寫與分析〔註3〕。2.楚簡測問句研究。弓海濤（2013）找到了 5 例測問句，通過借鑒楊伯峻和何樂士（2008）對古代漢語測度問的認識〔註4〕，從謂語前是否帶有測度語氣副詞，句末是否帶語氣詞兩個方面進行了考察，其結論是：楚簡測度問句數量較少，其用法在傳世文獻中有所體現，測問句在謂語前所帶的表示測度語氣的副詞有「其、毋乃」，句末語氣詞有「乎、歟」〔註5〕。李明曉（2010）考察了「蓋、抑、其、幾、或、若、恐、毋乃、當、宜」等十個表測度語氣的副詞語義與用法，對測問句並未討論。除了「其、恐、毋乃」之外，李氏將其餘的副詞都理解為測問句，我們認為這種觀點有待商榷。（二）用漢語歷史演變方法對測問句進行研究的成果中，涉及到傳世戰國文獻中測度問的研究，李素琴（2012）運用計量統計與分析的方法，不僅關注測問句與其他形式的疑問句的差異，並對測度問本身內部形式、語氣詞、情感色彩、疑問程度以及測度程度等方面進行深入的考察，但其選擇的戰國語料不夠全面〔註6〕、對測問句疑問程度的結論需再商榷，總的說來，其研究思路方法與結論基本可信。此外，李宇鳳（2007）、羅耀華（2008）、羅耀華（2015）及王蕾（2018）將認知語言學理論方法引入測問句的研究，同時注重從語氣副詞虛化等視角進行歸納總結，也有一定的參考價值〔註7〕。

〔註3〕 伊強：《秦簡虛詞及句式考察》，武漢：武漢大學出版社，2017 年，第 325 頁。

〔註4〕 楊伯峻，何樂士：《古漢語語法及其發展》，北京：語文出版社，1992 年，第 888 頁。

〔註5〕 按，弓海濤在統計表上顯示是 7 個測度問句，而在其分析測度問句部分則稱有 5 個，估計是前後統計失誤。弓海濤：《楚簡句法研究》，上海：華東師範大學博士學位論文，2013 年，第 85～87 頁。李明曉：《戰國楚簡語法研究》，武漢：武漢大學出版社，2010 年，第 240～245 頁。

〔註6〕 李素琴認為上古漢語語料主要有以下十七種：《左傳》《國語》《論語》《莊子》《呂氏春秋》《孟子》《韓非子》《韓詩外傳》《淮南子》《公羊傳》《穀梁傳》《史記》《鹽鐵論》《列女傳》《法言》《漢書》《吳越春秋》。很顯然其所謂的上古漢語有許多語料應看成是中古漢語語料。李素琴：《先秦至魏晉南北朝測度問句研究》，南京師範大學博士學位論文，2012 年，第 9 頁。

〔註7〕 李宇鳳：《也論測度疑問副詞「莫」的來源》，載《語言科學》，2007 年第 05 期，第

綜上，目前還未見到學者結合出土與傳世戰國文獻對測問句做過系統深入的研究。測度問是疑問程度介於真性問句與假性問句之間的一種疑問句。研究測問句的語用現象對於弄清楚典範的文言文中疑問句的語義類別和功能用法具有重要參考價值。

第二節　中性測問句的分佈與疑問程度

出土戰國文獻及西漢簡帛戰國古書中有測度語氣詞語標記的測度問，據我們統計，共有70例，主要以表測度語氣的「其」及副詞性結構「無（毋）乃、得無（毋）」作為標記。這些測問句分佈於三類出土文獻中（按出現數量多少排列）：

1. 楚簡：上博楚簡》《清華楚簡》《郭店楚簡》《安大楚簡》《信陽楚簡》五種（共25例）。

2. 秦簡：睡虎地秦牘》《里耶秦簡》《北大秦簡》三種（共28例）。

3. 漢簡帛：《帛書老子》《漢簡老子》《漢簡晏子》《戰國縱橫家書》《漢簡孫臏兵法》五種（共12例）。

另外，還有幾例無疑問副詞標記的測問句（下文簡稱「無副詞標記測問句」），指使用了語氣詞的是非問測問句，由於不典型因此本文不納入研究〔註8〕。此外，有學者考察了楚簡中「蓋、抑、幾、或、若、當、宜」等表示測度義的語氣副詞，由於這類語氣副詞不全用於測度問，因此本文不作討論。

在傳世戰國文獻中上述的「其、無乃、得無」三類測問句其數量，我們以李素琴（2012）的統計為基礎〔註9〕，對傳世戰國文獻《左傳》《國語》《論語》《莊子》《呂氏春秋》《孟子》《韓非子》《墨子》《晏子》《荀子》《戰國策》等十一種有標記測問句進行窮盡性統計與分類。上述出土與傳世戰國有標記測問句

44～55頁；羅耀華：《揣測類語氣副詞主觀性與主觀化》，載《語言研究》，2008年03期，第44～49頁；羅耀華：《揣測副詞「或許」的詞彙化與語法化》，載《古漢語研究》，2015年03期，第15～22頁；王蕾：《測度式「別是X」的認知機制研究》，載《語言研究》，2018年02期，第32～39頁。

〔註8〕這裡需要說明的是用例極少的語氣副詞「恐、誠、信、唯」以及否定副詞「毋」，我們也算入無標記的測問句中，此類測問句不作統計。

〔註9〕李素琴統計了七種傳世戰國文獻中存在測度問句共有177例。參考李素琴：《先秦至魏晉南北朝測度問句研究》，南京師範大學博士學位論文，2012年，第111～113頁。

數量共計 226 例，其具體的分佈以及答語情況，用下表顯示。

表 8-18　出土與傳世戰國文獻有標記的測問句分佈與問答情況表
（單位：例）

類型 答否	其		無（毋）乃		得無（毋）〔註10〕		分　計	
	有答	無答	有答	無答	有答	無答	有答	無答
楚簡	7	10	6	2	0	0	13	12
秦簡	0	0	0	0	0	28	0	28
漢簡	0	11	0	0	1	0	1	11
左傳	24	0	19	18	0	0	43	18
國語	14	0	10	18	0	0	24	18
論語	1	0	2	1	0	0	3	1
莊子	2	0	0	1	3	0	5	1
呂氏	2	0	3	3	1	0	6	3
孟子	0	0	0	0	0	0	0	0
韓非	1	0	0	0	2	0	3	0
墨子	0	0	3	0	0	0	3	0
晏子	11	3	2	0	5	0	18	3
荀子	1	2	1	1	1	0	3	3
國策	6	0	2	0	6	1	14	1
分計	69	26	48	44	19	29	136	99
總計	95		92		48		235	
比例	72.63%	27.37%	52.17%	47.83%	39.58%	60.42%	57.87%	42.13%

　　為了更清晰、更準確地反映出土戰國文獻及西漢簡帛戰國古書有標記中性測問句的類型與差異，我們將上述的三類測問句按是否有答句作為再分類的主要根據，據上表顯示，我們可將其中有標記測問句的分佈特點，歸納為如下幾點：

　　（一）「其」類測問句，分佈於楚簡、漢簡，秦簡則不見用例。楚簡有答無答比例具有平衡性，漢簡一律以不作回答為主。

　　（二）「無乃」類測問句，僅見於楚簡，以回答為主。

　　（三）「得無」類測問句，秦簡書信類語料大量使用，並且以不作回答為主。漢簡有少數用例，楚簡不見用例。

〔註10〕關於「得無」的統計說明：本文將書信類秦簡的「得毋」，以及省略了「得」的「毋」形式（9例）看成是同一種類型。

一般說來，當測問句採用同一個標記時，如果問話人使用該類型測問句的數量越多，且聽話人答話數量比無答數量更多時，我們就認為該類型屬於有答比例高的測問句。反之，聽話人無答數量比作答話數量更多時，屬於有答比例低的測問句。出土與傳世戰國文獻有標記測問句有無答句比例情況，詳見下表：

表 8-19　出土與傳世戰國文獻有標記測問句有無答句比例表（單位：百分比）

類型 比例	其	無（毋）乃	得無（毋）	總　比
有答比	72.63%	52.17%	39.58%	57.87%
無答比	27.37%	47.83%	60.42%	42.13%

據上表統計，上述三類測問句的疑問程度規律如下：

（一）「其」類測問句，有答數量為 69 例（占 72.63%），而無答數量僅 26 例（占 27.37%），因此「其」類測問句互動性高則疑問程度最高。

（二）「無乃」類測問句，有 48 例為有答（占 52.17%），而無答有 44 例（占 47.83%），因此「無乃」類測問句的互動性居中則疑問程度屬於中等的一類。

（三）「得無」類測問句，有答共計 19 例（占 39.58%），無答共計 29 例（占 60.42%），因此「得無」類測問句互動性較差則疑問程度屬於較弱的一類。

為了更好地突出帶有標記的測問句疑問程度情況，我們採用坐標軸的圖形模式，以橫軸表示無答句比例，數軸表示有答句比例，詳見下圖：

圖 8-1　出土與傳世戰國文獻有標記測問句的疑問程度比例圖

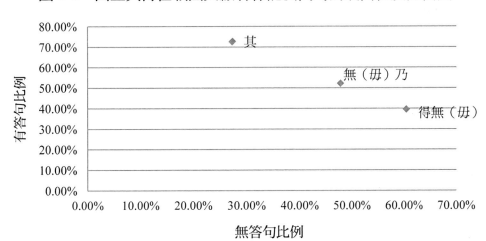

（單位：百分比）

第三節　中性測問句的類型與表達形式

一、測問句的類型

前文已說明，從有標記的角度來說，測問句有三種類型。學界普遍認為，中性測問句是半信半疑的問句，問話者對所問問題已經掌握了較多的知識，但是不太明確，詢問目的或是希望聽話者給予回答證明自己的觀點，或是委婉、含蓄地表達問話者對命題的意圖或情感。

除了上述的基本認識之外，我們認為考察出土戰國文獻及西漢簡帛戰國古書的測問句同時更應該考慮該問句聽話者是否作出答覆、具體聽話者是採取肯定還是否定的答覆，這類問題對研究測問句疑問程度以及分析測問句類型具有較強的操作性。儘管各別學者認為測問句「一般不要求答語」〔註11〕，但不論是根據傳世文獻還是出土文獻都表明不少測問句均存在答語。

那麼有哪些結構類型的疑問句式可以作為中性測問句呢？回答這個問題可以具體表述為「由疑問代詞構成的特指問、正反問、選擇問三類疑問句式能否作為測問句的類型之一」，我們分為兩點論述：

（一）由疑問代詞構成的句式不能表達測度語氣。殷國光認為疑問代詞問句一般不能表達測度語氣〔註12〕。我們考察了戰國漢語中疑問代詞的語義功能，大體有兩種情況：

1. 當疑問代詞所處特指疑問句屬於真性疑問句或假性疑問句，即表示有疑而問或者無疑而問，都不存在表測度語氣的可能性。

2. 當疑問代詞表虛指時，疑問代詞句式已不再是純粹傳遞疑問，即該句的疑問程度已達到了測問句的疑問程度，則疑問代詞問句可以表測度問。姚振武（2005）認為下引一例是測問句〔註13〕：

（1）景公之時，熒惑守于虛，期年不去。公異之，召晏子而問曰：吾聞之，人行善者天賞之，行不善者天殃之。熒惑，天罰也，今留虛，其孰當之？

〔註11〕王海棻：《古漢語範疇詞典》（疑問卷），北京：社會科學文獻出版社，2015年，第363頁。

〔註12〕殷國光：《從國語的疑問句看語言形式對語氣表達的限制與影響》，載《上古漢語語法研究》，北京：中國大百科全書出版社，2002年，第105頁。

〔註13〕姚振武：《〈晏子春秋〉詞類研究》，開封：河南大學出版社，2005年，第171～172頁。

晏子曰：齊當之。公不說，曰：天下大國十二，皆曰諸侯，齊獨何以當之？（《晏子‧內篇諫上》）

　　語譯：熒惑的出現，是天顯了懲罰之意。現它留於虛宿，那麼誰應承擔這凶兆呢？晏子說：齊國承擔。

　　我們不讚成將例（1）中的「其孰當之」這個疑問句看成是測問句。我們認為此例載齊景公對當時齊國出現了熒惑長期居於虛宿而不去的天象詢問晏子原因的對話語錄，明顯是一句有疑而問的真性特指問句。從晏子的答話可知，齊景公的提問是真的對問話內容心裡完全沒有答案。在晏子回話之後，齊景公不滿意（「公不說」），接下來齊景公採用了反問句（「齊獨何以當之」），以反駁晏子主張的觀點（「齊當之」）。

　　因此，我們考察了出土以及傳世的戰國文獻之後，沒有發現有符合這種情況的表測度語氣的特指疑問句，可見上古漢語測問句式中不存在使用疑問代詞的問句。那麼，這種含有疑問代詞的表測度語氣的句子在什麼時期才出現呢？據鹿欽佞（2008）研究〔註14〕，這種句式到了近代漢語才能見到。例如：

　　（2）莫不誰在你行說甚來？（《水滸傳‧第一百一十回》）

　　語譯：莫非是誰在你那裡說了什麼話？

　　（二）正反問、選擇問句式作為測問句的可能性不大。因為在出土戰國文獻及西漢簡帛戰國古書中的疑問句皆未見到含正反問、選擇問的表測度語氣的疑問句。

　　由以上論述可知，出土戰國文獻及西漢簡帛戰國古書中的作為疑問程度居於中性的測問句，其在句式的類型上一般選擇是非問作為主要疑問句式。下面我們對測問句中有語氣副詞標記的、無語氣副詞標記的兩大類求證性疑問句，逐一討論。

二、測問句的表達形式

（一）有語氣副詞標記的測問句

　　所謂有標記的測問句指的是在問句句首出現的，以表示揣測、推測、試探問話者心理的一類語氣副詞或副詞性結構，這些標記或結構的作用是為了避免

〔註14〕此例轉引自鹿欽佞：《漢語疑問代詞非疑問詞用法的歷史考察》，天津：南開大學博士學位論文，2008 年，第 169～178，172～173 頁。

問話人被直接拒絕，故而用委婉性的口吻，目前在出土文獻中測問句的標記詞主要有語氣副詞「其」以及副詞性結構「無乃、得無」。下面分別說明其使用特點。

1.「其」類測問句

「其」類測問句在求證性的疑問句中是疑問程度最高的一類。

A.「其」與句末語氣詞共現

與之共現的主要有「歟（與、戁、譽、輿），乎（虖），耶，也，諸」等句末語氣詞，「與、乎」最常用。這類格式可譯為「大概……吧；或許……吧」。例如：

（3）子曰：宋人又（有）言曰：人而亡賟（恆），不可爲卜筮也，<u>其古之遺言戁（與）</u>？（《郭店楚簡·緇衣》45）

語譯：孔子說：宋國有人云：人如果無恆心三心二意，就不要求助於卜筮了，這難道不是古人留下的老話嗎？

（4a）子曰：道不行，乘泡（桴）浮於海。從我者，<u>其由與</u>？（《定州漢簡論語·公冶長》80-81）

（4b）子曰：道不行，乘垺（桴）於海。從我者，<u>其由也與</u>？（《卜天壽寫本論語·公冶長》）［註15］

（4c）子曰：道不行，乘桴浮於海，從我者，<u>其由與</u>？（《論語·公冶長》）

語譯：追隨我左右的弟子，或許只有仲由吧？！桴：小木筏；由：仲由，孔子的學生。

（5）天埅（地）之勿（間），<u>其猷（猶）囩（橐）籥（籥）與</u>？虛而不屈，蘯（動）而愈出。（《郭店楚簡·老子甲篇》23）

語譯：天地之間，不正像一隻大風箱吧？

（6）天地之閒，<u>其猶橐籥虖（乎）</u>？虛而不屈，動而揄（愈）出。多聞數窮，不若守於中。（《漢簡老子·下經》）

語譯：天地之間，不正像一隻大風箱吧？雖然空虛卻沒有窮盡，鼓動愈快風力也愈大。

［註15］孔漫春：《〈論語〉出土文獻研究》，鄭州：河南大學博士學位論文，2010 年，第 79 頁。

（7）☑〔其〕猶芑（芝）蘭舅（與）？猷（播）者☑。（《信陽楚簡·竹書》1-24）

語譯：……（優秀子弟人才）就如同香草。施行者……。

（8）子贅（贛）曰：否，戝（緊）虐（吾）子女（乃）潼（重）命，亣（其）與？（《上博楚簡二·魯邦大旱》3）

語譯：子貢說：不會啊！或者夫子您大概是比較重視天命吧！不是嗎？

例（8）中的「女（乃）」李明曉讀為「若」，訓大約、大概之義〔註16〕，此觀點不可信。「重命」讀「重名」，聲譽，指巷路上的評論，此謂重視巷路的反映。

（9）〔孔子〕曰：《峕（詩）》，亣（其）猷（猶）坪（平）門與？（《上博楚簡一·孔子詩論》4）

語譯：（孔子）說：《詩》大概就像是一扇平正的大門吧？

（10）〔弦章合（答）曰：〕臣聞斥（尺）汙（蠖）食黃其身黃，食青其身青，君其有食乎諂人之言輿（與）？公曰：善。（《銀雀山漢簡晏子》十六）

語譯：尺蠖食黃就身黃，食蒼就身蒼，我的君上還親近諂人之言嗎？

（11）〔孔子曰：……。〕如是，則視其民如草芥矣，下瞻其上如寇讎矣，上下絕德。如是，其類不長虖（乎）？公曰：然，邦家之政……。（《清華楚簡捌·邦家之政》11-12）

語譯：像這種情況，邦家不會長久的吧？

（12）〔曹沫曰：〕君必不已，則繇（由）元（其）果（本）虖（乎）？臧（莊）公曰：爲和於邦女（如）之可（何）？（《上博楚簡四·曹沫之陳》20）〔註17〕

語譯：曹沫說：你如果一定要打仗，那就先把國政的理好嘛？

（13）工（江）君奚洳曰：子之來也，其將請師耶？……。觷皮曰：主君若有賜，興□兵以救敝邑，則使臣赤（亦）敢請其日以復於□君乎？（《帛書戰國縱橫家書·觷皮對邯鄲君章》）

語譯：您來得正好，您這次來釋打算向我們請兵吧？

〔註16〕李明曉：《戰國楚簡語法研究》，武漢：武漢大學出版社，2010年，第243頁。
〔註17〕有人將此例「乎」後標感歎號，看作是感歎句。俞紹宏：《上海博物館藏楚簡校注》，北京：中國社會科學出版社，2016年，第246頁。

（14）命五丈夫之丘，此<u>其</u>地<u>邪</u>？公令人掘而求之，則五頭同穴而存焉。（《晏子‧內篇雜下》）

語譯：命名叫五丈夫之丘，這是此地吧？

（15）晏子對曰：由是觀之，<u>其</u>無宇之後無幾，齊國，田氏之國<u>也</u>？嬰老不能待公之事，公若即世，政不在公室。公曰：然則奈何？（《晏子‧外篇》）

語譯：齊國，就成了田氏的國家吧？

（16）〔子路〕曰：如斯而已乎？曰：脩己以安百姓。脩己以安百姓，堯、舜<u>其</u>猶病<u>諸</u>？（《論語‧憲問》）

語譯：修養自己來使百姓安樂，堯舜大概也以此為難題吧？

（17）子貢曰：夫子溫、良、恭、儉、讓以得之。夫子之求之也，<u>其諸</u>異乎人之求之<u>與</u>？（《論語‧學而》）

語譯：夫子去瞭解一國的政治情況，大概也不同於一般人去瞭解吧？

王海棻認為例（17）中的「其諸」表示測度語氣的副詞，用於測度詢問，相當於「大概」，「其諸」在謂語前作狀語〔註18〕。

以上表示測度的語氣句式為「其……＋語氣詞（與、乎、耶、也、諸）」，用於測度詢問，語義相當於「大概、恐怕」，句子主語一般情況下可省略，也可不省略。「其」往往在謂語動詞前作狀語，謂語後有疑問語氣助詞「與、乎、耶、也、諸」等。此外，「諸」也可以理解為兼詞。

B. 單用「其」

單用「其」的求證性疑問句是較難與假性反問句分別開來的一種測度格式，因為反詰問句也經常使用表強烈的反詰語氣的句式，也就是說，這種形態除了可以用於測度語氣之外，還可以用於反詰、陳述等語氣。下引清華楚簡《皇門》一例（其文本形成的時代早於戰國時代）典型的反詰句：

（18）卑（譬）女（如）戎夫，喬（驕）用從胗（禽），亓（<u>其</u>）由（猶）克又（有）媵（獲）？（《清華楚簡壹‧皇門》9）按，假性反問句。

語譯：就像是農夫，傲慢地從事田獵，怎麼還會有所收穫呢？

整理者指出例（18）中的「其猶克有獲」，今本作「其猶不克有獲」。可知

〔註18〕王海棻：《古漢語範疇詞典》（疑問卷），北京：社會科學文獻出版社，2015年，第366頁。

今本為否定句，語氣類型為陳述語氣。實際上，例（18）楚簡本表達的反詰語氣更為強烈，簡本「其猶克有獲」偏向於指出《皇門》作者訓誡群臣望族的心理動機。相似的語句在傳世先秦文獻中也能看到，例如：

（19）譬若畋，犬驕用逐禽，<u>其</u>猶不克有獲。（《逸周書・皇門》）按，陳述句。

語譯：獵犬驕縱用來追逐獵物，應還不能有所收穫。

（20）若火之燎於原，不可嚮邇，<u>其</u>猶可撲滅？（《尚書・盤庚上》）按，假性反問句。

語譯：這種火還能被撲滅嗎？

王力解釋例（20）為「不能被接近，還能被撲滅」。認為「可」表被動的「能」〔註19〕。在上古時代，「可」後面的動詞一般都有被動的意義。可見，表測度問的「其」不僅可用於陳述句、反問句、否定句，還可以用於被動句。

因此在出土、傳世戰國文獻及西漢簡帛戰國古書中，單用「其」類的中性測句，目前較少見到。語譯為「該不會……吧」「恐怕……吧」「大概……吧」。例如：

（21）雩（越）庶民百眚（姓）乃再（稱）譶譶（悚）思（懼）曰：王亓<u>（其）</u>又（有）縈（勞）疾？王餰（聞）之，乃以篿（熟）飤（食）盬（脂）鹽（醢）肎（脯）肵（羹）多從。（《清華楚簡柒・越公其事》31）

語譯：越國百姓萬民都擔心害怕說：越王恐怕得了憂勞疾病吧？

單用「其」類的中性測句在出土戰國中僅見上引一例，越王的百姓由於知道了較多的關於勾踐的背景信息，但又不是十分有把握自己掌握的知識確為問句話題的答案，因此在私下互議論邦國大事時，排除了使用有疑而問的真性詢問句或無疑而問的反問句，那麼這句話使用測問句的可能性是最大的，一般表達了對越王勾踐的目前處境一種揣測，委婉地推理與估量。王力解釋「委婉」指出，在封建社會裡說話有所顧忌，怕得罪統治階級，以致災禍，所以說話時，往往委婉曲折的把意思表達出來。〔註20〕

（22）秦王使人謂安陵君曰：寡人欲以五百里之地易安陵，安陵君<u>其</u>許寡人？安陵君曰：大王加惠，以大易小，甚善。雖然，受地於先生，願終守之，弗敢易。秦王不說。（《戰國策・秦王使人謂安陵君》）

〔註19〕王力：《漢語語法史》，北京：中華書局，2014年，第280～281頁。
〔註20〕王力：《古代漢語》，北京：中華書局，1999年，第1380頁。

語譯：秦王提出交換土地的要求，想要用五百里的地方交換安陵這塊城池，安陵君您大概會許諾寡人的請求吧？

例（22）是秦王派人對安陵君問詢的話。雖然秦王的外交結果最後遭到對方的拒絕。但在當時秦王指派的外交官處理這種問題，勢必通過測度問進行間接地試探，以追求交際的最佳效果「得體」。「其」單用，在《戰國策》中僅此一例。

2.「無乃」類測問句

語氣副詞性結構「無乃」可以寫作「毋乃、毌乃、無乃」等。與之共現的語氣詞：傳世戰國文獻通常用「乎」。出土、傳世戰國文獻及西漢簡帛戰國古書中，除了用「乎」還用「與、也、也乎」也可以不用句末語氣詞。「無乃」類測問句委婉表達問話者對某事的認識或估計，帶有感歎的意味。例如：

（23）〔孔子〕出遇子贛（贛）曰：賜，而（爾）昏（聞）衛（巷）逄（路）之言，<u>毌乃</u>胃（謂）丘之曾（答）非與？〔註21〕子贛（贛）曰：否。（《上博楚簡二・魯邦大旱》3）

語譯：恐怕覺得我孔丘的回答不對吧？

（24）庚（康）子曰：<u>毌乃</u>肥之昏（問，聞）也〔註22〕，是左（差）虔（乎）？古（故）女（如）虔（吾）子之疋（疏）肥也。孔＝（孔子）囗：态（舜，辭）曰：子之言也已至（重）。（《上博楚簡五・季庚子問於孔子》11 下）

語譯：難道我的問話真的很不重要嗎？

（25）晉襄公采（卒），需（靈）公高（狂）幼，大夫聚晝（謀）曰：君幼，未可奉承也，<u>母（毌）乃</u>不能邦？猷求弞（強）君。襄而〈夫〉人窗（聞）之，乃（抱）需（靈）公以虎（號）于廷曰：死人可（何）辠（罪）？生人可（何）點（辜）？（《清華楚簡貳・繫年》50）

語譯：新君靈公狂年幼，不能奉為君主，恐怕也不能治理邦國？

（26）秦公乃訋（召）子軹（犯）而<u>蚤</u>（問）女（焉），曰：子若公子之良庶子，者（胡）晉邦又（有）褐（禍），公子不能弅（止）女（焉），而走去之，

〔註21〕上引《魯邦大旱》3 簡文例，也有人認為「無乃」一般用於反問句，義猶「得無」。俞紹宏：《上海博物館藏楚簡校注》，北京：中國社會科學出版社，2016 年，第 90 頁。

〔註22〕此例關於「NP＋之＋VP」結構的最新分析理論，可參考陸儉明：《現代漢語語法研究教程》（第 3 版），北京：北京大學出版社，2005 年，第 222～235 頁。

母（毋）乃猷心是不跤（足）也虐（乎）？子虮（犯）會（答）曰：誠女（如）宝（主）君之言。（《清華楚簡柒·子犯子餘》1-2）

語譯：重耳不會是從政掌國的心是不夠吧？

（27）〔吳王曰：〕今皮（彼）新（新）去亓（其）邦而笭（篤），母（毋）乃豕戝（鬬）？……。申胥乃懼，許諾。（《清華楚簡柒·越公其事》14）

語譯：如果我們這時候去消滅他們，恐怕他們會拼死和我們對抗吧？

（28）曰：此母（毋）乃虖（吾）專（敷）均，是亓（其）不均？（《清華楚簡捌·治邦之道》24-27）

語譯：國君常要自問：或許在分配功勞時候應該公平均勻，我沒有做到不均吧？

（29）毋乃自敗也？命人見（視）之，弗及。既自敗，王志嫭（嚻）淎（拳）之自敗也。（《安大楚簡概述》2）

語譯：楚王是自己造成的失敗的吧？

（30）見士問曰：無乃不察乎？不聞即物少至，少至則淺。（《荀子·堯問篇》）

語譯：該不會沒有察覺吧？

（31）蹇叔曰：勞師以襲遠，非所聞也。師勞力竭，遠主備之，無乃不可乎？公辭焉。召孟明、西乞、白乙，使出師於東門之外。（《左傳·僖公三十年》）

語譯：軍隊疲勞士氣衰竭，對方國君做好了抵抗的準備，〔要取得勝利〕恐怕不可能吧？

（32）據之防塞群臣，雍蔽君，無乃甚乎？公曰：善哉！微子，寡人不知據之至於是也。（《晏子·內篇諫下》）

語譯：該不會太過分了吧？

（33）晏子曰：國人皆以君為安野而不安國，好獸而惡民，毋乃不可乎？公曰：何哉？吾為夫婦獄訟之不正乎？（《晏子·內篇諫上》）

語譯：喜好禽獸卻厭惡百姓，這樣子做可行嗎？

姚振武（2005）認為例（32）的「無乃」表揣測，這一例表面上是揣測，實際上從上下文看，祇是表判斷的一種委婉說法。據其統計，《晏子》全書僅

該例為測問句〔註23〕，我們統計《晏子》則發現有兩例表揣測的「無乃」，例（32）、例（33）均屬於表示測度語氣的副詞，相當於「恐怕」。「無乃」在謂語前作狀語，謂語後有句末表示疑問的語氣詞「乎、與」等。

3.「得無」類測問句

語氣副詞性結構「得無」，「得」是副詞，而「無」在秦簡中仍是一個禁止義的動詞，動詞「無」後的賓語一般是謂詞性賓語。在問話者的心中常常表達一種半問半疑的心態，「得無」可以寫作「得無、得母、得毋、得微」等。與之共現的句末語氣詞：在傳世戰國文獻中，一般用「乎」，偶用「耶、矣」；秦簡語料既用「乎」也用「也」或不用句末語氣詞。例如：

（34）爲黑夫、驚多問東室季（孝）須（姊）：苟<u>得毋</u>恙<u>也</u>？（《睡虎地秦牘·11號木牘》Ⅲ）

語譯：她沒有什麼不順吧？

（35）校長予言敢大心多問柏：柏<u>得毋</u>恙殹（也）？（《里耶秦簡壹》8-823＋8-1997）

語譯：柏沒有什麼不順吧？

（36）〔問〕柏：<u>得毋</u>爲事綫虖（乎）？（《里耶秦簡壹》8-823＋8-1997）

語譯：公務雜事沒有太煩亂吧？

（37）驚敢大心問姑秭（姊）、姑秭（姊）子產<u>得毋</u>恙？（《睡虎地秦牘·6號木牘》Ⅳ）

語譯：驚斗膽問候姑媽，姑媽生產完，現在母子可安好？

（38）連多問商、柏：<u>得毋</u>恙？（《里耶秦簡貳》9-1899a）

語譯：商、柏身體可安好？

（39）欣敢多問呂柏：<u>得毋</u>病？（《里博秦簡》7-4a）

語譯：呂柏健康無大礙吧？

（40a）左師觸聾願見太后。曰：日食飲<u>得無</u>衰乎？曰：恃鬻耳。（《戰國策·趙太后新用事》）

語譯：每日食飲沒有不好的吧？

（40b）曰：老婦恃輦而還。曰：食飲<u>得毋</u>衰乎？曰：恃粥耳。（《帛書戰國

〔註23〕姚振武：《〈晏子春秋〉詞類研究》，開封：河南大學出版社，2005年，第172頁。

縱橫家書・觸龍見趙太后章》）

語譯：食飲沒有不好的吧？

（41）江乙謂荊王曰：然則若白公之亂，<u>得無危乎</u>？誠得如此，臣免死罪矣。（《韓非子・內儲說上》）

語譯：該不會危險吧？

（42）今民生長於齊不盜，入楚則盜，<u>得無楚之水土使民善盜耶</u>？王笑曰：聖人非所與熙也，寡人反取病焉。（《晏子春秋・內篇雜下》）

語譯：該不會是楚國的水土使百姓善於偷盜的吧？

例（42）中的「得無」常常用於主語前充當小句狀語。「得無」類測問句在出土與傳世戰國文獻中都用作狀語，句末常有語氣詞「乎、也」與之配合，表達問話者心理有所懷疑但又不確認是心中所想的答案，因此句子常含有輕微反問的語氣，這種測問句的疑問程度是三類測問句中最低的一種，譯為「該不是、應該沒有……吧」「恐怕不會……吧」等。

另外，在書信體秦簡中，「得無」常常是省略為「毋」。例如：

（43）爲黑夫、驚多問夕陽呂嬰、匽里閻諍丈人：<u>得毋恙也</u>？嬰、諍：皆<u>毋恙也</u>？<u>毋錢用、衣矣</u>？（《睡虎地秦牘・11號木牘》Ｖ）

語譯：嬰、諍都沒有不舒服的吧？也會不需要錢用或者衣物吧？

（44）二月辛巳，黑夫、驚敢再拜問中、母：<u>毋恙也</u>？黑夫、驚<u>毋恙也</u>？（《睡虎地秦牘・11號木牘》Ⅰ）

語譯：今天二月辛巳日，黑夫跟驚斗膽再次俯首問候阿中、母親：身體應該還好吧？黑夫跟驚都很好。

（45）〔問〕家室外內同☒以衷（中），<u>母力毋恙也</u>？（《睡虎地秦牘・6號木牘》Ⅰ）

語譯：母親身體還好嗎？

（46）〔問〕季丈人、柏及☒：<u>毋恙毆（也）</u>？（《里耶秦簡壹》8-659＋8-2088）

語譯：季長輩、柏以及……沒有什麼不順吧？

（47）書衣之南軍<u>毋</u>☒<u>王得不也</u>？（《睡虎地秦牘・11號木牘》Ⅰ）

語譯：書信和衣服是否已經送至中南方的軍隊了。

上引例（43）中的「皆毋恙也？毋錢用、衣矣？」試比較「得毋恙也」說

明「得無」常常是省略成「毋」，表示希望別出現 VP，而 VP 往往是不要的狀態動詞或形容詞，對收信對方的問候關懷。

下面還有一些戰國楚簡的例句被當成是測問句的，由於用例較少，此處一並討論。

1. 「誠……與」的疑問句式，例如：

（48）子羔曰：㤥（堯）之尋（得）坴（舜）也，坴（舜）之惪（德）則城（誠）善舉（與）？伊（抑）㤥（堯）之惪（德）則甚㽙（盟）舉（與）？孔＝（孔子）曰：鈞也，坴（舜）審（嗇）於童土之田，則☒之童土之莉（黎）民也。（《上博楚簡二・子羔》6＋8）

語譯：子羔問：堯得到舜，是因為舜的才德確實很好呢？

有學者將例（48）看成是測度問句，我們不贊成。首先，我們認為子羔問的話應該是有疑而問的真性詢問句。其次，句首的「誠」本身不表達疑問，而句末的語氣詞「與」表疑問。最後，「誠善與？」的下一個問句前用了「抑」作為選擇連詞，那麼此例應該看成是真性詢問句的選擇問。

2. 「或者……與」的疑問句式，例如：

（49a）臧（莊）公曰：蕭（沫），虗（吾）言氏（是）不而（爾）女（如），或者少（小）道與？虗（吾）一谷（欲）誾（聞）三弋（代）斋＝（之所）。鼓（曹）蕭（沫）會（答）曰：臣誾（聞）之：昔之明王之迡（起）於天下者，各㠯（以）亓（其）殡（世），㠯（以）及亓（其）身。（《上博楚簡四・曹沫之陳》64）

（49b）〔莊〕公曰：「戲（沫），虗（吾）言氏（寔）不（否）女〈如〉，或者少（小）道？（《安大楚簡概述》3）

例（49a）邴尚白通讀作「吾言寔不爾如，或者小道與？」，他認為「或者」為當時有教養的貴族不願太過武斷、強勢的說法。「氏」陳斯鵬讀「是」，表強調。「而」為第二人稱代詞。吾言是不爾如，意思是「我說話不如您的有道理」。俞紹宏也支持前兩者的釋讀意見。

本文不同意上舉邴尚白等說法，他們似能自圓其說。但在傳世戰國文獻中都找不到相似語義的句式來印證。我們認為上述兩處辭例分別應該作下例通讀：

（49a）莊公曰：沬，吾言氐（寔）不（否）？而<u>毋</u>或（惑）者（諸）少（小）<u>道與</u>？（《上博楚簡四·曹沬之陳》64）

（49b）莊公曰：沬，吾言氐（寔）不（否）？<u>女〈毋〉</u>或（惑）者（諸）少（小）道？（《安大楚簡概述》3）

語譯：莊公說：曹沬，我說的話符合實情嗎？沒有被小人之道迷惑吧？

我們這樣通讀的原因有三：首先，「不＋第二人稱代詞＋如、若」這種格式在先秦漢語沒有用例。這種句法合法性令人生疑。其次，傳世戰國文獻疑問句中以「不、否」用於句末的情況非常少見。最後，傳世戰國文獻中推度副詞「或者」，與一般句末語氣詞「乎」或「邪」共現，不見有「或者……與」句式。下引為最常見的句式：

（50）一人煬焉，則後人無從見矣。今<u>或者</u>一人有煬君者<u>乎</u>？（《韓非子·內儲說上》）按，或者……乎？

語譯：或許現在有一個人在烤您燒的火卻把您的火光都擋住了吧？

（51）昔者辭以病，今日弔，<u>或者</u>不可<u>乎</u>？（《孟子·公孫丑下》）

語譯：或許不能這麼做吧？

（52）天其<u>或者</u>欲使衛討邢<u>乎</u>？（《左傳·僖公十九年》）

語譯：上天或許是將要派遣衛國去討伐邢國吧？

（53）<u>或者</u>若魯遽者<u>邪</u>？（《莊子·徐无鬼》）

語譯：或許像魯遽一祥吧？

（54）<u>或者</u>一人煬君<u>邪</u>？（《韓非子·難四》）

語譯：現在或許有一人在用您燒的火而把您的火光都給擋住了吧？

綜上所述，上述學者關於「吾言寔不爾如，或者小道與」的讀法，我們認為觀點不可信。應該讀為「吾言寔否？毋惑諸小道？」

（二）無疑問副詞標記的測問句

無疑問副詞標記的測問句通常在句末也用表疑問的語氣詞「乎」或「耶」，其中「乎」在出土、傳世戰國文獻及西漢簡帛戰國古書中使用頻繁，除了用於真性非問、選擇問、反詰問句，也可用於用於測問句末，表示說話人對某一件事情已經有了初步的看法，祇是還未確定屬實與否，希望得到對方的確認和證實，表示這種介乎疑信之間語氣的「乎」，通常譯為「吧」，但數量不

多。無語氣副詞作為標記的測問句的用例，茲引如下：

（55）丌（其）欲雨，或甚於我，<u>或（又）</u>必寺（待）虐（吾）名（祭）<u>虐</u>
<u>（乎）</u>？孔=（孔子）曰：於虖（呼）！☒（《上博楚簡二·魯邦大旱》4）

語譯：山石與樹木比我們更需要雨水，又必然等待我們去榮祭吧？

李明曉認為例（55）中的「或」用於形容詞謂語前，充當狀語，表示對行
為動作、情況的揣測、估計，相當於「或許」〔註24〕。

（56）甘茂謂王曰：地大者，固多<u>憂乎</u>？（《戰國策·張儀欲以漢中與楚》）

語譯：擁有廣大的國土面積的君王一定很多憂慮吧？

（57）威王問于莫敖子華曰：自從先君文王以至不穀之身，亦有不為爵勸、
不為祿勉，以憂社稷者<u>乎</u>？莫敖子華對曰：如華不足知之矣。（《戰國策·威王
問於莫敖子華》）

語譯：從已故國君文王以來一直到寡君，也應該有過不因為爵位去追求、
不因俸祿才勸勉，始終為國家操心的人吧？

（58）景公有愛女，請嫁于晏子，公迺往燕晏子之家，飲酒，酣，公見其
妻曰：此子之內子<u>耶</u>？晏子對曰：然，是也。（《晏子·內篇雜下》）

語譯：景公見到晏子妻子問：這個女子是您的夫人吧？

此外，還有一處以語氣詞「也與」結尾的疑問句，例如：

（59）子羔昏（問）孔子曰：厽（三）王者之乍（作）也，虗（皆）人子
也，而<u>丌（其）</u>父戔（賤）而不足娿（偁）<u>也與</u>？殴（殹）亦城（成）天子<u>也</u>
<u>與</u>？（《上博楚簡二·子羔》9）

語譯：子羔問孔子說：三王興起，他們本來都是平凡人的子弟，他們的父
親地位都卑賤不足稱道嗎？他們本來就應該是天子嗎？

有學者也將例（59）看成是測問句。我們則認為這類疑問句的類型屬於真
性疑問句，不看作是中性測問句。

第四節　小　結

通過上述對出土、傳世戰國文獻及西漢簡帛戰國古書「其、無乃、得無」
三類中性測問句的考察與分析，我們瞭解到中性測問句的疑問程度強弱並不

〔註24〕李明曉：《戰國楚簡語法研究》，武漢：武漢大學出版社，2010年，第244～245頁。

是鐵板一塊、固定不變，雖然徐傑等學者將這類求證性的疑問句疑問程度參數設定為 40%，但「其」類測問句的疑問程度在使用過程中明顯處於高強的測問句，而「得無」類測問句測問句的疑問強度明顯較弱，「無乃」類的測問句的疑問程度強度則居中。當然，由於我們根據的出土語料用例數量的限制等原因，目前所見到的測問句類型有限，隨著未來更多上古文獻的出土，測問句的類型可能會隨之豐富。

第九章　出土戰國文獻「問」字句研究

本章提要：本章研究出土戰國文獻中動詞「問」（表「詢問」義〔註1〕）的賓語語義及句法格式。首先，梳理戰國以前漢語中的「問」字句語義結構與句法格式。其次，整合出土戰國文獻及西漢簡帛戰國古書中動詞「問」的常用義項與用字情況，在這個基礎上，使用配價語法理論的分析方法，重點分析了出土戰國文獻及西漢簡帛戰國古書「問」字句的出現了三個論元語義角色及情況，尤其是對動詞「問」的賓語語義類別進行了充分描寫與分析，詳細歸納了動詞「問」所在的句式類型，概述了動詞「問」從西周漢語的二價二向動詞演變為戰國漢語的三價二向動詞的發展軌跡。

此外，簡要回答了動詞「問」的受事賓語標點符號的使用問題及條件，為古籍整理標點問題提供語法學的理論建議。最後回答「問」字句的賓語與疑問句的關係。

第一節　戰國以前漢語中的「問」字句研究

一、概　述

上古早期至戰國這個關鍵時段漢語中的「問」字句語義、句法等系統面貌到

〔註1〕表「詢問」義的動詞「問」，其含義古今基本相同，如無特別說明，本章所討論的動詞「問」及「問」字句，均指「詢問」這一義項。

底是怎麼樣。這是以往學者較少能注意到的一個重要的語法現象。初步考察這個問題的學者有王力（2014）、唐啟運（1987）、唐啟運（1990）、車淑婭（2004）、杜道流（2005）以及楊鳳仙（2009）等〔註2〕。尤其是王力在其《漢語語法史》中對本課題研究的動詞「問」的雙賓語語義與句法結構已簡要提及並梳理了兩種類型的賓語與動詞「問」的語義關係。他已意識到上古漢語中「問」字句的直接賓語（即下文所論述的「受事賓語」）和間接賓語（即下文所論述的「與事賓語」）與後代「問」字句有所不同，並結合大量的傳世上古漢語中的「問」字句的直接賓語、間接賓語與謂語動詞的關係問題，進行了歸納與分析。

但是，以往的學者研究這個問題都主要根據傳世戰國文獻專書或幾種代表性典籍作為立論的根據，在句式歸納及「問」字句語言現象等問題上，存在一定局限。鑒於此本文立足於真實可靠的語料，研究語料的種類與文體相對齊全，旨在挖掘更完整的「問」字句的賓語語義類型。

二、西周漢語動詞「問」的語義類別

動詞「問」其語義類別屬於言說類的行為動詞。言說類的動詞是表示言語、說話、告知、教育、訓責、應答、承諾以及勸勉等一系列常用於社會交往的重要行為動詞，它們通常具有豐富的行為色彩。由於語料的限制，在春秋時代以前的出土文獻，我們尚未見到「問」字句的完整語句〔註3〕，因此本節

〔註2〕 王力：《漢語語法史》，北京：中華書局，2014 年，第 129～139 頁；唐啟運：《論〈論語〉的「問」字句》，載《華南師範大學學報（社會科學版）》，1987 年第 01 期，第 80～85 頁；唐啟運：《古代漢語「問」字句的演變和用不用「於以」的關係》，載《華南師範大學學報（社會科學版）》，1990 年第 1 期，第 29～36 頁；張覺：《〈論語〉「問」字句研究——語法史研究方法探索之一》，載《銀川師專學報（社會科學版）》，1990 年第 4 期，第 51～56 頁；車淑婭：《問之賓語演變探析》，載《古漢語研究》，2004 年第 4 期，第 51～53 頁；杜道流：《古代漢語動詞「問」帶賓語結構的演變》，載《語言科學》，2005 年第 2 期，第 92～100 頁；張偉麗：《動詞「問」的雙賓語化過程》，載《雙語學習》，2007 年第 8 期，第 154＋156 頁；楊鳳仙：《古漢語「問」之演變：兼與〈「問」之賓語演變探析〉的作者商榷》，載《古漢語研究》，2009 年第 4 期，第 87～91 頁。

〔註3〕 下文凡提及動詞「問」，不另行標注，均指「詢問」義。一般認為甲骨文是用「鼎（貞）」表示「卜問」語義，基本上不存在「問」字句。《商周金文資料通鑒》收錄了一件私人收藏的玉器銘文。釋作：「狄史來匄大堝王卜問王玟王其畞言令狄史卜」（《商周‧文王玉璧》19707）。我們查檢拓本圖像，發現文王前面並沒有「問王」二字，並且「卜」和「文王」中間不太可能容納文字，故此例也不計入完整語句範圍。參考吳鎮烽：《商周青銅器銘文暨圖像集成》（卷35），上海：上海古籍出版社，2016 年，第 310 頁。

主要討論戰國以前傳世文獻語料中的「問」字句情況。據蔣書紅（2013）統計，西周漢語中的「問」字句有 4 例〔註4〕：

（1）有孚〔註5〕惠心，勿<u>問</u>，元吉。有孚，惠我德。（《周易·益》）按，「問」的賓語所問之事被省略。

語譯：不用<u>問</u>，卦兆顯然是大吉的。

（2）弗躬弗親，庶民弗信？弗<u>問</u>弗仕，勿罔君子？（《詩經·小雅·節南山》）按，所問之事被省略。

語譯：不<u>過問</u>人才又不任用賢能，難道不是欺騙君王嗎？「問」的賓語被省略。

（3a）王至于周，自鹿至于丘中，具明不寢，王小子御告叔旦，叔旦亟奔即王，曰：「久憂勞，<u>問</u>害（曷）〔註6〕不寢？」曰：「安。予告汝。」（《逸周書·度邑》）按，所問之事是「害不寢」。

（3b）叔旦亟奔即王，曰：「久憂勞！」<u>問</u>害（曷）不寢，曰：「安。予告汝。」（《逸周書·度邑》）

語譯：武王的內豎禦報告了王弟姬旦，叔旦急忙跑到武王前說：長久這樣要疲勞生病。<u>詢問</u>為何不睡覺。武王說：坐！我告訴你。

（4）皇帝清<u>問</u>下民，鰥寡有辭于苗。（《尚書·呂刑》）按，所問之事是「下民」。

語譯：帝堯詳細<u>詢問</u>百姓所處的情況，鰥寡孤獨者對苗人都有訴訟之辭。

例（1-4）中的動詞「問」是否都訓為「詢問」，還存在爭議。有學者注釋例（1）中的「問」為「送物給人」（即「聘問」義），並將該句語譯為「有俘虜順從我的心，不用送東西，大吉。有俘虜，順從我的禮物」〔註7〕。但更多的學者一般將這句語譯為「毫無疑問是至為吉祥的」或譯作「不用解說，卦兆顯然是大吉的」。因此，例（1）動詞「問」的釋義還待研究。例（2）中的動詞「問」，程俊英語譯為「人才不問又不用，欺騙好人不應該」；如馬持盈、黃

〔註4〕蔣書紅：《西周漢語動詞研究》，廣州：暨南大學出版社，2013 年，第 165 頁。

〔註5〕「有孚」，馬王堆漢墓簡帛《周易》本作「有復」。

〔註6〕「害」學者一般訓為「何」，本文認為讀為「曷」更恰。該句意謂「詢問為什麼不睡覺」。此句應句讀為「問：害（曷）不寢？」

〔註7〕周振甫：《〈周易〉譯注》，北京：中華書局，1991 年，第 147～148 頁；黃壽祺，張善文：《〈周易〉譯注》，上海：上海古籍出版社，2007 年，第 23 頁；陳鼓應，趙建偉：《〈周易〉今注今譯》，北京：商務印書館，2016 年，第 379 頁。

典誠等學者將動詞「問」理解為「過問、管理、干預」，語譯為「不管不理，不問不作，那就是欺騙君王」；另外還有學者將「問」理解為「體恤，安撫」〔註8〕。因此，例（2）動詞「問」很難讓人理解為「詢問」義。

例（3）中的動詞「問」訓為「詢問」是沒有問題的，但是對「問害不寢」的理解卻有不同的解釋，學者對這句話的標點有兩種方式：1.「不寢」後標問號。如：牛鴻恩（2015）句讀標點即前文引例（3a），其譯文：奉侍武王的小子報告給叔旦，叔旦趕緊跑到武王跟前，說：「長久憂慮勞碌，請問為何不能入睡？」武王說：「坐，我告訴你。」〔註9〕2.「不寢」後標句號〔註10〕。如：蔣書紅（2013）、黃懷信（2007）、張聞玉（2000）等，其中後者點讀為上引例（3b）。本文認為牛鴻恩標點可信。張聞玉將「問害不寢」理解為陳述句，是難以讓人信服的，他的主要問題在於未發現此例動詞「問」後面語法成分是由一個反問句充當的受事賓語。如果動詞「問」的賓語是直接引語，且該引語屬於疑問語氣，那麼應該在賓語後標問號，因為疑問代詞「害（曷）」與否定副詞「不」形成強烈的反詰語氣。本文將「所問之事」這一直接引語統稱為「引文受事」。根據以上分析，我們認為例（3a）的語義格式為典型的「施事＋問＋引文受事」結構。

三、西周漢語動詞「問」的賓語語義角色

在西周漢語中動詞「問」的賓語語義角色具體是什麼情況？請看下文對「皇帝清問下民」的賓語分析情況。

例（4）中的「清問下民」的解釋，歷來眾說紛紜。簡要歸納有如下三家：1.解作「詳問民患」。孔安國傳云「帝堯詳問民患」。孔穎達疏云「帝堯清審詳問下民所患」。殷國光（2006）支持此說〔註11〕，認為「下民」即受事（當「所

〔註8〕 馬持盈：《〈詩經〉今注今譯》，臺北：臺灣商務印書館，1979年，第291頁；黃典誠：《〈詩經〉通譯新銓》，上海：華東師範大學出版社，1992年，第248頁；程俊英：《〈詩經〉譯注》，上海：上海古籍出版社，1985年，第360頁；劉毓慶，李蹊：《〈詩經〉全本全注全譯》，北京：中華書局，2012年，第483～489頁。

〔註9〕 牛鴻恩：《新譯〈逸周書〉》，臺北：三民書局，2015年，第327，332頁。

〔註10〕 蔣書紅：《西周漢語動詞研究》，廣州：暨南大學出版社，2013年，第165頁；黃懷信，張懋鎔，田旭東：《〈逸周書〉匯校集注》，上海：上海古籍出版社，2007年，第468頁；張聞玉：《〈逸周書〉全譯》，貴陽：貴州人民出版社，2000年，第176頁。

〔註11〕 殷國光：《動詞「問」的語法功能的歷史演變》，載《中國語言學報》，中國語言學報編委會，北京：商務印書館，2006年第12期，第154頁。

問之事」是一個詞或短語，下文稱為「受事」，以區別於「引文受事」）。2.解作「靜聞」。「清問」于省吾讀為「靜聞」，他將「皇帝靜聞」屬上句讀，而「下民」歸在下句。此說有新意，但信從于說的學者較少。3.解作「詳問百姓」。

目前多數學者接受孔傳對「清問」的理解，訓為「明問、詳問、詢問、訊問」等，如屈萬里、顧頡剛、劉起釪、李民、王健、楊任之等〔註12〕。對該句語譯為「偉大的上帝明白地來問百姓們，孤苦無告的人對於苗人都認為有罪狀」。從今譯可以看出目前多數人將動詞「問」的賓語「下民」理解為「與事賓語」（問及對象）這點與孔傳、孔疏的理解不同。尤其是楊任之的今譯「帝堯詳問於下民」，毫無疑問楊將「下民」理解為具體的詢問對象了。因此，例（4）訓為「詢問」義是較多學者同意的，但對動詞「問」的賓語「下民」的語義角色還存在理解的分歧。

本文讚成將例（4）中動詞「問」的賓語「下民」語義角色看成受事，理據如下：

（一）「問＋受事」句法格式應該是最早出現的。原因是：在語義層面上，使用「問」字句的問話人，與聽話人最關心的信息焦點一般是受事賓語。也即受事賓語在語義地位上一般都優先於與事賓語。

（二）上古漢語表達「向誰問」的語義格式一般不能缺少介詞「于（於）」的幫助，在戰國早期楚簡語料中也同樣如此。例如：

（5）睿（顏）困（淵）畜（問）於孔＝（孔子）曰：敢畜（問）君子之內（入）事也又（有）道虗（乎）？孔＝（孔子）曰：又（有）。（《上博楚簡八·顏淵問於孔子》1）

語譯：顏回向孔子請問：斗膽問君子入朝從事政事有原則可遵守嗎？孔子答：有。

（6）狗（耈）老昏（問）于彭祖曰：臣可（何）埶（藝）可（何）行？而（能）塱（遷）於朕身，而誋于帝棠（常）？（《上博楚簡三·彭祖》1）

語譯：狗老請問彭祖說：我要有何才能與德行，才能夠改變自身？才能夠謹慎的遵循上天的常道？

<hr/>

〔註12〕屈萬里：《〈尚書〉今注今譯》，臺北：臺灣商務印書館，1977年，第178頁；顧頡剛，劉起釪：《〈尚書〉校釋譯論》，北京：中華書局，2005年，第1961頁；李民，王健：《〈尚書〉譯注》，上海：上海古籍出版社，2004年，第402頁；楊任之：《〈尚書〉今譯今注》，北京：北京廣播學院出版社，1993年，第344～345頁。

（7）魯穆公昏（問）於子思曰：可（何）女（如）而可胃（謂）忠臣？子思曰：恆（亟）再（稱）其君之亞（惡）者，可胃（謂）忠臣矣。（《郭店楚簡・魯穆公問子思》1＋2）

語譯：魯穆公問子思說：怎樣才能稱之為忠臣？子思回答：總是指出君上罪過的人，可以叫作忠臣。

這種採用介詞「于（於）」表「向誰問」的語義格式，最遲至秦簡語料中仍保留：

（8）魯久次問數于陳起曰：久次讀語、計數弗能竝竅（徹），欲竅（徹）一物，可（何）物為急？陳起對之曰：子為弗能竝竅（徹）。（《北大秦簡・魯久次問數于陳起》4-142）

語譯：魯久次向陳起請教數說道：久次學習讀語書和計數書卻不能兼通，想要先通曉其中的一種，哪一種更緊要呢？陳起回答說：你如果不能兼通。

但秦簡的「向誰問」[註13]與漢墓出土戰國簡帛「向誰問」[註14]的語義格式基本上已不再借用介詞「于（於）」。例如：

（9）欣敢多問呂柏：得毋病？（《里博秦簡》7-4a）

語譯：呂柏健康無大礙吧？

（10）☐拜多問芒季：得毋為事☐？（《里耶秦簡》8-661）

語譯：公務雜事沒有太煩亂吧？

（11）景公興兵將伐魯，問晏子，晏子曰：不可。（《銀雀山漢簡晏子》六）

語譯：景公將起兵攻打魯國，請問晏子。

（12）田忌問孫子曰：張軍毋戰有道？孫子曰：有。（《銀雀山漢簡孫臏兵法・威王問》）

語譯：田忌詢問孫臏說：雙方都已出動軍隊，且即將擺開陣勢，但我方卻不想交戰，有什麼辦法嗎？孫臏答：有。

（三）表達「向誰問」不再嚴格遵守「（施事）＋問＋于（於）＋與事」的語義格式的時間，傳統的語法學者認為是在戰國以後。如王力指出，在戰國以後這個語法規則（即上文所提及的第二點）已經不能嚴格遵守，直接賓語也可

[註13] 其動詞「問」表「慰問」義。
[註14] 其動詞「問」表「詢問」義。

以指人，例如〔註15〕：

（13）齊景公<u>問晏子</u>曰。（《墨子·非儒》）

語譯：齊景公請問晏子道。

（14）湯之<u>問棘</u>也是已。（《莊子·逍遥遊》）

語譯：湯請問棘便是如此。

此外，在西周中期前段（恭王五年）金文語料中，我們發現了一例「訊」（「審問」義）字句。例如：

（15）正廼（乃）噂（訊）厲曰：<u>女（汝）賓（賈）田不（否）</u>？厲廼（乃）許，曰：余害（審）賓（賈）田五田。（《集成·五祀衛鼎》2832）

語譯：執政大臣們審問厲說：你租田嗎？厲承認說：我確實要租給他田五百畝。

我們推測，「問」與「訊」這兩個動詞的語義相近，原因在於上例的動詞「訊」已出現了「訊＋與事＋受事」，其中「訊」的與事也即王力提到的用於指人的直接賓語。

那麼由例（15）可以進一步推測，上古漢語的早期動詞「問」語義格式「問＋與事＋受事」，很可能是因為受到動詞「訊」的類化作用產生。如果這個推理成立，那麼「問＋與事＋受事」語義格式可能會早於「問＋于（於）＋與事」語義格式存在。但這個推測目前仍缺乏有力的語言材料。因此，由上揭例（5）至例（8）的語言事實，我們可以得知，在春秋以前的漢語中，「向誰問」的語義格式一般要借助介詞「于（於）」來完成。因此根據漢語史的語法規則，例（4）中的「下民」作為與事可能性極小，本文將「下民」理解為受事則順理成章。通過上述分析，我們發現，例（4）中的「問」字句語義格式為「施事＋問＋受事」結構。

四、小　結

根據以上分析，戰國時代以前的上古漢語中的「問」字句語義格式是：

問話者（可省）＋問＋所問之事（一般不可省）＋問及對象（尚未出現）

其語義格式可以表述為：問（施事，受事）〔註16〕，在句法結構上，戰國以

〔註15〕此處兩例轉引自王力：《漢語語法史》，載《王力文集》（第11卷），濟南：山東教育出版社，1990年，第163頁。

〔註16〕殷國光（2006）認為春秋前期及以前的漢語「問」字句只有「施事＋問＋受事」句式，我們認為是不準確的。參考殷國光：《動詞「問」的語法功能的歷史演變》，載

前的漢語「問」字句只帶一個受事賓語，受事賓語可以是一個名詞性成分或由直接引文充當的小句。基本句式有兩種：（一）施事＋問＋受事；（二）施事＋問＋引文受事。

　　上述例（1-4）中的「問」字句，大致反映了早期漢語史動詞「問」的語義句法功能特點。即：西周漢語的「問」字句已出現少數用例。「問」字句的只帶一個受事賓語，還沒有出現與事賓語。

第二節　出土戰國文獻動詞「問」的用字與釋義

一、概　述

　　在出土戰國文獻中動詞「問」「訊」「詰」都有出現。關於它們的區別，王力在《王力古漢語字典》辨析道〔註17〕：「問」的意義很廣，既表示一般的發問，也可以表示審問、追問；「訊」多表示審問；而「詰」一般用於責問、追問。

　　考察這三個動詞在出土戰國文獻及西漢簡帛戰國古書中的使用情況，本文認為王力的觀點是可信的。關於動詞「問」，《說文·口部》載：「問，訊也。從口、門聲。」本義是「問訊、詢問」。

二、用字情況

　　在出土戰國文獻及西漢簡帛戰國古書中，動詞「問」至少有七種寫法，分別為：「問、昏、𦖞、睧、𧥾、寋、門」。其中楚簡用後六種寫法，其中以「𦖞、睧」使用的頻率最高，「𧥾、昏、寋」次之，一般不用本字表示動詞「問」。秦漢簡則用本字「問」表示動詞「問」（偶用「門」表示）。例如：

　　（16）日既，公昏（問）二夫＝（大夫）：日之飤（食）也害（曷）爲？鞄（鮑）吊（叔）䚉（牙）䚉（答）曰：星叟（變）。（《上博楚簡五·競建內之》1）按，用「昏」。

　　語譯：當天發生了全日食天象，齊桓公召見兩位大夫問：發生日食天象，是什麼原因？鮑叔牙答：這是天象發生了災變。

　　《中國語言學報》，中國語言學報編委會，北京：商務印書館，2006 年第 12 期，第 153～165 頁。

〔註17〕王力：《王力古漢語字典》，北京：中華書局，2000 年，第 1273 頁。

（17）〔莊公〕還年而甿（問）於敓（曹）歠（沫）曰：虘（吾）欲與齊戰，甿（問）戡（陳）乑（奚）女（如）？（《上博楚簡四・曹沫之陳》12）按，用「甿」。

語譯：莊公又過了一年向曹沫請教：我打算與齊國開戰，請問應該怎麼樣營陣？

（18）季庚子睧（問）於孔子曰：肥從又（有）司之遂（後），罷（一）不皙（知）民矛（務）之安（焉）才（在）？（《上博楚簡五・季庚子問於孔子》1）按，用「睧」。

語譯：季庚子向孔子問道：我忝為有司的職位，完全不知道民務在哪裡呢？

（19）湯或（又）鎑（問）於少（小）臣曰：人可（何）叟（得）以生？可（何）多以長？（《清華楚簡伍・湯在啻門》5）按，用「鎑」。

語譯：湯又問小臣說：人靠什麼得活？什麼增多了會進而長大？

（20）子昃（夏）曰：敢宿（問）可（何）胃（謂）五至？（《上博楚簡二・民之父母》3）按，用「宿」。

語譯：子夏說：請問什麼叫做五至？

（21）甲取（娶）人亡妻以爲妻，不智（知）亡，有子焉，今得，問安置其子？當畀。或入公，入公異是。（《睡虎地秦簡・法律答問》168）按，用本字「問」。

語譯：甲娶他人私逃的妻子為妻，不知道私逃的事，已有了孩子，被捕獲，問其子應如何處置？應給還甲。有的認為應沒收歸官。沒收歸官與律意不合。

（22）晏子曰：公疑之，則嬰請門（問）湯〔、伊尹之狀也〕。逢（豐）下，居（倨）身而陽（揚）聲。（《銀雀山漢簡晏子》四）按，用「門」。今本《晏子》作「則嬰請言」。

語譯：晏子回答：齊公既然懷疑，那麼我晏嬰可要請問您一下商湯、伊尹的狀貌。

三、釋　義

那麼，在出土戰國文獻及西漢簡帛戰國古書中動詞「問」有哪些義項？據

我們統計，動詞「問」的語義有五類義項〔註18〕，它們分別是：

（一）{詢問}（358次）：有不知道或不明白的事情或道理需要請人解答，義即請教、請示，這個義項在出土文獻中最為常見。

（二）{責問}（12次）：這個義項是從{詢問}引申而來，義為查問、責問、詰難，這個語義多用於文書類簡牘，上級官吏對下級官吏上報的情況有疑問而提出來的質詢。例如：

（23）制詔御史：吏上奏當者，具傅所以當者律令、比行事。固有令，以當令，各署其所用律令、比行事正曰：以此當某。今多弗署者，不可案課，卻（詰）問之，乃曰：以某律令某比行事當之，煩留而不應令。今其令，皆署之如令。（《嶽麓秦簡伍‧第一組》66-68）

語譯：上級詰難、責問下級官吏所上報的文書內容。

（三）{審訊}（15次）：由{詢問}引申為審理案件時對當事人進行的訊問。這個語義也多見於文書類簡牘，訊問的對象一般為負債的平民、奴隸、嫌犯、罪犯等。

（24）定名事里，所坐論云可（何），或（又）覆問毋（無）有。以書言。（《睡虎地秦簡‧封診式》42-45）

語譯：確定其姓名、身份、籍貫，曾犯有何罪，再核查、審訊還有什麼問題，用書面回報。

（25）令曰：縣官相付受，道遠不能以付受之，歲計而隤計者，屬所執灋輒劾窮問，以留乏發徵律論坐者。（《嶽麓秦簡伍‧第三組》299）劾：漢代問罪謂之鞫，斷獄謂之劾。

語譯：官吏們執行法令總是窮究罪狀、審訊罪犯。

（四）{撫慰、饋贈}（18次）：由{詢問}引申為撫慰、贈送等義。這個語義多見於私人信件、家書以及對公函件等簡牘，問候對象一般為好友、親人及同僚等。例如：

（26）傷者弗睧（問），既戰有怠心，此既戰之幾（忌）。☑〔死〕者收之，傷者睧（問）之，善於死者爲生者。（《上博楚簡四‧曹沫之陳》45-46）傷者：受事主語。

〔註18〕本文關於動詞「問」的語義分類、句法功能等分類，參考孟琮等：《漢語動詞用法詞典》，北京：商務印書館，1999年，第401～402頁。

語譯：戰死的士卒沒有人收殮，受傷的戰士沒有人去撫慰，已開戰了而戰士有懈怠心，這就是我方致勝的大忌。死的戰士要派人收殮，傷的戰士要派人撫慰，善待死傷者是為了安撫、鼓舞存活者。

（27）☐善忞（矣），未可已（以）戰（戰）。王曰：戉（越）邦之宙（中），貯（病）者虖（吾）䦡（問）〔之〕☐。（《慈利楚簡・吳語》3）〔註19〕之：指代病者，充當受事賓語。

（28）包胥曰：善則善矣，未可以戰也。王曰：越國之中，疾者吾問之，死者吾葬之，老其老，慈其幼，長其孤，問其病，求以報吳。願以此戰。（《國語・吳語》3）之：指代疾者，充當受事賓語。

語譯：越王說：越國之中，病痛者我親自撫慰他們。

（29）太白（伯）又（有）疾，吝（文）公往䦡（問）之。君若曰：白（伯）父，⋯⋯。（《清華楚簡陸・鄭文公問太伯》甲1）

語譯：太伯患病了，文公前往慰問太伯病情。

（30）可（何）謂賣玉？賣玉，者（諸）候（侯）客節（即）來使入秦，當以玉問王之謂殹（也）。（《睡虎地秦簡・法律答問》203）

語譯：什麼叫賣玉？就是諸侯國的客人出使來秦，應拿寶玉贈送給王。

（五）{干預}（2次）：由{詢問}引申為管、干預、過問等義，這個語義較少見，一般用於古書類簡牘，動作的施事者一般為君王、太子等。前引的例（2）中的「弗問弗仕」以及下例：

（31）太子乃亡聞亡聽，不䦡（問）不令，唯哀悲是思，唯邦之大務是敬。（《上博楚簡三・昔者君老》4）

語譯：國君去世了，太子應該不聽朝政、不聽奏報，也不過問政事，不發號施令，唯有哀傷思悼，辦理喪事能恭敬從事就是國家的重大任務了！

上述五類義項基本代表了出土戰國文獻及西漢簡帛戰國古書中所有動詞「問」的意義與用法。動詞「問」的義項不同，對應的配價也不同，下文主要對出土戰國文獻及西漢簡帛戰國古書中動詞「問」（表「詢問」義）的配價成分及句式框架進行全面的考察。

〔註19〕此例釋文引自湖南省文物局：《湖南簡牘名跡》，長沙：湖南美術出版社，2012年，第9頁；單育辰：《楚地戰國簡帛與傳世文獻對讀之研究》，北京：中華書局，2014年，第276頁。

第三節　出土戰國文獻「問」字句的論元語義角色

一、概　述

那麼，動詞的賓語意義類別可以劃分為多少？朱德熙分為七類，李臨定分為十類。本文主要參考張斌、陳昌來〔註20〕的分類系統將動詞的論元語義角色分為三類：受事、施事和與事（關係對象）。

本節主要是對出土戰國文獻及西漢簡帛戰國古書中的「問」字句論元語義角色進行分析。在討論動詞「問」與其賓語的論元語義關係之前，前文已論證戰國時代以前漢語「問」字句賓語一般是受事，與事賓語並不是必備的語義成分，因此通常被省略。

經我們統計，出土戰國文獻及西漢簡帛戰國古書的動詞「問」與西周漢語的動詞「問」相比，出現了新的情況，即動詞「問」出現了三個論元語義角色，它們分別是：施事、受事、與事〔註21〕。「施事」是動作的主體，動作的發出者或發生變化的人或者事物；「受事」與「施事」相對，在語法上「受事」是動作的對象，即受主體發出的動作支配的人或事物。「與事」既不是動作的施事，也不是受事，是動作的相關對象。下面三個論元語義角色逐個進行分析。

二、施事角色的類型

由於分析論元角色語義類型的需要，我們借鑒黃昌寧、夏瑩在《語言信息處理專論》中，對名詞進行語義分類後得到的語義分類樹，用下圖表示〔註22〕：

〔註20〕張斌：《現代漢語描寫語法》，北京：商務印書館，2010 年，第 301～303 頁。陳昌來：《現代漢語動詞的句法語義屬性研究》，上海：學林出版社，2002 年，第 198～213 頁。

〔註21〕參考朱德熙：《語法講義》，北京：商務印書館，1999 年，第 22 頁；李臨定：《現代漢語動詞》，北京：中國社會科學出版社，1990 年，第 151～169 頁；胡裕樹：《現代漢語》（重訂本），上海：上海教育出版社，2011 年，第 327～328 頁。

〔註22〕黃昌寧，夏瑩：《語言信息處理專論》，北京：清華大學出版社；南寧：廣西科學技術出版社，1996 年，第 222 頁。

圖 9-1　事物類概念的層次關係圖

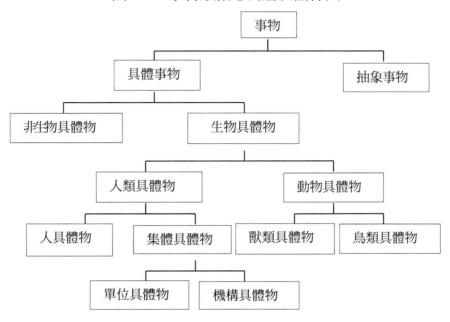

總體而言，在出土戰國文獻及西漢簡帛戰國古書中動詞「問」的主語以「人」充當施事角色，出現情況最多，單位或機構相對較少。

（一）以「人」為施事角色

（32）<u>宰我</u>昏（問）君子。子曰：予，汝能慎始與終，斯善矣，爲君子乎？□汝安（焉）能也？（《上博楚簡五·弟子問》11＋24）宰我：施事主語。

語譯：宰我請教什麼是君子。孔子答：宰我，你能做到慎始慎終，這已經很好了，做到像君子那樣嗎？……你怎麼能做到呢？

（33）〔<u>狗老</u>〕昏（問）：三迲（去）亓（其）二，幾（豈）若已？彭祖曰：于（吁）！汝孳孳敷問，余告汝人倫。（《上博楚簡三·彭祖》2）狗老：施事主語。

語譯：狗老問道：天地人三者之間去除天與地，難道真的就不如不要問了嗎？

（34）<u>募（寡）君</u>昏（問）左右：篕（孰）爲帀（師）徒，踐（踐）頣（履）墜（陳）墅（地）？（《上博楚簡七·吳命》8）寡君：施事主語。

語譯：君上詢問左右近臣：誰當任主帥上將軍，踏平陳國國境？

（35）<u>醫（殷）高宗</u>繇（問）於三壽（壽）。（《清華楚簡伍·殷高宗問於三壽》28）殷高宗：施事主語。

語譯：高宗請問少壽、中壽以及彭祖。

（36）湯或（又）顱（問）於少（小）臣：又（有）顯（夏）之惪（德）可（何）若才（哉）？（《清華楚簡伍·湯處於湯丘》11）商湯：施事主語。

語譯：湯又向小臣請問：有夏氏治理百姓的德行怎麼樣呢？

（37）鄩宮大夫命少宰尹郹瞽謀（察）睧（問）大梁之戠酒之客苛坦。苛坦言謂：……。（《包山楚簡·文書》157）〔註23〕郹瞽：做句子的兼語，「郹瞽」同時充當小句的施事主語。

語譯：鄩宮大夫命令宰尹郹瞽考察詢問苛坦。

（38）校長予言敢大心多問柏：柏得毋恙殹（也）？☐毋以問，進書爲敬。敢謁之。（《里耶秦簡壹》8-823＋8-1997）予言：施事主語。

語譯：校長予言斗膽冒昧詢問柏：柏沒有什麼不順吧？……沒有禮物帶去問候，就以一份書函代替。因此膽敢用書函拜謁您。

（39）〔魯〕久次敢問：臨官立（蒞）政，立庍（度）興事，可（何）數爲急？陳起對之曰：夫臨官立（蒞）政，立庍（度）興事，數無不急者。（《北大秦簡·魯久次問數于陳起》4-151）魯久次：施事主語。

語譯：魯久次又詢問：治理官府日常政事，確立法度、標準，興辦各項工程事務，甚麼數是最緊要的呢？陳起回答說：治理官府日常政事，確立法則、標準，興辦工程事務，沒有甚麼數是不緊要的。

（40）律曰：黔首不田作，市販出入不時，不聽父母笱（詬）若與父母言，父母、典、伍弗忍告，令鄉嗇夫數謙（廉）問，捕繫〔獻廷〕，其皋當完城旦以上，其父母、典、伍弗先告，貲其父若母二甲，典、伍各一甲。（《嶽麓秦簡伍·第二組》196）按「鄉嗇夫」是兼語，作動詞「令」的受事賓語，同時充當小句的施事主語。

語譯：縣丞命令委派鄉嗇夫迅速考察詢問情況，情況如果屬實，那麼就逮捕拘繫罪犯再送到縣府去判罪。

（41）田忌問孫子曰：害兵者何也？孫子曰：有。（《銀雀山漢簡孫臏兵法·威王問》）田忌：施事主語。

語譯：田忌詢問孫臏說：妨礙軍隊行動的是甚麼？

〔註23〕「察問」的「問」古代有「審問」「問案」的意思，此例的「謀睧」，劉樂賢讀爲「對問」。我們將此例的「問」理解爲「詢問」義。

（二）單位或機構

「問」字句的施事角色屬於單位或機構的情況，一般見於出土秦代公文類的簡牘語料。例如：

（42）遷陵問莫邪衣用錢已到？☒問之：莫邪衣用未到。（《里耶秦簡壹》8-647）遷陵縣：施事主語。

語譯：遷陵縣發文詢問莫邪的製衣經費是否到了？詢問其中情況答覆：莫邪的制衣費還沒到。

（43）☒□朔日尉府今問之□。（《里耶秦簡貳》9-298）尉府：施事主語。

語譯：……□月的初一尉府今詢問相關情況□。

（三）代詞

此外，出土戰國文獻及西漢簡帛戰國古書中「問」字句的施事角色類型還包括代詞，主要有人稱代詞及指示代詞兩種，一般可見於對話體及要求答覆上級的文書類簡牘語料中。例如：

（44）〔狗老〕昏（問）：三迲（去）丌（其）二，幾（豈）若已？彭祖曰：于（吁）！女（汝）孳＝（孳孳）專（敷）問，余告女（汝）人綸（倫）。（《上博楚簡三·彭祖》2）

語譯：狗老問道：天地人三者之間去除天與地，難道真的就不如不要問了嗎？彭祖答：唉！您孳孳不倦地發問請教，我就告訴你人倫方面的道理。

（45）公曰：向（向）者虗（吾）昏（問）忠臣于子思。（《郭店楚簡·魯穆公問子思》2-3）

語譯：魯穆公說：從前我曾向子思請問什麼是忠臣。

需要注意的是，例（45）中「向者吾問忠臣于子思」整句話作為動詞「曰」的直接引語，直接引語作「公」的施事賓語。

（46）丞某告某鄉主：某里五大夫乙家吏甲詣乙妾丙，曰：乙令甲謁黥劓丙。其問如言不然？定名事里，所坐論云可（何），或（又）覆問毋（無）有。以書言。（《睡虎地秦簡·封診式》42-45）〔註24〕

語譯：縣丞某告某鄉負責人：某里五大夫乙的家吏甲送來乙的婢女丙，說：乙命甲來請求對丙施加黥劓。要求那位鄉吏負責人你詢問代理人（公士

〔註24〕原告人：五大夫乙。五大夫乙的訴訟代理人：公士甲。被告人：五大夫乙家妾丙。

甲）告辭是否和原告人（五大夫乙）所說的告辭一樣？確定其姓名、身份、籍貫，曾犯有何罪，再察問還有什麼問題，用書面回報。

例（46）中的「其問」句釋文，本文採用整理者與陳偉意見進行標點〔註25〕，整理者的語譯是「請詢問是否和所說的一樣？」即將「其」理解為表示祈使語氣的副詞〔註26〕。我們認為「其」不應該理解為希望或懇求的語氣。如將「其」理解為祈使語氣，那麼此例就變成了上級希望下級官吏處理事情的工作請求，句類上便屬於祈使句，那麼這類祈使句的標點是不能用問號的〔註27〕，我們認為應該標句號，但是原整理者又在「不然」後標注問號，顯然是不妥的。因為作為上級縣丞得到下行文書，在語氣上應該用指令的口氣對下級鄉主進行傳遞信息。再者，據張孝蕾（2013）研究，「其問……以書言」是屬於「查證文書」部分（專門針對此類代理案件所寫的範式）。句中代理人是轉達原告人的告辭，所以縣丞要求下級官吏（特指經辦此案的獄吏）再查證控告辭的真實程度〔註28〕。因此，我們認為此例的「其」應該理解為指示代詞，特指意之所屬的那個〔註29〕，指示代詞「其」省略了中心語「審理此案的負責人」。此例「其」用法較特殊，目前這種用法僅見到一例。

三、受事角色

在出土戰國文獻及西漢簡帛戰國古書中動詞「問」的受事語義類型相比施事、與事角色的情況複雜得多。在句法上受事成分不僅可以由名詞語、動詞語充當，還可以由單句、複句充當。採用單句或複句充當受事（直接引語）之後，語用上更加充分、自由地表達問話者發問的內容。當受事範疇超出了抽象概念或具體事物範疇時，問話者通常會選擇「直接引語」（事件範疇）來傳遞發問信息。這時「直接引語」作為重要的受事角色，在對話中往往被頻繁使用。

〔註25〕《睡虎地秦墓竹簡》整理小組：《睡虎地秦墓竹簡》，北京：文物出版社，1990 年，第 155 頁；陳偉等：《秦簡牘合集》（壹貳：釋文注釋修訂本），武漢：武漢大學出版社，2016 年，第 281～282 頁。

〔註26〕用作祈使語氣的副詞「其」用例有：「吾子其無廢先君之功。」（《左傳·隱公三年》）

〔註27〕參見陶煉《「是不是」問句說略》，載《中國語文》，1998 年第 2 期，第 105～107 頁。

〔註28〕張孝蕾：《睡虎地秦簡封診式研究》，湖南大學碩士學位論文，2013 年，第 36～37 頁。

〔註29〕王力：《王力古漢語字典》，北京：中華書局，2000 年，第 59 頁。

（一）抽象概念

表達抽象概念的受事一般與人類的認知行為相關，這些名詞高度濃縮了問話者或答話者的一貫主張，往往在對話語境的上下文中出現對這些概念的具體闡釋與解說。這類受事包括「道、禮、方略、品行、原因」等一類的抽象名詞，例如：

（47）下，土也，而謂之地。上，氣也，而謂之天。道亦其字也，青（請）昏（問）<u>其名</u>。（《郭店楚簡・太一生水》10-11） 其名：受事賓語。

語譯：土和氣分別是地和天的名。請問道的名是什麼？地和天則是其本身的字。

（48）孔子退，告子貢曰：虙（吾）見於君，不昏（問）又（有）邦之道，而昏（問）<u>梖（相）邦之道</u>，不亦墊（愆）虖（乎）？（《上博楚簡四・相邦之道》4） 相邦之道：受事賓語。

語譯：孔子退朝，告訴子貢：我去面見君上，君上不請問有邦之道，卻請問相邦之道，不也是過失嗎？

（49）子見季桓子。季桓子曰：如夫見人不厭，聒（問）<u>禮</u>不倦，則☐斯中心樂之。（《上博楚簡六・孔子見季桓子》20） 禮：受事賓語。

語譯：孔子去見季桓子，季桓子說：就如會見孔丘做到了不厭倦，詢問禮法不感到疲憊，……，做到樂在其中。

（50）成王曰：青（請）聒（問）<u>亓（其）方</u>。周公曰：☐。（《上博楚簡八・成王既邦》10＋11） 其方：受事賓語。

語譯：成王說：請問方略。

（51）成王曰：青（請）聒（問）<u>天子之正道</u>。周公曰：☐天子之正道，弗遬（朝）而自至，弗審而自周，弗會而自劃（團）。（《上博楚簡八・成王既邦》6＋7） 天子之正道：受事賓語。

語譯：成王說：請問天子的正道。

（52）古（故）興善人，必簹（熟）餌（問）<u>亓（其）行</u>，女（焉）蕽（觀）亓（其）夋（貌），女（焉）聖（聽）亓（其）訇（辭）。（《清華楚簡捌・治邦之道》17） 其行：受事賓語。

語譯：因此提拔品格高潔的人才，必須深入請教其行為，於是觀察他外表，於是辨別其言辭。

（53）〔諸〕吏有案行官，官而獨有令曰：有問<u>其官</u>，必先請之者、令案行其官者，盡先封閉。（《嶽麓秦簡伍・第一組》85-86）_{其官：受事賓語。}

語譯：有詢問其官員，必須先行請示有關人員。

（54）臣昧死言：臣竊聞黔☒，問<u>其故</u>，賈人買惡☒。（《里耶秦簡貳》9-2299）_{其故：受事賓語。}

語譯：詢問其中原因。

（55）〔景公〕於是重其禮而留其奉（封），敬見之而不問<u>其道</u>，中（仲）泥（尼）□去。（《銀雀山漢簡晏子》十五）_{其道：受事賓語。今本作「敬見不問其道」。}

語譯：景公於是贈給孔子厚重的禮物而留下了封賞的土地，並很快地會見了孔子而不請問其學說，孔子就走了。

（二）具體事物

動詞「問」的受事賓語通常不首選具體客觀事物的名詞來表達，通常問話人會選擇抽象認知範疇的名詞或代詞。楚簡出現的表達具體的客觀事物的受事一般對問話人與答話人來說都是明確的具體事物或事項。例如：

（56）高宗恐懼，乃復語彭祖曰：於呼，彭祖！古民人迷亂，敢繇（問）<u>先王之遺忬（訓）</u>，可（何）胃（謂）恙（祥）？（《清華楚簡伍・殷高宗問於三壽》11）_{先王之遺訓：受事賓語。}

語譯：高宗再次請教彭祖：膽敢請問先王的遺訓，什麼叫作祥？

（57）凡金革之攻，王日侖（論）甡（省）亓（其）事，以龤（問）<u>五兵之利</u>。（《清華楚簡柒・越公其事》50-51）_{五兵之利：受事賓語。}

語譯：越王請問有關各種武器的用途與利弊。

秦簡表達客觀事物的受事往往出現在官吏之間詢問具體事項的語境場合。例如：

（58）自殺者必先有故，問<u>其同居</u>，以合（答）其故。（《睡虎地秦簡・封診式》）_{其同居：受事賓語。}

語譯：自殺的人必先有原因，要詢問他的同居，使他們回答其原因。

（59）今寫校券一牒上謁，言之卒史衰、義所，問<u>狼船存所</u>，其亡之，爲責（債）券移遷陵；弗〔亡，誰〕屬？謁報，敢言之。（《里博秦簡》8-134a）〔註30〕

〔註30〕此例語譯參考胡平生：《讀里耶秦簡札記》，載《胡平生簡牘文物論稿》，上海：中西書局，2012年，第124～125頁。

船存所：受事賓語。

語譯：今特將財物校驗清點文書抄錄一份上報，通過卒史衰、義向狼訊問船放在什麼地方，如果丟失，就寫一份債券給遷陵方面。

（三）事件

當問話者遇到較為複雜的問題，一般採用直接引語的方式來表達自己對可能存在的事件的預期。以「曰」引導的引文受事是出土戰國文獻「問」字句的一大重要的特點，在楚簡、秦簡中都有大量用例，例如：

（60）公乃䚜（問）於邗（蹇）叚（叔）曰：夫公子之不能居晉邦，訏（信）天命哉？（《清華楚簡柒·子犯子餘》7）直接引語含有語氣詞。

語譯：秦穆公詢問蹇叔：晉重耳不能留在晉邦，確實是天命嗎？

（61）贛敢大心再捧（拜）多問芒季：得毋爲事☐？居者（諸）深山中，毋物可問，進書爲敬。（《里耶秦簡壹》8-659＋8-2088）直接引語含有語氣詞。

語譯：贛斗膽冒昧問候芒季：公務雜事沒有太煩亂吧？贛居住在深山之中，沒有禮物帶去問候，就以一份書函代替。因此膽敢用書函拜謁您。

（62）求盜盜，當刑爲城旦，問辠（罪）當駕（加）如害盜不當？當。（《睡虎地秦簡·法律答問》3）直接引語是正反問句。

語譯：求盜盜竊，應當判為城旦並附加肉刑，問是否應像害盜那樣加罪呢？應當加罪。

（63）問：芮買（賣），與朵別賈（價）地，且吏自別直？（《嶽麓秦簡叁·芮盜賣公列地案》63）直接引語是選擇問句。

語譯：請問：芮賣（店鋪）是跟朵將地分別定價，還是當局自行分別估價？

（64）田忌請問兵請（情）奈何？（《銀雀山漢簡孫臏兵法·陳忌問壘》）直接引語含有疑問代詞。

語譯：田忌請問孫臏：實際用兵的要領，應該怎麼辦？

（65）敢問：則可使若衛（率）然虖（乎）？曰：可。（《銀雀山漢簡孫子兵法·九地》）直接引語為是非問句，含有語氣詞。

語譯：斗膽請問：能夠指揮軍隊能像率然決定事情一樣嗎？答：可以。

（四）代詞及兼詞

動詞「問」的受事一般採用指示代詞「之」或「此」，其中例（67a）是戰國

時期新出現的語義模式。這些代詞可指代事件、相關人物等。例如：

（66）以愆多期。唯三大夫其辱昏（問）之，今日唯不敏既犯矣。自萌（明）日以往，比五六日，皆敝邑之期也。（《上博楚簡七·吳命》9）之：指代發兵之事。

語譯：由於超過了撤軍期限許多天，承蒙你詢問這事，我雖不才，但軍隊已經齊整，從明天開始的五六天都是敝國的發兵之日。

（67a）須左司馬之罘（往）行，將以〔受事〕睧（問）之。（《包山楚簡·文書》130 背）受事指這個案件，作介詞「以」的賓語，被省略了，對比下例。

語譯：130 號簡正面的文件內容是恆思縣上呈給中央的，130 簡背文是中央主管部門所做的批示，由於當初給恆思縣傳達命令的是左司馬，所以中央準備等待左司馬下去巡視時詢問負責人。

（67b）莊公以〔受事〕問施伯，施伯對曰：……。（《國語·齊語》）

語譯：莊公拿這事詢問施伯，施伯回答說：……。

（68）問之尉，毋當令者。敢告之。（《里耶秦簡壹》8-67＋8-652）之：上述的情況。

語譯：向縣尉詢問此事，沒有符合律令說的情況。

（69）遷陵守丞都敢言之：令曰恆以朔日上所買徒隸數。問之，毋當令者，敢言之。（《里耶秦簡壹》8-154）之：上述的情況。

語譯：詢問此事，沒有符合律令說的情況。

（70）問智（知）此魚者，具署物色，以書言。問之啟陵鄉吏、黔首、官徒，莫智（知）。敢言之。（《里耶秦簡壹》8-769）之：上述的情況。

語譯：詢問了如果有知道這兩種魚的需要詳細記錄其形狀、顏色、大小等特徵，並且用文書的形式上報。詢問了啟陵鄉吏、黔首、官徒此事，均不知道這兩種魚。

（71）柏常騫出，曹（遭）晏子於涂（途），曰：前日公令脩（修）臺，臺成而公不尚（上）焉，騫見而□問之，君曰：有梟夜鳴焉，吾惡之，故不尚（上）焉。（《銀雀山漢簡晏子》十三）之：臺修築成了而公不登上這件事的原因。

語譯：柏常騫遇見了晏子就□詢問他。

（72a）孫子曰：兵，利也，非好也。兵，□也，非戲也。君王以好與戲問之，外臣不敢對。（《銀雀山漢簡孫子兵法·見吳王》）之：指代兵法。

語譯：君上如果以個人喜好或遊戲心態來請問兵法，外臣不敢回答。

（72b）魯哀公問舜冠於孔子，孔子不對。三問，不對。哀公曰：寡人問舜冠於子，何以不言也？孔子對曰：古之王者，有務而拘領者矣，……。君不<u>此</u>問而問舜冠，所以不對也。（《荀子‧哀公》）

語譯：孔子說：君上您不問這個事情，卻去詢問舜的帽子，所以我不回答。

承擔受事角色的指示代詞「之」往往位於動詞「問」之後，在陳述句中，代詞受事偶爾也會前移在動詞「問」前面，但可能是修辭或強調等原因，如上舉例（72b）屬於否定句中代詞賓語前置的語法現象，目前在出土文獻中未見到用例。但在出土與傳世戰國文獻中，也見到了使用「以」等介詞，將介詞的賓語提前並省略，這種新形式，如例（67）。

此外，傳世戰國文獻中也見到受事主語句用例，例如：

（73）子入大廟，<u>每事</u>問。（《論語‧八佾》）

語譯：孔子進入大廟，每一件祭祀之事都去請問。

例（73）「每事」作動詞「問」的受事主語。「事」作為受事主語，其前有表「周邊」義的「每」修飾。

中古漢語與現代漢語受事、與事前移做主語的規律，已有學者對此進行了深入的研究，有學者考察了中古漢語中受事主語的使用情況後指出，受事主語使用頻率從西元前五世紀到西元五世紀之間約一千年的時間變化不大，占總數都不到 2%〔註31〕。據出土戰國文獻及西漢簡帛戰國古書動詞「問」的受事語義來看，上述的觀點是可信的。借鑒現代漢語研究的理論成果，我們發現出土戰國文獻及西漢簡帛戰國古書中當受事前移做句子的主語時，其規律與現代漢語受事前移做主語的情況類似，茲述如下：

1. 如果在陳述句中的受事前移到句首被成為話題，那麼一般在原受事位置則不再出現代詞「之」，如如例（73）中的「每事問〔受事〕」，受事前移話題化後，仍形成一個完整的語義結構「受事主語＋問＋〔受事賓語位置〕」，但由於例（73）是傳世戰國語料，因此不作為典型範疇討論。現代漢語一般也不允許這種回指代詞出現在核心動詞之後。

2. 如果在否定句中受事前移，那麼在原受事位置一般不再出現複指代詞

〔註31〕　參考石毓智：《漢語語法演化史》，南昌：江西教育出版社，2016 年，第 428～429頁；陳昌來：《現代漢語動詞的句法語義屬性研究》，上海：學林出版社，2002 年，第 187 頁。

「之」，這點在出土戰國與傳世秦漢文獻都沒有例外，如下例（74）、例（75）。如在原受事位置出現代詞，則是一個表領屬性質的指代詞「其」，如下例（76）、例（77）。

（74）<u>問楛者</u>勿告也，<u>告楛者</u>勿問也。（《荀子‧勸學》〔註32〕）

語譯：有人問不符合禮法的事，不要告訴他。有人告訴他不符合禮法的事，不要過問他。或語譯：凡有以非禮為問者，不告也。以非禮相告者，不過問也。

（75）<u>問者</u>不告，<u>告者</u>勿問，有諍氣者勿與論。（《韓詩外傳‧卷四》〔註33〕）

語譯：向你問不合乎禮義的事的人，別回答他；告訴你不合禮義的事的人，別再問他。有逞意氣好爭勝的人，不要同他辯論。

（76）見人弗能館，不問其所舍。賜人者不曰來取。<u>與人者</u>不問<u>其</u>所欲。（《禮記‧曲禮》）

語譯：贈給人東西的時候，不要問他人是否想要。

（77）推賢舉能，抑惡揚善，<u>有大略者</u>不問<u>其</u>短，有厚德者不非小疵，家給人足，囹圄空虛。（劉向《新序》）

語譯：有心胸大度的人不問別人的短處。

此外，當動詞「問」的受事由代詞「之」充當時，那麼此時「之」與介引與事的介詞「于（於）」連讀，則出現了「之于（於）」或「之乎」的合音詞「諸」，或稱為兼詞〔註34〕。目前在出土戰國文獻中還沒見到這種用例，但在傳世戰國古書中已出現較多用例〔註35〕，例如：

（78）王曰：諾。使私<u>問諸魯</u>，請之也。王遂不賜，禮如行人。（《國語‧周語》）

語譯：派遣小臣對魯國詢問此事。

（79）冬十二月，螽，季孫<u>問諸仲尼</u>。仲尼曰：丘聞之，火伏而後蟄者畢。今火猶西流，司曆過也。（《左傳‧哀公十二年》）

〔註32〕此例理解參考樓宇烈：《〈荀子〉新注》，北京：中華書局，2018年，第1～18頁；熊公哲：《荀子今注今譯》，臺北：臺灣商務印書館，1977年，第13～14頁。

〔註33〕此例理解參考賴炎元：《〈韓詩外傳〉今注今譯》，臺北：臺灣商務印書館，1979年，第171頁。

〔註34〕王力：《王力古漢語字典》，北京：商務印書館，2001年，第1281頁。

〔註35〕居延漢簡辭例由於殘缺上下文，因此僅作推測。□□問諸大夫曰□□大夫之論莫及寡人也，居有閒而三稱之。吳起進對曰：不審亦。（《居延漢簡釋文合校‧第四節》40.29）

語譯：季孫向仲尼詢問此事。

（80）惠王問<u>諸內史過</u>曰：是何故也？對曰：國之將興，明神降之，監其德也。（《左傳・莊公三十二年》）

語譯：惠王向內史過詢問此事。

四、與事角色

在出土戰國文獻及西漢簡帛戰國古書中，動詞「問」的與事成分常出現以「人」作與事角色的情況，而以單位或機構作與事角色的則較少見。

（一）以「人」為與事角色

下列動詞「問」的與事，最常見到的是人名，如「孔子」「子貢」「蹇叔」，這類與事有一個特點，他富含問話者想要的新信息。問話者的「問及對象」一般是解開問話者心中疑惑或證實問話者心中猜想的對象。另外，還出現了「知此魚者」「有智者」等帶「者」字結構的與事。這類「者」字結構的受事通常位於謂語動詞後，作與事。例如：

（81）王子聭（問）<u>城（成）公</u>：此可（何）？城（成）公酓（答）曰：壽（疇）。（《上博楚簡六・平王與王子木》5）

語譯：王子問成公：這是什麼？成公答：田疇。

（82）季庚子聭（問）於<u>孔子</u>曰：肥從又（有）司之遂（後），罷（一）不瞀（知）民敄（務）之安（焉）才（在）？（《上博楚簡五・季庚子問於孔子》1）孔子：與事賓語。

語譯：季庚子向孔子問道：我忝為有司的職位，完全不知道民務在哪裡呀？

（83）行〔子〕人子羽畾（問）於<u>子貢</u>曰：仲屔（尼）與虗（吾）子產簹（孰）殹（賢）？（《上博楚簡五・君子為禮》11）子貢：與事賓語。

語譯：外交官子羽問子貢說：仲尼跟我們的子哪一個更賢能？

（84）公乃翻（問）於<u>蹇叔</u>曰：夫公子之不能居晉邦，信天命哉？（《清華楚簡柒・子犯子餘》8）蹇叔：與事賓語。

語譯：秦穆公詢問蹇叔：晉重耳不能留在晉邦，確實是天命嗎？

（85）問之<u>尉</u>，毋當令者。敢告之。（《里耶秦簡壹》8-67＋8-652）尉：與事賓語。

語譯：向縣尉詢問此事，沒有符合律令上所述的情況，斗膽進言此事。

（86）啟陵鄉守狐敢言之：廷下令書曰取鮫魚與山今盧（鱸）魚獻之。問津吏徒，莫智（知）。問智（知）此魚者，具署物色，以書言。問之啟陵鄉吏、黔首、官徒，莫智（知）。敢言之。（《里耶秦簡壹》8-769）津吏徒、知此魚者、啟陵鄉吏、黔首、官徒：與事賓語。

語譯：詢問了在津地工作的官吏及徒隸，均不知道這兩種魚。詢問了如果有知道這兩種魚的需要詳細記錄其魚形狀、顏色、大小等特徵，並以文書的方式上報。詢問了啟陵鄉吏、黔首、官徒此事，均不知道這兩種魚情況。

（87）☒問有智者言，今問之：莫☒（《里耶秦簡貳》9-165）有智者：與事賓語。

語譯：詢問有知道情況者回報，今詢問相關情況：沒有人瞭解情況。

（88）有不從事者，都吏監者□舉劾，問其人，其人不亟以實占事官。（《嶽麓秦簡伍·第二組》168-169）其人：與事賓語。

語譯：如果遇到不處理事務的官吏，負責監督法律執行者，有責任舉劾違法，詢問這人（官吏），這人如果不趕快把實情匯報有關監督者。

（89）☒問公子☒。公子曰：☒步公子取，勿言邦孰智（知）之？堂下有杞，冬產能能（耐）。（《北大秦簡·公子從軍》20）公子：與事賓語。

語譯：詢問公子……。公子說：……，不要說出去，邦人有誰會知道呢？

上引例中與事賓語以「人」充當時，出土戰國文獻呈現出兩個特點：1.古書類的楚簡語料，由於存古色彩較重，表人名的與事一般需要介詞「於」（偶爾也用「于」）來進入動詞「問」的核心句法層面。2.文書類的秦簡牘語料，人名與事一般不再需要介詞的幫助，秦簡中流行新的語義格式，即「施事＋問＋與事＋受事」及「施事＋問＋與事」，這種新的句式逐漸成為了秦代至西漢時期「問」字句的基本句式。

（二）單位或機構

「問」字句的與事角色屬於單位或者機構，多見於文書類的秦簡語料，而楚簡語料相對較少見。例如：

（90）卅二年三月丁丑朔朔日，遷陵丞昌敢言之：令曰上葆繕牛車薄（簿），恆會四月朔日泰（太）守府。問之遷陵，毋當令者，敢言之。（《里耶秦簡壹》

8-62）

語譯：詢問了遷陵縣相關的情況，沒有符合律令的情況，斗膽進言此事。

（91）☐問遷〔陵〕☐（《里耶秦簡貳》9-2406）

語譯：詢問遷陵縣相關的情況。

（92）王乃歸（親）徙（使）人情（請）戠（問）羣大臣及邊郘（縣）成（城）市之多兵、亡（無）兵者，王則䀹=（比視）。（《清華楚簡柒・越公其事》51）

語譯：越王於是親自派遣專人請問越國負責出謀劃策的大臣以及邊境城市軍力多少的部署情況，並且親自前往巡視。

例（92）「問」的賓語是一個並列短語，包含了兩項內容：1.羣大臣（越國的智囊團）。2.「邊縣城市之多兵、無兵」與「者」字組成的「者」字結構，今譯即「邊邑駐紮較多、較少軍隊軍區的負責人」。我們認為例（92）中的與事之所以用越國群臣組成的決策機構名詞〔註36〕，其目的是越王勾踐在發動反擊吳國戰爭前夕營造的民心工程。

（三）代詞及兼詞

目前「問」的與事賓語使用代詞的情況，最常用的是人稱代詞「之」（包括他、她、它或複數他們），也用指示代詞「之」（這、此）。一般在楚簡語料中較多見，秦簡較少見到。例如：

1.代詞「之」

（93）須左司馬之羿（往）行，將以〔受事〕聑（問）之。（《包山楚簡・文書》130 背）之：指代案件的負責人。

語譯：中央準備等待左司馬下去巡視時詢問負責人。

（94）詹（顏）困（淵）退，粵（數）日不出，☐戠（問）之曰：虔（吾）子可（何）亓（其）膌（瘠）也？曰：然。（《上博楚簡五・君子爲禮》2）之：指代顏回。

語譯：顏回告退，過了幾天沒有出門，（出門時候由於形容瘦弱憔悴）有人問他說：我的顏回為什麼那麼瘦弱憔悴？

（95）聑（問）之曰：民（萌）人流型（形），系（奚）夏（得）而生？（《上博楚簡七・凡物流形》甲2）之：指代回答「萌人流行」的人。

〔註36〕也可以將「羣大臣……者」句理解為集體名詞。

（96）司寇遣人追及言遊而問<u>之</u>：牆（將）安（焉）逵（往）？言遊曰：食而弗與爲禮，是獸工畜之也。（《上博楚簡八·子道餓》4＋5＋3）之：指代言遊。

語譯：司寇遣人追及言遊，問他將去向何方。

（97）太白（伯）又（有）疾，吾（文）公往矞（問）<u>之</u>。（《清華楚簡陸·鄭文公問太伯》乙1）之：指代太伯。

語譯：太伯患病了，文公前往詢問太伯病情。

（98）吏三問<u>之</u>而不以請（情）實占吏者，行其所犯律令辠，又加其辠一等。（《嶽麓秦簡伍·第二組》168-169）之：指代嫌犯。

語譯：監督官吏多次詢問他，他仍然不將真實情況告訴官吏的，則在他他所犯之罪再加一等。

2. 兼詞「焉」

出土戰國文獻動詞「問」在連謂句與兼語句中，當與事由代詞「之」或者「是」充任時，它作為與事跟它前面的介詞「于（於）」結合形成固定形式的合音詞「焉」，也稱為「兼詞」，這個「焉」與「諸」的性質一樣，是介詞和代詞的固定形式。合音詞「焉」，相當於語義格式「介詞＋與事」，在古書類楚簡中可見到該形式。例如：

（99）秦公乃訂（召）子軋（犯）而矞（問）<u>女（焉）</u>，曰：……。（《清華楚簡柒·子犯子餘》1）按，前文的「子犯」用與事代詞回指。

語譯：秦穆公召子犯詢問他，說：……。

（100）省（少）公乃訂（召）子余（餘）而矞（問）<u>女（焉）</u>，曰：……。（《清華楚簡柒·子犯子餘》3）按，前文的「子餘」用與事代詞回指。

語譯：秦穆公召子餘詢問他，說：……。

（101）昔高宗祭，又（有）鷩（雉）乭（雛）於偯（彝）耂（前），訵（召）祖己而昏（問）<u>安（焉）</u>，曰：是可（何）也？（《上博楚簡五·競建內之》2）按，前文的「祖己」用與事代詞回指。

語譯：高宗召問賢臣祖己詢問道：這是甚麼緣故？

（102）受矞（聞）之，乃出文王於虘（夏）臺（臺）之下而矞（問）<u>安（焉）</u>，曰：……。（《上博楚簡二·容成氏》46＋47）按，前文的「文王」用與事代詞回指。

語譯：紂王聽到了，便從羑里之下將文王釋放出來並問他，說：……。

五、小　結

根據出土戰國語料呈現的「問」字句的語言事實，表明漢語發展到戰國時期「問」字句出現了新情況，即動詞「問」的賓語不再是一律的受事，動詞「問」與賓語之間產生了新的語義關係，出現了與事，儘管與事要通過介詞的引進才能進入動詞「問」的核心句法層面，介賓結構「於（于）＋與事」充當動詞「問」的補語，但與事必須通過介詞介引的時間並不長，我們發現遲至戰國晚期至秦代，與事就已經逐步擺脫了介詞「于（於）」介引的歷史，形成了兩種新的語義結構〔註37〕：1.「施事＋問＋與事＋受事」，典型用法如前引例（59）。2.「施事＋問＋與事」，典型用法如前引例（86）。這一時期動詞「問」的語義結構為：動詞「問」（施事，受事，與事）。由此，動詞「問」開始了從二價二向動詞走向三價二向以及三價三向的演變時期〔註38〕。

此外，我們還發現出土戰國文獻的動詞「問」的三個語義成分在句子中的表現來看，變化最大、最自由的當屬受事。施事和與事的活動變化能力都相對較弱。傳世戰國文獻中，動詞「問」的受事可以在一定條件下前移至主語位置，做受事主語，語義格式為「受事＋問」，但受到條件限制。如果一個受事前移到句首被話題化，受事成為了該句的話題，原受事的位置一般不添加回指代詞。受事通常情況下前移不充當主語而移位於狀語位置，那麼一般要採用介詞「以」才可移位至核心動詞「問」前，正常情況下，介詞「以」的受事也常常省略，如前文討論的「將以〔受事〕晤問之」「田官欲以〔受事〕問」以及「莊王以〔受事〕問沈尹子莖」等句即為典型用例。

第四節　出土戰國文獻「問」字句的句法類型

一、概　述

本節主要討論出土戰國文獻及西漢簡帛戰國古書中「問」字句的句法類

〔註37〕殷國光認為在漢代以後才形成「施事＋問＋與事＋受事；施事＋問＋與事」這兩種語義模式。我們認為他的觀點是不夠準確。參考殷國光：《動詞「問」的語法功能的歷史演變》，載《中國語言學報》，中國語言學報編委會，北京：商務印書館，2006年第 12 期，第 163 頁。

〔註38〕關於動詞「價」與「向」的概念，參考邵敬敏：《語義價、句法向及其相互關係》，載《漢語學習》，1996 年第 4 期，第 3～9 頁。

型。動詞「問」的句式結構有十二種，可歸納為五大類：

（一）動詞「問」含受事和與事兩個賓語，賓語前不出現介詞介引

滿足這種類型的句式有：「（施事）〔註39〕＋問＋與事＋受事」、「（施事）＋問＋與事＋引文受事」、「（施事）＋問＋受事＋與事」、「（施事）＋問＋引文受事＋與事」四種。其中句法結構「（施事）＋問＋與事＋引文受事」從戰國早中期發展至西漢初年，成為一種穩定句式。

（二）動詞「問」含受事和與事兩個賓語，其中一個賓語前出現介詞介引

符合這種類型的句式有：「（施事）＋以＋受事＋問＋與事」、「（施事）＋問＋於（于）＋與事＋引文受事」、「（施事）＋問＋受事＋於（于）＋與事＋引文受事」三種。其中句法格式「（施事）＋問＋於（于）＋與事＋引文受事」以楚簡語料最常見，其他材料用例不多。

（三）動詞「問」僅出現受事賓語

動詞「問」的與事賓語被省略，符合這種類型的句式有：「（施事）＋問＋受事」和「（施事）＋問＋引文受事」兩種。這兩種句法格式在楚簡、秦簡語料中得到普遍流行，但西漢簡帛戰國古書使用比例則開始下降。

（四）動詞「問」僅出現與事賓語

動詞「問」的受事賓語被省略，符合這種類型的句式有：「（施事）＋問＋與事」和「（施事）＋問＋於（于）＋與事」兩種。楚簡語料兩種形式皆見到用例，秦簡和西漢簡帛戰國古書語料中則「（施事）＋問＋於（于）＋與事」格式消亡，僅剩下「（施事）＋問＋與事」句式。

（五）動詞「問」不帶受事或與事賓語

滿足這種類型的句式只有「（施事）＋問」一種，使用不廣泛，屬於動詞「問」的非典型句法結構。上述五種類型與殷國光（2006）統計的傳世戰國文獻中動詞「問」句式情況〔註40〕，既有相同點也存在不同之處。

以上第（二）類中的「施事＋問＋於（于）＋與事＋引文受事」以及第（三）

〔註39〕「（施事）」表示施事可以省略，其餘類此。

〔註40〕殷國光：《動詞「問」的語法功能的歷史演變》，載《中國語言學報》，中國語言學報編委會，北京：商務印書館，2006年第12期，第153～165頁。

類的「施事＋問＋受事」、「施事＋問＋引文受事」是常見句式。

此外，第（五）類中的「施事＋問」和第（三）類中的「施事＋問＋受事」、「施事＋問＋引文受事」均保留了西周漢語動詞「問」的句式，這些產生時代較古的「問」字句式在戰國早期的楚簡、戰國前期至秦代的秦簡使用最多，但到了西漢簡帛戰國古書中這兩種句式已顯然走向衰亡，被新生的「施事＋問＋與事＋引文受事」句式取而代之。

二、「問」字句的文獻分佈、數量與使用頻率

我們窮盡統計了出土戰國文獻及西漢簡帛戰國古書語料中出現「問」字句，共有 357 例〔註41〕，現按文獻的地區分佈與時期前後歸納如下：

（一）楚簡有四種，分別為：1.戰國早期：上博楚簡、郭店楚簡；2.戰國中期：包山楚簡、清華楚簡。（二）秦簡有四種，分別為：3.戰國晚期至秦代：睡虎地秦簡、嶽麓秦簡；4.秦代：里耶秦簡、北大秦簡。（三）西漢簡帛戰國古書有：漢簡《晏子》《孫子兵法》《孫臏兵法》《蓋廬》及其他戰國古書語料〔註42〕。這三類出土文獻使用的「問」字句情況，用下表顯示。

表 9-22　戰國楚簡「問」字句句式統計表（單位：例）

句式＼文獻	上博	郭店	包山	清華	百分比
（施事）＋問＋與事＋受事	0	0	0	0	0
（施事）＋問＋與事＋引文受事	3	0	0	2	5（1.39%）
（施事）＋問＋受事＋與事	0	0	0	0	0
（施事）＋問＋引文受事＋與事	0	0	0	0	0
（施事）＋以＋受事＋問＋與事	3	0	1	0	4（1.11%）
（施事）＋問＋於（于）＋與事＋引文受事	10	0	0	66	76（21.17%）
（施事）＋問＋受事＋於（于）＋與事＋（引文受事）	0	1	0	0	1（0.28%）
（施事）＋問＋受事	21	2	1	11	35（9.75%）
（施事）＋問＋引文受事	33	0	0	3	36（10.03%）

〔註41〕本次統計剔除了語意殘缺、重複等辭例。

〔註42〕此表的其他語料指的是《定州漢簡論語》《帛書老子乙本卷前古佚書》等少數比較有特點的「問」字句。

（施事）＋問＋與事	2	0	0	3	5（1.39%）
（施事）＋問＋於（于）＋與事	1	0	0	2	3（0.84%）
（施事）＋問	1	0	0	0	1（0.28%）
總計	74	3	2	87	166（46.80%）

表 9-23　戰國秦簡「問」字句句式統計表（單位：例）

句式＼文獻	睡虎地	嶽麓	里耶	北大	百分比
（施事）＋問＋與事＋受事	0	0	1	0	1（0.28%）
（施事）＋問＋與事＋引文受事	4	1	3	0	8（2.23%）
（施事）＋問＋受事＋與事	0	0	3	0	3（0.84%）
（施事）＋問＋引文受事＋與事	0	0	0	0	0
（施事）＋以＋受事＋問＋與事	1	0	0	0	1（0.28%）
（施事）＋問＋於（于）＋與事＋引文受事	0	0	0	0	0
（施事）＋問＋受事＋於（于）＋與事＋引文受事	0	0	0	1	1（0.28%）
（施事）＋問＋受事	3	5	36	1	45（12.53%）
（施事）＋問＋引文受事	37	24	10	6	77（21.45%）
（施事）＋問＋與事	1	2	5	1	9（2.51%）
（施事）＋問＋於（于）＋與事	0	0	0	0	0
（施事）＋問	0	2	2	0	4（1.11%）
總計	46	34	60	9	149（42.06%）

表 9-24　西漢簡帛戰國古書「問」字句句式統計表（單位：例）

句式＼文獻	晏子	孫子	孫臏	蓋廬	百分比
（施事）＋問＋與事＋受事	0	0	0	0	0
（施事）＋問＋與事＋引文受事	4	1	7	6	18（5.01%）
（施事）＋問＋受事＋與事	0	0	0	0	0
（施事）＋問＋引文受事＋與事	0	0	1	0	1（0.28%）
（施事）＋以＋受事＋問＋與事	0	1	0	0	1（0.28%）
（施事）＋問＋於（于）＋與事＋引文受事	1	0	0	0	1（0.28%）
（施事）＋問＋受事＋於（于）＋與事＋引文受事	0	0	1	0	1（0.28%）

（施事）＋問＋受事	2	1	2	0	5（1.39％）
（施事）＋問＋引文受事	4	1	5	1	11（3.06％）
（施事）＋問＋與事	1	0	1	0	2（0.58％）
（施事）＋問＋於（于）＋與事	0	0	0	0	0
（施事）＋問	0	0	1	0	1（0.28％）
總計	12	4	18	7	41（11.42％）

　　從上表可以看出，從楚簡時代至秦簡時代中的「問」字句的句法結構經歷了幾個重大的變化，具體來說，有以下幾點：

　　（一）從西周漢語中發展而來的原型結構「施事＋問＋受事」，發展至楚簡時代、秦簡時代仍占有很大的比例，尤其是秦簡時代，原型結構在使用數量上已占總數的 34％。而「施事＋問＋受事」從秦簡時代至西漢初年，歷經短短三十年間，其使用率從 34％降至不足 5％。從上表的統計來看，「問」字句的「施事＋問＋受事」典型結構在秦末至西漢初年前後逐漸衰亡，乃至不再使用。

　　（二）「施事＋問＋於（于）＋與事＋引文受事」結構既是出土戰國楚簡「問」字句的新見句式也是常見句式。這種語法結構在秦簡時代不見使用，在西漢語料中也僅有 1 例，可見這種句式有一定的時代性與地域性特點。

　　（三）「施事＋問＋與事＋引文受事」型句式，在楚簡、秦簡以及西漢戰國古書中都可見到，並且該句法結構的發展趨勢穩步增長的從 1.39％增長至 5.01％，而據杜道流（2005）、殷國光（2006）研究，這種結構到了漢魏晉時期被廣泛使用，形成了一種穩定的形式〔註43〕。最終這個產生於戰國早期的新生句式「施事＋問＋與事＋引文受事」發展成為現代漢語「問」字句的基本結構「施事＋問＋與事＋受事」。「施事＋問＋與事＋引文受事」這個新生句式之所以在漢語史發展過程中能比「施事＋問＋於＋與事＋引文受事」結構更具有生命力，很重要的因素是前者符合「經濟原則」這條最基本的語用原則。

　　（四）「施事＋問＋與事」句法結構在楚簡、秦簡以及西漢古書語料中都有分佈，但也呈現出一些特點，即楚簡既可以通過介詞「于」介引與事，也可以不用介詞。秦簡則一律不用介詞介引與事，在西漢時代戰國古書中仍然延續秦

〔註43〕杜道流：《古代漢語動詞「問」帶賓語結構的演變》，載《語言科學》，2005 年第 2 期，第 96 頁；殷國光：《動詞「問」的語法功能的歷史演變》，載《中國語言學報》，中國語言學報編委會，北京：商務印書館，2006 年第 12 期，第 165 頁。

簡「施事＋問＋與事」的句法結構，但使用頻率上已大不如前。

三、動詞「問」的句式類型

全面考察出土戰國文獻及西漢簡帛戰國古書中動詞「問」的句式總體面貌後，我們可歸納出以下幾種重要的「問」字句的句型，它們分別是：（一）由動詞「問」充當的單中心謂語句。（二）由動詞「問」與其他動詞共同構成的多中心謂語句（也稱為「複雜謂語句」），多中心謂語句包括連謂句、兼語句、並列句三種形態。（三）動詞「問」名詞化，即「問」不表陳述，而是表指稱義。

（一）單中心謂語句

下述的出土戰國文獻及西漢簡帛戰國古書中「問」字句我們採用句式由簡到繁的順序，將出土文獻單中心謂語形式的「問」字句，按動詞「問」和與事、受事、介詞互相之間的共現關係，總結如下：

1.（施事）＋問＋與事＋受事

這種句式目前僅見於里耶秦簡，屬於官方文書類簡牘，這個問句用於下行文，詢問下級官吏的工作事宜。例如：

（103）今寫校券一牒上謁，言之卒史衰、義所，<u>問狼船存所</u>，其亡之，爲責（債）券移遷陵；弗〔亡，誰〕屬？謁報，敢言之。（《里博秦簡》8-134a）〔註44〕施事省略。

語譯：詢問狼的船在哪裏。如果已經丟失，辦理好右券移交給遷陵縣。

2.（施事）＋問＋（介詞）＋與事＋引文受事

上述句式可分為使用介詞與不用介詞兩種情況：

A. 與事需要使用介詞介引。介詞通常用「於」，少數用「于」。這種句式在楚簡使用最為頻繁，尤其是戰國中期的清華楚簡、戰國早期的上博楚簡也有一定使用比例。秦簡基本見不到，漢墓戰國簡冊則有零星一例。可知這種句式有一定的歷史性，發展到戰國時期的中葉開始衰微，秦代以後基本消亡殆盡。例如：

〔註44〕此例語譯參考胡平生：《讀里耶秦簡札記》，載《胡平生簡牘文物論稿》，上海：中西書局，2012年，第124～125頁。

（104）武王晬（問）于師尚父，曰：不知黃帝、顓頊、堯、舜之道在乎？抑豈喪不可得而睹乎？師尚父曰：☐於丹書，王女（如）谷（欲）寵（觀）之，盍越（齋）虖（乎）？將以書示。（《上博楚簡七・武王踐阼》1-2）〔註45〕

語譯：武王向尚父請問道：我不清楚黃帝、顓頊、堯、舜的治國大道還有保存下來嗎，還是已經遺失不可再看到了呢？

（105）〔堯〕乃餌（問）於塦（禹）曰：大割（害）既折（制），少（小）☐，☐尻（居）寺（時）可（何）先？曰：毋忘亓（其）所不能。（《上博楚簡九・堯王天下》23）按：「尻」或讀為「處」。

語譯：堯認為四瀆的災害還沒有消除，於是問禹說：大災害已經萌生了，小害……。堯詢問：處時要以什麼為先？禹說：不要忘記那還做不到的。為居靜思道首當考慮什麼。

（106）小臣答曰：九以成天，六以行之。湯或（又）餌（問）於少（小）臣：夫九以成天，六以行之，可（何）也？小臣答曰：唯彼九神，是謂九宮。六以行之，晝、夜、春、夏、秋、冬，各司不懈。（《清華楚簡伍・湯在啻門》19）

語譯：湯又問小臣說：九以成天，六為規律，是什麼意思？小臣答：九曜是謂九宮。晝夜、春夏秋冬輪換，各司其職。陰陽相伴，物極必反是天道。

（107）卲（趙）柬（簡）子餌（問）於成蚏（剔）曰：齊君逢（失）政，陳是（氏）旻（得）之，陳是（氏）旻（得）之采（奚）繇（由）？成蚏（剔）會（答）曰：齊君失正（政），臣不旻（得）餌（聞）亓（其）所繇（由）。（《清華楚簡柒・趙簡子》5）

語譯：膽敢請問姜氏齊國丟掉國家的原因是什麼？

（108）湯有餌（問）於小臣：美德采（奚）若？惡德采（奚）若？（《清華楚簡伍・湯在啻門》12）

語譯：湯請問小臣：美德如何？惡德如何？

上引用例在與事賓語後或出現言說動詞「曰」，如例（104，105），或省略動詞「曰」，如例（106，108）。我們借鑒殷國光（2006）對傳世戰國文獻動詞

〔註45〕今本《大戴禮記・武王踐阼》作：「師尚父曰：在丹書。王欲聞之，則齊矣。三日，王端冕，師尚父亦端冕，奉書而入，負屏而立。」

「問」的賓語分析方法〔註46〕，本文也將「問」字句中以動詞「曰」引導的疑問句看成是「引文受事」，下文的「問曰」式「連謂句」將詳細討論。

B. 與事不用介詞介引。與事直接進入動詞「問」的核心句法成分，充當動詞「問」的近賓語。這種句式在楚簡、秦簡中皆有見到，但使用頻次不高，尚處於萌芽期。而與事位於受事前，直接做動詞「問」的與事賓語，並且與受事賓語共現，到了漢簡帛戰國語料中，才見到大量此類「問」字句，至此這類「問」字句才真正蓬勃發展起來。據殷國光（2006）考察，《史記》《論衡》《世說新語》等早期的中古漢語，句法結構「施事＋問＋與事＋引文受事」已經作為一種非常穩定的形式，被大量地使用〔註47〕。結合出土戰國文獻及西漢簡帛戰國古書「問」字句的真實情況來看，殷國光對這個句式的認識是可信的。例如：

（109）湯或畲（問）小臣：愛民如台？小臣答曰：遠有所亙，勞有所思。（《清華楚簡伍・湯處於湯丘》18）

語譯：湯又問小臣：如何愛民？小臣回答說：人民遠遊時有盡頭，勞作時有所思念。

下引例（110）中的發問者「陵尹與釐尹」未被省略，動詞「問」以及與事角色皆被承前省略，如果沒有上下文語境，是難以理解的。直接賓語是發問者的重要疑問信息，一般是不能省略的。例如：

（110）王內（入），呂（以）告安君與陵尹子高：卿（嚮）爲厶（私）詍（便），人牅（將）芺（笑）君。陵尹、朁（釐）尹皆絅（治）丌（其）言呂（以）告大剉（宰）：君聖人虗（且）良俍子，牅（將）正於君。大剉（宰）胃（謂）陵尹：君內（入）而語儈（僕）之言於君＝王＝（君王，君王）之瘭（燥）從含（今）日已瘔（瘥）。陵尹與朁（釐）尹譶（問）〔大宰〕：又（有）古（故）虗（乎）？恖（願）聑（聞）之。大　（宰）言：君王元君，不呂（以）丌（其）身叏（變）朁（釐）尹之棠（常）古（故）。（《上博楚簡四・柬大王泊旱》7＋19＋20＋21）

〔註46〕殷國光：《動詞「問」的語法功能的歷史演變》，載《中國語言學報》，中國語言學報編委會，北京：商務印書館，2006 年第 12 期，第 153～165 頁。

〔註47〕殷國光：《動詞「問」的語法功能的歷史演變》，載《中國語言學報》，中國語言學報編委會，北京：商務印書館，2006 年第 12 期，第 153～165 頁。

語譯：陵尹與釐尹問太宰說：有原因嗎？我們想聽聽這理由。

例（110）中的太宰知道楚王心憂旱災，其要求速祭是為了迅速解除旱情。因此讓陵尹告訴楚王「君主之燥從今日以瘥」（君主的憂慮今天就會結束了）。問話信息「有故乎？願聞之」是陵尹與釐尹對太宰說的內容。

（111）<u>問家室外內同☐以衷（中），母力毌恙也</u>？（《睡虎地秦牘・6號木牘》Ⅰ）

語譯：家中內外老少都一樣安好……吧？母親身體還好嗎？

（112）田忌<u>問孫子曰：張軍毌戰有道</u>？孫子曰：有。（《銀雀山漢簡孫臏兵法・威王問》）

語譯：田忌詢問孫臏說：雙方都已出動軍隊，且即將擺開陣勢，但我方卻不想交戰，有什麼辦法嗎？孫臏答：有。

（113）<u>田忌問孫子曰：吾卒少不相見，處此若何</u>？曰：傳令趣弩舒弓，弩☐☐☐☐☐……不禁，為之奈何？孫子曰：明將之問也。（《銀雀山漢簡孫臏兵法・陳忌問壘》）

語譯：田忌詢問孫臏說：我方兵力少，加之我方士卒互相聯絡不上，這應怎麼辦？……。孫臏說：這是賢明的將帥所提的問題。

3.（施事）＋問＋受事／引文受事＋與事

這種句式，受事或引文受事緊跟在核心動詞「問」後位於近賓語的位置，與事賓語位於遠賓語位置，這種「問」字句式在里耶秦簡及西漢簡戰國古書中可以見到用例，戰國楚簡見不到這種用法，總體而言，該句式尚處於萌芽期。例如：

（114）卅二年三月丁丑朔朔日，遷陵丞昌敢言之：今日上葆繕牛車薄（簿），恆會四月朔日泰（太）守府。<u>問之遷陵</u>，毌當令者，敢言之。（《里耶秦簡壹》8-62）

語譯：詢問了同僚有關這件事情，遷陵縣沒有符合太守命令的情況，斗膽進言此事。

（115）問智（知）此魚者，具署物色，以書言。<u>問之啟陵鄉吏、黔首、官徒</u>，莫智（知）。敢言之。（《里耶秦簡壹》8-769）

語譯：詢問了啟陵鄉吏、黔首、官徒有關這件事情，均不知道這兩種魚。

（116）<u>問之尉</u>，毋當令者。敢告之。（《里耶秦簡壹》8-67＋8-652）

語譯：向縣尉詢問有關這件事情，沒有符合律令說的情況。

4.（施事）＋以＋（受事）＋問＋與事

通常情況，介詞採用「以」，介詞賓語從原受事賓語位置前移到動詞「問」前做狀語，此時一般省略介詞的賓語，但秦簡中的受事也有不省的情況，如例（147）。

（117）<u>須左司馬之罕（往）行，將以〔受事〕賠（問）之</u>。（《包山楚簡·文書》130背）

語譯：中央準備等待左司馬下去巡視時詢問負責人。

（118）<u>君王尚（當）已（以）〔受事〕諲（問）大宰晉侯</u>，皮（彼）聖人之孫＝（子孫），酒（將）必鼓而涉之，此可（何）？（《上博楚簡四·柬大王泊旱》10）

語譯：君王應該去問太宰晉侯，他是聖人的子孫。

（119）<u>莊王既成無射，以〔受事〕昏（問）沈尹子莖</u>，曰：吾既果成無射，以供春秋之嘗，以待四鄰之賓客，後之人幾何保之？沈尹固辭，王固昏（問）之，鹽（沈）尹子桱（莖）會（答）曰：四與五之閒（間）虖（乎）？（《上博楚簡六·莊王既成　申公臣靈王》2＋3）〔註48〕

語譯：莊王堅持問他，沈尹子莖答：無射樂鐘（楚邦社稷）可以保有四代與五代之間嗎？

例（119）記載了莊王問沈尹子莖無射樂鐘可保有到何時，子莖覺得以作為臣子不適合評論此事，因固辭不敢回答。我們認為沈尹子莖（回話者）由於明知直言或明言告知楚君會給回話者本人帶來不好的結果，因此採取的對話模式會優先考慮是非問句作答，即將問話者提出的疑問拋回給本人楚莊王，如果答語採用感歎句或陳述句，那麼答語本身對回話者是不利的，可能會帶來毀謗楚王之罪。

5. 施事＋問＋受事＋（于）＋與事＋（引文受事）

這種句式的受事靠緊核心動詞「問」之後，受事後的與事用介詞「于」介

〔註48〕陳偉指出：此例可能已經暗示了自莊王以後四世，即楚昭王時，楚將有大禍。子莖答語，恐怕就是預言莊王以後不過四、五代就不能守宗廟之重器。

引，也可以省略不用。這類「問」字句式的與事在楚簡、秦簡語料中一般用介詞「于」，在西漢簡戰國古書中已不用介詞。例如：

（120）公曰：向（向）者虘（吾）昏（問）忠臣于子思。（《郭店楚簡·魯穆公問子思》）按，引文受事被省略。

語譯：魯穆公說：從前我向子思請教忠臣。

此外，還有一種比較特殊的變式「施事＋問＋受事＋（于）＋與事＋引文受事」。即不省略「引文受事」，這種「問」字句式屬於戰國秦簡語料中的非典型用例。由於動詞「問」的受事以單句或複句的形式出現，按語用原則中的「經濟原則」來說，這種「問」字句不該再出現一個受事。但這種情況與安排信息原則的「經濟原則」悖反了，此類非典型的結構還是出現了，一律見於秦簡。例如：

（121）魯久次問數于陳起曰：久次讀語、計數弗能竝嫠（徹），欲嫠（徹）一物，可（何）物爲急？陳起對之曰：子爲弗能竝嫠（徹）。（《北大秦簡·魯久次問數于陳起》4-142）按，受事是名詞語「數」。

語譯：魯久次向陳起詢問數說道：久次學習讀語書和計數書卻不能兼通，想要先通曉其中的一種，哪一種更緊要呢？

（122）齊威王問用兵孫子，曰：兩軍相當，兩將相望，皆堅而固，莫敢先舉，為之奈何？孫子合（答）曰：以輕卒嘗之，賤而勇者將之，期於北，毋期於得，為之微陳（陣）以觸其廁（側）。（《銀雀山漢簡孫臏兵法·威王問》）按，受事是動詞語「用兵」。

語譯：齊威王向孫臏詢問用兵之道，說：兩軍實力相當，雙方將領對峙相望，陣勢都很堅固，誰也不敢率先發動進攻，應該怎麼辦呢？

例（121）中的發問者用介詞「于」引進與事，而例（122）中的問話者已不用介詞引進與事賓語。這兩例的受事「數」或「用兵」，「數」屬於名詞，「用兵」是謂詞性短語，它們都指稱事物，在動詞「問」核心句法中常常充任近賓語的角色。

6.（施事）＋問＋受事

這種句式產生於西周時期，戰國楚簡、秦簡使用比例仍很高，但到了西漢簡帛戰國古書中這種句式開始走向衰亡期。例如：

（123）宰我昏（問）君子。子曰：予，汝能慎始與終，斯善矣，爲君子乎？☐汝安（焉）能也？（《上博楚簡五‧弟子問》11＋24）

語譯：宰我請教什麼是君子。孔子答：宰我，你能做到慎始慎終，這已經很好了，做到像君子那樣嗎？……你怎麼能做到呢？

（124）奠（鄭）人昏（問）亓（其）古（故），王命倉（答）之曰。（《上博楚簡七‧鄭子家喪》甲）

語譯：鄭人詢問其原故。

（125）下，土也，而謂之地。上，氣也，而謂之天。道亦其字也，青（請）昏（問）其名。（《郭店楚簡‧太一生水》10-11）

語譯：土和氣分別是地和天的名。請問道的名是什麼？地和天則是其本身的字。

（126）古（故）興善人，必籩（熟）䎆（問）亓（其）行，女（焉）雚（觀）亓（其）焂（貌），女（焉）聖（聽）亓（其）訇（辭）。（《清華楚簡捌‧治邦之道》17）

語譯：因此提拔品格高潔的人才，必須深入瞭解其行為，於是觀察他外表，於是辨別其言辭。

（127）有辠（罪）以貲贖及有責（債）於公，以其令日問之，其弗能入及賞（償），以令日居之，日居八錢。（《睡虎地秦簡‧秦律十八種》133）

語譯：有罪被判處貲罰和贖刑因而欠公家債務的人，在判決所規定的日期再次詢問，如果無力繳納償還，從判決規定的日期起以勞役償還，每日勞役抵償八錢。

（128）陳忌問壘。（《銀雀山漢簡孫臏兵法‧陳忌問壘》）

語譯：田忌詢問孫臏關於用兵築壘防禦的策略。

例（125-127）的施事皆被省略。其中例（127）中的動詞「問」前「以其今日」作為詢問的時點，充當動詞「問」的狀語。

7.（施事）＋問＋引文受事

在出土戰國文獻「問」字句的用例中，動詞「問」後直接採用「引文受事」形式，也即傳統語法學者所謂的在動詞「問」後只有直接引語充當直接賓語的情況。出土文獻「問」字句顯示，秦簡這種格式使用最頻繁，究其原因諸如睡

虎地秦簡、嶽麓秦簡以及里耶秦簡都屬於文書類簡牘，發問者用於上行文書或下行文書一般都採用命題式的引文受事賓語，作為傳遞疑問信息的最佳選擇手段。通常這類「問」字句的主語被省略。例如：

（129）大夫甲堅鬼薪，鬼薪亡，<u>問甲可（何）論</u>？當從事官府，須亡者得。（《睡虎地秦簡·法律答問》127）引文受事是單句、特指問句。

語譯：大夫甲鞭打鬼薪，鬼薪逃亡，<u>問甲應如何論處</u>？應在官府服役，等待逃亡者被捕獲。

（130）甲告乙賊傷人，<u>問乙賊殺人，非傷殹（也），甲當購，購幾可（何）</u>？當購二兩。（《睡虎地秦簡·法律答問》134）引文受事是假設複句、特指問句。

語譯：甲控告乙殺傷人，經訊問乙是殺死了人，並非殺傷，甲應受獎，獎賞多少？應當獎賞黃金二兩。購，獎賞。

（131）甲誣乙通一錢黥城旦辠（罪），<u>問甲同居、典、老當論不當</u>？不當。（《睡虎地秦簡·法律答問》183）引文受事是正反問句。

語譯：甲誣告乙行賄一錢而有應處黥城旦的罪，問甲的同居、里典、伍老應否論罪？不應當。

（132）甲盜羊，乙智（知），即端告曰甲盜牛，<u>問乙為誣人，且為告不審</u>？當為告盜駕（加）臧（贓）。（《睡虎地秦簡·法律答問》45）引文受事是選擇問句。

語譯：甲盜羊，乙知道，但是故意控告說甲盜牛，問乙應作為誣告人，還是作為控告不實？應該作為控告盜竊而增多贓數論處。

（133）凡五人，有米一石☑欲以食數分之，<u>問各得幾可（何）</u>？曰：斗食者得四斗四升九分升四。（《嶽麓秦簡貳·數》139）引文受事是單句、特指問句。

語譯：一共五人共分一石米。問各分多少？答：一斗稻的人分四又九分之四升。

（134）<u>問：芮買（賣），與朵別賈（價）地，且吏自別直</u>？（《嶽麓秦簡叄·芮盜賣公列地案》63）引文受事是複句。

語譯：詢問：芮賣（店鋪）是跟朵將地分別定價，還是當局自行分別估價？

例（134）引文受事「芮賣，與朵別價地，且吏自別直」是一個真性選擇問句，從句型角度而言，引文受事屬於複句。

（135）卅三年四月辛丑，□☑具徒為陝尉，今為□□☑<u>問何〔縣〕官（管），計〔年為報〕</u>。（《里耶秦簡貳》9-2031）引文受事是單句。

語譯：詢問欠債戍卒由哪個縣管轄，即由那個縣負責統計在上報的年報表中。

（136）田廣八分步三，從（縱）十二分步七，<u>問田幾可（何）</u>？曰：九十六分步之廿一。（《北大秦簡・田書》4-212）引文受事是單句、特指問句。

語譯：假設一塊田寬八分之三步，縱十二分之七步。問：田的面積有多少？答：九十六之二十一平方步。

楚簡中的「問」字句引文受事與傳世戰國古書見到的詢問類動詞「問、曰」後只用直接引語方式是一致的。例如：

（137）〔狗老〕昏（問）：三迖（去）亓（其）二，幾（豈）若已？彭祖曰：于（吁）！汝孳孳敷問，余告汝人倫。（《上博楚簡三・彭祖》2）

語譯：狗老問道：天地人三者之間去除天與地，難道真的就不如不要問了嗎？

（138）<u>牂（莊）公或（又）䚕（問）：為和於戝（陳）女（如）可（何）</u>？（《上博楚簡四・曹沫之陳》23下）引文受事是單句、特指問句。

語譯：莊公問：想要士卒列陣戰地團結一致要怎麼樣做？

（139）<u>䚕（問）：天孰高與？地孰遠與？篢（孰）為天</u>？（《上博楚簡七・凡物流形》甲11）引文受事是特指問句。

語譯：請問：與天上的萬物相比，哪一個最高呢？與地上的萬物相較，哪一處更遙遠呢？什麼成為了天？

8.（施事）＋問＋（介詞）＋與事

A. 與事前不用介詞。這種不借助介詞引進的與事，直接進入核心動詞「問」的賓語位置的用例，這種用法在戰國時代還處於萌芽期，但在戰國早期楚簡至秦代的秦簡都有用例。例如：

（140）☐者已到矣。多<u>問工昫、孟嫗、鈞、擇、夏須</u>。（《里耶秦簡貳》9-768）

語譯：……的情況已經抵達。再次詢問工昫、孟嫗、鈞、擇、夏須。

（141）<u>布問使☐</u>。（《里耶秦簡貳》9-2074）

語譯：布詢問使☐。

B. 與事前使用介詞「於（于）」。這種句式目前僅見於上博、清華兩種楚簡，例如：

（142）醫（殷）高宗畐（問）於三壽（壽）。（《清華楚簡伍·殷高宗問於三壽》28）

語譯：高宗請問少壽、中壽以及彭祖。

（143）隹（唯）多兵、亡（無）兵者是察，畐（問）于左右。（《清華楚簡柒·越公其事》52）

語譯：越王詢問左右的近臣。

9.（施事）＋問

「施事＋問」這種句式是由動詞「問」帶受事賓語的格式省略而來的。在通常情況下，動詞「問」的施事可蒙前文省略。例如：

（144）九月丙辰，隸臣哀詣隸臣喜，告盜殺人。問，喜辭（辭）如告。（《嶽麓秦簡叄·譊、妘刑殺人等案》）

語譯：秦王政二十年的九月丙辰日，隸臣哀將隸臣喜押送到官府，並控告為搶劫殺人罪。官府詢問，詢問結果是：喜供述與控告同。

（145）□一曰下五旅多一旅少五札定當坐者誓□□。問，庫武佐當坐，武上造居句陽☒。（《里耶秦簡貳》9-1887a）

語譯：經官府詢問，庫武佐應當有罪。

（二）多中心謂語句

多中心謂語句包括三種形態：1.連謂句。2.兼語句。3.並列句。其中以第一種句型最為常見，兼語句、並列句都可見到用例，但不常見。

1.連謂句

一般而言，由連動短語充當謂語的句子，稱為連謂句。出土戰國文獻及西漢簡帛戰國古書中的核心謂語動詞「問」所在的連謂句一般分為兩類：

A. 動詞「問」與其他動詞使用連詞構成謂語連動的短語。例如：

（146）〔莊公〕還年而䛑（問）於敓（曹）敓（沫）曰：虘（吾）欲與齊戰，䛑（問）戕（陳）籴（奚）女（如）？（《上博楚簡四·曹沫之陳》12）

語譯：次年，莊公又向曹沫請教：我打算與齊國開戰，請問應該怎麼樣營陣？

關於例（146）中的「還年」，李零認為義為「又過了一年」，類似古書常說的「期年」。廖名春疑「還年」即「來年」，也就是下一年、次年，即魯莊公七

年。單育辰（2007）認為二者對「還年」意義的理解其實並無區別〔註49〕。

（147）武王齋七日，太〔公〕膣（望）奉丹書以朝，太公南面，武王北面而復疇（問）。（《上博楚簡七·武王踐阼》12）連詞：而

語譯：姜太公面朝南邊，武王面朝北面再次請問丹書內容。

（148）秦公乃訋（召）子靼（犯）而齏（問）女（焉），曰：子若公子之良庶子，者（胡）晉邦又（有）褐（禍），公子不能芊（止）女（焉）？（《清華楚簡柒·子犯子餘》1）

語譯：秦穆公問子犯：你假如是晉重耳的優秀家臣，為什麼晉國上下作亂，重耳卻不能平息？

（149）書廿八年六月乙未到，丙申起，留一日，具問而留。（《里耶秦簡貳》9-748）連詞：而

語譯：文書在廿八年六月乙未日送到，從丙申日啟程，比預期滯留一日，詳細詢問情況滯留原因。

B. 動詞「問」與其他動詞不用連詞直接構成聯動短語，這種情況比較少見。例如：

（150）如此者，安（焉）與之暑（處）而謀（察）聒（問）其所學。（《上博楚簡六·孔子見季桓子》16）

語譯：君子於是與之相處進而考察訊問其所學所能。

（151）臧（莊）公或（又）誾（問）曰：虐（吾）又（有）所誾（聞）之：一出言三軍皆懽（勸），一出言三軍皆逄（往），又（有）之虖（乎）？會（答）曰：又（有）。（《上博楚簡四·曹沫之陳》59）

語譯：莊公又問道：我曾經聽說過：主帥一旦發號施令全軍皆奮勉，主帥一旦發號施令全軍都統一行動，有這麼一句話嗎？曹沫答：有。

（152）將軍忌子召孫子問曰：吾攻平陵不得而亡齊城、高唐，當術而厥（蹶）。事將何為？孫子曰：請遣輕車西馳梁（梁）郊，以怒其氣。（《銀雀山漢簡孫臏兵法·擒龐涓》）

語譯：將軍田忌召見孫臏問道：下一步該怎麼辦呢？

〔註49〕參考單育辰：《〈曹沫之陳〉文本集釋及相關問題研究》，吉林大學碩士學位論文，2007年，第41~42頁。

上引例（151-152）詢問動詞「問」與言說動詞「曰」共同構成複雜謂語句，動詞「問」的語義角色之一「所問之事」由動詞「曰」引導，那麼動詞「曰」及「曰」的賓語應該如何分析？本文採用殷國光（2006）的意見，將動詞「曰」及「曰」後「所問之事」看成是受事的一種複雜形式，本文稱之為「引文受事」，因為一般這種受事由直接引語構成，也可以是間接引語。這類引語在語用上非常靈活自由，可以是單句也可以是複句，而引文受事最常見以複句形式存在〔註50〕。

（153）二月辛巳，黑夫、驚敢再拜問中、母：毋恙也？黑夫、驚毋恙也。（《睡虎地秦牘·11號木牘》Ⅰ）

語譯：二月辛巳日，黑夫跟驚斗膽再次俯首詢問阿中、母親：身體應該還好吧？黑夫跟驚都很好。

2. 兼語句

一般而言，由兼語短語充當謂語核心的句子我們稱之為兼語句。兼語謂語句一般認為是謂詞性謂語句的一種句型。兼語句是指由兼語短語充當謂語構成的主謂句。大主語的謂語動詞表「使令」義，如「命、令、遣」等。這類兼語謂語句是典型的兼語句，在戰國楚簡較為多見，秦簡有一例。例如：

（154）大夫命少宰尹䣁智諜（察）䁤（問）大梁之戩舊之客苛坦。苛坦言謂：……。（《包山楚簡·文書》157）

語譯：大夫下命令少宰尹考察詢問苛坦。

（155）魯司寇寄言遊於逡楚，曰：除乎！司寇將見我。門人既除，而司寇不至，言遊去。司寇遣人問之酒（將）安（焉）迬（往）？言遊曰：食而弗與為禮，是獸工畜之也。（《上博楚簡八·子道餓》4＋5＋3）

語譯：司寇派遣侍從追上言遊請問言遊你將去往何處？

（156）〔屈〕木為成於宋，王命屈木昏（問）：靪（范）武子之行安（焉）？文子會（答）曰：……。（《上博楚簡六·競公瘧》3）

語譯：屈木使晉楚達成了會盟，使得百姓免於兵災，王命令屈木去詢問〔趙文子〕范武子之的德行如何。

〔註50〕殷國光：《動詞「問」的語法功能的歷史演變》，載《中國語言學報》，中國語言學報編委會，北京：商務印書館，2006年第12期，第156頁。

3. 並列句

並列句也屬於複句中的一種類型，在傳世戰國文獻中，「而」並列句式的常見連詞，例如：

（157）彼陷溺其民，王往而征之，夫誰與王敵？（《孟子‧梁惠王上》）

語譯：君王親自前往並且親自征討這些人。

在出土戰國文獻中並列句式動詞「問」前也常常使用連詞「而」。目前這種用例僅見於楚簡語料。例如：

（158）孔子退，告子貢曰：虗（吾）見於君，不昏（問）又（有）邦之道，而昏（問）棍（相）邦之道，不亦墊（愆）虘（乎）？（《上博楚簡四‧相邦之道》4）

語譯：孔子退朝，告訴子貢：我去面見君上，君上不請問有邦之道，卻請問相邦之道，不也是過失嗎？

（三）動詞「問」的名詞化

動詞「問」的名詞化主要指動詞「問」與「所」「之」構成的「所」字結構與「之」字結構短語，我們把它看成是名詞化的短語。秦簡與漢簡中有零星幾處。例如：

（159）□譖（潛）謂同：同和不首一吏（事）者，而言（意）毋（無）坐殹（也）？同曰：毋（無）坐殹（也），不智（知）所問。（《嶽麓秦簡叁‧同、顯盜殺人案》145）

語譯：□試探地問同說：你回應沒供出一件事情，難道你認為沒有罪嗎？同說：我是沒有罪，不知道所問的事情。

（160）威王曰：我強適（敵）弱，我眾適（敵）寡，用之奈何？孫子再拜曰：明王之問。夫眾且強，猶問用之，則安國之道也。（《銀雀山漢簡孫臏兵法‧威王問》）

語譯：孫臏再次向威王行禮並答道：這是英明的君王才會提出的問題。

（161）孫子出而弟子問曰：威王、田忌，臣主之問何如？孫子曰：威王問九，田忌問七，幾知兵矣，而未達於道也。（《銀雀山漢簡孫臏兵法‧威王問》）

語譯：孫臏從齊威王和田忌那出來之後，弟子們向他問：威王和田忌君臣二人所提出來的問題怎麼樣？

例（159）是動詞「問」與「所」构成「所」字短語，將動詞「問」名詞化。例（160-161）中「明王」「臣主」分別修飾「問」，並且用結構助詞「之」做定中標記，例（160-161）與例（159）不同之處在於「問」所在的整個短語被名詞化。

第五節　出土戰國文獻「問」字句與疑問句的關係

一、概　述

出土戰國文獻及西漢簡帛戰國古書中「問」字句的賓語與疑問句的關係，主要表現為動詞「問」的兩類受事賓語與疑問句的關係。本節首先嘗試回答「問」字句的不同類型賓語與疑問句的關係。其次，回答動詞「問」的受事賓語標點符號的使用問題。最後，嘗試為古籍整理標點問題提供語法學的理論建議。結合目前掌握的出土語料來看，關於「問」字句中的受事情況可以分為兩類：

第一，動詞「問」賓語是體詞性或謂詞性的受事（不含直接引語或間接引語），這類「問」字句須滿足的句法格式為：「施事（可省）＋問＋受事＋介詞（可省）＋與事（可省）—引文受事〔註51〕」（下文稱「E 式」）。

第二，動詞「問」賓語是直接引語或間接引語的受事（也稱「引文受事」），這類「問」字句須滿足的句法格式為：「施事（可省）＋問＋受事（可省）＋介詞（可省）＋與事（可省）＋引文受事」（下文稱「G 式」）。上述兩類是我們釐清「問」字句與疑問句的關鍵。

關於賓語的分類與理解，傳統的語法專著都已論及，賓語是用來表示客體事物。所謂的客體事物其範圍較大，不僅涵蓋了物體本身的性質狀態、空間與時間二維狀態，還涵蓋了核心謂語動詞所關聯的行為活動或對外界事物的性質狀態。從這個角度看，賓語可以分為「體詞性賓語」和「謂詞性賓語」，關於體詞性賓語與謂詞性賓語與動詞關係的問題，楊成凱（1992）、陳昌來（2002）、殷國光（2009）等都有專門研究〔註52〕。

〔註51〕「＋」表示必有的句法成分，「—」表示必無的句法成分，在語料中也常因上下文語境而省略不用。
〔註52〕楊成凱：《廣義謂詞性賓語的類型研究》，載《中國語文》，1992 年第 1 期，第 26～

二、受事賓語與疑問句的關係

在出土戰國文獻及西漢簡帛戰國古書的「施事＋問＋與事」句式中與事成分由於常涉及到的詢問對象一般屬於體詞性賓語，而「施事＋問＋受事」句式中的受事成分，當它由體詞性或謂詞性的詞語或短語充任時，這種受事賓語不帶有直接引語形式出現在句法層面。

據我們統計，這類受事成分及與事成分在出土戰國文獻中有 149 例，占「問」字句總數的 41.5%。由於「施事＋問＋與事＋受事」、「施事＋問＋受事」、「施事＋問＋受事＋介詞＋與事」等式的受事，都表指稱事物的〔註53〕，這類受事既不含疑問語氣詞，也不含疑問語調，也不含疑問代詞等疑問手段構成的疑問句。因此「E 式」中受事成分在語氣上屬陳述的，我們認為當動詞「問」帶體詞性或謂詞性的受事，並且沒有出現直接引語時，這類 E 式「問」字句與疑問句是沒有任何關聯的。

帶著這個認識可看到下述用例句末的標點應該都標為句號，而不能標問號。例如：

（162）睿（顏）困（淵）曰：君子之內教也，惇（回）既窗（聞）矣＝（矣已）。敢窗（問）至（致）明〈名〉。孔子曰：德成則名至矣，名至必俾任……。（《上博楚簡八・顏淵問於孔子》9-10）

語譯：顏回說：請問什麼叫作致名。

（163）耆（狗）老曰：眊眊余朕孳，未則於天，敢昏（問）爲人。彭祖曰：……言：天地與人，若經與緯，若表與裏。（《上博楚簡三・彭祖》3）

語譯：狗老問道：我是一個昏憒之人，尚未能取法天的常道，斗膽詢問做人的道理。

（164）成王曰：青（請）睧（問）天子之正道。周公曰：……天子之正道，弗朝而自至，弗審而自周，弗會而自團。（《上博楚簡八・成王既邦》6-7）

語譯：成王說：請問天子的正道。

（165）公曰：敢昏（問）民事。孔子〔曰：農夫勸于耕，以〕實官倉，百工勸於事，以實府庫。（《上博楚簡四・相邦之道》2）

---

36 頁；陳昌來：《現代漢語動詞的句法語義屬性研究》，上海：學林出版社，2002年，第 137～140 頁；殷國光：《〈莊子〉動詞配價研究》，北京：商務印書館，2009年，第 472～473 頁。

〔註53〕傳統語言形態學的範疇，一般我們認為名詞指稱事物、動詞指稱動作。

語譯：魯君說：斗膽請問什麼叫民事。

（166）成王曰：青（請）睧（問）亓（其）方。周公曰⊠。（《上博簡八・成王既邦》10-11）

語譯：成王說：請問方略。

上舉例（162-166），我們在「真性詢問句的結構類型」節「特指問」部分已作詳細辨析，此處不再展開論述。

這類 E 式「問」字句，在出土戰國文獻及西漢簡帛戰國古書中占總數41.5%。例（162-166）的語義格式屬於「施事（可省）＋問＋受事」。動詞「問」的受事不論是名詞性或謂詞性短語都沒有疑問的語氣或語調，這些句子在句類上是陳述句。

目前，許多學者將上述 E 式「問」字句理解為疑問句。一個重要的原因是 E 式「問」字句在語義層面上它被包含在動詞「曰」的賓語內部，發問者即動詞「曰」的施事，所以許多學者將動詞「曰」理解為「發問、請教」意義。

其實動詞「曰」的受事成分在形式上是不具備疑問句條件，應該看成陳述語氣，雖然動詞「曰」的受事所陳述的內容都包含了問話人的疑問信息。例（162-166）中的疑問信息分別是「致名、爲人、天子正道、民事、其方」等。這類句子是典型的「有疑而不問」的陳述句，而非疑問句。

因此在標點 E 式「問」字句時，在受事賓語末尾都應該標為句號，不應該標問號。

三、引文受事賓語與疑問句的關係

在出土戰國文獻及西漢簡帛戰國古書中動詞「問」的受事是直接引語時，也就是傳統學人指出的在動詞「問」的直接賓語是直接引語的情況。包含了命題式的引文受事，即屬於 G 式「問」字句。G 式「問」字句在交際上通常作為傳遞疑問信息的最佳手段。在出土戰國文獻及西漢簡帛戰國古書中，G 式「問」字句在數量上比 E 式「問」字句要多兩倍左右。即問話者在獲取未知信息的時，即採用「問」字句與詢問對象言語交際時，G 式「問」字句與 E 式「問」字句的數量比是 2：1。

下面從句法的層面給 G 式「問」字句中的引文受事進行下位歸類，對引

文受事的再分類標準，我們參考常見疑問句的格式，有學者詳細考察了單謂語中心的「問」字句與連謂語句的「問」字句，主要是「施事＋問＋（受事）＋曰＋引文受事」式句中的「曰」的脫落等問題，由於這對我們考察發現這兩類句式的理論借鑒價值不大，因此未深入論述。在動詞「問」的引文受事賓語中，我們按引文受事賓語是否使用了疑問手段或疑問語調分為以下幾種：

（一）引文受事賓語屬於單句

在出土戰國文獻及西漢簡帛戰國古書中，引文受事賓語屬於單句的用例數量不如複句用例數量。引文受事賓語包括真性詢問句、中性測問句及陳述句。在這種受事賓語中沒有發現反問句。具體分類如下：

1. 直接引語用真性詢問單句

（167）臧（莊）公或（又）𦖨（問）曰：善攻者系（奚）女（如）？（《上博楚簡四・曹沫之陳》55）按，直接引語含有特指問句。

語譯：莊公又問道：善於進攻的將領怎麼做到？

（168）趄（桓）公或（又）𦖨（問）於笑（管）中（仲）曰：中（仲）父，记（起）事之本系（奚）從？笑（管）中（仲）會（答）曰：從人。（《清華楚簡陸・管仲》2）按，直接引語含有特指問句。

語譯：做事的根本在於什麼呢？

（169）甲盜不盈一錢，行乙室，乙弗覺，問乙論可（何）殹（也）？毋論。其見智（知）之而弗捕，當貲一盾。（《睡虎地秦簡・法律答問》10）按，直接引語含有特指問句。

語譯：甲盜竊不滿一錢，前往乙家，乙沒有察覺，問乙方如何論處？不應論罪。如果知情而不加捕拿，應該罰繳一個盾。

（170）景公問於晏子曰：明王之教民何若？晏子合（答）曰：明……今，先之以行。（《銀雀山漢簡晏子》九）按，直接引語含有特指問句。

語譯：景公問晏子道：賢明的君王是怎樣教導民眾的呢？

（171）臧（莊）公或（又）𦖨（問）曰：三軍戠（散）果（裹）又（有）幾（𢆉）虖（乎）？會（答）曰：又（有）。（《上博楚簡四・曹沫之陳》42）按，直接引語含有是非問句。

語譯：莊公又問道：三軍打破敵軍的包圍圈要注意忌諱什麼嗎？曹沫答：

有。

（172）睿（顏）囦（淵）廂（問）于孔＝（孔子）曰：<u>敢廂（問）君子之內（入）事也又（有）道虖（乎）</u>？孔＝（孔子）曰：又（有）。（《上博楚簡八・顏淵問於孔子》1＋2）按，直接引語含有是非問句。

語譯：顏回向孔子請問：斗膽問君子入朝從事政事有原則可遵守嗎？孔子答：有。

（173）甲告乙盜直（值）百一十，問乙盜卅，甲誣駕（加）乙五十，其卅不審，問<u>甲當論不當</u>？廷行事貲二甲。（《睡虎地秦簡・法律答問》42）按，直接引語含有是正反問句。

語譯：甲控告乙盜竊值一百一十錢的東西，審問結果是盜竊三十錢，甲誣加乙五十錢，又有三十錢不實，問甲應否論處？按照成例應該罰二甲。

2. 直接引語用中性測問單句

（174）連多問商、柏：<u>得毋恙〔也〕</u>？☐連敢謁之。柏連言☐。（《里耶秦簡貳》9-1899a）按，直接引語含有測問句。

語譯：商、柏兩人都沒有什麼不順吧？

3. 直接引語用陳述單句

（175）問<u>遷陵所請不遣者廿人錄</u>。（《里耶秦簡壹》8-2217）

語譯：詢問遷陵縣所請示不派遣的二十的記錄。

（176）司空不名（明）計，問<u>何縣官（管）、計付署、計年爲報</u>。（《里博秦簡》9-11a）

語譯：司空不明賬簿記錄，詢問哪一個縣管理，計算收到或運出的年份，並且上報回司空。

（177）☐道衛有滿不湍。問<u>何〔縣官（管），計年為報〕</u>。（《里耶秦簡貳》9-2110）

語譯：詢問欠債戍卒由哪個縣管轄，即由那個縣負責統計在上報的年報表中。

例（175）中的動詞「問」受事賓語是直接引語，屬於陳述句。例（176、177）中的動詞「問」受事賓語是直接引語，雖含有疑問代詞，但不表疑問，而是表虛指，也屬於陳述句。

（二）引文受事賓語屬於複句

在出土戰國文獻及西漢簡帛戰國古書中，複句形式的引文受事賓語使用數量大，並且形式繁多，尤其是古書類的楚簡、西漢簡帛戰國語料，複句中的單句語氣類型具有多樣性，出現了很多不同樣式的疑問句疊加使用的情況。這類複句引文受事賓語包括：包含真性詢問複句、反問複句、測問複句以及陳述語氣複句的引文受事。分類如下：

1. 直接引語用真性詢問複句

（178）趄（桓）公或（又）矞（問）於管中（仲）曰：<u>中（仲）父，亦岂（微）是，丌（其）卽（次）君篕（孰）諹（彰）也</u>？（《清華楚簡陸·管仲》20）按，直接引語含有特指問句。

語譯：仲父，不是湯、受的話，那麼其次哪位君主誰值得被讚揚呢？

（179）將軍忌子召孫子問曰：<u>吾攻平陵不得而亡齊城、高唐，當術而厥（蹶）。事將何為</u>？孫子曰：請遣輕車西馳梁（梁）郊，以怒其氣。（《銀雀山漢簡孫臏兵法·擒龐涓》）按，直接引語含有特指問句。

語譯：將軍田忌召見孫臏問道：……，那麼下一步打算怎麼辦呢？

（180）武王聒（問）于師尚父，曰：<u>不知黃帝、顓頊、堯、舜之道在乎？抑豈喪不可得而睹乎</u>？師尚父曰：……於丹書，王女（如）谷（欲）龏（觀）之，盍誣（齋）虖（乎）？將以書示。（《上博楚簡七·武王踐阼》1-2）按，直接引語含有選擇問句。

語譯：武王向尚父請問道：我不清楚黃帝、顓頊、堯、舜的治國大道還有保存下來嗎，還是已經遺失不可再看到了呢？

（181）高子問晏〔曰：<u>子事靈公、莊公、景公，皆敬子，三君之〕心壹與？夫子之心三與</u>？晏子曰：善戈（哉）！問事君。（《銀雀山漢簡晏子》十四）按，直接引語含有疑問語氣詞，沒有使用選擇連詞，選擇問句。

語譯：先生您侍奉靈公、莊公、景公三君，三君皆對你禮敬。你對這三位君主用心一樣呢？還是先生特意用心逢迎，都有不同呢？

（182）武王畬（問）於大（太）公覞（望）曰：<u>亦又（有）不涅（盈）於十言，而百殜（世）不遊（失）之道，又（有）之虖（乎）</u>？大（太）公覞（望）會（答）曰：又（有）。（《上博楚簡七·武王踐阼》11）按，直接引語含有疑問語氣詞，是非問句。

語譯：武王問太公望時候：有不超過十句話，卻能百世不會喪失其真理的，有這樣的道嗎？太公望答：有。

2. 直接引語用反問複句

（183）邗（謇）骨（叔）會（答）曰：☐亦備才（在）公子之心已（已），𦅫（奚）裞（勞）𦅫（問）女（焉）？（《清華楚簡柒・子犯子餘》15）按，直接引語含有特指反問句。

語譯：謇叔答：……早已經在重耳公子內心深處了，哪裡用得著勞煩公子請問呢？

3. 直接引語用測問複句

（184）省（少）公乃訝（召）子余（餘）而𦅫（問）女（焉），曰：子若公子之良庶子，晉邦又（有）禍（禍），公☐☐☐屰（止）女（焉），而走去之，母（毋）乃無良右（左）右也骨（乎）？（《清華楚簡柒・子犯子餘》3）按，直接引語含有測問句。

語譯：晉國上下有禍亂，重耳不能趁此抵禦晉國之禍並從中謀利，卻被迫離國出走。不會是重耳的良臣謀士不夠吧？

4. 直接引語用陳述語氣複句

在出土戰國文獻中，動詞「問」的直接引語受事使用陳述語氣目前還未見到典型用例。例如：

（185）視癸私書，曰：五大夫馮毋擇敢多問胡陽丞主，聞南陽地利田，令為公產。（《嶽麓秦簡叁・學爲偽書案》）

語譯：五大夫馮毋擇冒昧問候湖陽丞主。聽說南陽土地很適合耕種，被指定為公家產業。

上引例（185）整理者理解為陳述句，我們列為直接引語用陳述語氣複句的疑似用例。其實例（185）中在「聞南陽地利田，令為公產」句後標問號，理解為是非問複句也未嘗不可。

（三）引文受事賓語屬於句群

目前見到了含直接引語受事，包含了多層疑問句的句群。這種「問」字句的引文受事，能自由擴展表達問話者複雜的疑問信息與思想內容。在楚簡、西漢簡帛戰國古書中皆可以見到不少典型用例。例如：

（186）公乃鬲（問）於蹇叔曰：<u>叔，昔之舊聖哲人之敷政命刑罰，事衆若事一人，不穀余敢聞其道奚如？</u>猷叔是聞遺老之言，必當語我哉。<u>窋（寧）孤是勿能用？</u>卑（譬）若從鸞（雉）肰（然），虔（吾）尚（當）觀亓（其）風。邗（蹇）吾（叔）曾（答）曰：凡君斋=（之所）鬲（問）莫可鬲（聞）。（《清華楚簡柒·子犯子餘》9-10）按，直接引語含有特指反問句，是非反問句。

語譯：秦穆公向蹇叔請問：蹇叔！上古舊哲聖人之道，請蹇叔將所見所聞盡數傳授給自己怎麼樣？即便自己不能盡數運用蹇叔所傳的治國理政之道，譬如人去追逐雉雞那樣，雖然追趕不上，我也應可以對上古舊哲聖人之道教化風流略懂一二。

（187）秦公乃訋（召）子軓（犯）而鬲（問）女（焉），曰：<u>子若公子之良庶子，者（胡）晉邦又（有）褐（禍），公子不能屮（止）女（焉）？而走去之，母（毋）乃猷心是不歓（足）也乎？</u>子軓（犯）曾（答）曰：誠女（如）宔（主）君之言。（《清華楚簡柒·子犯子餘》1）按，直接引語含有反詰問句，測問句。

語譯：秦穆公問子犯：你假如是晉重耳的優秀家臣，為什麼晉國上下作亂，你的公子卻不能平息？卻被迫離國出走。重耳不會是從政掌國的心是不夠吧？

（188）田忌問孫子曰：<u>患兵者何也？困適（敵）者何也？壁延不得者何也？失天者何也？失地者何也？失人者何也？請問此六者有道乎？</u>孫子曰：有。（《銀雀山漢簡孫臏兵法·威王問》）按，直接引語前六個單句是特指問句，最後一問是是非問句。

語譯：田忌請教孫臏說：阻礙我軍行動的是甚麼？能令敵人陷進困境的有甚麼？不能衝破敵軍壁壘的原因是甚麼？失掉天時的原因是甚麼？喪失掉地利的原因是甚麼？失掉人心的原因是甚麼？請問解決這六大問題有規律可循嗎？孫臏回答：有。

（189）蓋廬問申胥曰：<u>凡有天下，何毀何舉？何上何下？治民之道，何慎何守？使民之方，何短何長？盾（循）天之則，何去何服？行地之德，何致何極？用兵之〔謀，何〕極何服？</u>申胥曰：凡有天下，無道則毀，有道則舉。（《張家山漢簡·蓋廬》）按，直接引語前十四個單句都是特指問句。

語譯：吳王闔廬問伍子胥道：凡是想要長久擁有天下，做什麼會導致國家

毀壞？做什麼會令國家興起？，做什麼是上策做什麼是下策？管理百姓大道，應該謹慎什麼？遵守什麼？使用民力方略，什麼是短處？什麼是長處？遵循自然法則，什麼應該去除什麼應該追從？君王的威德之行，應該招來什麼？應該以什麼為準則？部署軍隊謀略，應該以什麼為準則？應該順從什麼道理？

例（187）是一個轉折疑問句句群。我們認為秦公問的第一個疑問句，屬於「假設句＋轉折句」，具體格式為「若 A，胡 B 焉」，語譯：「如果 A，為什麼有B 呢？」，其中句中「胡」多用於反面論證，即反問句，問話者使假設分句「若A」的根據令人懷疑。秦公問的第一個問句這句話後半句「胡晉邦有禍，公子不能止焉」，呂叔湘（1982）指出：否定「可」字，文言用「不可」，白話卻仍用「不能」。在疑問句中，真正詢問用「可以」，反詰句用「能」〔註 54〕。並舉「為甚麼平常我們不能講？」用「不能」表否定，即意在否定。可見將秦公問的第一個問句看成特指式反問句是沒問題的。

四、受事賓語與疑問句的關係及標點問題

上述單句、複句的引文受事，當使用了疑問手段或疑問語調，那麼它們皆應看成疑問句的範疇。

從疑問程度角度來分析，疑問程度最高的是真性詢問句，常用特指問，特指疑問詞一般用「何」。疑問程度最低的是反詰問句，屬於無疑而問，在語義上屬否定語義，在語用上是為了強化問話者本人的觀點或主張。疑問程度居中的是中性測問句，疑問程度居於半信半疑之間，它是問話者對某種客觀現實情況做出了判斷或對某種行為事件做出某種情感上的估量，但還不能完全肯定，故通常用「毋乃……乎」來表示測度，要求聽話人予以證實。

上述 G 式「問」字句引文受事由於包含了單一的或多層的疑問手段〔註 55〕，使受事成分具備了疑問語氣或疑問語調，因此這類 G 式「問」字句在語氣類型上基本屬於疑問語氣的，祇是疑問程度高低不同而已。

目前現代漢語語法學界對包含反問語氣的受事標點的看法還很不統一。有人認為，反問句屬於修辭的範疇，屬於無疑而問，不要求對方回答，因此採用

〔註 54〕 呂叔湘：《中國文法要略》，北京：商務印書館，1982 年，第 247～248 頁。
〔註 55〕 最多層的問句，我們在漢簡《張家山漢墓竹簡・蓋廬》中我們見到了共計有十四個單句都是特指問句的遞進式疑問句類複句，其疑問信息量前所未有。例句參見前引文。

疑問句標點方式，所以常標問號。當遇到語氣強烈，也可以使用嘆號，強調感歎的語氣。此外，還有人主張採用問號和嘆號並用的形式。

為了區分疑問語氣、陳述語氣、感歎語氣，尤其是出土文獻語料，我們認為應該將反問句標成問號。反問句中不可避免帶有較強烈的感歎的語氣，我們通過帶有疑問語氣詞、疑問副詞等疑問標記信息，一般能讀懂這些句子的意思。

因此本文主張對 G 式「問」字句中的引文受事，當引文受事賓語包含了疑問語氣或疑問語調時，則應該統一在受事成分末尾標成問號〔註56〕。

當引文受事賓語只含陳述語氣時，它與前述的 E 式「問」字句語氣類型是一致的，都應該標句號。表陳述的句子即便有疑問代詞，也不表疑問，此時的疑問代詞具有虛指的功能。例如，在傳世戰國文獻中有一處典型用例：

（190）<u>南宮适問於孔子曰：羿善射，奡盪舟，俱不得其死然。禹、稷躬稼而有天下。</u>夫子不答。（《論語‧憲問》）

語譯：南宮适向孔子請教：后羿擅長射箭，夏澆擅長水上衝殺敵軍，都沒有得到好下場。禹和稷自己下地種田，卻得到了天下。夫子沒有回答南宮适。

其中動詞「問」的引文受事成分是陳述語氣的複句，南宮适的問話內容「羿善射，奡盪舟，俱不得其死然。禹、稷躬稼而有天下」，句子語氣肯定是陳述的。這個話裡頭是否未包含疑問信息，還是暗含了疑問信息？如果它屬於不用疑問形式的詢問，即有疑而不問，那麼它詢問的內容是什麼？說話者想提出什麼問題？唐啟運（1987）認為，需要瞭解這些信息，只能通過上下文語境去理解〔註57〕。這個問題沒有明確用疑問句提問，卻也委婉含蓄地傳遞了問話者的疑問信息，達到了交際雙方溝通的委婉含蓄的效果。此外，我們也可以把例（190）看成是沒有疑問形式的陳述句。因為整個句子既沒有疑問語氣又不具備疑問語調，這類句子在語氣類型上屬於陳述。

所以這種特殊的複句形式引文受事是不含疑問句的，我們認為在這類受事

〔註56〕一般語法學者認為：每個句子都有統貫全句的語氣。書面表達中分別用句號、問號、嘆號來表示陳述語氣、疑問語氣、感歎語氣。祈使語氣則根據語氣強弱分別用嘆號或句號表示。參考張斌：《現代漢語描寫語法》，北京：商務印書館，2010 年，第1115～1116 頁。

〔註57〕唐啟運：《論〈論語〉的「問」字句》，載《華南師範大學學報（社會科學版）》，1987年第 01 期，第 80 頁。

成分的末尾也不能標問號。

基於以上的分析，我們再回顧王力對傳世戰國文獻的 G 式「問」字句引文受事句末標點的處理原則，下面選錄其《漢語語法史》常見的兩種，以作分析〔註58〕：

A. 在引文受事句末直接標句號，例如：

（191）孟武伯<u>問</u>子路仁乎。（《論語・公冶長》）

語譯：孟武伯請問：「子路有仁德嗎？」

（192）陳司敗<u>問</u>昭公知禮乎。（《論語・述而》）

語譯：陳司敗請問：「昭公明白周禮嗎？」

（193）季康子<u>問</u>弟子孰爲好學。（《論語・先進》）

語譯：季康子請問孔子：「您的弟子中誰好學？」

（194）子貢<u>問</u>師與商也孰賢。（《論語・先進》）

語譯：子貢請問孔子：「師跟商誰最賢明？」

（195）老聃<u>曰：</u>「敢<u>問</u>何謂仁義。」（《莊子・天道》）

語譯：老子說：「斗膽地問什麼叫做仁義呢？」

（196）子列子問關尹<u>曰：</u>「至人潛行不窒，蹈火不熱，行乎萬物之上而不慄，請<u>問</u>何以至於此。」（《莊子・達生》）

語譯：子列子請問關尹說：「……，請問為什麼到了這一步？」

（197）寡人<u>問</u>舜冠於子，何以不言也。（《荀子・哀公》）按，受事是「舜冠」，「子」是與事。引文受事是「何以不言也」。

語譯：我向先生請教關於舜的帽子，您什麼緣故不回答呢？

B. 在引文受事句末直接標問號，例如：〔註59〕

（198）子張<u>問</u>：「十世可知也？」（《論語・為政》）

語譯：子張請問：從今往後十個世代的禮制可以預先知道嗎？

（199）季子然<u>問</u>：「仲由、冉求可謂大臣與？」（《論語・先進》）

語譯：季子然請問：仲由和冉求可以稱為大臣嗎？

〔註58〕上引辭例（197～209）的標點摘自王力：《漢語語法史》，北京：中華書局，2014 年，第 129～139 頁。

〔註59〕王力該書在動詞「問」字後加或不加冒號。參考王力：《漢語語法史》，北京：中華書局，2014 年，第 129～139 頁。

（200）敢<u>問</u>治身奈何而可以長久？（《莊子・在宥》）

語譯：膽敢請問調理身體為什麼而可以做到長久健康？

（201）<u>問</u>桓公曰：「敢<u>問</u>公之所讀者何言耶？」（《莊子・天道》）

語譯：有人進來請問桓公說：膽敢請問公所讀的是什麼呢？

（202）顏淵<u>問</u>仲尼曰：「……敢<u>問</u>何謂也？」（《莊子・達生》）

語譯：顏淵請問孔子說：……膽敢請問您說的什麼呢？

（203）齊景公<u>問</u>晏子曰：「孔子爲人何如？」晏子不對。（《墨子・非儒下》）

語譯：齊景公請問晏子說：孔子這個人怎麼樣？晏子沒有回答。

從以上轉引的例句可知王力對「問」字句的引文受事賓語句末標點的兩種處理方式自相矛盾，其中 B 式標點是正確的，而 A 式標點則明顯有誤。

在處理含直接引語的 G 式「問」字句時，目前許多研究出土文獻的學者仍襲王力的 A 式標點方式進行整理。如果我們不加以釐清、糾正這種錯誤認識，就會影響讀懂古書的程度，甚至會誤解古人說話的語氣及表達的思想。

因此考察出土文獻語言中對話體的語氣類型，深入認識「問」字句語義結構與句法層級，尤其是揣摩古人在使用疑問語氣的表達方面，準確的句讀更有助於理解古人言語交際意圖與思想。

第六節　小　結

本章通過運用計量統計的方法，分析出土戰國文獻及西漢簡帛戰國古書「問」字句的語義結構與重要句法結構，可知出土文獻動詞「問」屬於傳統語法學意義上的雙賓動詞〔註60〕。在語義上動詞「問」的動作方向很有意思，問話者也即動詞「問」的施事主語，將疑問信息（疑問點）傳遞給與事（通常是答話人），從發問者發出信息的方向來看，功能類似「給予」類動詞；動詞「問」的施事，最終目的卻是要獲得新信息（答話人提供的未知信息）。從回話者答覆問話人的層面來看，又與「取得」類動詞類似，但是又跟「給予」或「取得」類動詞有區別。這個重要的差異是由動詞「問」本身的語義性質特徵所決定的。動詞「問」的與事必須是指人的詞語或稱代詞。據出土文獻「問」

〔註60〕在動詞「問」的雙賓語結構中，一般把靠近謂語動詞的賓語叫近賓語或間接賓語；把遠離謂語動詞的賓語叫遠賓語或直接賓語。從語義上看，直接賓語以受事居多，間接賓語以與事居多。

字句的辭例顯示，受事往往是抽象的名詞或名詞性短語，它作為「問」字句的受事賓語，不管是由名詞及其名詞性詞組充當，還是由動詞以及動詞性詞組充當，都是指稱事物的。而引文受事通常為一個命題，相對於受事而言，使用引文受事的頻率要高，這表現出在戰國時期，問話者詢問對方以獲取對方較多的未知信息時，在動詞「問」的受事賓語中較傾向使用一個命題作為疑問信息傳遞給與事，而且在引文受事中若使用了疑問詞或其他疑問手段，那麼通常可起到強化疑問點的作用，目的是為了達到「得體」這一最佳的交際效果。

第十章　結　語

本章將總結本研究內容與所得。第一節回顧全文重點，重點談對出土戰國文獻疑問詞及疑問句式的地域性問題。第二節主要討論本文研究存在的創新性與局限性，以及尚需深入的問題與方向。

第一節　重要觀點總結

本文在前賢時修的研究基礎上，就出土戰國文獻中疑問詞與疑問句問題進行了較為全面的統計與細微的分析，主要提出以下重要觀點：

第一，單音疑問代詞範圍以及數目的問題。王力歸納常見的單音疑問代詞是「誰、孰、何、安、胡、奚、曷、惡、焉」共計 9 個。有些學位論文認為有「誰、孰、何、安、胡、奚、曷、惡、焉、盍」共 10 個。本文研究指出：1.「安、焉」應該看成是一個詞。2.「盍」不是單音疑問代詞，我們看成是疑問副詞。因此本文認為在出土戰國語料中，共有「誰、孰、何、曷、胡、奚、焉（安）、惡（烏）、幾」9 個單音疑問代詞。這些單音疑問代詞中個別疑問詞已進一步語法化，具有了虛指、任指等非疑問功能。上述單音疑問代詞多屬於名詞性，個別的包含了謂詞性的功能。

第二，出土與傳世戰國漢語中的複音疑問代詞範圍以及數目的問題。就我們目前統計來看，複音疑問代詞有「何如、何若、曷若、胡如、奚如、奚若、如何、如之何、如台、若何、若之何、幾何、奈何」等 13 個。這說明了戰國漢

語中的幾個重要語言現象：1.疑問代詞複音化趨勢異常明顯。2.一種詢問功能出現多種形式，一種形式的疑問代詞也出現了多種詢問功能。3.疑問代詞的非疑問功能發展迅速，尤其是複音疑問代詞中的「何如」「幾何」「奈何」「如之何」「奈何」「若之何」「何如」「如之何」「若何」及「幾何」。4.非疑問功能的疑問代詞其產生並迅速發展的原因是，句子語氣類型因交際需要發生了轉移，即從單一的疑問功能向陳述或感歎功能轉移。5.戰國時代大量新生並流行的疑問代詞，如「奈何」取代了舊有的疑問代詞「如台」。

　　第三，疑問副詞及副詞性結構的範圍與分佈規律問題。本文提出必須以句法功能作為主要依據釐清疑問副詞與疑問代詞這兩個概念。疑問副詞以單音為主。疑問副詞及副詞性結構主要分為兩類：1.反詰疑問副詞及兼詞，即「豈（幾），其 1，庸，寧，獨，盍」等；2.揣測疑問副詞及副詞性結構「其 2，得無、無乃」等。總體而言，楚簡疑問副詞類別與數量都遠遠超過了秦簡疑問副詞。導致這個原因並非與秦（西方）、楚（南方）兩處的地理因素有關，主要原因是由於秦楚兩種語料的文體有巨大的性質差異。此外，研究表明，測度疑問副詞具有明確的主觀性，即有些疑問副詞帶有明顯的負面性情感，有些則表現為客觀的中性情感產生這個差異可能與所在疑問句的疑問程度強弱有關。最後，關於「尚毋」和「苟毋」所在句子是否為疑問句問題，本文認為「尚毋」和「苟毋」兩者皆表示希望的語氣。「尚毋」主要用於祈使句，不同於有學者提出「尚毋」所在句子為疑問句的觀點，而「苟毋」則主要用於中性的測問句。前者用於特殊的貞辭語境，後者用於信件書面語，表達一種否定消極心理的情感。

　　第四，疑問語氣詞範圍與數目以及疑問語氣詞語法地位的問題。出土文獻的句末疑問語氣詞在戰國時期顯示出鮮明的時代特徵，即從商周時代的句末疑問語氣詞「抑、執」演變為「乎」為常用、「與、邪（耶）」為次常用的局面，這個觀點與較早前其他學者研究得出的結論稍有不同。1.本文認為新生的疑問語氣詞「邪（耶）」，在秦代以前用「邪」，西漢以後則發展為「邪、耶」並用並且數量比例均衡的共存狀態。出土文獻的這種情形與傳世秦漢文獻「邪、耶」並用但兩者比例為 8：1 的情形大相徑庭，具體原因還有待探究。2.句末疑問語氣詞基本功能是用於是非問句末尾，而其他疑問句式末尾的疑問語氣詞辭例數量明顯不如是非問句末高。3.句末疑問語氣詞是一個輔助性

的疑問手段，一般情況下它與其他疑問手段是互斥的，這也符合語用表達的經濟原則。

　　第五，真性詢問句的結構類型、分佈規律與地域性特徵等問題。關於疑問句式的地域性問題，目前還未發現有專門的研究的論著。真性詢問句主要分佈在出土楚簡古書類與出土秦簡律令答問類這兩種語料。1.楚簡、秦簡中的真性特指問是問話者最頻繁使用的疑問句式。特指疑問詞使用形態也最為多樣，這說明疑問程度最高的真性特指問句是疑問句的主流形態。並且在戰國時代，人們表達對未知信息的疑惑，常用的疑問句式是真性特指問句。2.真性是非問句僅在楚簡語料中存在，而秦簡語料中卻未見一例。產生這種語言現象的原因並不是是非問句具有鮮明的地域性特徵，而是秦簡、楚簡的語料內容性質有非常大的差異。3.楚簡語料在文體歸屬上是語錄體性質的，習慣以問答形式來記錄問話者與答話人的信息交換記錄。主要是問話者針對某一個客觀現實提出命題，希望答話者對問話者的命題作出真假二元的判斷，以此創造了是非問句的語言交際環境。4.秦簡語料由於疑問句大都分佈在文書類、律令類文獻中，這些文體有很強的問題針對性與文書的專業性，即屬於漢代以後官吏文書制度中典範的質詢之制的前身。戰國晚期的秦以及秦國一統天下的秦代，層層而上的長官以及政府辦公機構對其下級官吏或機構上報的文書有疑問而提出來的質詢，這種疑問句無疑是真性詢問句，而這些問話者中所提出來的疑問，恐怕難以用是非問句來對下級進行質詢，而是更傾向使用真性特指問、正反問、選擇問，尤其是前兩者，往往是問話者首先考慮的真性詢問句。因為假設問話者用是非問句詢問下級官吏，那麼得到的答覆僅僅為真假二元判斷性的答語，這與當時現實是不符合的。5.秦楚兩地的真性詢問句的地域性特徵主要表現在真性選擇問、正反問兩類問句中，秦人習慣用選擇連詞「且」，而楚人則習慣用「抑、抑或」並且在句式運用上更為多樣靈活，秦人所用選擇問、正反問的句式較呆板、單一。這是否與秦簡、楚簡屬於兩種不同文體的差異有關，本文認為尚需更多不同文體的秦簡語料，尤其是古書類秦簡語料的出土，方能下定論。

　　第六，假性反問句的數量與分佈，以及如何按反問程度強弱劃分出四種類型的反問句等問題。從反問句的結構類型來說，出土戰國文獻中反問句的類型已表現出與現代漢語反問句基本一致的，如果說有細微的不同地方，那麼僅在

用例頻次的排序上有區別。因此運用現代漢語反問句研究成果來考察出土戰國文獻的反問句在語義、語用、禮貌程度上的差異是非常合適的。據我們考察發現有如下幾點新認識：1.相對於真性特指疑問句，假性特指性反問句使用機會不大。這說明特指反問句並不是問話者優先選擇使用的問句。特指性反問句佔總數47.59%，而真性特指疑問句佔總數74.18%。2.選擇問句（包括真性與反問句式的選擇問），它基本不作為問話者使用的反問句類型。選擇性反問句僅2例，佔總數1.07%；真性選擇疑問句佔總數4.90%。3.假性反問句的反問程度的層級系統基本反映了出土戰國文獻中反問句的類型，它們依次是：無疑反問（100%）〉常識反問（80%）〉互知反問（70%）〉有疑反問（50%）。4.無疑反問、常識反問的使用頻率基本在同一個水平，其中常識反問為最頻繁，次之為無疑反問。在使用有疑反問或互知反問時，問話者一般較傾向使用是非性反問句式，它作為這兩種反問句常用的句式。5.我們所提出的四層反問句禮貌程度，依次是：互知反問句（禮貌）〉無疑反問句〉有疑反問句〉常識反問句（不禮貌）。

第七，出土與傳世戰國文獻中性測問句地域性、結構類型以及表達形態問題。中性測問句是介於真性詢問句與假性反問句之間的重要橋樑。通過全面的語料統計，我們對中性測問句的分析打破了傳統的觀點，測問句僅僅作為疑問句的一種類型，其疑問程度是有強弱的差異。雖然我們將測問句的疑問程度參數設定在40%，但不同類型的測問句其疑問強度、情感性即主觀性、互動性都有鮮明的不同之處。「其」類測問句屬於疑問程度高的一類，並且互動性也強於其他類型，在情感性方面較突出客觀中立的情感。「得無」類測問句屬於疑問程度最弱的一類，明顯地表現出消極心理活動情感，互動性較差。「無乃」類測問句的疑問程度居中，互動性屬於中等位置，與「得無」類測問句相同，也帶有一定的消極性情感態度。

第八，出土戰國文獻「問」字句語義格式、論元語義角色、句法類別以及「問」字句與疑問句的關係等問題。此為本文對疑問句的個案研究。具體得到了以下七點認識：1.戰國以前的西周漢語動詞「問」只帶一個賓語，這個受事賓語可以是名詞性成分或小句。以「施事＋問＋受事」和「施事＋問＋引文受事」作為基本句式。2.出土戰國漢語動詞「問」是以「請教、詢問」義為常見義項。動詞「問」在書寫形式上至少有七種寫法。3.「問」字句在出土戰

國漢語呈現出新的語義格式，即「施事＋問＋與事＋受事」和「施事＋問＋與事」，這說明動詞「問」開始了從二價動詞走向三價的演變時期。4.出土戰國漢語「問」字句句法類型有十二種：以「施事＋問＋於（于）＋與事＋引文受事」、「施事＋問＋受事」及「施事＋問＋引文受事」為常見句式。這些句式與殷國光考察的傳世戰國文獻「問」字句相比，有相同點，也存在不同之處。5.「問」字句與疑問句的關係問題，主要表現為動詞「問」受事和引文受事賓語與疑問句的關係問題。如果「問」字句引文受事賓語使用了疑問手段，那麼它就是疑問句，原因是它已具備疑問語氣或疑問語調或使用了其他疑問手段，因此這類「問」字句在語氣類型上是疑問的，所以句末一般要標問號。如果「問」字句的引文受事與受事賓語語氣類型是陳述的，都應該標句號。

第二節　創新性與局限性

一、本課題的創新性

（一）出土語料地域性、創新性。本課題較為全面地使用了出土戰國文獻語料，具體而言，搜集了秦系、楚簡、三晉金文（中山國）等三個地區的文字資料作為基本語料。出土戰國語料可彌補傳世戰國文獻時代不明確、傳抄過程中存在被改寫、材料地域分布不明顯等諸多局限。本課題對所使用的語料以古文字資料原圖版為底本經多次精校、核對。選擇原則為所使用的語料是在戰國至秦代形成的而且形成後基本上保持了原貌的。

（二）重視漢簡帛的戰國古書以及傳世戰國語料的旁證作用。本課題主要依據從戰國和秦代的墓葬中出土的形成於戰國時代的文獻，但是同時選擇若干種從漢墓中出土的戰國古書以及傳世戰國文獻作為旁證語料。當出土戰國語料中有某一種語言現象，則同時在傳世戰國文獻材料中尋找與出土文獻相互印證的語言現象。如傳世戰國文獻中有某一種語言現象，而在出土文獻中不具有，或不支持傳世文獻的語言現象，那麼我們仍以出土文獻的語言事實為準繩。

（三）研究角度創新。以往的研究多以單種出土文獻或某一地區的戰國文字為基礎進行研究，而對於戰國漢語各系的疑問詞使用的異同、疑問句句類結構的地域性特徵的描寫顯然就沒有。本課題以出土戰國至秦的秦、楚、晉系三大區域為研究對象，對戰國時期中原境內較典型的三個區域進行比較研究，分

析疑問詞以及句式的多樣性與複雜性；找出共同特徵與地域性的區別特徵，並嘗試分造成這些差異的內在動因與外在誘因。

（四）理論創新。針對科學準確的數量統計，本課題借鑒現代漢語近年來所取得的最新成果，積極運用當代各種語言學理論，包括功能語言學、語義學、語用學以及焦點理論等等，對疑問詞以及句式進行微觀描寫與細微分析。

（五）方法創新。本課題使用的出土戰國語料，以數據庫方式存儲和管理，結合本人自主研發的「全新先秦宋體及輸入法」技術（漢字字庫擴充及輸入法技術），以高效處理目前國際未編碼字，使出土戰國文獻中的難字、未識字乃至於圖形字得以一字一碼地顯示、輸入、輸出及查檢。此工作能進一步完善字頻數據的準確性、科學性。斷代語言描寫疑問詞的數量以及語法意義等差異，如果不借助計量手段，就很難觀察到這種細微變化的開始和演變等過程，因此使用計量統計來研究出土戰國文獻中的疑問詞以及疑問句式將變得更客觀、準確、科學。

二、本課題的局限性

限於目前有關疑問句的研究理論情況與個人自身研究能力，本課題研究仍然存在諸多不足。有一些問題還有待更深入的研究，因此今後還有以下幾個亟待探討的地方。例如：

第一，關於出土文獻中的疑問詞與疑問句式到底是否存在地域性特徵。由於漢承秦制，漢代初年文字沿襲秦文字系統，因此有些學者就籠統地將漢簡帛的古書語料如銀雀山漢簡《孫臏兵法》《晏子》看成是秦人的語言。

第二，傳世文獻的作者出生地能否直接看作是其文本語言地理分類的根據？如《左傳》《國語》《孟子》作者左丘明、孟子，兩人皆為魯國人，當我們發現了某一種疑問詞與疑問句式的特點時，而與此同時其他古書並沒有用例，能否直接論定這種語言現象即為魯方言現象？有學者甚至直接斷言：「《論語》《左傳》《孟子》是魯方言的語法標志」，而後立論說「疑問代詞『孰』最初可能是魯方言詞，後來進入了共同語言」〔註1〕。這個觀點的根據是什麼？本文認為以上的做法都具有主觀性。這個問題非常複雜，不能單單考慮文本的作者籍貫，還需要綜合考慮文本形成的地域、文本流傳的地域以及文本被改寫等諸多

〔註1〕周生亞：《漢語詞類史稿》，北京：中國人民大學出版社，2018年，第323，382頁。

因素。

　　第三，本文同意上古時代地域方言因素確實存在，那麼可以合理作出推測，造成上古漢語疑問詞與疑問句式如此多樣繁複，其主要原因應該也有地域方言的因素。那麼如何剝離非地域方言的因素，比如文體問題、傳抄刪改等問題。這些都是歷時或共時語言研究必須要思考，並要想辦法解決的問題。

　　第四，應該如何科學地將目前存世的（包括傳世與出土的）戰國古書語言按地理類型劃分出幾大方言區來研究？這也是本文在以後必須面對也想以此為努力奮鬥的方向。

　　第五，楚簡中的儒家古書類文獻，如同時見於郭店和上博楚簡的《緇衣》、郭店楚簡的《五行》以及上博楚簡《武王踐阼》，這些語料出土於楚地，但作者則為魯國儒家學者，它們流傳經從何地，受哪些方言詞彙和語法的影響？作者是否操共同語來記錄等問題？本文暫不能回答，因此我們對疑問詞與疑問句進行研究所得的結論存在補充空間。

　　綜上所述，由於目前楚簡古書類語料呈現出來複雜的地域問題是阻礙本文論證得出準確觀點的巨大屏障，期待有朝一日，隨著學識研究條件的改善而進一步挖掘出土戰國文獻中疑問詞與疑問句式的真實面貌。

參考文獻

一、專著類

1. 北京大學出土文獻研究所,北京大學藏西漢竹書,老子〔M〕,上海:上海古籍出版社,2014。

2. 陳偉,楚地出土戰國簡冊十四種〔M〕,武漢:武漢大學出版社,2016。

3. 陳偉,里耶秦簡牘校釋,第一卷〔M〕,武漢:武漢大學出版社,2012。

4. 陳偉,秦簡牘合集,釋文修訂版〔M〕,武漢:武漢大學出版社,2016。

5. 陳昌來,現代漢語語義平面問題研究〔M〕,上海:學林出版社,2003。

6. 陳昌來,現代漢語動詞的句法語義屬性研究〔M〕,上海:學林出版社,2002。

7. 陳承澤,國文法草創〔M〕,北京:商務印書館,1982。

8. 陳鼓應,老子今注今譯〔M〕,北京:商務印書館,2003。

9. 陳鼓應,莊子今注今譯〔M〕,北京:商務印書館,1978。

10. 陳奇猷,呂氏春秋新校釋〔M〕,上海:上海古籍出版社,2002。

11. 單育辰,楚地戰國簡帛與傳世文獻對讀之研究〔M〕,北京:中華書局,2014。

12. 范曉,張豫峰,語法理論綱要〔M〕,上海:上海譯文出版社,2003。

13. 方有國,上古漢語語法研究〔M〕,成都:巴蜀書社,2006。

14. 高名凱,漢語語法論〔M〕,北京:商務印書館,2011。

15. 高小方,蔣來娣,漢語史語料學〔M〕,北京:高等教育出版社,2005。

16. 弓海濤,楚簡句法研究〔M〕,上海:華東師範大學博士學位論文,2013。

17. 何琳儀,戰國文字通論,訂補〔M〕,上海:上海古籍出版社,2017。

18. 河北省文物研究所定州漢墓竹簡整理小組,論語定州漢墓竹簡〔M〕,北京:文物出版社,1997。

19. 河南省文物考古研究所，新蔡葛陵楚墓〔M〕，鄭州：大象出版社，2003。

20. 河南省文物研究所，信陽楚墓〔M〕，北京：文物出版社，1986。

21. 洪波，立體化古代漢語教程〔M〕，北京：高等教育出版社，2005。

22. 胡裕樹，現代漢語，重訂本〔M〕，上海：上海教育出版社，2011。

23. 湖北省荊沙鐵路考古隊，包山楚簡〔M〕，北京：文物出版社，1991。

24. 湖北省文物考古研究所，北京大學中文系，望山楚簡〔M〕，北京：中華書局，1995。

25. 湖南省文物考古研究所，里耶秦簡，1-2〔M〕，北京：文物出版社，2012。

26. 華建光，戰國傳世文獻語氣詞研究〔M〕，北京：光明日報出版社，2013。

27. 黃伯榮，陳述句，疑問句，祈使句，感歎句〔M〕，上海：新知識出版社，1987。

28. 黃懷信，論語匯校集釋〔M〕，上海：上海古籍出版社，2008。

29. 季旭昇，高佑仁，上海博物館藏戰國楚竹書讀本，9〔M〕，臺北：萬卷樓圖書出版公司，2017。

30. 季旭昇，上海博物館藏戰國楚竹書讀本，1-4〔M〕，臺北：萬卷樓圖書股份有限公司，2003～2009。

31. 簡帛文獻語言研究課題組，簡帛文獻語言研究〔M〕，北京：社會科學文獻出版社，2009。

32. 荊門市博物館，郭店楚墓竹簡〔M〕，北京：文物出版社，1998。

33. 黎錦熙，新著國語文法〔M〕，北京：商務印書館，1992。

34. 李零，簡帛古書與學術源流〔M〕，北京：三聯書店，2008。

35. 李均明，劉國忠，劉光勝，鄔文玲，當代中國簡帛學研究，1949～2009〔M〕，北京：中國社會科學出版社，2011。

36. 李臨定，現代漢語動詞〔M〕，北京：中國社會科學出版社，1990。

37. 李明曉，戰國楚簡語法研究〔M〕，武漢：武漢大學出版社，2010。

38. 李萬濤，晏子春秋全譯，修訂版〔M〕，貴陽：貴州人民出版社，2009。

39. 李小軍，先秦至唐五代語氣詞的衍生與演變〔M〕，北京：北京師範大學出版社，2013。

40. 李興斌，楊玲，孫子兵法新譯〔M〕，齊魯書社，2001。

41. 李學勤，清華大學藏戰國竹簡，1-8〔M〕，上海：中西書局，2011～2018。

42. 李漁叔，墨子今注今譯〔M〕，臺北：臺灣商務印書館有限公司，1974。

43. 李佐豐，古代漢語語法學〔M〕，北京：商務印書館，2004。

44. 里耶秦簡博物館，里耶秦簡博物館藏秦簡〔M〕，上海：中西書局，2016。

45. 劉順，現代漢語語法的多維研究〔M〕，北京：社會科學文獻出版社，2005。

46. 劉丹青，語言類型學〔M〕，上海：中西書局，2017。

47. 劉丹青，中年語言學家自選集，劉丹青卷〔M〕，上海：上海教育出版社，2014。

48. 劉開驊，中古漢語疑問句研究〔M〕，哈爾濱：黑龍江人民出版社，2008。

49. 樓宇烈，荀子新注〔M〕，北京：中華書局，2018。

50. 陸儉明，漢語和漢語研究十五講〔M〕，北京：北京大學出版社，2016。

51. 陸儉明，現代漢語語法研究教程〔M〕，北京：北京大學出版社，2013。

52. 呂叔湘，中國文法要略〔M〕，北京：商務印書館，1982。

53. 馬承源，上海博物館藏戰國楚竹書，1-9〔M〕，上海：上海古籍出版社，2001～2011。

54. 馬建忠，馬氏文通〔M〕，北京：商務印書館，2010。

55. 祁峰，現代漢語焦點研究〔D〕，上海：中西書局，2012。

56. 裘錫圭，長沙馬王堆漢墓簡帛集成〔M〕，北京：中華書局，2014。

57. 裘錫圭，裘錫圭學術文集〔M〕，上海：復旦大學出版社，2012。

58. 裘燮君，商周虛詞研究〔M〕，北京：中華書局，2008。

59. 饒宗頤，王輝，秦出土文獻編年〔M〕，臺北：新文豐出版公司，2000。

60. 商承祚，戰國楚竹簡匯編〔M〕，濟南：齊魯書社，1995。

61. 邵斌，李興斌，孫臏兵法新譯，銀雀山漢墓竹簡本〔M〕，濟南：齊魯書社，2002。

62. 邵敬敏，漢語語法專題研究〔M〕，北京：北京大學出版社，2009。

63. 邵敬敏，現代漢語通論，第三版〔M〕，上海：上海教育出版社，2016。

64. 邵敬敏，現代漢語疑問句研究，增訂本〔M〕，北京：商務印書館，2014。

65. 邵增樺，韓非子今注今譯，修訂本〔M〕，臺北：臺灣商務印書館有限公司，1990。

66. 劭敬敏，漢語方言疑問範疇比較研究〔M〕，廣州：暨南大學出版社，2010。

67. 石定栩，名詞和名詞性成分〔M〕，北京：北京大學出版社，2011。

68. 石毓智，漢語語法演化史〔M〕，南昌：江西教育出版社，2016。

69. 石毓智，語法的概念基礎〔M〕，上海：上海外語教育出版社，2006。

70. 睡虎地秦墓竹簡整理小組，睡虎地秦墓竹簡〔M〕，北京：文物出版社，1978。

71. 宋國明，句法理論概要〔M〕，北京：中國社會科學出版社，1997。

72. 孫占宇，天水放馬灘秦簡集釋〔M〕，蘭州：甘肅文化出版社，2013。

73. 唐賢清，朱子語類副詞研究〔M〕，長沙：湖南人民出版社，2004。

74. 王輝，王偉，秦出土文獻編年訂補〔M〕，西安：三秦出版社，2014。

75. 王力，古代漢語〔M〕，北京：中華書局，1999。

76. 王力，漢語史稿〔M〕，北京：中華書局，2013。

77. 王力，漢語語法史〔M〕，北京：商務印書館，1989。

78. 王力，中國現代語法〔M〕，北京：商務印書館，1985。

79. 王更生，晏子春秋今注今譯〔M〕，臺北：臺灣商務印書館股份有限公司，1989。

80. 魏培泉，漢魏六朝稱代詞研究〔M〕，臺北：中研院語言學研究所，2004。

81. 吳福祥，著名中年語言學家自選集，吳福祥卷〔M〕，上海：上海教育出版社，2011。

82. 吳九龍，銀雀山漢簡釋文〔M〕，北京：文物出版社，1985。

83. 吳鎮烽，商周青銅器銘文暨圖像集成〔M〕，上海：上海古籍出版社，2016。

84. 伍雅清，疑問詞的句法和語義〔M〕，長沙：湖南教育出版社，2002。

85. 武漢大學簡帛研究中心，楚地出土戰國簡冊合集，葛陵楚墓竹簡長臺關楚墓竹簡〔M〕，北京：文物出版社，2013。

86. 武漢大學簡帛研究中心，荊門市博物館，楚地出土戰國簡冊合集，郭店楚墓竹書〔M〕，北京：文物出版社，2011。

87. 肖燦，嶽麓書院藏秦簡《數》研究〔M〕，長沙：湖南大學博士學位論文，2010。

88. 邢福義，汪國勝，現代漢語〔M〕，武漢：華中師範大學出版社，2011。

89. 邢福義，漢語複句研究〔M〕，北京：商務印書館，2001。

90. 熊公哲，荀子今注今譯〔M〕，臺北：臺灣商務印書館有限公司，1977。

91. 徐傑，普遍語法原則與漢語語法現象〔M〕，北京：北京大學出版社，2001。

92. 徐元誥，王樹民，瀋長雲，國語集解〔M〕，北京：中華書局，2002。

93. 禤健聰，戰國楚系簡帛用字習慣研究〔M〕，北京：科學出版社，2017。

94. 晏昌貴，簡帛數術與歷史地理論集〔M〕，北京：商務印書館，2010。

95. 楊伯峻，何樂士，古漢語語法及其發展，第2版〔M〕，語文出版社，2001。

96. 楊伯峻，春秋左傳注〔M〕，北京：中華書局，1990。

97. 楊伯峻，孟子譯注〔M〕，北京：中華書局，2008。

98. 楊伯峻，中國文法語文通解〔M〕，北京：商務印書館，1936。

99. 楊樹達，高等國文法〔M〕，北京：商務印書館，1984。

100. 姚振武，上古漢語語法史〔M〕，上海：上海古籍出版社，2015。

101. 伊強，秦簡虛詞及幾種句式的考察〔M〕，武漢：武漢大學博士學位論文，2014。

102. 易孟醇，先秦語法，修訂本〔M〕，長沙：湖南大學出版社，2005。

103. 殷國光，漢語史綱要〔M〕，北京：中國人民大學出版社，2016。

104. 殷國光，上古漢語語法研究〔M〕，北京：中國大百科全書出版社，2002。

105. 銀雀山漢墓竹簡整理小組，銀雀山漢墓竹簡，壹〔M〕，北京：文物出版社，1985。

106. 俞紹宏，上海博物館藏楚簡校注〔M〕，北京：中國社會科學出版社，2016。

107. 袁毓林，漢語句子的焦點結構和語義解釋〔M〕，北京：商務印書館，2012。

108. 戰爭理論研究部孫子注釋小組，孫子兵法新注〔M〕，北京：中華書局，1977。

109. 章士釗，中等國文典〔M〕，北京：商務印書館，1922。

110. 張斌，現代漢語描寫語法〔M〕，北京：商務印書館，2010。

111. 張家山漢墓二四七號墓竹簡整理小組，張家山漢墓竹簡二四七號墓，釋文修訂本〔M〕，北京：文物出版社，2006。

112. 張雙棣，呂氏春秋譯注〔M〕，北京：北京大學出版社，2011。

113. 張玉金，出土先秦文獻虛詞發展研究〔M〕，廣州：暨南大學出版社，2016。

114. 張玉金，出土戰國文獻虛詞研究〔M〕，北京：人民出版社，2011。

115. 張玉金，古代漢語語法學〔M〕，廣州：廣東高等教育出版社，2010。

116. 張震澤，孫臏兵法校理〔M〕，北京：中華書局，1984。

117. 周波，戰國時代各系文字間的用字差異現象研究〔M〕，北京：線裝書局，2012。

118. 周法高，中國古代語法，稱代編〔M〕，北京：中華書局，1990。

119. 周法高，中國古代語法，造句編上〔M〕，臺北：中研院歷史語言研究所，1962。

120. 周生亞，漢語詞類史稿〔M〕，北京：中國人民大學出版社，2018。

121. 周守晉，出土戰國文獻語法研究〔M〕，北京：北京大學出版社，2005。

122. 朱德熙，語法講義〔M〕，北京：商務印書館，1982。

123. 朱漢民，陳松長，嶽麓書院藏秦簡，1-5〔M〕，上海：上海辭書出版社，2010～2018。

124. 朱曉雪，包山楚簡綜述〔M〕，福州：福建人民出版社，2013。

125. 諸祖耿，戰國策集注匯考〔M〕，南京：鳳凰出版社，2008。

二、論文類（含論文集）

1. 白藍，先秦漢語中特指疑問句否定句與焦點之關係研究〔J〕，湖南社會科學，2014（5）。

2. 貝羅貝，吳福祥，上古漢語疑問代詞的發展與演變〔J〕，中國語文，2000（4）：311～326。

3. 陳順成，疑問語氣詞「邪」「耶」的歷時考察〔J〕，古漢語研究，2011（4）：86～90。

4. 馮春田，秦墓竹簡選擇問句分析〔J〕，語文研究，1987（1）：27～30。

5. 高一勇，秦簡法律答問問句類別〔J〕，古漢語研究，1993（1）：85～89。

6. 谷峰，上古漢語不確定語氣副詞的區分〔J〕，中國語文，2016（5）：541。

7. 韓巍，鄒大海，北大秦簡《魯久次問數於陳起》今譯、圖版和專家筆談〔J〕，自然科學史研究，2015，34（2）。

8. 韓巍，北大藏秦簡《魯久次問數於陳起》初讀〔J〕，北京大學學報，2015，52（2）：29～36。

9. 韓巍，北大秦簡《算書》土地面積類算題初識〔J〕，簡帛，2013：29～42。

10. 韓巍，北大秦簡中的數學文獻〔J〕，文物，2012（6）：85～89。

11. 許道勝，天星觀1號楚墓卜筮禱祠簡釋文校正〔J〕，湖南大學學報，2008（3）：8～14。

12. 黃德寬，安徽大學藏戰國竹簡概述〔J〕，文物，2017（9）：54～59。

13. 黃德寬，漢語史研究運用出土文獻資料的幾個問題〔J〕，語言科學，2018（3）：15～23。

14. 李零，北大藏秦簡《酒令》〔J〕，中國書法，2015（2）：16～20。

15. 李零，北大藏秦簡《禹九策》〔J〕，北京大學學報，2017（5）：44～54。

16. 李天虹，簡本晏子春秋與今本文本關係試探〔J〕，中國史研究，2010（3）：13～22。

17. 劉春萍，出土戰國文獻疑問代詞研究〔J〕，廣西社會科學，2011（2）：125～128。

18. 彭偉明，張健雅，出土戰國文獻語氣副詞辨析——以「尚毋」「苟毋」為例〔J〕，甘肅廣播電視大學學報，2018（6）：1～4。

19. 彭偉明，張玉金，戰國秦代複音疑問代詞研究〔J〕，勵耘語言學刊，2018（1）：109～123。

20. 彭偉明，出土戰國文獻單音疑問代詞研究〔J〕，欽州學院學報，2018（2）：49～55。

21. 邵敬敏，語義價句法向及其相互關係〔J〕，漢語學習，1996（4）：3～9。

22. 石毓智，徐傑，漢語史上疑問形式的類型學轉變及其機制——焦點標記「是」的產生及其影響〔J〕，中國語文，2001（5）：454～465。

23. 唐鈺明，中年語言學家自選集，唐鈺明卷〔C〕，合肥：安徽教育出版社，2002。

24. 王輝，王家臺秦簡《歸藏》校釋28則〔J〕，江漢考古，2003（1）：75。

25. 徐傑，張林林，疑問程度和疑問句式〔J〕，江西師範大學學報，1985（2）：71～79。

26. 徐傑，疑問範疇與疑問句式〔J〕，語言研究，1999（2）：22～36。

27. 楊博，北大藏秦簡《田書》初識〔J〕，北京大學學報，2017（05）：65～70。

28. 殷國光，動詞「問」的語法功能的歷史演變〔J〕，中國語言學報，中國語言學報編委會，北京：商務印書館，2006（12）：153～165。

29. 袁本良，何瑛，新書反問句及其語用價值〔J〕，簡帛語言文字研究，重慶：巴蜀書社，2006（2）：419～432。

30. 袁毓林，劉彬，疑問代詞「誰」的虛指和否定意義的形成機制〔J〕，語言科學，2017（2）。

31. 張文賢，樂耀，漢語反問句在會話交際中的信息調節功能分析〔J〕，語言科學，2018（2）：147～159。

32. 張宜生，現代漢語副詞的性質範圍與分類〔J〕，語言研究，2000（1）：54～56。

33. 張玉金，春秋時代疑問代詞研究〔J〕，勵耘語言學刊，2011（2）：101～119。

34. 朱鳳瀚，北大藏秦簡《公子從軍》再探〔J〕，北京大學學報，2017（05）：36～43。

35. 祝敏徹，《國語》《國策》中的疑問句〔J〕，湖北大學學報，1999（1）：62～66。

三、字編辭書類

1. 蔡麗利，楚卜筮簡文字編〔Z〕，北京：學苑出版社，2015。

2. 方勇，秦簡牘文字編〔Z〕，福州：福建人民出版社，2012。

3. 何樂士，古代漢語虛詞詞典〔Z〕，北京：語文出版社，2006。

4. 李行健，現代漢語規範詞典〔Z〕，北京：外語教學與研究出版社，2010。

5. 劉丹青，語法調查研究手冊〔Z〕，上海：上海教育出版社，2017。

6. 呂叔湘，現代漢語八百詞〔Z〕，北京：商務印書館，1980。

7. 孟琮等，漢語動詞用法詞典〔Z〕，北京：商務印書館，1999。

8. 裴學海，古書虛字集釋〔Z〕，北京：中華書局，1954。

9. 王輝，楊宗兵，秦文字編〔Z〕，北京：中華書局，2015。

10. 王力，王力古漢語字典〔Z〕，北京：中華書局，2000。

11. 王海棻，古漢語範疇詞典·疑問卷〔Z〕，北京：社會科學文獻出版社，2015。

12. 王海棻，古漢語疑問詞語〔Z〕，杭州：浙江教育出版社，1987。

13. 王引之，經傳釋詞〔Z〕，長沙：嶽麓書社，1984。

14. 徐在國，上博楚簡文字聲系，1～8〔Z〕，合肥：安徽大學出版社，2013。

15. 張斌，現代漢語虛詞詞典〔Z〕，北京：商務印書館，2001。

16. 張玉金，古今漢語虛詞大辭典〔Z〕，瀋陽：遼寧人民出版社，1996。

17. 中國社會科學院語言研究所古代漢語研究室，古代漢語虛詞詞典〔Z〕，北京：商務印書館，1999。

四、學位論文類

1. 程文文，簡帛醫書虛詞研究〔D〕，西南大學博士學位論文，2016。

2. 華建光，戰國傳世文獻語氣詞研究〔D〕，中國人民大學博士論文，2008。

3. 蘭碧仙，出土戰國文獻副詞研究〔D〕，廈門大學博士學位論文，2012。

4. 李美妍，先秦兩漢特指式反問句研究〔D〕，吉林大學博士學位論文，2010。

5. 李書超，漢語反復問句的歷時研究〔D〕，武漢大學博士學位論文，2013。

6. 李素琴，先秦至魏晉南北朝測度問句研究〔D〕，南京師範大學博士學位論文，2012。

7. 劉春萍，戰國時代疑問代詞研究〔D〕，華南師範大學碩士學位論文，2006。

8. 鹿欽佞，漢語疑問代詞非疑問詞用法的歷史考察〔D〕，南開大學博士學位論文，2008。

9. 羅祥義，出土先秦文獻語氣詞研究〔D〕，西南大學碩士學位論文，2017。

10. 王娟，疑問語氣範疇與漢語疑問句的生成機制〔D〕，華中師範大學博士學位論文，2011。

11. 王琴，「X 不 X」正反問句生成演化與語用認知研究〔D〕，上海師範大學博士學位論文，2013。

12. 于洪濤，里耶秦簡文書簡分類整理與研究〔D〕，吉林大學博士學位論文，2017。

13. 張珍珍，出土戰國文字資料中的語氣詞〔D〕，中山大學碩士學位論文，2016。

14. 周玟慧，上古漢語疑問句研究〔D〕，臺灣大學碩士學位論文，1996。

五、國外論著類

1. 〔日〕太田辰夫，蔣紹愚，徐昌華，中國語歷史文法〔M〕，北京：北京大學出版社，2003。

六、國外論文類

1. 〔日〕大西克也，從方言的角度看時間副詞「將」「且」在戰國秦漢出土文獻中的分佈〔J〕，紀念王力先生百年誕辰論文集〔C〕，北京：商務印書館，2002：154～156。

2. Labov, William, & David Fanshel. Therapeutic Discourse: Psychotherapy as Conversation. New York: Academic Press. 1971.